Oetinger

Antonia Michaelis

Scheiß Glitzertage

Verlag Friedrich Oetinger · Hamburg

Klimaneutral
Druckprodukt
ClimatePartner.com/18652-2212-1001

Dieses Buch wurde klimaneutral produziert. Dadurch fördern wir anerkannte Nachhaltigkeitsprojekte auf der ganzen Welt. Erfahre mehr über die Projekte, die wir unterstützen, und begleite uns auf unserem Weg unter www.oetinger.de

FSC
www.fsc.org
MIX
Papier | Fördert gute Waldnutzung
FSC® C014496

1. Auflage

Satz: Sabine Conrad, Bad Nauheim
Druck und Bindung: GGP Media GmbH,
Karl-Marx-Straße 24, 07381 Pößneck, Deutschland
Printed 2023
ISBN 978-3-7512-0393-7

www.oetinger.de

*Liebe*r Leser*in, wenn du traumatisierende Erfahrungen gemacht hast, können einige Passagen in diesem Buch triggernd wirken. Sollte es dir damit nicht gut gehen, sprich mit einer Person deines Vertrauens. Auch hier kannst du Hilfe finden: www.nummergegenkummer.de.*
*Schau gern auf S. 415, dort findest du eine Auflistung der potenziell triggernden Themen in diesem Buch. (Um keinem*r Leser*in etwas zu spoilern, steht der Hinweis hinten im Buch.)*

Usedom

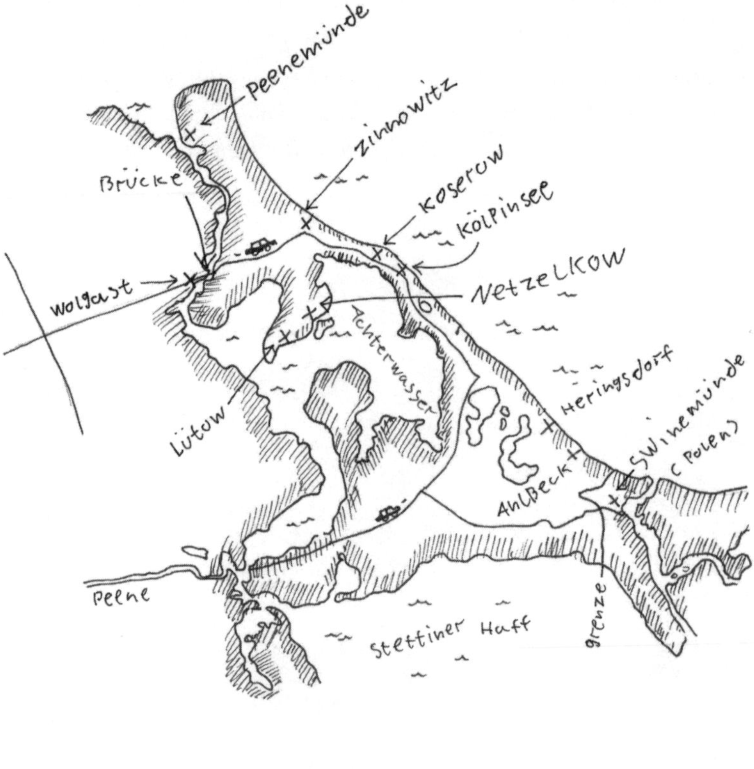
Peenemünde
Zinnowitz
Brücke
Koserow
Kölpinsee
Netzelkow
Wolgast
Achterwasser
Lütow
Heringsdorf
Swinemünde
(Polen)
Ahlbeck
Peene
Stettiner Haff
grenze

Für
den Bestatter,
den Katzenträger
und einen Prophessor mit ph.

Es war der Sommer, in dem Neil seinen Hut beerdigte.

Neil: korrekt wie immer, wenn er auf dem Friedhof arbeitete, mit den schwarzen Lackschuhen und dem langen Mantel, der ihn so erwachsen aussehen lässt, viel älter als siebzehn.

Es war der Sommer, in dem ich einen Regenbogen auf einen Pick-up der Bundeswehr malte, obwohl ich Regenbögen früher nie mochte. Der Sommer, in dem Ulja auftauchte und auf mysteriöse Weise wieder verschwand.

Der Sommer, in dem der russische Kämpfer uns in die Arme fiel und die Welt unterging, der Sommer, in dem der Sturm kam und die Fische sprangen.

Der Sommer, in dem wir lernten, wie man eine Jolle bei Gewitter segelt. Was Liebe bedeutet.

Und wie man geht und trotzdem bleibt.

Aber all das greift zu weit vor. Beginnen wir dort, wo es begann.

An einem Samstagnachmittag Ende Juli.

Sommerhitze auf der Insel, Stau an der Brücke, Touristen. Sonne auf dem Asphalt.

Und ich hinter dem Eiswagen: dieser Wagen, auf altmodisch gemacht, mit seinen großen Rädern, mit denen er nie irgendwohin fuhr. Er stand nur an der Seebrücke, mit mir dahinter: alberne weiße Schürze, weiße Mütze, weiße Handschuhe – und immer lächeln, du darfst das Lächeln nicht vergessen.

Irgendwann tut dir das Gesicht davon weh.

Irgendwann verschwimmen die bunten Farben, auf die du ständig starrst, erdbeervanillechocolatecookieblauerschlumpf.

Wenn ich konnte, sah ich aufs Meer hinaus, zum Horizont weit, weit hinten: eine blaue Glitzerlinie, hinter der die Welt begann. Ich träumte mich dahinaus, in die Ferne, wo es keine Touristen gab und kein Chocolate-Cookie-Eis und auch keine kleine Wohnung, in die du jeden Abend zurückmusst. Eine Ferne ohne den Geruch von Küchenabwasch und Enge und Zigaretten und trocknender Wäsche. Da draußen, hinter der Glitzerlinie, war alles anders.

Über allem lag ein Gefühl des Aufbruchs.

Eigentlich lag da auch noch ein Jahr Schule vor mir herum, aber ich war mir nicht sicher, ob ich das machen würde. Klar, ohne richtigen Abschluss ist Mist, sagt Mama. Sie hat auch keinen.

Aber Mama verstand das Aufbruchsgefühl nicht.

Dieses Gefühl, dass das große Leben vor dir liegt, du hast einen Job, du verdienst was, eigentlich bist du unabhängig. Alt genug, im Edeka das Bier selbst zu kaufen.

Ich hatte die ganze Zeit das Gefühl, dass etwas passieren würde, ich wartete darauf, dass es passierte, jeden Tag. Aber als es passierte, hatte ich nicht damit gerechnet. Ich hatte mich weggeträumt wie immer, zum Horizont.

»Erdbeer-Cookie. Einmal, bitte.«

Ich zuckte zusammen und blinzelte, und da stand sie vor dem Eiswagen, den Kopf schief gelegt, und sah konzentriert die Eiswannen an, mit zusammengekniffenen Augen gegen die Sonne. Ihre Augen waren braun mit hellen Sprengseln und befanden sich hinter einer kleinen runden Brille, durch die sie sehr groß wirkten, groß und irgendwie permanent erstaunt. Als wäre die Welt um sie herum ein einziges großes, verwunderliches Wunder. Ihre Wangen waren voller Sommersprossen, dicht aneinander wie Sandkörner vom Strand.

»Erdbeer-Cookie«, wiederholte ich, und es klang ziemlich bescheuert.

»Ja«, sagte sie.

Ihre Haare waren wellig und hatten die Farbe von Schokoladeneis, eine Sekunde, bevor es schmilzt.

»Warte«, sagte ich. »Erdbeer-Cookie gibt es nicht. Es gibt Chocolate-Cookie oder Erdbeer.«

»Erdbeer-Cookie«, wiederholte sie, sehr bestimmt.

Sie hatte einen Akzent, sie war keine Deutsche.

Zwischen ihren Sommersprossen waren Flecken, die anders aussahen. Röter. Dunkelrot.

Wie winzige Blutspritzer.

Quatsch, sagte ich mir, natürlich war das kein Blut. Farbe vielleicht, Spritzer von Sprayfarbe. Ich kannte die Sprayer in der Gegend, aber natürlich nicht alle, und sie war von woanders, Polen oder so. Konnte doch sein, sie war für einen Tag hier, um irgendwo Tags zu verteilen.

Obwohl sie danach gar nicht aussah.

»Erdbeer-Cookie. Ich kann's versuchen«, sagte ich und tauchte den Eislöffel erst in das Chocolate-Cookie- und dann in das Erdbeereis, was eine seltsame Mischung aus rosa und braunem Matsch zur Folge hatte.

Sie nickte ernst und nahm die Waffel entgegen.

Dann legte sie sorgfältig einen kleinen Turm von Zehncentstücken auf die Theke des Eiswagens, obendrauf zwei Fünfcentstücke. Ganz genau abgezählt. Und dann trat sie zurück und musterte mich einen Moment. Nur so einen Moment. Nachdenklich.

Es ist ein Bild, das in meinem Gedächtnis eingebrannt ist: wie sie da steht und irgendwie vorsichtig an dem Eis leckt. Und mich ansieht. Und tausend Dinge denkt, die man aber nicht sehen kann.

Die Schlange schob sich weiter, ich musste Leute bedienen. Vanille, Mango, Karamell.

Als ich wieder hinsah, war sie verschwunden.

Verschwunden im Gewühl der Leute auf der Promenade, an einem Samstagnachmittag im Juli, zwischen Kindern mit Sandeimern und Paaren mit Selfieblick, unter einem schlumpfeisblauen Himmel. Und in der Ferne glitzerte immer noch der Horizont.

An diesem Tag flogen die Hubschrauber wieder. Ich hasste es, wenn die Hubschrauber flogen. Sie dröhnten den ganzen Himmel kaputt, das Blau zerfetzt in kleine Stückchen, und die Leute standen am Strand und guckten, manche mit Ferngläsern. Und du konntest die Nervosität spüren, die durch die Menge lief. Draußen holten sie irgendjemanden von einem Schiff, Evakuierung von Kämpfern. Es war eine Übung, klar, es war immer nur eine Übung. Sagten sie.

Ich schabte Kugeln aus dem Madeira-Eis. Komisch, meine Hände zitterten.

Nur eine Übung.

Ich streute bunte Zuckerstreusel über sattes Gelb und kassierte Scheine und tippte mir an die Mütze, höflich, und wusste, dass Mama zu Hause am Fenster stand, bei uns oben im Fünften, und die Hubschrauber ansah. Und gleichzeitig auf Facebook Gerüchte las. Und sich Sorgen machte.

Die Russen kommen.

Und du konntest die Uhr danach stellen, eine halbe Stunde nach Beginn der Hubschrauberübung kam die SMS von Mama: *Jetzt kommen sie wirklich.*

Nein, tippte ich, *ist 'ne übung.*

Glaubst du doch selbst nicht, schrieb Mama.

Ich machte das Handy aus.

Ich hatte keine Zeit zum Schreiben, die Eisschlange war länger denn je, die Leute beobachteten die Hubschrauber und aßen Eis, es war eine komische Stimmung.

Als ob sie alle noch schnell möglichst viele Zuckerstreusel und Rumrosinen und Chocolate-Cookie-Stückchen in sich hineinschaufeln müssten, ehe die Welt unterging, ehe dies alles vorbei war, ehe niemand mehr auf dieser Insel Urlaub machen würde, ehe die Promenade nur noch von marschierenden Soldaten benutzt würde.

Ein Stück weiter war sie bereits abgeriegelt, da durfte keiner mehr hin, da gab es nur noch Camouflagegrün. Und ich sah durch die Menge die Panzer hinter der Absperrung, wahrscheinlich waren sie wieder auf dem ganzen Strand hinter Zinnowitz bis Koserow.

Ein kleines Mädchen mit einem riesigen regenbogenfarbenen Lolli saß auf den Schultern seines Vaters und winkte den Hubschraubern, als seien es Vögel.

Und dann hat man so komische Gedanken wie: Wenn du mal groß bist, sieht hier vielleicht alles ganz anders aus, und die Eisschilder sind auf Russisch.

Die Hubschrauber flogen bis sechs. Danach lösten sie die Sperrung langsam auf, und ich entkrampfte meine Hände. Der Abend kam, und die Touristen sickerten weg. Gingen in ihre Hotels, wo sie auf gepolsterten Stühlen vor kunstvoll gefalteten Stoffservietten sitzen und aus dem Fenster aufs Meer sehen würden.

Zum Horizont, den das Abendlicht fraß.

Sieben Uhr: Feierabend, Schichtende.

Ich deckte die Eiswannen ab und schob den Wagen rein: die einzigen zehn Meter, die diese Räder je zurücklegten. Die Wannen mussten im Hotel unten in den Gefrierschrank, elende Schlepperei. Endlich keine Schürze mehr, keine Handschuhe, frei. Ich hängte das Eisverkäuferlächeln an einen Haken. Mein Basecap wartete auf mich, ich zog den Schirm tief ins Gesicht, Schutz vor der Welt. Hände in die Taschen, niemand muss nach Feierabend noch gerade und aufrecht stehen, ich hatte alles Recht der Welt, in mich zusammenzusacken, zu entspannen: Kapuze auf gegen den Abendwind, es wurde frisch jetzt.

Der Wind ärgerte mich und ließ mich die Zigarette erst beim dritten Versuch anzünden.

Am Bahnhof warteten die Züge: Zeit, nach Hause zu fahren. Aber meine Füße trugen mich noch einmal hinaus zur Seebrücke. Das Sieben-Uhr-fünfzehn-Licht lag rosa auf dem Meer wie Himbeersahne.

Und da stand sie. Am Geländer der Brücke, angelehnt, und guckte zum Horizont, zu meinem Horizont. Ich stellte mich neben sie und guckte auch.

»Hey«, sagte ich.

Sie drehte sich um, aber nicht erstaunt. So, als hätte sie gewusst, dass ich kommen würde.

»Hey.«

»Machst du Urlaub hier?«, fragte ich.

Sie lachte einmal kurz und hell auf, dann schüttelte sie den Kopf. Dann nickte sie. Und dann sagte sie, mit ihrem irgendwie singenden Akzent: »Ich weiß nicht.«

»Du weißt nicht, ob du Urlaub machst?«

Sie stieß sich vom Geländer ab und begann, die Seebrücke entlangzugehen, hinaus aufs Meer, und ich ging neben ihr her. »Leben kann Urlaub sein, vielleicht«, sagte sie. »Macht man immer Urlaub, also.«

»Woher kommst du denn?«, fragte ich, und wir gingen weiter, einfach immer weiter, über die Holzplanken, zwischen den Geländern voller Möwenschiss.

Sie zeigte in Richtung Grenze. »Von da.«

»Polen?«

Ein Kopfschütteln. »Ukraine. Kommen alle jetzt von da, nein?«

»Ach so«, sagte ich. Klar, Ukrainer waren überall. Aber ich hatte noch nie wirklich mit einem ukrainischen Mädchen geredet. Komisch, eigentlich. Ich war auf der Suche nach einem Mädchen. Dauerzustand. Ich meine, wer ist nicht auf der Suche, mit siebzehn? Neil und Leif ging es genauso. Abends quatschten wir über die Mädels, die infrage kamen, und manchmal war einer von uns eine Weile mit irgendeiner aus dem Viertel zusammen, Händchen halten und alles, aber es hielt nie lange. Hinter dem Horizont, dachte ich, wenn wir genug Geld zusammenhatten für die Weltreise, die wir planten, würde alles anders werden.

»Bist du mit deinen Eltern hier?«

Sie zögerte. Nickte dann. »Ja.«

»Wo sind sie?«

»Wie? Jetzt?« Sie lachte. »Sie sind in die Unterkunft. Wohnung, für viele Leute. Sie haben Platz für alle. Es ist gut.«

»Und du rennst hier ganz alleine auf der Insel rum? Hast du keine Angst?«

Sie blieb stehen und sah mich an, durch ihre Brille, und ich fand die roten Spritzer wieder zwischen den Sommersprossen.

»Angst? Nein«, sagte sie und schüttelte entschlossen den Kopf. »Von was?«

»Ich weiß nicht. Alleine zu sein. In einem fremden Land. Na ja … du kannst Deutsch …«

»Bisschen«, sagte sie und lachte. »Wir haben gelernt, in Schule.« Und dann sagte sie, plötzlich ernst: »Angst ist fur Anfanger.«

»Fänger«, sagte ich.

»Fänger«, sagte sie.

Und dann gingen wir weiter, die Seebrücke entlang, und ich sah sie heimlich von der Seite an.

Sie war anders als ukrainische Mädchen, die ich so vom Sehen kannte. Die waren sonst immer echt schnieke, lange glatte Haare, perfekt geschminkt, so in der Art. Und sie war anders als die Mädchen aus dem Block, die Mädchen in der Schule, anders als die Mädchen, die wir auf Social Media oder im Fernsehen gut fanden. Neil sagte immer, Oberbau ist das Wichtigste, und Leif sagte, Quatsch, Hintern. Sie konnten darüber in Streit geraten, und ich lachte sie meistens aus und sagte, Hauptsache, viel von allem. Aber dieses Mädchen hatte eigentlich überhaupt keinen Busen und auch keinen wirklichen Hintern, und sie trug kein enges Sommeroberteil wie die Mädchen im Viertel, sondern ein weites Männerhemd und Jeans. Sie passte überhaupt nicht in unser Beuteschema.

Sie war keine Beute. Sie war eine Person ohne Angst, eine Jägerin.

Es würde zu nichts führen, hier neben ihr auf der Seebrücke entlangzugehen. Pack ein, sagte ich mir, pack ein, Finnley, und geh nach Hause. Nicht deine Liga. Sie wird Abi machen, auch auf Deutsch, sicherlich, sie kann es ja jetzt schon. Das ist so eine, die Bücher liest, du wirst sehen. Wenn du der sagst, dass du auf die Förderschule gehst, ist die weg.

Aber ich ging nicht.

Sie war wieder stehen geblieben, und ich streckte die Hand aus und berührte ihre Wange.

»Was sind das für Spritzer? Rot?«

Sie zuckte zurück. »Spritzer?«

»Flecken. Farbe.«

Sie schüttelte den Kopf. »Ich weiß nicht.«

Und als sie sich ins Gesicht griff, um zu tasten, rutschte das weite Männerhemd über ihre Schulter. Es war eine sehr hübsche nackte

Schulter mit einem BH-Träger, aber unter dem BH-Träger war ein riesiger Bluterguss, und mitten darin zog sich eine dicke Schramme über ihre Schulter, die ziemlich frisch aussah. Ich zog die Luft scharf durch die Zähne ein. »Was hast du gemacht?«

»Ich weiß nicht«, sagte sie und schob das Hemd zurecht.

Und ich dachte: In der Ukraine ist Krieg, aber einem fällt doch kein Stück Haut aus der Schulter. Und nach allem, was man so sieht im Netz, Facebook und so, reisen die doch alle ganz ordentlich und gesittet mit ihren Rollköfferchen aus, samt Pelzmantel und Hund.

Sie holte zwei Kaugummis aus der Tasche, steckte einen in den Mund, kaute sorgfältig und machte eine große Blase, die auf ihrer Nase zerplatzte. Rosa wie das Abendlicht. Sie lachte und gab mir den anderen Kaugummi.

»Jetzt du.«

Und da machte ich auch eine Blase, obwohl ich nicht gut darin bin, und am Horizont wurde das Licht orange, und der Wind war wärmer als sonst. Ich hatte das Gefühl, dass das an ihr lag, dass sie den Wind warm machte. Und irgendwie kribbelte alles in mir, wie ein Glitzern, nur von innen. Ich fragte mich, ob Neil oder Leif dieses Gefühl kannten, es war neu und seltsam.

Nicht so, wie wenn du sonst ein Mädchen angräbst und die Hormone dich fluten. Anders.

Ich dachte, ich muss irgendwas machen, irgendwas Bescheuertes, etwas, damit sie sieht, dass ich auch keine Angst habe, vor dem Leben oder irgendwas. Damit sie sich später an mich erinnert.

Vor uns auf dem breiten Geländer der Seebrücke ging eine Möwe spazieren. Da kletterte ich ebenfalls aufs Geländer. Meine Beine zitterten, ich bin nicht gut mit solchen Sachen wie Gleichgewicht, aber ich zwang mich, die Arme auszustrecken und langsam geradeaus zu gehen, das Geländer entlang, weiter auf die Ostsee hinaus.

»Du bist verruckt«, sagte sie, aber es klang gut. »Du. Wie heißt du?«

Sie ging neben mir auf der Seebrücke entlang, und ich wollte antworten, aber Sprechen und Atmen und Balancieren war schwierig. Das Wasser war sehr weit unten, und das Unten zog an mir.

Es muss leicht aussehen, was du machst, sagte ich mir, leicht, als würdest du das jeden Tag machen.

»Fi… Fi… Finnley«, keuchte ich. Und ich dachte, verdammt, ich stottere doch schon lange nicht mehr, das war, als ich sechs war, damals, erste, zweite Klasse. Ich konnte mich gut dran erinnern, so was vergisst du nicht, wie sie dich alle anstarren und du das, was du sagen willst, einfach nicht rausbekommst.

Und dann lachen alle.

Sie lachte nicht. Sie nickte nur und lächelte. »Ulja«, sagte sie. »Ich heiß Ulja.«

Und dann kletterte sie hinter mir auf das Geländer, ich sah es aus dem Augenwinkel.

Wir balancierten beide durch den Wind, beide mit ausgebreiteten Armen, Möwen im Abendlicht vor der Insel. Und weit draußen lag noch immer das Militärschiff, still jetzt, hockte dunkel und groß auf den Wellen und verbreitete eine ungewisse Nervosität.

Aber mein Mund schmeckte nach Kaugummi, und hinter mir balancierte ein wunderschönes Mädchen. Das Leben war federleicht.

Und dann war da plötzlich eine Stimme, unnatürlich laut: Megafon.

»Wir bitten den jungen Herrn und seine Begleitung, umgehend das Geländer der Seebrücke zu verlassen.«

Der Sarkasmus war beißend. »Andernfalls hat es unangenehme Folgen.«

Scheiße. Die Wasserwacht. Das gab Ärger.

Ich drehte den Kopf, und einen Moment lang sah ich Ulja an.

In ihrem Gesicht stand eine Frage: Würde ich runterspringen? Klein beigeben?

»Die können mich mal«, sagte ich, aber es war ein Fehler gewesen, sich umzudrehen. Das Gleichgewicht war durcheinander, die Schwerkraft zerrte an mir. Ich schaffte noch genau drei trotzige und ziemlich hektische Schritte.

Dann kippte ich zur Seite weg.

Und dann fiel ich. Nicht zur Seite mit der Seebrücke. Natürlich nicht, Butterbrote fallen auch immer auf die Butterseite. Was das Glückhaben betrifft, bin ich ein Butterbrot.

Ich landete zehn Meter weiter unten in der Ostsee, und sie war erstaunlich kalt. Gemein kalt für Juli. Alles an mir zog sich zusammen, wollte sich klein machen und sinken wie ein Stein, aber ich wusste, ich musste schwimmen. Ich musste an die Oberfläche. Ich bin kein guter Schwimmer, ich kann eigentlich nur drei Dinge wirklich gut: Eis verkaufen, mich wegträumen und in Schwierigkeiten geraten.

Ich schlug hektisch mit Armen und Beinen, irgendwie kam ich hoch, schnappte nach Luft und spürte, wie ich wieder unterging. Irgendwo über mir lehnte am Geländer vermutlich das Mädchen, das Ulja hieß, das Mädchen mit den Sommersprossen, das keine Angst vor gar nichts hatte.

Ich zwang mich, ruhig zu schwimmen, ganz ruhig. Die Hose und die Turnschuhe zogen mich hinunter, ich hätte die Turnschuhe gerne abgestreift, aber es waren meine einzigen.

Der Wasserwachttyp brüllte irgendwas in sein Megafon: darüber, dass das Springen von der Seebrücke untersagt war und ob ich sie noch alle hätte.

Ich paddelte unter die Brücke, wo sie mich nicht mehr sehen konnten, ich, im Wasser, mit der Eleganz eines Straßenhundes. Kurz darauf fiel etwas ins Wasser, und ich sah unter der Oberfläche einen Schatten auf mich zuschwimmen. Dann kam der Schatten neben mir hoch.

Ulja.

Sie schüttelte sich, wischte das lange Haar aus ihrem Gesicht und lachte. »Kalt. Aber schön.«

Sie glitt in eine perfekte Rückwärtsrolle und tauchte wieder auf. Das Abendlicht, das unter die Seebrücke griff, ließ ihr Gesicht leuchten und ihre Augen strahlen. Sie hielt die Brille in der Hand. »Warum sie sind böse? Die Leute mit laute Stimme?«

»Wa… Wasserwacht«, keuchte ich. »Gibt Ärger.«

»Sie mögen nicht, man schwimmt in Meer?«, fragte Ulja. »Warum? Meer ist frei für alle.«

»Ja«, sagte ich. »Auch wieder wahr.«

Es war komisch, so neben ihr Wasser zu treten, auf der Stelle. Eigentlich ging es ganz gut. Ich habe echt Respekt vor tiefem Wasser, aber mit Ulja zusammen schien es lächerlich, vor etwas wie Wasser Angst zu haben.

»Wenn sie nicht finden, gibt kein Ärger«, sagte sie. »Komm.«

Und sie schwamm voraus, unter der Seebrücke entlang, weiter hinaus, vom Ufer weg. Niemand sah uns, aber es gab auch nirgends eine Möglichkeit, wieder rauszukommen.

Als wir ganz vorne waren, da, wo die Schiffe nach Polen anlegen, war ich völlig außer Atem. Scheißraucherlunge, manchmal fühlst du dich damit wie ein alter Mann.

Ulja war kein bisschen außer Atem, sie lachte und zeigte auf eine Plattform, die tiefer lag als der Rest der Seebrücke, irgendwas wegen der Schiffe, und sie zog sich mühelos auf einen Balken direkt darunter und setzte sich dorthin.

Ich streckte die Arme aus, bekam den Balken zu fassen, scheiterte an dem Klimmzug, den man machen musste, und kam mir selten blöd vor. Ulja lachte, aber es klang nicht böse, nicht nach Auslachen. Sie streckte einen Arm aus und zog mich zu sich auf den Balken.

Dann begann sie, sich aus ihren Sachen zu schälen.

»Du auch«, sagte sie. »Zu nass. Du bist krank, nachher.«

»Ach, geht schon«, murmelte ich, aber sie hatte recht, es war eiskalt. Und schließlich streifte ich die Schuhe ab und kippte das Wasser daraus zurück in die Ostsee. Wir lachten zusammen darüber. Dann wurde ich das nasse T-Shirt los.

Ulja wrang ihr Männerhemd aus. Sie saß in Unterwäsche da: schwarzer Slip und schwarzer Sport-BH, unter dem man keinen Busen sah, weil sie so gut wie keinen hatte. Aber ihre Unterwäsche war fast wie ein Bikini. Als hätte sie geplant, damit schwimmen zu gehen.

Ich hätte die klitschnasse Jeans gerne ausgezogen, aber ich ließ es lieber, die alten Shorts darunter waren ausgewaschen-neongelb mit komischen Mustern, die Naht an der Seite löste sich auf, und oben waren sie zu weit, akute Verliergefahr. Ich fragte mich, was man da alles durchgesehen hätte. Obwohl es eigentlich zu kalt war, sämtliche Körperteile weggeschrumpft vor Schreck.

Dann vergaß ich die Shorts, weil ich wieder Uljas Bluterguss an der linken Schulter ansah. An derselben Seite hatte sie an der Hüfte und am Oberschenkel ebenfalls mehrere Blutergüsse.

»Was hast du gemacht?«, fragte ich.

»Du musst auswassern deine Hose«, sagte sie, nahm die Hose und wrang sie aus. »So. Wir kann hier bisschen bleiben, bis Leute mit Megafon uns vergessen.« Dann griff sie in die Tasche der Hose und zog meine Kippen heraus. Nass, unbrauchbar.

»Tot«, stellte sie fest, fast zufrieden, und legte die Packung neben uns auf den Balken.

»Neil könnte sie begraben«, sagte ich.

»Neil?«

»Kumpel von mir. Er jobbt bei 'nem Beerdigungsinstitut. Bisschen komischer Kauz.«

»Kauz«, wiederholte sie, nachdenklich.

»Na ja, komischer Typ eben. Verdient nicht schlecht. Keiner will das machen, da aushelfen, also zahlen sie gut.«

Ich sah ihn vor mir: Neil, groß und schlank, in dem langen schwarzen Mantel, den er von seinem Onkel geerbt hatte, und den Lackschuhen. Du darfst die Hände nie in die Taschen stecken auf Begräbnissen, sagt er immer, sonst kriegst du sofort Ärger mit dem Chef, und du musst ernst bleiben, keinen Unsinn anstellen. Wär nix für dich, der Job. Aber Leif vielleicht, der könnt hier anfangen, sie brauchen starke Leute, Särge können schwer sein, und wenn du Dienst hast und die Körper abholst aus der Pathologie, denn auch.

Aber Leif hatte den Kopf geschüttelt mit seinen vielen kleinen blonden Locken und bloß gegrinst. »Nee, du, lass ma stecken«, hatte er gesagt. »Ich trag lieber Stämme im Wald. Mach ich weiter, ist ja auch Geld. Förster is okay und so. Ich geh nich aufn Friedhof.«

»Haste Schiss vor den Toten?«, hatte ich gefragt, aber Leif hatte nur weitergegrinst und wieder den Kopf geschüttelt. »Nee, ich mag nur die Buchstaben nich«, hatte er gesagt. »Die ganzen Buchstaben auf den Grabsteinen drauf, und die Zahlen, wirste ja blöd im Kopf.«

Leif stand auf Kriegsfuß mit Buchstaben und Zahlen. Er konnte AUTO und LOVE lesen und das Datum schreiben und seinen Namen, aber damit hörte es auf. Wir hatten ihn mal auf unserer Schule, aber das ging nicht, die konnten ihm da nichts mehr beibringen, haben sie gesagt. Und jetzt geht er auf der Insel in so eine andere Schule. In der sie ihm auch nichts beibringen, glaube ich. Im Handy hat er so eine Einstellung, die ihm die Texte vorliest. Er schickt nur Sprachnachrichten. Und er ist nicht blöd, ich meine, er kann wahnsinnig gut mit Pferden reden. Sein Onkel hat solche Riesenviecher auf dem

Hof. Tiere verstehen Leif, und kleine Kinder auch. Er ist ein Bär, ein gutmütiger, starker Bär. Nicht besonders groß, aber besonders breit, und unglaublich stark. Und irgendwie weich.

»Beerdigungsinstitut«, wiederholte Ulja und riss mich aus meinen Gedanken.

»Ja«, sagte ich. »Er jobbt da und ich beim Eiswagen, und unser Kumpel beim Förster, und wenn wir genug Knete zusammenhaben, sind wir weg.«

»Knete«, sagte Ulja verständnislos.

»Na, Geld«, sagte ich. »Dann sind wir raus hier. Vielleicht machen wir 'ne Weltreise. Irgend so was. Hierbleiben ist kein Deal. Da wirste blöd, auf Dauer. Da draußen …« Ich wollte zum Horizont sehen, aber den Horizont sah man nicht so richtig von unserem seltsamen Versteck aus. »Da draußen wartet irgendwas. Na ja, ist nur ein Gefühl. Da wartet was darauf, dass es endlich anfangen kann. Keine Ahnung … Hört sich blöd an, was?«

»Nein«, sagte Ulja ernst. »Nicht blöd. Ich versteh. Ich denk das auch. Ich will auch raus. Berlin. Große Städte. Ich will singen.«

»Singen?«

»Ja«, sagte sie. »Singerin sein. Richtige. Auf der Buhne, buntes Licht, und alles laut. Nur einer muss mir entdecken. Wenn ich Chance habe, ich sing für alle.«

»Du siehst mehr aus wie jemand, der Bücher liest«, sagte ich.

Sie hielt ihre Brille hoch und lachte. »Wegen das hier? Na ja. Abitur, noch zwei Jahre, ich hatte … hätte … gemacht. Aber jetzt … fur Abitur, in Deutschland, ich musste wiederholen zu viele Jahr. Wegen Sprache. Ich mach das nicht, vielleicht. Ich will nur singen.«

Und ich wollte sagen, sing was, irgendwas, doch in diesem Moment meldete sich das Handy in meiner Hosentasche. Es war ein Wunder, dass es nicht auch abgesoffen war.

Neil.

»Hey«, sagte er, mit dieser tiefen Stimme, die so viel älter klingt als siebzehn. »Finnley? Hier stimmt etwas nicht. Es ist ausgesprochen seltsam. Bei der Beerdigungsgeschichte, du weißt, was ich meine. Kannst du reden?«

»Später«, sagte ich.

Aber Neil redete einfach weiter, in seinen etwas gestelzten Sätzen – wie ein großer schwarzer Vogel, der um die Worte herumbalanciert.

»Es stimmt etwas absolut nicht. Tabletten. Sie sagen, er hätte einen Herzinfarkt erlitten. Sie haben mich zu ihm geschickt, zu ihm nach Hause, um die Klamotten abzuholen. Und da liegen diese Tabletten im Schlafzimmer, und ich denke, gut, der Typ war krank, das sind seine Herztabletten. Aber die ganzen Tablettendinger in dem Streifen sind aufgedrückt. Und die Tabletten? Weg? Nee, negativ. Die sind trotzdem drin. Jemand hat die rausgedrückt und danach wieder reingetan. Nur warum sollte einer das tun?«

»Weil er … andere Tabletten in den Streifen reingetan hat?«, fragte ich, nur halb bei der Sache.

Ulja hatte sich gegen ein Stück der Seebrücke gelehnt und machte wieder Kaugummiblasen, große rosa Blasen, vielleicht gelangweilt, weil ich am Telefon hing. Die Sonne war fast untergegangen.

»Positiv«, sagte Neil. »Ja. Andere Tabletten. Und der Typ ist von uns gegangen. Ich hab dem Chef von den Tabletten berichtet, aber der hat gesagt, ich soll den Mund halten und den Leuten nicht nachschnüffeln, wir sind nur dafür da, sie unter die Erde zu bringen.« Er holte tief Luft. »Bloß, ich glaub, dieser Typ sollte gar nicht unter der Erde sein. Und jetzt macht der Chef Stress und sagt, wenn ich weiter rumschnüffel, bin ich den Job los … Finnley? Wo bist du?«

»Unter der Seebrücke in Zinnowitz«, sagte ich.

»Unter der …«

»Wir reden später«, sagte ich, noch einmal. »Balkon? Kommst du rüber?«

»Von mir aus«, sagte Neil. »Ich bring Bier mit. Aber wenn sie mich rauswerfen, kann ich bald kein Bier mehr ausgeben, befürchte ich, und …«

»Ich kann jetzt wirklich nicht«, sagte ich.

Ulja hatte begonnen, in ihrer Unterwäsche durch die Verstrebungen der Seebrücke nach oben zu klettern, die Kleider um den Hals gehängt.

»Warte!«, rief ich, doch sie wartete nicht. Sie winkte nur noch einmal kurz, zum Abschied, dann war sie oben. Ich fluchte lautlos. Mein Plan war gewesen, sie zu fragen, ob sie an diesem Abend oder am nächsten Tag schon was vorhatte. Doch nachdem ich es geschafft hatte, mit Handy und Schuhen und T-Shirt in der Hand auch nach oben zu klettern, war sie weg. Ich sah nur ihre ferne Gestalt auf der Seebrücke kleiner werden. Und da stand ich und rannte nicht, weil die verdammten nassen Jeans zu sehr an mir klebten.

In diesem Moment meldete sich das Handy wieder. Mama.

»Das Mehl im Edeka ist aus«, sagte sie. »Keine einzige Tüte mehr. Nicht mal der Biokram. Aldi hat auch nichts. Hab's bei der Tanke versucht, Fehlanzeige. Also nichts mit Pfannkuchen heute Abend. Aber kannst du mir 'ne Schachtel blaue Marlboro mitbringen? Hab ich vergessen, vor lauter Stress, kriegste wieder.«

»Klar. Nicht schlimm mit dem Mehl«, sagte ich. »Ich brauch nichts. Kein Hunger.« Essen und ich sind keine Freunde, längere Geschichte. Ohne wirkt auch der Alkohol schneller, dann brauchst du nicht so viel, ist billiger.

»Und Raymon und Kira sind mit Wurststulle auch glücklich«, sagte ich. »Also, alles gut.«

»Alles *gut*? Die Regale sind leer, Finnley! Leer! Das kann nur eins heißen. Die Russen kommen. Wo steckst du überhaupt?«

»Noch auf der Insel«, sagte ich. »Aber ich …«

»Noch auf der Insel? Komm bloß nach Hause. Da marschieren sie doch schon wieder.«

»Nicht mehr«, sagte ich.

»Wenn's dunkel ist, will ich euch alle hier drinhaben, und Tür zu und Ende. Was machst du da noch um die Zeit?«

»Ich … ich hatte noch was zu tun mit dem Eis«, sagte ich. »Es gab ein Problem mit … Erdbeer-Cookie.«

»Es gibt gar kein Eis, das so heißt.«

»Doch, klar, frag Kira«, sagte ich. Kira war fünf, und sie hätte alles für mich gesagt.

Ich konnte ja schlecht sagen: Ich habe das perfekte Mädchen getroffen, und ich saß mit ihr unter der Seebrücke und habe meine Chance verpasst, sie zu einem Date zu überreden, weil Neil seltsame Dinge von Leichen und Tabletten faselt.

Als ich die Promenade erreichte, war Ulja weg. Absolut, spurlos, telefonnummernlos weg.

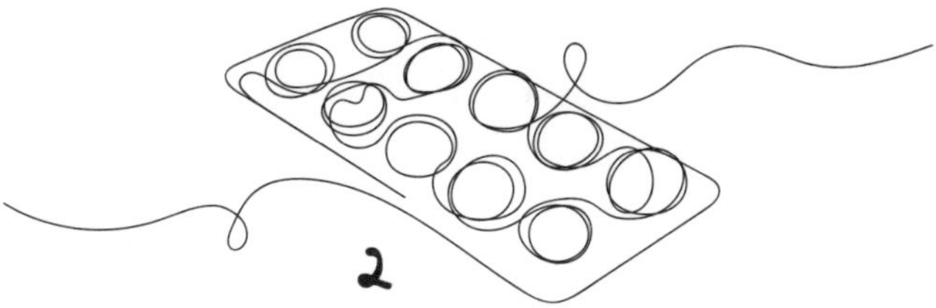

2

Und denn also der Balkon.

Oder, wie Mama sagt: die Balkonei.

Als wäre es ein Land irgendwo im Osten.

»Ihr trefft euch also wieder in der Balkonei«, sagt sie. Und dann lacht sie und steckt sich eine Kippe an und lehnt an der Betonumrandung, die untenrum schon wegbröckelt, und lässt ihre Finger durch die kränklichen Geranien streifen, die sie mit so viel Hingabe pflegt.

Wenn sie das macht, habe ich immer ein schlechtes Gewissen, dass wir unsere Kippen manchmal zwischen den Geranien ausdrücken, aber eigentlich glaube ich, den Geranien ist es egal.

An diesem Tag stand Mama nicht in der Balkonei herum, sie klapperte drinnen in der Küche mit Töpfen und fluchte und ließ ihre Sorgen um das Mehl und den Krieg an wehrlosem Geschirr aus.

Ich hätte ihr gerne geholfen. Manchmal koche ich für sie und die anderen, aber wenn nichts da ist, kann ich auch nichts kochen. Ich hätte mit ihr reden sollen, dachte ich, nur was hätte ich sagen sollen? Der Krieg kommt nicht zu uns? Das Mehl ist morgen wieder da? Ich hatte doch selber keine Ahnung.

Und überhaupt, ich wollte nichts von diesem Krieg wissen. Ich hatte ein Leben zu leben, ich hatte ein Mädchen im Kopf.

Ich fand Neil auf der alten Gartenliege draußen, wo er hockte. Er hatte seine lange Gestalt in sich zusammengefaltet und sah in die Ferne. Ich ließ mich neben ihn fallen.

Die Sonne hatte sich hinter die Felder verkrochen, ganz hinten glühte sie noch, hinter der Schweinemastanlage, bei der Umgehungsstraße, wo die Windräder schliefen. Man hatte einen guten Blick aus der Balkonei, nur leider in die falsche Richtung. Es wäre schön gewesen, das Meer zu sehen, die Insel, die ganze Weite dahinter.

Neil hatte den schwarzen Beerdigungsmantel ordentlich neben sich auf der Klappliege gefaltet und die Lackschuhe abgestreift, sodass man die Löcher in seinen Socken sah. Er schob seine Brille hoch, strich das glatte dunkle Haar zur Seite und sah zu mir rüber.

»Finnley.«

Ich nickte. »Sieht so aus, als wär ich hier.«

Muddy kam angetappt, mit klickenden Krallen auf dem Betonboden von Balkonien, und drückte sich gegen mein Knie, und ich vergrub meine Finger in seinem langen Fell, das mal wieder Shampoo und Wasser hätte brauchen können. Muddy ist eine Mischung aus australischem Schäfer, Pitbull und Putzlappen. Jedenfalls sieht er so aus, irgendwie gefleckt und wuschelig und nicht mehr der Jüngste.

Neil streckte wortlos eine Flasche in meine Richtung, und ich nahm sie und öffnete sie mit dem Feuerzeug. Und eine Minute lang tranken wir einfach nur und sahen dem Licht hinter den Feldern beim Verschwinden zu.

»Also«, sagte ich schließlich.

»Also, Probleme«, sagte Neil. »Dieser Typ. Die haben den um die Ecke gebracht. Tausend Prozent.«

»Mathe schreit gerade«, sagte ich. »Du hast es getreten.«

»Ich hoffe, es ist tot«, sagte er. »Von mir aus bestatte ich es.«

Ich trank noch einen Schluck Bier. »Erzähl. Was war das mit dem Typen und den Tabletten?«

»Jemand hat dem irgendwas angedreht. Drogen oder etwas Ähnliches. Die richtigen Tabletten waren alle rausgedrückt, da waren die falschen drin, oder warum ist ein Blisterstreifen hinten offen? Und er hat das nicht gecheckt, denk ich, weil er schlecht gesehen hat. Er hatte eine wirklich starke Brille. Ich hab durchgeguckt, ohne Brille hat der nix gesehen. Mit vielleicht auch nicht, solche Leute lassen doch nie ihre Brillen updaten.« Er schob seine eigene Brille ein wenig hoch. Diese schwarz berandete Brille, die ihn ein bisschen aussehen lässt wie einen Gymnasiasten, der den ganzen Tag zwischen Bücherregalen rumsitzt. Dabei ist er bloß in meiner Parallelklasse in der Förderschule.

Es ist komisch mit Neil, meistens ist er ein stiller Typ. Zwei Meter Schweigen und Nachdenken.

Und er macht echt komplizierte Sätze. Und dann bekommt er einen Knoten ins Hirn von den Zahlen und wird plötzlich wütend, und das ist nicht gut für die Dinge in seiner Umgebung.

Bei mir ist es anders, ich krieg Schule irgendwie hin, sodass es immer gerade reicht. Ich könnte es auch richtig gut hinkriegen, glaube ich, ich war mal auf der Normalschule, aber nach einer Weile ist bei mir immer die Konzentration weg, und überhaupt gibt es Wichtigeres im Leben. Bier zum Beispiel. Oder Musik. Oder Mädchen.

»Ich hab eine kennengelernt«, sagte ich, stellte die Bierflasche neben die kaputte Gartenliege und fischte eine Zigarette aus meiner Packung. »Aber sie ist wieder abgehauen. Ukraine. Hübsch. Und irgendwie komisch.«

»Hm«, sagte Neil. Er war in Gedanken bei dem Typen, den er unter die Erde gebracht hatte, schon klar.

»Dem können wir sowieso nicht mehr helfen, dem mit dem Herzinfarkt«, sagte ich. »Er ist tot und begraben, richtig?«

»Positiv«, sagte Neil und nickte. »Gelbe Rosen. Seine Frau hat gelbe Rosen aufs Grab gelegt. Wie lauter kleine Sonnen.« Er zuckte die Schultern. »Die waren im Aldi im Angebot, hab ich gesehen. Die Beerdigung war ganz schön, nur irgendwie komisch. Sonst sind die Angehörigen manchmal traurig und ernst und irgendwie … ruhig. Die Frau war nervös. So eine Rotgefärbte Ende vierzig. Hat sich ständig umgeguckt, als könnte da jemand sein, der ihr auflauert. War aber keiner da, und irgendwann ist sie nach Hause gegangen. Und der Chef ist sauer geworden, als ich ihm das mit den Tabletten gesagt habe. Ich hab ihm gesagt, klar, ich schnüffel nicht mehr rum, aber ganz ehrlich, ich würde schon ganz gerne wissen, was ich für Leute unter die Erde bringe. Man hat ja seine Berufsehre.«

»Willst du das echt machen? Später?«

Er nickte. »Auf jeden Fall. Irgendwer muss sie doch alle in Würde verabschieden.« Es stimmte, und er sah würdevoll aus, mit seiner Brille und dem Bier in der Hand und dem weißen Hemd mit gebügeltem Kragen, das er unter dem Anzug tragen musste, wenn er Leute beerdigen half. »Ich meine, man ist viel länger tot, als man lebt«, sagte er ernst. »Daran sollte man öfter mal denken. Leben tust du sechzig, siebzig, vielleicht achtzig Jahre. Tot bist du noch fünfhundert Jahre später. Da lohnt es sich doch, auf die richtige Art begraben zu werden.« Er schüttelte den Kopf. »Ich finde das raus. Ich finde raus, ob der wirklich umgebracht wurde. Hans-Peter Kaminsky. Der Grabstein ist natürlich noch nicht da, ist ja nie so am Anfang. Hans-Peter Kaminsky, in Gold, soll dadrauf, hat die Frau gesagt, mit einer Blume … Er mochte Blumen …«

»Ach, der alte Kaminsky«, sagte Leif und stand plötzlich auch da, in der Balkonei, ein Bär zwischen der kaputten Gartenliege und dem wackligen Plastetisch. »Der ist tot?«

»Positiv«, sagte Neil.

»Das war der Mann von der Stieftochter von meiner Oma … oder so«, sagte Leif. »Hat 'ne Weile da draußen im gleichen Dorf gewohnt wie die Alte. Hat auf der Insel gearbeitet, in 'nem Hotel, wie hieß das, irgendwas mit Wasser, Meeres… keine Ahnung. War da in der Kneipe. Hast du eine für mich?«

Ich streckte ihm die Zigarettenpackung hin, und er ließ sich auch noch auf die kaputte Liege fallen, was der Liege nicht guttat. Eines ihrer angeknacksten Beine knickte ganz ein. Leif ist nicht ganz leicht. Wir mussten alle lachen, aber wir blieben einfach sitzen, so viel Unterschied machte das eingeknickte Bein nicht.

»Wie ich ihn zuletzt gesehn hab, hat er erzählt, dass da jetzt immer die Militärs rumhängen«, sagte er. »Tags rumballern, abends saufen, tolles Leben, Mann. Militär wär schon geil.«

»War der neidisch?«, fragte ich. »Auf die Typen, die hier am Strand ihre Panzer kraulen? Dein Stiefcousinonkel?«

Leif war verwandt mit so ziemlich jedem auf der Insel und in Wolgast. Man konnte eigentlich treffen, wen man wollte, und er sagte: Das ist mein Cousin. Ob das stimmte, wusste kein Mensch.

»Herzinfarkt, jedenfalls«, sagte Neil. »Aber da hat einer nachgeholfen. Wetten.«

»Wie, nachgeholfen?«, fragte Leif, eher konzentriert aufs Rauchen: Die Qualmkringel im letzten Licht drifteten davon wie Seifenblasen, hinein ins Nichts der lauen goldenen Abendluft.

»Neil meint, er hat die falschen Tabletten gekriegt«, sagte ich.

»Echt? Scheiße, warum?«, sagte Leif. »Der hat doch keinem was getan. Manchmal hatte er Ärger mit 'n paar Kumpels, vor'n paar Wochen 'n blaues Auge, aber umlegen …?«

»Das waren keine Kumpels von deinem Kneipenonkel«, sagte ich. »Die Sorte Kumpels legt doch keinen um und tut so, als wär's ein Herzinfarkt. Die hauen einfach drauf. Das war jemand mit Grips.«

Und ich spürte, wie mich Adrenalin flutete, für ein paar Sekunden.

Ich meine, man muss sich das mal vorstellen: Du lebst vor dich hin, machst deinen Job, wäschst Gläser ab … Und dann, bääm, fällst du in der Spülküche um, weil einer dir irgendein Mistzeug angedreht hat, und du hast das geschluckt. Und checkst es vielleicht nicht, bis zum Schluss – checkst nicht, dass du von selber nie gestorben wärst.

Schon gruselig.

»Wir finden das heraus«, sagte Neil.

»Aber du wirst deinen Job los, wenn du rumschnüffelst«, sagte ich.

»Was man tun muss, muss man tun«, sagte Neil.

»Okay.« Ich nickte. Und fast war mir da ein bisschen feierlich zumute. »Wir sind dabei. Oder? Leif?«

»Dabei«, sagte Leif und schnippte Asche von seiner Zigarette, aber er sah nicht aus, als hätte er verstanden, wobei er dabei sein sollte.

»Und du?«, fragte Neil plötzlich und sah mich von der Seite an. »Du hast 'n neues Mädchen?«

»›Haben‹ wär zu viel gesagt.« Ich seufzte. »Sie ist seltsam. Sie war einfach da. Vom Himmel gefallen. Und dann war sie wieder weg.«

Ich merkte, dass ich grinste. Die Dämmerung war irgendwas zwischen blau und lila geworden, und im Geranienbeet starben die Reste der Kippen vor sich hin, und das Land, das unter uns lag, war so weich mit seinen Hügelfeldern und den Windrädern, die darin standen wie Kinderspielzeuge. Und mein Herz war seltsam schwer und leicht zur gleichen Zeit.

»Sie hatte Spritzer im Gesicht«, sagte ich leise. »Ganz kleine, dunkle. Wie Blut. Zwischen den Sommersprossen. Das ist komisch, oder?«

»Hat sie gesagt, wieso?«

»Nee«, sagte ich. »Ich hab sie nicht so direkt gefragt.«

Eine Weile war es still in der Balkonei, wir dachten alle an den Typen, der jetzt unter der Erde lag, und an die falschen Tabletten und die Blutspritzer, und wahrscheinlich fragten wir uns alle, ob es einen Zusammenhang gab. Aber dann schüttelte ich den Kopf. »Ach was. Die hatte nur Nasenbluten oder so. Wetten. Sie … sie hat mich angelächelt. Und sie kann balancieren wie der Teufel. Und schwimmen. Die hat keine Angst vor nichts.«

»Niemand hat keine Angst vor nichts«, sagte Neil.

»Welche Schule geht sie?«, fragte Leif.

»Gar keine. Sie kommt aus der Ukraine. Sie hat was von Abi gesagt. Was sie gemacht hätte, zu Hause. Also Gymmie.«

»Gymmie?« Leif schüttelte den Kopf, ungläubig. »Nee, lass die sausen. Die redet dann nur über Bücher.«

»Und hat wahrscheinlich Eltern mit Geld.« Neil schnaubte. »Nicht unsre Liga.«

»Sie singt«, sagte ich. »Sie will Sängerin werden.«

»Und? Ist sie gut?«

»Keine Ahnung, Mann, für mich hat sie ja nicht gesungen.« Ich zuckte die Schultern. »Nach Geld hat sie nicht ausgesehen. Mehr so, als hätte sie in ihren Klamotten geschlafen. Und dann war sie wieder weg. Verschwunden.«

»Hast du sie auf WhatsApp? Insta?«

»Nee«, sagte ich.

Und ich sah über das Land und sagte nicht, dass ich so ein Gefühl hatte. Dass sie wieder auftauchen würde. Und dass alles irgendwie zusammenhing. Die komische Militärübung und die Russen und Ulja und vielleicht sogar der Typ, den Neil unter die Erde gebracht hatte.

Und dann kam Kira in die Balkonei gehüpft und warf sich in meine Arme, fünf Jahre und rosa Zopfgummis, den Mund verklebt mit Resten von Schokocreme. »Mama fragt, ob einer von euch auch was essen will«, sagte sie. »Raymon und ich haben schon, wir dürfen jetzt noch was gucken. Kommt irgendwas mit Tieren.«

»Nee, alles gut, ich hab ihr doch schon gesagt, ich hab keinen Hunger«, sagte ich. Ich wusste, dass das Toastbrot in der Küche morgens knapp werden würde. Und es war alles so verdammt teuer geworden, und Mama brauchte sich nicht noch mehr Sorgen zu machen. »Flüssigabendbrot«, sagte ich und tippte an die Bierflasche, und Kira lachte, sodass man ihre beiden Zahnlücken vorne sah.

Und ich dachte einen komischen Gedanken.

Ich dachte: Wenn hier einer rumrennt, der Leute ermordet, und die Verrückten am Strand patrouillieren und vielleicht die Russen kommen, dann muss doch irgendwer auf Kira aufpassen. Und auf Raymon. Darauf, dass ihnen nichts passiert. Aber die Ukrainer haben auch auf ihre Kinder aufgepasst, und dann haben die Russen ihre Häuser in Schutt und Asche gelegt, und es war nichts mehr zum Aufpassen da. Ich zog Kira für einen Moment in meine Arme, und sie war klein und lebendig und warm. Und jetzt protestierte sie und riss sich los.

»Ey, Finnley, soll'n das? Du spinnst ja«, sagte sie.

Ich wuschelte ihr durchs Haar, was sie nicht mochte. »Kann schon sein«, murmelte ich. »Aber ich hab dich lieb.«

3

Und dann passierte am nächsten Tag ALLES. Irgendwie.

Ich hatte zu lange geschlafen und wild geträumt: von Neils Tablettentyp, von Sommersprossen und Blutspritzern in einem Mädchengesicht. Ich fühlte mich zerschlagen, als ich hinter dem Eiswagen stand, manchmal ist es anstrengend, und ich hasste die weiße Mütze und die Schürze und das ganze Gelächle. Ich hätte vielleicht noch mehr schwarzen Kaffee trinken sollen, morgens.

Mama findet, man sollte etwas essen dazu, aber egal.

Neil hatte gesagt, er würde mich abholen, vielleicht mit Leif.

Er hatte noch ein Billigticket für den Zug.

Ich versuchte, den Panzer zu ignorieren, der an der Promenade herumstand. Und die Soldaten, die dort lehnten und sich toll vorkamen mit ihren Gewehren.

Dann war es kurz vor sechs, und ich deckte die Eiswannen ab, und die Sonne wurde golden, Spätgold, und dann stand sie da. Ganz plötzlich. Vom Himmel gefallen, wie beim ersten Mal.

»Bananominz«, sagte sie.

Ich sah sie an, wie sie da in dem Goldlicht stand, und die Sommersprossen blühten wie Blumen. Es gab keine Blutspritzer mehr dazwischen. Vielleicht hatte ich mir die nur eingebildet? Aber in ihrem Haar waren kleine Äste. Als wäre sie durch den Wald gerannt.

»Bananominz gibt es nicht«, sagte ich langsam. »Und ich hab Feierabend.«

»Vielleicht, Bananominz gibt nicht vor Feierabend«, sagte sie, zog die Nase ein wenig kraus und legte den Kopf schief. »Aber hinter Feierabend, es gibt.«

»*Nach* Feierabend«, sagte ich. Es ist komisch, sonst sind es immer die Lehrer, die *uns* verbessern, wenn wir falsch reden. Komisch, mal etwas zu wissen, was jemand anderes nicht weiß.

»*Nach* Feierabend auch«, sagte sie unbeeindruckt. Und lehnte sich an den Eiswagen und sah hinein, wie durch ein Aquarium zu Fischen. Als würde das Eis plötzlich anfangen, sich zu bewegen.

»Na gut«, sagte ich und seufzte. »Bananominz.« Und ich mischte mit dem Eislöffel etwas, das aussah wie grüngelber Matsch mit kleinen grünen Stückchen, und reichte ihr die Waffel.

Sie legte wieder einen kleinen Turm Zehncentstücke auf den Wagen. »Lass stecken«, sagte ich. »Eh egal. Feierabend und so.«

Und ich lehnte mich auf den Eiswagen und sah sie einfach eine Weile an, und das war schön. Es hätte so bleiben können. Für immer. Keine Sorgen, keine Gedanken an patrouillierendes Militär, keine Gedanken an Mehl im Supermarkt oder an Tabletten und Beerdigungen. Nur goldene Spätsonne und ein Eis essendes Mädchen. Eigentlich, dachte ich, brauchte ich gar nicht mehr.

»Und? Was machst du so?«

»Ich?« Sie zuckte die Schultern. »Leben.«

»Du hast … Sachen im Haar. Hast du auf einem Baum übernachtet?«

Es war ein blöder Witz, ich fand ihn selbst blöd, aber sie sah mich seltsam an. Ernst. Dann sagte sie: »Nein. Natürlich nicht. In Unterkunft. Sehr voll. Viele Leute. Mit meinen Eltern.« Sie aß das Eis sehr sorgfältig auf, dann griff sie nach unten, wo sie etwas abgestellt hatte, und hob es auf: eine Gitarrentasche. Sie befreite die Gitarre daraus und hielt sie mir hin. Jemand hatte ihr den Hals gebrochen, der nur noch an den Saiten hing. Es war ein grausamer Anblick.

»Wo man kann finden … hier … ein Mensch, der kann reparieren?«, fragte Ulja.

»Keine Ahnung«, sagte ich. »Musikgeschäft? Ich weiß nicht, ob es hier so was gibt. Oder Wolgast. Vielleicht. Wer hat das getan?«

»Ich muss reparier die Gitarre«, sagte Ulja. »Dann ich gehe Berlin. Ich singe, und einer entdeckt mich. Es ist ein Traum, schon immer. Kennst du Berlin?«

»Nur ausm Fernsehen«, sagte ich. Und ich wollte sagen: »Da gibt es jede Menge Leute auf der Straße, die singen oder Musik machen oder sonst was und die 'ne Mütze mit Münzen vor sich liegen haben. Die haben nicht ausgerechnet auf dich gewartet!« Ich sagte es nicht. Wie sie so dastand, so voller Hoffnung, die verletzte Gitarre im Arm, in ihrem Lächeln Hunderte von Sommersprossen, da konnte ich es nicht sagen. Und ich dachte, verdammt, vielleicht hat sie recht. Man muss die Dinge einfach tun.

»Ich frag rum, wegen der Gitarre«, sagte ich, und in diesem Moment hielt ein schwarzer Kastenwagen direkt vor uns. In der Straße zur Promenade, wo nur noch der Lieferverkehr fürs Hotel hindarf. Ein Kastenwagen mit schwarzen Vorhängen vor den hinteren Fenstern. Alt, klapperig, zerbeult. Der Auspuff sah aus, als fiele er jeden Moment ab. Die Fahrertür flog auf, und zwei sehr lange Beine streckten sich heraus. Dann entfaltete sich der Fahrer des Kastenwagens. Es war, um ganz genau zu sein, ein Leichenwagen, Typ: *seit zwanzig Jahren nicht mehr modern*.

Neil streckte sich, rückte seine Brille zurecht und tippte an den schwarzen Hut, den er trug, so ein Ding mit einer breiten Krempe, Filz oder wie das heißt. »Finnley.«

Ich nickte. »Neuer Hut?«

»Positiv«, sagte Neil.

»Und altes Auto«, sagte Leif und stieg auf der Beifahrerseite aus. »Mann, Mann, dachte schon, das Ding fällt aufm Weg auseinander!«

»Nichts gegen mein Auto«, sagte Neil. »Oder du läufst nächstes Mal. Das ist das alte vom Chef. Steht seit Wochen im Hinterhof bei ihm, nutzt kein Mensch.«

»Und er weiß, dass du das hast?«, fragte ich.

Neil zuckte die Schultern. »Ich glaub nicht, dass das den interessiert. 'n Leichenwagen hält keiner an. Isso. Damit kommste nicht in 'ne Kontrolle.«

»Gewagt«, sagte ich. Und merkte auf einmal, wie ich grinste. »Kann ich fahren?«

Neil nickte. »Und das ist also die Dame?«, fragte er, sah zu Ulja hin, nahm den Hut ab und sank in eine geübte und ultratiefe Verbeugung.

Sie lachte. »Ich bin die Dame«, sagte sie und streckte die Hand aus. Und da nahm Neil sie tatsächlich und hauchte einen Handkuss darauf.

Leif sah mich an und verdrehte die Augen.

Dann hob er den Hut auf, den Neil bei der Verbeugung verloren hatte, und setzte ihn auf. Neil knurrte und schnappte ihn sich zurück. Und Leif sagte, er sei Leif, und Ulja sah von einem zum anderen und lachte noch immer. »Was is nu?«, fragte Leif. »Fahrn wir irgendwohin? Feierabendbierchen?«

»Wir müssen den Eiswagen reinbringen«, sagte ich, und Leif sagte, klar, und hob den Stein hoch, der an einem Ende als Bremsklotz davorlag, ein Stein, den ich jeden Tag mit dem Fuß da hinschob, so ein Riesending, fast ein Fels, aber Leif trug ihn wie eine Handtasche. »Wo soll der hin?«

»Der … bleibt eigentlich hier«, sagte ich.

»Bring ich gleich zurück«, sagte Leif, behielt ihn in der Hand und schob mit der anderen den Wagen. Ich dirigierte, Neil hielt die Tür auf, und irgendwie bekamen wir ihn in den Hoteleingang, dorthin, wo er hingehörte. Drinnen im Hotelrestaurant schwebte leise Klaviermusik, Kerzenlicht flackerte auf den Tischen, und einen Moment standen wir im Flur, auf dem hübsch gemusterten Kachelboden, und atmeten den Duft von Fleisch, Wein und Knoblauch. Ulja war hinter uns getreten, und ihr Blick war träumerisch. Das Restaurant ist schon schick, du kannst da am Fenster sitzen und aufs Meer gucken und um dich rum tausend Silberbestecke. Wenn man mal reich wäre, wär das was. Der Ober, der in seinem makellosen Anzug aus der Küche kam, ein Tablett mit Gläsern in den Händen, bedachte uns mit einem abfälligen Blick.

Besonders misstrauisch sah er den Stein an, den Leif noch immer in der Hand hatte. Als wäre der Stein eine Bombe, die Leif vielleicht werfen wollte.

»Jungs? Seht zu, dass ihr Land gewinnt. Mit Eisverkauf draußen ist Ende, und Party für Freunde ist das hier auch nicht. Erinnere mich nicht, dass in Ihrem Vertrag was von Rumlungern nach Feierabend steht, Herr … Kovanski.«

»Kovalski, Finnley Kovalski«, sagte ich und deutete eine Verbeugung an wie Neil eben, nur etwas dezenter. »Stets zu Diensten.«

Ich hörte ihn schnauben, als wir den Flur verließen. Mir egal, sollten die sich alle ihre Kerzentische und ihre Silberbestecke sonst wohin stecken. Draußen atmete ich die Luft vom Meer tief ein. Ich sah Ulja von der Seite an. »Was machst du jetzt?«

»Ich weiß nicht«, sagte sie. Sie hielt immer noch die zerstörte Gitarre fest. Und ich dachte: Du musst irgendwas sagen, damit sie nicht einfach wieder verschwindet. Klar, ist Abend, sie muss nach Hause, in die Unterkunft, zu ihren Eltern, aber noch ist es zwei Stunden lang hell. Sag irgendwas, damit sie bleibt.

»Wir könnten irgendwohin fahren, wo es tausend Mal schöner ist als hier«, sagte ich. »Keine Touris, keine Ober, die große Stille und der beste Sonnenuntergang der Insel.« Ich ging zu Neils Leichenwagen und hielt die Tür auf.

»Bier ist an Bord«, sagte Leif und grinste. Dann erinnerte er sich an den Bremsstein, den er immer noch festhielt, und legte ihn ganz behutsam zurück auf den Boden, ein bisschen traurig, dass er ihn nicht behalten durfte.

»Ich … ich bin nicht sicher …«, sagte Ulja.

»Nur für einen Spaziergang«, sagte ich. »Unberührte Natur und so. Na ja, wenn du nicht willst, fahren wir alleine.«

Sie steckte die tote Gitarre in die Gitarrentasche und zog den Reißverschluss zu. Sah von mir zu Leif zu Neil. Neil rückte wieder seine Brille zurecht. Seine ernsten, dunklen Augen unter der Hutkrempe wanderten durch das Labyrinth ihrer Sommersprossen.

Die steigt doch niemals zu drei solchen Chaoten wie uns in ein Auto, bei dem selbst ihr klar ist, dass es uns nicht gehört, dachte ich. Niemals, wir könnten Verbrecher sein, sie entführen, vergewaltigen, sonst was.

»Okay«, sagte sie und lächelte plötzlich. Und dann stieg sie ein.

Es gibt nichts Schöneres, als in einem lang gezogenen Julisonnenuntergang die Straßen der Insel entlangzufahren, wenn das Licht so goldplüschig auf den Feldern liegt und das Korn so weich aussieht, dass du ein Riese sein und es mit einer Hand streicheln möchtest wie einen Teppich. Wenn der Asphalt auf der Straße aus Samt ist. Wenn du zum Achterwasser abbiegst, wo es weniger Häuser und Menschen und Schilder gibt, und der Wald mit seinen hohen alten Eichen und Buchen in den Himmel greift wie in einen Cocktail aus Licht, Orange und Violett, aus dem die Äste trinken.

Wenn du ans Meer kommst bei Lütow und es dir entgegenglänzt. Eine weiße Fläche, vorne schon dunkelblau und voller kleiner Windwellen und hinten wie Schnee.

Glitzertage.

Mittendrin hing ein Boot, klein und schwerelos.

Fischer müsste man sein. Den ganzen Tag da draußen rumsitzen und die Sonne das Gesicht verbrennen lassen und dann abends die Netze einholen.

Aber so was gibt's ja gar nicht mehr heute, ist ja alles Großproduktion und Maschine und so.

Wir ließen den Wagen stehen und wanderten zu Fuß los, Neil mit seinem Hut, der einen merkwürdigen Schatten warf.

»Woher hast du das Ding denn nun?«, fragte ich.

»Aus der Wohnung von dem Tablettentypen«, sagte er.

Ich schluckte. »Was?«

»Ich war noch mal da. Hab mich ein bisschen umgesehen. Hat keiner mitgekriegt. Die haben vergessen, dass ich den Schlüssel noch habe. Einer wie ich, na ja, achtet doch keiner drauf, was der macht. Förderschüler eben. Der Chef hat gesagt, ich soll nicht rumschnüffeln, nur eigentlich glaubt der, ich bin sowieso zu blöd.«

Ulja und Leif gingen ein Stück vor uns, ein ungleiches Paar auf dem Pfad durch die weiß blühenden Büsche: sie schlank und einen Kopf größer als er, er breit und gedrungen, sein wiegender Gang wie der eines sympathischen Mammuts. Er bückte sich und hob einen großen entrindeten Ast auf. Er trägt ständig Äste mit sich herum, Äste faszinieren ihn.

Sie hatte den Kopf ein wenig geneigt, um ihm zuzuhören, er sagte irgendwas.

Ich spürte einen kleinen Stich und ignorierte ihn.

»Du hast den Schlüssel immer noch?«

Neil nickte, griff in die Tasche und hielt ihn hoch. »Jep.«

»Und haste was gefunden?«

Neil zog sein Handy heraus und hielt es mir hin: ein Foto von einem Foto.

Ich sah genauer hin. Das Foto hing an der Wand in einem kitschigen Goldrahmen, und drauf waren zwei kleine Jungs, im Gras, zwischen Blumen und Gemüsebeeten, ziemlich dreckig. Der eine grinste in die Kamera, so einer mit einem runden Gesicht. Der andere war schmaler und ernster und ein bisschen größer. »Häh?«, sagte ich.

Neil wischte weiter, das nächste Foto war auch von einem Foto, auch mit Goldrahmen, an derselben Wand vermutlich, und darauf waren zwei Männer. Einer von ihnen trug eine Uniform, schick, mit Schulterklappen. Der andere trug eine Schürze mit der Aufschrift von einem Restaurant und war bierbäuchiger und ein Stück kleiner, und er lächelte in die Kamera, selig: Selfie mit Militär. »Das sind dieselben, ja? Wie die kleinen Jungs?«, fragte ich.

Neil nickte. »Positiv. Schau dir die Gesichter an. Und das«, er zeigte auf den Militär, »ist der Oberst unserer Einsatztruppe hier auf der Insel.«

»Okay«, sagte ich. »Er kannte den Typen, und der ist inzwischen was geworden und rennt hier rum und scheucht Soldaten über den Strand. Und der andere hat immer noch in 'ner Kneipe gejobbt. Warum hat ihn dann jemand umgebracht?«

»Keine Ahnung«, sagte Neil. »Das Komische war, dass das Bild da gar nicht hing. Es lag im Mülleimer. Ich hab's wieder hingehängt, weil da ein Nagel war und so ein viereckiger Fleck auf der Tapete, es hat genau gepasst.«

»Okay«, sagte ich. »Der Typ schmeißt ein Bild weg, von sich und einem Freund, mit dem er sich vielleicht zerkracht hat, und denn stirbt er. An 'nem Herzinfarkt. Und … Leif?«

Leif war nach links ins Schilf getaucht, und Ulja stand auf dem Pfad vor uns und sah irgendwie verloren aus. Dann waren wir bei ihr und sahen Leif zu, der tiefer ins Schilf watete.

»Was *machst* du da?«

»Da ist was!«, rief Leif, schilfgedämpft. »Was Buntes. Komisches. Hier, mittendrin … Ich muss dahin, nachgucken …« Den Rest verstand man nicht. Ich hatte eigentlich nicht so viel Lust, mit den Turnschuhen ins Wasser und ins Schilf zu gehen. Es war das einzige Paar Turnschuhe, das ich hatte, ziemlich mitgenommen, und das Schilf würde ihnen den Rest geben. Aber dann ging Neil los, Neil in seinen schwarzen Beerdigungsschuhen, und ich dachte: Okay, wenn er das macht. Und vielleicht hatte es ja was Romantisches, in der Dämmerung durchs Schilf zu wandern. Es sangen eine Menge kleiner Vögel da, die ihre Nester an die Halme geklebt hatten.

»Komm!«, flüsterte ich. »Quer durch! Alles Natur bei uns.«

Ulja zögerte, dann gab sie sich einen Ruck und nickte. »Klar. Schön.«

Und so tauchten wir ins Schilf.

Vor uns ging Neils Hut, wippte knapp über dem Schilf. Leif war irgendwo noch weiter vorne, unsichtbar, ich hörte ihn durch die Halme brechen, wie die Wildschweine es tun. Leif hat es nicht so mit Leisesein. Vermutlich hatte er immer noch den riesigen Ast in der Hand, mit dem er sich einen Weg bahnte, Leif, der Bär.

Eine schillernd blaue Libelle flog vorbei, setzte sich auf einen Schilfhalm, und Ulja blieb stehen und sah sie an. »Ein Herz«, sagte sie.

Sie hatte recht, die Libelle bildete ein Herz mit ihrem schlanken blauen Körper. Nein, es waren zwei Libellen. Und wir beobachteten sie gerade bei der Paarung. Ich schluckte.

Ulja drehte sich zu mir um und lächelte, schön wie immer, aber seltsam melancholisch.

»Sie lieben«, sagte sie. Ich nickte.

Einen Moment lang sahen wir uns nur an, sie und ich, da im Schilf, mein Kopf wurde ganz leicht, und ich schwebte, so ungefähr einen Zentimeter über dem Boden. Direkt über der Oberlippe hatte sie drei Sommersprossen in einer Reihe. Nimm ihre Hand, oder beide Hände, sag was, mach was, irgendwas, das Richtige! Sie machte einen halben Schritt auf mich zu, sah mich noch immer an, ganz ernst, und ich sagte: »Ich …«

Aber da legte sie den Finger auf meine Lippen. »Psst«, flüsterte sie. Und dann: »Besser, wir zuruckgehen.«

Ich wollte nicken, und wir wären durchs Schilf zurückgewatet. Und vielleicht wäre alles ganz anders geworden, als es dann wurde, und vielleicht wäre nichts von den ganzen verrückten und schlimmen Sachen passiert. Auch nichts von den verrückten und guten.

Doch in diesem Moment rief Leif.

»Hey! Scheiße, kommt mal! Hier is was! Hier is wirklich was!«

Neils Hut verschwand durchs Schilf, und ich ging ihm nach, und Ulja folgte mir.

Und dann standen wir neben Leif, tief, tief im Reet, bis zu den Knien im Wasser, meine Turnschuhe hatten sich längst vollgesogen. Ein kleiner Vogel, so ein Nest-an-Halme-Kleber-Vogel, flatterte auf und floh vor uns. Wir störten seine Welt. Aber sie war vorher schon gestört worden, vielleicht ein oder zwei Tage vorher.

»Das …«, begann Neil und verstummte.

Vor uns ragte etwas aus dem Schlamm. Ein Flügel. Tarnanstrich, eckiges Metall.

Der lange Körper der Maschine war halb eingesunken in den Schlick, ihr Cockpit zerstört, gesplittert, das ganze Ding verbogen vom Aufprall, tot. Ich dachte an die Libelle, die einen ähnlich langen Körper gehabt hatte. An das Herz. Dieses Ding hier war das Gegenteil. Es war kalt und feindlich.

»Flugzeug«, sagte Neil. Wie ein Wort, das ein kleiner Junge neu lernt.

Er sah sich zu mir um, und in seinem weichen, irgendwie noch immer kindlichen Gesicht stand Unverständnis. »Ein Flugzeug im Schilf?«

»Die Russen«, sagte ich.

»Aber komisch. Das ist kein Aufklärungsflugzeug«, sagte Neil. »Und auch keine Suchoi. Kein Jäger. Ich meine, was wollten die Russen mit so einem Mini-Zwei-Personen-Ding?«

Ulja hatte meinen Arm genommen, krallte ihre Finger darum. Sie starrte das Flugzeug an wie eine Schlange.

»Es ist … abgestürzt«, flüsterte ich. »Wie kann es abgestürzt sein, ohne dass jemand was davon gehört hat? Im Radio? Oder sonst wo? Warum hat keiner es geholt? Wir haben doch genug Militär auf der Insel.«

»Die haben das abgeschossen«, sagte Leif. »Krass. Echt abgeschossen. Mann.«

»Nee«, sagte ich. »Abgeschossen und dann hier liegen lassen? Nee.«

»Wartet«, sagte Neil, und er schob mehr Schilf beiseite und ging zum Cockpit der kleinen Maschine und zerrte an der Tür. Zuerst ging sie nicht auf, klar ging sie nicht auf, es war ja alles verbogen.

»Ich kann das«, sagte Leif, wir wateten auch näher heran, und als Leif mit einem Ruck und all seiner Bärenkraft zog, gab die Tür nach. Und aus dem Cockpit fiel uns ein Mann entgegen.

Ein Mann in Flecktarn. Er fiel genau in meine Arme, und ich fing ihn auf, er war schwer, fast wäre ich gefallen. Leif half mir, ihn festzuhalten. Der Kopf des Mannes lag in meiner Armbeuge, und er sah mich an. Seine Augen waren starr. Über seine Stirn war Blut gelaufen, es war jetzt getrocknet. Ich wollte etwas sagen, am besten fluchen, aber mein Mund war trocken, und ich bekam nichts heraus.

Ich merkte, wie ich zitterte. Wie mir übel wurde und seltsam kalt. Als könnte jeden Moment jemand durchs Schilf kommen und eine Waffe ziehen und uns anschreien, auf Russisch, wir sollten die Finger wegnehmen.

Da stand ich, am Achterwasser unserer romantischen Sommerabendinsel, mit dem schönsten Mädchen der Welt und einem toten russischen Kämpfer in den Armen.

Einem Kämpfer, von dem niemand etwas wusste außer uns.

Was eigentlich gar nicht möglich war.

Neil nahm seinen Hut ab. »Friede seiner Seele«, sagte er.

»Wir müssen das melden«, sagte ich. »Irgendwem. Der Polizei. Dem Militär.«

»Nein«, sagte Ulja sanft. Und dann streckte sie die Hand aus und schloss dem unbekannten Kämpfer die Augen. »Er schläft. Wollt ihr wecken ihm? Ist müde. Hat vielleicht gewesen bei Militärs, mit Krieg in Ukraine, aber jetzt, für ihm es ist vorbei.« Sie legte eine Hand auf Neils Schulter. »Bitte. Nicht wecken.«

Neil nickte.

»Wir sollten ihn begraben«, sagte er. »In Würde. Wie es sich gehört. Ich kenne mich aus.«

4

Wir begruben ihn zwischen den Kiefern auf dem weißen Berg.

Es war beinahe ganz dunkel. Das letzte Licht hatte die Touristen mitgenommen und war mit ihnen zusammen verschwunden. Wir hoben die Grube im Licht meines Handys aus, Ulja hielt es fest, während wir gruben. Es war verrückt, wir gruben mit den Händen. Und mit ein paar großen scharfkantigen Steinen vom Strand. Wie die Wilden. Die Erde war trocken und hart, und meine Fingerkuppen bluteten, da waren wir gerade erst zehn Zentimeter tief.

Manchmal sah ich auf, sah Uljas dunkle Figur an, die an einer der windschiefen Kiefern lehnte.

Sie hatte gesagt, sie könnte auch graben, aber wir hatten gesagt, nee, das machen wir, Gentlemen und alles. Leif war am besten im Graben, er schuftete und schwitzte neben mir, und ich dachte, dass es für Leif irgendwie einfacher war. Er dachte nicht so viel, nicht auf die komplizierte Art. Er tat die Dinge einfach, und dann waren sie getan und fertig. Schlafen, essen, trinken, rumlaufen, TikTok gucken, rauchen, das war alles, und das reichte.

Ich dachte die ganze Zeit über den Kämpfer nach. Warum war er hier? Warum war das nicht in den Nachrichten gekommen? *Russisches Flugzeug stürzt über Usedom ab.* Es musste doch jemand gesehen haben. Warum war niemand gekommen und hatte den Kämpfer geholt? Die Feuerwehr, die Polizei, irgendwer? Und mir kam der absurde Gedanke, dass er vielleicht in eine andere Wirklichkeit gehörte. Dass keiner hier ihn und das Flugzeug sehen konnte.

Aber warum dann wir?

Wir hatten ihn zu zweit durchs Schilf geschleppt, und jetzt lag er da und wartete, und ich dachte, er wacht jeden Moment auf, im Dunkeln wirkte er fast lebendig. Ich meine, ich wusste, klar, dass er nicht mehr aufwachen würde.

»So, tiefer is nich«, sagte Leif, richtete sich auf und klopfte sich den Dreck von den Händen. »Rein mit dem Kerl.«

Und wir hievten ihn in die Grube, und es reichte knapp. Als wir ihn wieder mit Erde bedeckten, hatte ich einen Moment echt Angst, seine Nase würde rausgucken. Tat sie nicht, gerade so.

Wir traten die Erde fest, trampelten auf dem Grab rum, es war komisch, ich wollte eigentlich nicht auf eine Leiche treten, auch wenn Erde dazwischen war, aber Neil sagte, wir müssten, weil die Tiere den Typen sonst direkt wieder ausgraben würden.

Am Ende nahm Neil zwei Äste, und wir machten ein Kreuz daraus, mit einem Haargummi, das Ulja in ihrer Tasche fand.

Dann standen wir da und sahen im Dunklen das Grab mit dem Kreuz an, wir alle vier, und Neil nahm seinen Hut ab und räusperte sich und sagte mit seiner tiefen Stimme: »Lieber Unbekannter, mögest du in Frieden ruhen. Wir kennen deinen Namen nicht, aber …«

»Du hast irgendwo gekämpft, und das war scheiße«, sagte Leif. »Also ist es besser jetzt. Leute, wir sollten gehen. Es ist wirklich saudunkel.«

»Es war vermutlich schön, zu fliegen«, sagte ich. »Wir sind alle so schwer, wir kleben am Boden fest. Muss gut sein, wenn man leicht ist. Wenn man da oben ist, weit weg. Dann ist alles möglich. Man kann wegfliegen, in die Zukunft … und alles machen. Also … guten Flug.«

Einen Moment sagte keiner mehr was, und dann merkte ich, dass Ulja neben mir sich durchs Gesicht wischte, und ich begriff, dass sie weinte. Sie stand da ganz still und weinte, ihre Schultern zuckten, und ich wusste nicht, was ich machen sollte. Was machst du mit einem Mädchen, das du nicht kennst und mit dem du einen vom Himmel gefallenen Kämpfer beerdigt hast und das heult?

Ich legte einen Arm um ihre Schultern, ungeschickt, ich merkte es selbst. Sie lehnte sich leicht an mich, an meinen zu knochigen und wenig anschmiegsamen Körper, und dann legte sie ihren Kopf an meine Schulter und weinte noch ein bisschen weiter.

Keiner sagte was.

Erst im Auto, als wir zurückfuhren.

»Das ist der Zweite«, sagte Neil. »Der Zweite, der in den letzten vierundzwanzig Stunden an einer nicht natürlichen Ursache stirbt.«

Er saß auf dem Beifahrersitz, ich fuhr, und hinten saß Ulja neben Leif und war sehr still.

»Meinst du, die haben was miteinander zu tun?«, fragte ich, und Neil nickte nur, ich sah seine Silhouette mit dem Hut neben mir.

»Nee«, sagte ich, »das ist doch totaler Unsinn. Warum soll ein Typ, der vom Himmel fällt, was mit einem Typen zu tun haben, der die falschen Herztabletten nimmt? Die einzige Verbindung zwischen den beiden … bist du.«

»Hm«, sagte Neil.

Und dann sagten wir lange nichts mehr.

Bis wir an der Abbiegung zur Seebrücke Zinnowitz waren.

»Ulja?«, fragte ich nach hinten. »Wo willst du hin? Wo ist das … Heim oder was, wo ihr wohnt? Ich kann dich da hinbringen. Deine Eltern machen sich bestimmt schon Sorgen, oder?«

»Nein, danke«, sagte Ulja. »Du kannst mich lassen da, wo ist das Eis. An Meer. Ich kann gehen zu Fuß.«

»Nee, ich bring dich«, sagte ich.

Sie wollte nicht. Sie bestand darauf, dass ich sie an der Seebrücke absetzte, und das war verrückt. Was wollte sie da, nachts?

»Sehen wir uns?«, fragte ich, als sie ausstieg.

»Ja«, sagte sie. Mehr nicht. Nicht wie oder wo oder wann. Ich fuhr los und sah sie im Rückspiegel, unter den Straßenlaternen, die sie da für die Touristen haben, damit die großen Hotels und die Promenade schön beleuchtet sind. Das Meer schwappte still im Hintergrund herum, und davor stand Uljas kleine, schmale Gestalt, irgendwie verloren. Sie hob kurz den Arm wie zu einem Winken.

Wo verdammt noch mal schlief sie?

Wollte sie nicht, dass wir das Heim sahen, in das sie sie steckten? Was war verkehrt damit? Ich meine, sie bringen die doch gut unter, sie tun alles für die Ukrainer. Die meisten bei uns im Viertel sagen, die schmeißen denen alles nach. Und warum hatte sie geweint, um einen Menschen, den sie gar nicht gekannt hatte?

Und dann passierte am nächsten Tag die Sache mit dem Hotel. Und mit dem Boot.

Ein irre bunter Tag, Regenbogenfarben vor dem Himmelblau.

Aber von vorne.

Ich war beim Eis, klar, wo sonst, Geld musste rein, und Neil rief an und sagte: »Hör mal, ich muss raus zum Maritim. Leifs toter Onkel hat da noch Sachen, und die Frau hat gefragt, ob wir die holen können, vom Bestattungsinstitut. Und eigentlich machen wir so was nicht, wir sind nicht der Sperrmüll, sagt der Chef, aber ist nur eine Pappkiste mit Kram, und da hab ich gesagt, ich kann das machen. Seine Frau oder was, oder Ex, die Rotgefärbte, die ist wirklich komisch, sie will da auf keinen Fall selber hin. Tausend Ausreden, keine Zeit und so, zu viel zu tun, dabei hat die keine Arbeit, ist auf Hartz.«

Ich hörte, wie Neil tief Luft holte. »Kommst du mit? Ist ja bei dir draußen um die Ecke. So quasi. Wann haste Schluss?«

»Zwei, heute«, sagte ich. »Frühschicht.«

»Um drei beim Maritim«, sagte Neil.

»Von mir aus«, sagte ich und legte auf.

Vor mir hatte sich eine Schlange gebildet, und eine dünne Touristenmama mit Wertvolljacke und platinblondem Haar hielt ein kleines Kind hoch, das brüllte, es wollte sein Eis *jetztsofortgleich*.

»Telefonieren können Sie doch wirklich auch in Ihren Pausen«, sagte die Platinmama. Hinter ihr lauerten noch gefühlt tausend Leute, bereit, zu motzen, wenn ich mein Telefon noch mal anfasste. »Was kann so wichtig sein, bitte?«

»Ein Mord«, murmelte ich. Klar, das hörte sie nicht, sie kriegte ihr Eis und bezahlte und dampfte mit dem Kind ab auf die Seebrücke. Ich sah ihr nach. Sie war stehen geblieben und fütterte mit Stückchen von der Eiswaffel die Möwen. Möwen! Alles klar. Während es im Aldi kein Mehl gab für Pfannkuchen.

»Junger Ma-ann! Zweimal Schokolade, einmal Erdbeer!«, blaffte ein rotgesichtiger, übergewichtiger Typ im Hawaiihemd. »Geht's hier mal weiter? Sie werden nicht bezahlt, um Löcher in die Luft zu gucken! Wovon träumen Sie?«

Ich hätte fast geantwortet: Von einer Welt ohne Leute wie Sie.

Um zwei übergab ich den Eisstand an Steffi, die immer nur nickt und Kaugummi kaut, und ging zum Zug. Waren nur ein paar Stationen. Das Maritim war im übernächsten Seebad, so ein Riesending von einem Hotel, cremegelb mit weißen Schnörkeln, eine überdimensionierte Sahnetorte. Wie 'ne Menge Hotels hier. Als kleiner Junge habe ich mir immer vorgestellt, wie es wäre, wenn man reinbeißen könnte.

Aber an diesem Tag standen zwischen den Sahnetortenhotels Militärfahrzeuge.

Neil war noch nicht da, und an einem der Fahrzeuge gegenüber vom Hotel lehnten ein paar Soldaten und rauchten und guckten sich das Glitzermeer an. Abschätzig. Als wüssten sie, dass die Urlauber da nicht mehr lange baden würden.

Und es war komisch, ein Teil von mir hatte Angst vor den Soldaten, Gewehre um und so. Ein anderer Teil wollte sein wie sie. In so einer Uniform stecken, schick, mit Schulterklappen, und wenn du was sagst, müssen alle das machen. Ich holte tief Luft, ging rüber und schnorrte eine Zigarette. Eine Art Mutprobe vor mir selbst.

»Was machst du denn hier, Junge?«, sagte einer, und ich sagte: »Wir wollten eigentlich da rein, ins Maritim, Kumpel und ich.«

Sie lachten.

»Da rein? Schlips und Kragen haste aber vergessen, was?«

»Wir müssen was abholen«, sagte ich. »Onkel von ’nem Kumpel hat da gearbeitet.«

»Ist er rausgeflogen?«, fragte der eine.

»Ja«, sagte ich. »Aus dem Leben.«

Die beiden sahen mich an und kapierten nichts. War mir egal, ich hatte keine Lust, es zu erklären. »Ich hab mir auch mal überlegt, zum Bund zu gehen«, sagte ich. »Gebirgsjäger.«

Die Soldaten lachten. Freundlich, gutmütig. Wie über ein Kind. Arschlöcher.

»Doch, wirklich«, sagte ich. »Ich war da mal bei ’nem Beratungsgespräch. Aber dann hab ich mich dagegen entschieden.«

Ich sagte ihnen nicht, dass ich ausgemustert worden war. Ich lauf komisch, immer schon, irgendwas mit der Hüfte, haben die versäumt, zu reparieren, als ich ein Baby war, hat keiner gemerkt oder war ihnen Rille, Mama hatte wahrscheinlich andere Sachen zu tun. Bücken ist immer blöd, und knien auch, aber wenn du nur an der Bushaltestelle rumstehst und rauchst, merkt das ja nie einer, also was soll's.

»Und was machste jetzt?«, fragte der Soldat, immer noch mit der Wir-reden-mit-einem-Kind-Stimme.

»Schule zu Ende«, sagte ich. »Und dann bin ich weg hier.«

»Wohin?«

»Keine Ahnung«, sagte ich. »Werden wir sehen. Und Sie stehen hier schön rum und verteidigen das Land gegen die Russen?«

Sie lachten wieder. »Das is 'ne Übung, Junge«, sagte der eine.

»Nur 'ne Übung«, sagte der andere.

»Klar«, sagte ich. »Weiß ich ja. Ist nur 'ne ziemlich groß angelegte Übung. Da machen sich 'n paar Leute Gedanken.«

In diesem Moment knarzte der Funk hinter ihnen im Wagen, man verstand nichts, aber irgendwer wollte was, und der eine sagte: »Jetzt sieh zu, dass du Land gewinnst«, und dann waren sie im Wagen und drehten am Funkgerät herum, und dann fuhren sie los. Eilig, irgendwie. Zusammen mit drei anderen Wagen. Richtung Hauptstraße. Und auf einmal stand Neil neben mir.

»Übung, na klar«, sagte er. »Auf Facebook schreiben 'ne Menge Leute ganz andere Sachen. Da war schon wieder 'ne russische Maschine im deutschen Luftraum. Heute früh um fünf, ganz kurz.«

»Und eine liegt im Schilf am Achterwasser«, sagte ich leise. »Aber da hat sie sich telepathisch hingebeamt, weil keiner davon weiß.«

Neil trug seinen Beerdigungsanzug und die Lackschuhe, er kam von der Arbeit wie ich. Nur, dass es bei mir Jeans und T-Shirt bedeutete und vermutlich Erdbeersoßenspritzer im Haar, das wieder in irgendwelche Richtungen abstand. Neil musterte mich einen Moment lang. »Wir nehmen besser den Hintereingang«, sagte er dann. Na vielen Dank.

Vor dem Hintereingang stapelten sich Bierkästen, jemand war dabei, sie einzeln reinzuschleppen, und der Jemand war eine Frau. Weshalb wir natürlich halfen. Gentlemen und so. Sie nickte uns zu, und als wir alle Bierkästen drinnen hatten, wischte sie sich den Schweiß von der Stirn und seufzte.

»'s wollt ihr denn?«

»Wir möchten gerne die Sachen von Hans-Peter Kaminsky abholen«, sagte Neil in der steifen Art, die zu seinem Anzug gehört. »Wir kommen vom Bestattungsinstitut. Es handelt sich um einen Karton, sagte man mir beim Beerdigungsinstitut. Er hat hier gearbeitet.«

»Der Karton?«, fragte die Frau, und Neil sah sie verwirrt an. Sie war klein und nicht sehr schlank und hatte einen echt sehenswerten Busen, eine ziemlich dicke Brille und Karottenhaare. »Kommt«, sagte sie und lachte. »Ich hab schon verstanden.«

Sie führte uns durch den Lagerraum bis in eine große Küche, in der drei Leute dabei waren, irgendwas klein zu schneiden, und der Geruch nach Frittierfett und gebratenem Fleisch uns einhüllte. Er machte mich ein bisschen schwindelig, mein Magen mag Frittierfettgeruch nicht, vor allem, weil ich wie meistens vergessen hatte, an dem Tag etwas zu essen.

Die Frau drückte Neil einen flachen Pappkarton in die Hände. »Hier. Sag seiner Frau … es tut mir leid. Es war sein Herz, oder?«

Wir nickten beide. »Er ist zu Hause friedlich eingeschlafen«, sagte Neil. »Sein Herz ist stehen geblieben wie eine Uhr.« Wir sahen uns an. Wir wussten beide, dass ein Herzinfarkt kein friedlicher Tod mit Einschlafen war. Vermutlich lernte Neil solche Sprüche bei seinem Bestattungshaus.

»Ich werde ihn vermissen«, sagte die Frau. »Hier, ich glaube, es ist alles drin …«

»Was genau hat er eigentlich gemacht?«, fragte ich. »War er an der Bar? Oder hat er bedient?«

Sie lachte. »Hans-Peter? Er war in der Küche. Manchmal, aushilfsweise, hat er mal 'n Tablett rausgetragen. Zwanzig Jahre Küche, keiner konnte so schnell Gläser abwaschen. Wir haben immer gesagt, wenn du einen Hans-Peter hast, brauchst du keine Spülmaschine. Da war er stolz drauf.« Sie hob den Deckel vom Karton ab. »Hier, alles drin ... seine Ersatzklamotten, seine Kaffeetasse ... Und, ich weiß nicht, das hing über seinem Arbeitsplatz. Waschbecken, also. Er hat es immer angeguckt, aber jetzt ... kann ja nicht ewig da hängen bleiben, sagen die anderen.«

Damit nahm sie ein kleines gerahmtes Bild, das im Karton obenauf lag. Ein Foto.

Über die Ecke lief ein schwarzes Band, ein bisschen unordentlich angeknotet. »Das hab ich dran gemacht«, sagte sie. »Als wir erfahren haben, dass er tot ist.«

Auf dem Bild war ein leicht übergewichtiger Mann mit schütterem Haar und freundlichem rundem Gesicht, der eine Bierflasche in der Hand hielt: Hans-Peter Kaminsky. Er trug eine weiße Jacke, wie eben jemand, der in der Küche arbeitet, und saß auf einem Barhocker, offenbar in der Hotelkneipe: Überall war olivgrüner Samt, die Tische waren aus dunklem, poliertem Holz, und im Hintergrund, im Zwielicht, erahnte man ein Regal voller Flaschen, die das Licht einfingen. Hinter Kaminsky stand ein anderer Mann, so einer in einer schicken dunkelblauen Uniform, komplett mit Schulterklappen und Gold und allem. Mit einem Arm lehnte er sich auf Kaminskys Stuhllehne und lächelte in die Kamera, ein Bier in der anderen Hand. Kaminsky lächelte auch, breit, glücklich: zwei Freunde, die zusammen getrunken hatten.

Es war der gleiche Typ wie auf dem Bild, das Neil im Müll bei Kaminksy zu Hause gefunden hatte.

Und der Militärtyp hatte unterschrieben, quer über den untersten

Rand des Bildes weg, mit großem Schnörkel. Völlig unleserlich, natürlich. Je blöder du unterschreibst, desto mehr bist du ein Boss in der Welt.

»Oberst Friedrich Noack«, sagte die Karottenhaarige. »Hans-Peter wollte unbedingt, dass er unterschreibt, er hat drüber gelacht.« Sie sah mich an und kniff die Augen so ein bisschen zusammen hinter ihren dicken Brillengläsern. »Die waren mal Freunde, als sie klein waren. Haben in 'n selben Sandkasten geschissen.«

Ich lachte, die Vorstellung dieser beiden Männer im Sandkasten mit vollen Hosen war schön.

»Mann, Finnley, willkommen im Hier und Jetzt«, sagte Neil. »Noack befehligt die Truppe hier auf der Insel. Hab ich dir doch gesagt.«

»Das ist der Typ, der die Puppen tanzen lässt?«, fragte ich. »Die ganzen Spielzeugsoldaten da draußen? Der da klatscht, und dann marschieren sie?«

»Das ist der Mann, der unsere Küste vor den Russen schützt«, sagte die Karottenhaarige, und ich wusste nicht, ob sie das jetzt ernst oder ironisch meinte. »Dazu haben sie ihn geschickt. Aber zufällig kommt er von hier, so, von Geburt her. Und als die zum ersten Mal hier aufgetaucht sind, um auf irgendwas anzustoßen, da ist Hans-Peter hin und hat mit ihm gequatscht. Der Noack hat sich sogar an ihn erinnert. Und dann haben sie immer mal geredet, wenn der Noack mit seinen Leuten hier war. Hans-Peter ist zu ihm hin, und der Noack hat ihn aufn Bier eingeladen, was der eigentlich gar nicht trinken durfte während der Arbeitszeit, na ja. Und hinten in der Küche hat er damit angegeben.« Sie seufzte. »Nützt ihm jetzt auch nichts mehr, da, wo er jetzt ist.«

Sie legte das Foto zurück.

Ich griff in die Kiste und schob ein paar der Klamotten zur Seite, und da lagen noch zwei Dinge in der Kiste: ein Handy mit gesprungenem Display und ein Portemonnaie.

»Das Ding hab ich aus dem Müll gefischt, war komisch«, sagte die Karottenhaarige. »Es tut nicht mehr. Ich wollt's ihm zurückgeben, trotzdem, falls man's reparieren kann oder so. Das war am Tag bevor er … Ihr wisst schon. Er hatte gesagt, er hat's verloren, und dann war's im Müll draußen, in der großen Tonne, aber in der falschen. In der für die Küchenabfälle. Ich hab's abgewischt und alles.«

Neil nahm das Handy und drehte es hin und her. »Ziemlich hinüber.«

Er hatte recht. Dieses Ding sah aus, als wäre jemand draufgetreten. Mit voller Absicht.

Ich fischte das Portemonnaie heraus. Ausweis, ein paar alte Fahrkarten und – Hauptgewinn – zwei Fünfziger, nigelnagelneue Scheine. Neil pfiff durch die Zähne. »Der läuft mit so viel Geld im Portemonnaie rum?«

»Ist er sonst nie, glaub ich«, sagte die Karottenhaarige.

Und dann nahm sie ihm das Portemonnaie weg, warf es zurück in die Kiste und legte den Deckel drauf. »Nehmt mit, den ganzen Kladderadatsch.«

»Hatte er Ärger mit irgendwem?«, fragte Neil.

»Der Noack? Ja. Mit den Russen«, sagte die Karottenhaarige. »Nee, im Ernst? Keine Ahnung. Ich hab nur mitgekriegt, wie die am Abend gesoffen haben, zusammen, aber ich geh da nicht zwischen. Ich bleib in der Küche, wo ich hingehör.«

»Ich meinte den Kaminsky«, sagte Neil leise.

»Der hatte Ärger mit seinem Herzen«, sagte die Karottenhaarige und zuckte die Schultern. Und dann zog sie die Nase hoch und wischte einmal mit dem Ärmel drüber.

»Sie haben ihn gemocht«, sagte ich leise.

Sie nickte. Blinzelte eine unsichtbare Träne weg. »Der Kaminsky … war schon ein lieber Mensch«, sagte sie. »Jetzt ab mit euch, wir müssen hier weitermachen. Vorbereiten fürs Abendessen. Falls die Herren Noack und Co heute wieder einfallen wie die Heuschrecken.«

Und sie flatterte mit den Händen und scheuchte uns zur Tür wie Hühner. Und da sah ich den Zettel, er hing da einfach. Außen an der Tür. Computerausdruck.

SUCHEN VERSTÄRKUNG FÜR UNSER TEAM

IN SERVICE UND KÜCHE

AB SOFORT.

Klar, der Kaminsky fiel ja jetzt weg. »Wie viel kriegt man die Stunde?«, fragte ich.

»Fünfzehn«, sagte die Karottenhaarige, und ich pfiff durch die Zähne.

»Beim Eis gibt's nur zehn. Meinen Sie, die nehmen mich?«

Sie musterte mich, von oben bis unten. Leckte dann einen Daumen an und fuhr mir damit über die Wange, was wirklich eklig war, Kindergärtner machen so was. »Wenn du ohne Eisflecken im Gesicht kommst, vielleicht«, sagte sie und legte den Kopf schief, musterte mich prüfend: diese karottenhaarige Person mit der dicken Brille, die wirklich selber keine Schönheit war. »Bist ja 'n ganz hübscher Kerl, vielleicht hilft das für'n Service«, sagte sie fachmännisch. »Aber du brauchst 'n anständiges Hemd. Wenn de mit der Chefin redest. Kragen und so, da steht die drauf.« Sie sah zu Neil hoch, der ein Ende größer ist als ich und tausendmal schicker aussah in seinem schwarzen Anzug. »Suchst du auch 'n Job?«

Er lächelte freundlich und schüttelte den Kopf. »Ich hab einen«, sagte er. »Ich bringe Frauen und Kinder unter die Erde. Ah. Und Männer auch.«

»Wie bitte?« Sie starrte ihn entsetzt an.

Er fuhr über sein perfekt gescheiteltes dunkles Haar. »Beerdigungsinstitut. Deshalb sind wir doch da. Sachen abholen.« Er nahm seinen Hut ab und deutete eine kleine Verbeugung an. »Neil Schmidt, der Bestatter Ihres Vertrauens.«

»Äh, ja«, sagte sie verwirrt. Und dann zog sie sich in die Küche zurück wie auf der Flucht.

Die Leute reagieren manchmal komisch auf Neil.

Aber Neil ist auch komisch.

»Ich glaube«, sagte er, »sie fand mich interessant.«

Und als wir wieder beim Vordereingang des Hotels waren, packte es mich, und ich musste einmal reingucken. Manchmal muss ich Dinge einfach tun. Sie hatten eine Drehtür mit Gold drum rum und Marmorstufen. Fast war es erstaunlich, dass da nicht so ein Butler-Typ mit weißen Handschuhen rumstand und Autotüren aufhielt wie im Film.

»Lass kurz reingucken, nur, damit ich weiß, wo ich demnächst 'n Job habe«, sagte ich und nahm Neil am Arm und zog ihn einfach mit mir durch die Tür. Und da standen wir, in der Empfangshalle des Hotels, piekfein alles, Marmortresen, so halbrund, mit einer bildschönen Rezeptionistin dahinter. Und an den Wänden lauter wertvoller Kitsch. »Ich will nur mal sehen, wie das Restaurant aussieht«, sagte ich, und Neil schüttelte den Kopf und zog sein Jackett aus, das schwarze Beerdigungsding, und legte es um meine Schultern.

Er trug ein weißes Hemd darunter, und immer noch den Hut.

»Okay«, sagte er. »So is besser.«

Aber als ich an einem Spiegel vorbeikam, sah es aus, als hätte das Jackett mich aufgefressen. Es war breitschultriger und viel größer und irgendwie selbstbewusster als ich. Wir gingen an ein paar Samtsofas vorbei nach hinten, wo die Flügeltüren zum Restaurant offen standen: Es bestand aus blutroten Polstern auf goldbenoppten Stühlen, weißen

Tischdecken und gedämpftem Licht. Die Luft war klebrig von leiser Geigenmusik.

»Wenn ich mal ’n Mädchen hab«, sagte ich. »Und Geld. Dann führ ich sie hierhin aus.«

»Im Moment haben wir zwei Tote und kein Geld«, sagte Neil. »Einen an der Steilküste und einen in einem sehr schönen Sarg, und beide sind nicht freiwillig gestorben.«

»Du magst Tote sowieso lieber als Mädchen«, sagte ich.

»Möglich«, sagte er würdevoll. »Aber ich knutsch sie nicht ab. Guck, dahinten ist die Bar, nicht ganz so fein … Wär ’ne prima Idee, dich hier einzuschleusen. Du trägst deine Tabletts hier rum und kriegst raus, wer hier so rumhängt, mit wem der Kaminsky gesoffen hat und was für Feinde er hatte … wie im Film.«

Ich zeigte ihm einen Vogel. »Ich will da nicht hin, weil ich mich einschleusen lass«, sagte ich. »Hast du sie noch alle? Ich will dahin, weil das fünf Euro mehr sind. Wir können ’n paar Fünfer brauchen, wenn wir rauswollen aus dem Dreckskaff hier. Und das sind ’ne Menge Fünfer, drei pro Stunde statt zwei.«

»Wolgast ist eine Stadt«, sagte Neil steif.

»Stadtkaff«, sagte ich. »Du willst doch noch raus? Denk mal, wie verdammt viele Tote es da draußen gibt, die du kennenlernen kannst! Und Leif nehmen wir auch mit. Alleine kommt er ja nicht weg hier, er kann die Fahrpläne von den Zügen nicht lesen. Aber wenn wir zusammen sind, ist das egal.«

Und plötzlich war da dieses Bild in meinem Kopf: wir, am Geländer einer Brücke, über einem reißenden Fluss, in einem Gebirge. Irgendwo, keine Ahnung, weit weg, unter der Sonne. In einem Land, das die Leute hier noch nicht mal aussprechen können. Leif war auf das Geländer geklettert und hatte eine Kippe zwischen den Lippen auf dem Bild. Neil, hoch aufragend zwischen uns, trug den Anzug und den schwarzen Hut und ich eine abgewetzte Jeans und ein Hemd, das vorne offen war. Weil niemand was dagegen haben konnte, da oben in Sonstwo.

Aber da war noch jemand in dem Bild: Neben mir stand Ulja, in einem roten Kleid, und lehnte sich an mich, wunderschön, wie immer. Sie hielt die Gitarre, die wieder heil war. Und ich hatte einen Arm um sie gelegt. Keine Ahnung, warum Ulja in den Bergen ein rotes Kleid trug oder Neil den Anzug, es war in dem Bild einfach so.

Vielleicht sang sie, dachte ich. Man hört das ja nicht auf einem Foto. Ihre Stimme erhob sich zwischen den Felswänden wie ein kleiner, schillernder Vogel, und keiner dachte an Tote im Schilf oder Krieg oder die Enge einer stickigen Wohnung im fünften Stock. Wir wären frei.

»Kann ich den Herren helfen?«, fragte jemand neben uns säuerlich. Und da stand ein Typ mit hellblauem Jackett und Hotellogo auf dem Schlips und sah angepisst aus.

»Wir … wir haben nur was abgeholt«, sagte Neil und hielt den Karton hoch. »Aus … der Küche. Also, Arbeit. Und Finnley … Er fängt demnächst vielleicht hier an. Sie suchen doch jemanden. Schülerjobmäßig.«

»Von welcher Schule seid ihr?«, fragte der Typ und verschränkte die Arme. Er hatte so eine Art, einen von oben herab anzugucken, als wäre man ein Insekt.

»Förderschule«, sagte Neil, weil er zu ehrlich ist, und der Typ nickte.

»Alles klar. Dann lernt ihr vielleicht besser erst mal geradeaus laufen, ehe ihr hier Tabletts rumtragt. Was ist das überhaupt für ein Hut? Sind wir hier bei den Clowns?«

Neil nahm seinen Hut ab und sah ihn an, und er war einfach schwarz, wie vorher auch. »Das ist kein Clownshut«, sagte er, vollkommen ernst. »Das ist ein Bestatterhut. Ich arbeite beim Bestatter. Leichen sind meine Berufung.«

»Vielleicht solltest du mal mit 'nem Psychologen sprechen«, sagte der Typ.

Und da wurde ich sauer, was ich manchmal werde, und meistens kommt nichts Gutes dabei raus.

»Wenn Sie uns blöd kommen, blöd können wir auch!«, sagte ich. »Gehen Sie doch selber zum Psychologen!«

»Halt die Schnauze«, sagte der Hoteltyp. »Und jetzt raus hier.«

»Halten Sie die Schnauze!«, sagte ich, und da packte er mich am Kragen, sodass mir die Luft wegblieb. Er war einen Kopf größer und viel kräftiger als ich, und ich verfluchte die Tatsache, dass ich ständig das Essen vergaß. Wenn Leif da gewesen wäre, Leif hätte ihn plattgemacht.

»Entschuldigen Sie, gibt es ein Problem?«, fragte da jemand, und ich sah auf: hinein in ein Lächeln über einem Dreitagebart. In dem Lächeln gab es zwei dunkle Augen mit kleinen Funken darin.

»Herr Klingemann!«, sagte Neil erleichtert.

Der Hoteltyp ließ mich los. »Verzeihen Sie den Aufruhr«, sagte er. »Aber das hier ist ein Hotel und kein Jugendclub für Ghettokinder. Ich muss auf einen gewissen Standard achten, den Gästen gegenüber.«

»Die beiden sind mit mir verabredet«, sagte Klingemann freundlich. »Es handelt sich um ein Missverständnis. Sie wissen, meine Verlobte arbeitet an der Rezeption.« Er lächelte noch freundlicher, wickelte den Hoteltypen komplett in dieses zuvorkommende Lächeln ein wie in einen Kokon und legte einen Arm um meine Schultern und einen um Neils.

Thore Klingemann, Segellehrer, Selfmademan, Computerprogrammierer. Wenn man ein Lächeln hätte wie Klingemann, dachte ich, würden die Mädchen alle schmelzen. Früher hatten wir manchmal im Jugendtreff rumgehangen, und er war auch da gewesen, hatte geholfen. Nur so, ohne Geld dafür zu kriegen. Er hatte mir damals Radfahren beigebracht, ich werde das nie vergessen: wie er das Rad gehalten und mir einen Schubs gegeben hatte. *Fahr jetzt selber*, hatte er gesagt. *Du kannst es doch.*

Er führte uns zu der goldumrahmten Drehtür, und dann standen wir draußen.

Luft. Ich atmete ein paar Mal möglichst ruhig, fischte in meiner Tasche nach einer Kippe, inhalierte tief. Puls auf hundertachtzig, solche Arschlöcher, es nützte alles nichts.

»Wir haben nichts gemacht«, sagte Neil. »Wir waren nur da.«

»Jungs, Jungs, Jungs«, sagte Klingemann, schüttelte den Kopf und faltete einen Streifen Kaugummi in seinen Mund. »Ihr habt ein Talent dafür, zur falschen Zeit am falschen Ort zu sein. Und das solltest du sowieso lassen.« Er nahm mir die Kippe aus dem Mund und betrachtete sie, aber ich angelte sie zurück.

»Ja, irgendwann, Mann. Irgendwann hör ich auf. Nur nicht jetzt.«

Er lachte. »*Irgendwann* ist die kleine Schwester von *Nie*.«

Eine Weile kaute er nachdenklich auf seinem Kaugummi herum, dann fuhr er mit beiden Händen durch sein kurzes dunkles Haar und sagte: »Sie sind alle nervös im Moment. Ich denke, er war deshalb so.« Auf einmal hielt er sein Handy in der Hand. »Seit einer halben Stunde ist was Neues auf Facebook. Ein Schiff im Nordosten, von der russischen Marine.«

»Was?«, fragte Neil. »Nein.«

»Doch.« Klingemann hielt das Handy hoch und zeigte uns das Bild: die dunkelblaue Ostsee und darin ein weit entfernter Punkt. Er zog ihn groß, und da wurde er der eckige graue Körper des Schiffs. Unter russischer Flagge. Das nächste Bild zeigte nur noch die See.

»Keine neuen Updates«, sagte Klingemann und steckte das Telefon ein. »Das Schiff ist verschwunden, wie es aussieht. Jedenfalls ziehen die das Militär komplett an die nordöstliche Seite der Insel.«

»Das Schiff … Es könnte auch abgetaucht sein«, sagte Neil mit einem ernsten Stirnrunzeln unter der Hutkrempe. »Amphibienfahrzeug.«

»In der Größe?« Klingemann grinste. »Ich weiß nicht. Hört mal, Jungs … Wollt ihr mit raus aufs Wasser? Ich fahre sowieso, hab 'ne Verabredung mit dem Wind.«

»Jetzt? Wo vielleicht das russische Schiff da draußen ist?«

»Unsinn, auf der anderen Seite der Insel«, sagte er. »Achterwasser. Ich komme da keinen Russen in die Quere. Wenn ihr wollt, können wir uns um fünf in Netzelkow treffen, da liegt mein Boot im Moment.« Und er grinste wieder, auf diese Art, die ihn jünger wirken lässt. Er ist Mitte dreißig, aber das Grinsen ist so alt wie wir. Im Herzen ist er jung geblieben.

Das möchte ich auch, älter werden, selbstbewusster, und im Herzen siebzehn bleiben.

»Ich ruf Leif an«, sagte ich. »Letztes Mal war er doch auch dabei.«

Auf einmal lebte ich wieder, Adrenalin schoss durch meinen Körper, und vielleicht wurde der Tag doch noch gut. Als Klingemann uns das letzte Mal mit rausgenommen hatte, hatte ich das Boot alleine über die glitzernden blauen Wellen gesteuert. Leif hatte es auch gelernt, ich sah ihn noch vor mir, Kippe im Mund, ein Strahlen im Gesicht. Glitzerpunkte auf der Gischt der kleinen Wellen.

Kein Mensch muss lesen können, um ein Boot zu steuern. Und dem Boot ist es egal, woher du kommst, aus 'ner Villa oder 'ner Plattenwohnung im Fünften. Boote sind Kommunisten.

Ich wollte nur Kippen von zu Hause holen und Leif, und es war ein Fehler, in die Wohnung zu kommen. Mama saß auf dem Sofa, vor dem Fernseher, völlig aufgelöst, eine Packung Taschentücher neben sich, die amerikanische Sorte, wo du immer oben welche rausziehst. Und sie heulte und zählte unser Besteck, was totaler Unsinn war. Wir haben nicht sehr viel Besteck, und es ist nichts wert, billiger Blechkram, das mit dem Besteckzählen muss sie aus einem Film haben.

Kira saß neben ihr und baute Eiffeltürme aus Messern und Löffeln, und Raymon versuchte, sie umzuwerfen.

»Wenn die Russen wirklich kommen, gehen wir weg«, sagte Mama, als ich reinkam. »Besser zu früh als zu spät. Ich will eigentlich gar nicht weggehen …«

Ich ging hin und nahm sie in den Arm, kurz und ganz fest.

»Es ist alles gut«, flüsterte ich in ihr Ohr unter den gefärbten Haaren, während Muddy mit den Vorderpfoten an meinen Beinen hochstieg und mich seine Krallen durch die Jeans spüren ließ.

»Es ist alles fantastisch. Das Militär ist da, um die Küste zu verteidigen. Sie haben da einen ziemlichen Profi, Oberst Noack. Alle sagen, er ist gut. Leg das verdammte Besteck in die Schublade zurück.«

»Nimm den Hund mit raus«, sagte Mama und zog die Nase hoch.

»Mich auch!«, rief Kira.

»Mich auch!«, rief Raymon, und dann hingen sie beide an meinen Beinen und klammerten. Und ich fuhr ihnen durchs Haar, das genauso durcheinander war wie meins meistens, und sagte, dass das nicht ging. Ich kann doch bei Klingemann nicht mit zwei kleinen Kindern und 'nem Hund ankommen. Und am besten noch mit 'ner ganzen Besteckschublade.

»Ich komm ja wieder«, sagte ich. »Ich geh nur ein bisschen mit den Jungs segeln, ich komm wieder.«

»Da bin ich mir manchmal nicht sicher«, sagte Mama und zog wieder die Nase hoch. »Wenn du guckst, was da draußen alles los ist.« Sie hielt mich noch einen Moment am Arm fest, dann ließ sie mich widerstrebend los. Und ich pellte Kira und Raymon und den Hund von meiner Jeans ab und machte, dass ich wegkam. Leif wartete im Treppenhaus, mit seinem immer kindlichen Lächeln und Kippe im Mund.

»Na denn«, sagte er. »Holnwa die Räder ausn Keller.«

Also Netzelkow. Noch so ein winziger, niedlicher Ort: Reetdachhäuser, Postkartenidylle für Touristen. Nee, ehrlich, ich mag das. Besser als die protzigen Hotels drüben auf der Seeseite.

Wir schmissen die Räder ins Gras. Das alte rote von Leifs Mutter machte sich gut im Sommergrün.

Klingemann stand am Steg und guckte in den Himmel. »Könnt ihr mir sagen, was da fliegt?«

Er hat es mit Natur und so.

Leif kniff die Augen zusammen, strich sich die Locken aus der Stirn und sagte: »Das is 'ne Katze.«

Und Klingemann lachte, und ich sagte *Adler*, und er sagte *Klar*.

Und wir guckten mit ihm zusammen ins Blau.

Da schwebten sie, zwei Stück, riesig, die brettartigen Schwingen ausgebreitet. Die hielt nichts hier unten.

»Katze«, wiederholte Leif, glücklich über seinen Witz, und dann waren wir im Boot.

Neil stieg ein wenig steif hinein, wie immer, faltete seine langen Beine und sah fehl am Platz aus mit dem Hut. Eigentlich sieht Neil überall fehl am Platz aus außer auf Beerdigungen, weshalb er sie wahrscheinlich so mag. Leif und ich waren im Frühjahr ein paarmal mit dem Klingemann draußen gewesen, Neil erst einmal. Der Klingemann gab echte Segelkurse auf echten Sportbooten, in Wolgast, aber dieses Boot war alt und aus Holz und nicht auf Sport getrimmt. Es hieß Siri. Was natürlich ironisch war.

Leif sagte: »Hallo, Alexa.«

Und Klingemann sagte: »Siri.«

Und Leif sagte: »Alexa.«

Und Neil verdrehte die Augen schlug vor: »Katze?«

Man rechnet irgendwie nie damit, dass Neil Witze macht, aber er tut es.

Klingemann löste die Leinen, wir paddelten vom Steg weg. Und ich half ihm, die beiden Segel raufzuziehen, Fock und Groß. Die Fallen klemmen ein bisschen, und das macht Siri sympathisch. Dann holte Klingemann die Schoten dicht, und er ließ Neil an die Pinne, behielt aber die Hand darauf.

»Du machst das wunderbar«, sagte er. »Einfach geradeaus, Wind kommt von der Seite, perfekt.«

»Wohin fahren wir?«, fragte Neil.

Doch Klingemann lehnte sich nur zurück und schloss die Augen in der Sonne.

»Es gibt nicht immer ein Wohin«, sagte er.

Das war schön.

Wir wechselten uns ab mit dem Steuern, und wir fuhren ziemlich weit raus und übten eine Weile Wenden und Halsen. Ich dachte die ganze Zeit, dass wir endlich über das kaputte Handy und das Portemonnaie mit den beiden Fünfzigern und den Kaminsky reden sollten, weil wir das bis jetzt nicht getan hatten. Aber der Klingemann war da und hätte es gehört, und sein Lächeln hing im Boot wie ein großes, entspanntes Zaubertuch. Wenn man später so werden könnte, dachte ich. Wie Thore Klingemann. Nicht nur, damit die Mädchen schmelzen, wenn man lächelt – allgemein. Wenn man es schaffen könnte, sich über nichts aufzuregen, einfach zu leben. Ohne Wohin. Wie wunderbar wäre das!

Wenn man es schaffen könnte, glücklich zu sein.

»Machen Sie sich nie Sorgen um irgendwas?«, fragte ich.

»Doch«, sagte Klingemann und ließ eine Hand ins Wasser hängen. »Um die Insel.«

»Um … die Insel?«

Er sah auf einmal so ernst aus. Beunruhigend ernst. »Es ist so schön hier. Achterwasser ist noch okay. Aber sie bauen nach und nach die ganze Insel zu. Und von den Wäldern und all dem bleibt nichts mehr übrig. Meine Adler werden verschwinden. Und schau.« Er fischte etwas aus dem Wasser und hielt es hoch, und es war eindeutig tot. Ein Fisch.

»Ich könnte ihn begraben«, sagte Neil.

Der Klingemann lachte nur halb. »Die Fische sterben, nicht nur hier. Das Wasser ist zu warm, der Dünger lässt die Algen wachsen, die Algen verbrauchen den Sauerstoff im Meer, wenn sie absterben … und wieder tote Fische. Und am Ende sind wir es, die dran glauben. Die Menschen. Ende der Nahrungskette.«

Und ich dachte: Wie viel er weiß. Wenn man so viel wüsste.

»Die Welt geht vor die Hunde«, sagte er.

»Und deshalb sind Sie Vegetarier«, sagte Leif. »Wegen die Hunde.«

Wir sahen ihn verständnislos an, und er zuckte die Schultern und holte eine Dose Energy aus seiner Jackentasche und machte sie mit einem Zischen auf. »Jemand 'n Schluck?«

»Mistdosen«, sagte der Klingemann. »Alles Müll, den du nie wieder wegkriegst. Aber hey, die Sonne scheint, hat ja auch was für sich. Schaut euch das Geglitzer an.« Er hatte recht, das Wasser sah aus wie ein Nixenkostüm, voller Glitter und Flimmer und Funkeln.

»Wenn wir keine Hotels hätten«, sagte Klingemann leise, »und nichts von außen käme, könnte es das Paradies sein.«

Dann stand er im Boot auf, zog sein T-Shirt über den Kopf, streifte die Jeans ab und sprang mit einem perfekten Bogen ins Wasser. »Warten Sie!«, rief Neil. »Kommen Sie zurück! Sie können doch nicht ...«

Der Klingemann hatte sich im Wasser auf den Rücken gedreht und schwamm langsam vor uns her.

»Ihr könnt das Boot prima selber steuern!«, rief er. »Kommt einfach mit, ich schwimme. Ich brauch die Bewegung.« Und damit drehte er sich um und kraulte weg, eine rasch rotierende Maschine aus Armen und Kraft und Willen. Wenn man so sein könnte! Keine Kippen mehr, gesund leben, joggen, schwimmen. Wenn man so sein könnte.

Klingemann schwamm auf das Schilf zu, und wir folgten ihm mit dem Boot.

»Wisst ihr, was, wir könnten einfach umdrehen und abhauen«, sagte Leif. Wir sahen uns an und grinsten. Natürlich war es Unsinn.

Und dann sah ich die Person auf dem Steg. Es war nicht der Steg, an dem wir abgelegt hatten, sondern ein ganz anderer, Stege gibt es viele im Schilf, dieser hier war winzig und sehr versteckt. Aber jemand saß dort. Und jetzt stand der Jemand auf und sah uns entgegen, und ich merkte, wie mir seltsam heiß wurde.

»Ich fress 'nen Besen, wenn das nicht Ulja ist«, sagte Neil.

»Wir haben keinen Besen mit«, sagte Leif. »Nimm ... 'ne Katze.«

Sie war es, definitiv. Ulja. Sie trug dieselben Sachen, die sie immer trug, zu großes Männerhemd und Jeans und T-Shirt. Und zum ersten Mal fragte ich mich, ob sie sich eigentlich nie umzog. Was doch merkwürdig war. Aber sie war schöner als je zuvor. Das Nachmittagslicht im Schilf machte sie schön, malte goldene Flecken in ihr dunkles Haar und ließ ihr Gesicht leuchten. Sie stand da und, tatsächlich, machte Seifenblasen. Mit so einer Kinderseifenblasendose.

Die Blasen flogen schillernd hinaus aufs Wasser, stiegen auf, schwebten eine Weile da, regenbogenfarben schillernd, und zerplatzten dann: winzige Vergänglichkeiten. Vergänglichkeit ist ein irgendwie magisches Wort, ich habe es in der Schule in einem Text gefunden, der sonst blöd war, und es auswendig gelernt. Wir waren jetzt ganz nahe, die Blasen kamen zu uns herübergeschwebt. Das ist unser Glück, dachte ich. In einer Blase. Unsere Zukunft, sie kommt angeschwebt und … und zerplatzte auf meiner Hand. Na toll.

»Verdammt!«, schrie Neil. »Wir müssen anhalten! Bei dem Steg! Wie macht man das? Wie bremst man ein Boot?«

»Gegen den Wind aufschießen!«, rief der Klingemann aus dem Wasser, wo er auf der Stelle schwamm, aber was zum Teufel war Gegen-den-Wind-Aufschießen?

»Dreeeht!«, brüllte der Klingemann. »Jeeetzt!«

Das war eine ziemlich gute Idee, weil Siri sonst mit der Nase voran ins Uferschilf gekracht wäre, also drehten wir, und irgendwie war alles Durcheinander und Panik und Chaos, und alle schrien irgendwas, und auf einmal hatte ich Angst. Plötzliche, eiskalte Angst. Wenn wir das Boot vom Klingemann zu Schrott fahren, egal, wie nett er ist, verdammt, dann haben wir wirklich ein Problem, dachte ich. Und es kann sonst was passieren, er paddelt da im Wasser rum, zu nah, viel zu nah. Und ich sah vor mir, wie wir mit ihm zusammenstießen, er nicht rechtzeitig wegtauchen konnte, so kann man Leute aus Versehen um die Ecke bringen. Und was war mit Ulja? Ulja war auch zu nah.

Wenn etwas passierte! Verdammt.

Ich sprang vor und krallte mir die Pinne, riss sie herum, sah den Baum auf mich zukommen und brüllte: »Duckeeen!« Neil duckte seinen riesenhaften Körper weg, und Leif schaffte es ebenfalls.

Aber das Boot kam nicht ganz rum, fuhr nicht weiter. Es stand mit flatterndem Segel, das Geknatter war ohrenbetäubend. Wir standen. Wir standen neben dem Steg.

Der Klingemann im Wasser hob die Hände und klatschte ganz langsam.

»Genau das!«, rief er. »Aufschießen! Das Boot in den Wind stellen! Er muss von vorne kommen!«

Leif und Neil klopften mir auf die Schultern, und ich stand im Boot auf. Meine Beine waren aus Pudding. Aber ich hatte es geschafft. Mann, ich hatte es geschafft! Aus Versehen, aber egal.

Ich sah zu Ulja auf und spürte, wie ich lächelte, und sie lächelte auch. Mitten durch die Seifenblasen durch, die in der Luft herumwirbelten vom Wind. Ihr Hemd war wieder verrutscht, und ich sah den Bluterguss an der Schulter, der inzwischen grün war statt rotlila. Er begann, zu heilen. Ich wusste immer noch nicht, woher er stammte. Ich stieg mit einem Fuß auf die Reling und streckte die Hand aus, um ihr ins Boot zu helfen. Und sie nahm die Hand, und die Berührung schickte elektrische Impulse durch meinen Körper.

Sie sprang, leichtfüßig, sie hätte die Hand gar nicht gebraucht. Ich ließ los, aber irgendwie geriet das Boot dabei ins Schwanken, ich geriet auch ins Schwanken, weil ich stand und mich an nichts festhielt, und dann verlor ich das Gleichgewicht und fiel ins Wasser. In die Lücke zwischen Steg und Boot.

Ernsthaft.

Wie kann man so blöd sein?

Ich tauchte unter, tief, tief ins Dunkel, und unter Wasser waren auch Seifenblasen: weiße Blasen, Hunderte, die mich nach oben begleiteten. Eigentlich habe ich Angst davor, zu tauchen. Oder zu springen. Ich habe vor einer Menge Dinge Angst, auch wenn ich das nicht jedem auf die Nase binde. Was ist, wenn du beim Tauchen nicht mehr hochkommst? Wenn dich irgendwas nach unten zieht und du da unten verreckst? Wenn dir das Wasser langsam die Luft aus den Lungen quetscht und du nicht mehr atmen kannst, und du weißt, es ist zu Ende, und … Da griff ein Arm nach mir und zog mich hoch, und ich rang nach Luft. Der Klingemann neben mir musterte mich.

»Alles okay mit dir?«

Ich konnte ihm ja schlecht sagen, dass ich unter Wasser Angst hatte. Mit siebzehn.

»Klar, alles fantastisch«, sagte ich. »Ich dachte nur, ich schwimm auch noch 'ne Runde.«

»Mach das«, sagte er. »Aber ich geh jetzt besser wieder an Bord, wenn wir eine Lady dahaben.«

Damit zog er sich übers Heck aufs Boot, warf mir ein Seil zu, und gleich darauf gewann Siri an Fahrt. Ich klammerte mich an das Seil, ließ mich ziehen, und um mich herum tanzten Uljas Seifenblasen. Ich hörte ihr helles Lachen, perlig wie Sekt. Dann waren wir draußen, weit draußen, Siri fuhr jetzt langsamer, die Sonne stand goldgelb am Himmel wie aufgehängt.

Die Angst war weg. Völlig.

Und da kamen die anderen ins Wasser. Sie sprangen alle nacheinander hinein, Neil und Leif unelegant, wie ich.

Leif blieb nahe beim Boot, um sich festzuhalten, so richtig schwimmen kann er nicht.

Und schließlich zog Ulja ihr Hemd und ihre Jeans aus und sprang in Unterwäsche hinein, in einem perfekten Bogen, wie der Klingemann zuvor. Sie schwamm wie ein Fisch. Tauchte unter dem Boot durch, lachte. Und war auf einmal neben mir, ganz nah, ich sah die Wassertropfen auf ihrem Gesicht: lauter kleine glitzernde Sterne.

»Warum warst du am Steg?«, fragte ich leise. »Hier, auf der Rückseite der Insel? Ist doch ewig weit hierher, zu Fuß. Oder hat dich jemand mitgenommen? Wieso? Wer?«

»Du hast Diamant in Gesicht«, sagte Ulja und pflückte einen Tropfen aus meiner Augenbraue. »Und blaues Lippe. Zu viel kalt. Geh auf den Boot.«

Als ich mich hinaufgezogen hatte, dachte ich, dass sie eine Meisterin darin war, Fragen nicht zu beantworten.

Später lag sie neben mir an Deck, in der Sonne, in ihrer Unterwäsche, und unsere Hände berührten sich, weil so wenig Platz auf dem Boot war. Es war wieder, als würde man einen Stromzaun anfassen. Aber nur ganz leicht.

»Was ist eigentlich mit Berlin?«, fragte ich leise. »Wolltest du nicht nach Berlin? Ganz bald?«

»Zu teuer«, sagte sie. »Ich muss zu finden ein Job für die Geld.«

»*Das* Geld«, sagte ich.

Sie nickte. Und seufzte. »*Das*Geld. Ich habe uberhaupt kein Das-Geld.«

»Wir wollen auch weg«, sagte ich. »Wir alle. Vielleicht, wenn du noch ein bisschen hierbleibst, vielleicht können wir ja zusammen weggehen. Ich verdien Geld. Ich kann dir was leihen, wenn ich genug zusammenhab.«

Sie legte ihre Hand ganz auf meine und drückte sie. »Ja«, flüsterte sie. »Das ist ein schön Idee.«

Und dann verteilte der Klingemann Butterstullen aus einer Dose. Kein Toast, sondern Ökobrot mit Körnern. Es schmeckte erstaunlicherweise: Kräuterkäse, und wir aßen eine Weile schweigend. Ich sah

Ulja zu beim Essen, wir hatten uns wieder aufgesetzt und baumelten mit den Beinen, streckten die Füße ins Wasser.

Sie aß erst sehr schnell und dann nach zwei Bissen sehr sorgfältig, kaute unglaublich gründlich. Als müsste sie sich dazu zwingen.

»Geben die euch nicht genug Essen in dem Heim?«, fragte ich.

»Heim … ach so, ja, Gefluchtling-Heim«, sagte Ulja. »Doch, ja.«

»Irgendwas stimmt doch nicht. Du …«, begann ich. Da lächelte sie mich an und legte einen Finger an meine Lippen – so viel zu elektrischen Berührungen –, und dann sang sie. Ganz leise, zuerst. In ihrer Sprache. Leise und weich. Dann ein bisschen lauter, sodass alle zu ihr hinsahen. Und dann füllte ihre Stimme den ganzen Raum zwischen Wasser und Himmel, füllte ihn völlig aus. Ich verstand kein Wort, doch ich wusste, ich hatte noch nie jemanden so singen gehört.

Als sie endete, klatschten wir alle, und aus dem Wasser sprang ein kleiner Fisch und klatschte auch, als er darauf zurückfiel, und Ulja lachte. »Deutsch Fische mag auch Singen«, sagte sie. »Wenn Fische mich mag, ich habe ein Chance.«

»Das war ganz wunderbar«, sagte der Klingemann.

Und plötzlich fiel mir etwas ein. »Herr Klingemann«, sagte ich. »Kennen Sie jemanden, der Gitarren reparieren kann? Eine Gitarre … mit einem durchgebrochenen Hals?«

»Auweia«, sagte der Klingemann. »Ein gebrochener Hals klingt … sehr kaputt. War die Gitarre …« Er hielt inne, wurde vorsichtig. »War sie … im Krieg?«

»Hm«, sagte Ulja nur. Und der Klingemann legte eine Hand auf ihre Schulter. Ganz sacht. Was ich mich nie getraut hätte.

»Ich kenne tatsächlich einen Instrumentenbauer«, sagte er. »Wir bekommen die Gitarre wieder hin, versprochen.«

Sie schluckte, ich sah es, und sah zu ihm auf und nickte.

Und vielleicht, dachte ich, ging es nicht nur um die Gitarre, sondern um etwas anderes. Erinnerungen. Um Dinge aus ihrem Land, die jetzt kaputt waren.

»Wir bekommen das hin«, sagte der Klingemann. »Ich verspreche dir, ich gebe mein Bestes.«

»Aber was wird kosten es?«, fragte Ulja. »Reparatur ist teuer.«

»Vielleicht«, sagte Neil, »kann ich helfen. Ich hab noch Geld von den letzten Bestattungen.«

»Ich krieg demnächst auch was«, sagte ich schnell. »Vom Eisverkauf. Ich kann auch helfen. Die Gitarre wird wieder lebendig.«

»Behaltet euer Geld«, sagte der Klingemann. »In dem Alter sollte man jeden Cent umdrehen. Dieser Freund von mir … Ich würde sagen, er macht das umsonst. Und wenn nicht, kümmer ich mich. Ich verdien genug. Nur, wie treffen wir uns – deine Gitarre und ich?«

»Oh, Sie werden treffen ihr«, sagte Ulja, vage, mit einem Lächeln. »Und mir.«

Ich merkte, dass ich auch lächelte.

»Sie taucht immer auf«, sagte ich zum Klingemann, »wenn man am wenigsten damit rechnet. Sie wird Sie finden.«

»Okay«, sagte der Klingemann, etwas verwirrt, und fuhr sich durchs Haar, sodass es beinahe so verstrubbelt aussah wie meins sonst. Vielleicht hatten wir doch Ähnlichkeiten. Vielleicht hatte ich eine Chance, so zu werden wie er. Eines Tages. Es wäre so schön.

Ich würde mein eigenes Boot haben und über das Glitzerwasser segeln und keine Angst mehr vor dem Wasser haben oder vor den Militärflugzeugen oder vor irgendwas.

»Was war eigentlich in dem Pappkarton? Den ihr abgeholt habt?«, fragte der Klingemann. »Meerschweinchen?«

»Negativ«, sagte Neil. »Nee, die Sachen von ’nem Toten. Kaminsky. Hans-Peter.«

»Die Sachen von … Wieso …?«

»Weil ich ihn begraben hab, deshalb«, sagte Neil und gähnte. »Diese Woche hab ich schon zwei begraben. Einen Deutschen und einen Russen. War 'ne gute Woche.«

»Ein Russe? Hier?«

Ich trat Neil, damit er nichts von dem toten Kämpfer erzählte, und Leif sagte, erstaunlich geistesgegenwärtig: »Ja. Gibt's.«

»Haben Sie in letzter Zeit von irgendwelchen Flugzeugabstürzen gehört?«, fragte ich. »An der Ostsee? So im Allgemeinen?«

»Nein«, sagte der Klingemann. »Wieso? In den Nachrichten war nichts.«

»Ach, egal, gab nur so ein … äh … ein Facebookgerücht«, sagte ich.

»Ich hab auf Facebook nichts gesehen«, sagte er. »Auch nicht in der Inselgruppe.« Er sah uns an, einen nach dem anderen.

»Inselgruppe?«, murmelte Neil.

»Geschlossene Facebookgruppe für Leute, die sich hier gegenseitig … warnen«, sagte der Klingemann. »Was ich euch gezeigt habe, das war in der geschlossenen Gruppe Usedom.«

»Wie kommt man da rein?«

Er zögerte. Seufzte dann. »Ich kann euch eine Einladung schicken, wenn ihr wollt. Aber dann macht ihr euch vielleicht auch Sorgen, die gar nicht notwendig sind.«

»Besser, man weiß Bescheid«, sagte Neil. »Was so passiert. Es wird zu viel verschwiegen.«

Da nickte der Klingemann ganz langsam. Und dann zeigte er uns, wie man eine Halse fuhr.

Er fragte nicht noch mal nach dem abgestürzten Flugzeug.

Als wir das Boot fertig machten und die Segel einrollten, sank die Sonne rot hinter den Horizont und zerfloss. Mücken spielten in dem roten Licht wie in Blut.

Wir pulten unsere Räder aus dem Gras. Ulja hatte keins, natürlich. Der Klingemann zeigte auf sein Moped und reichte ihr wortlos seinen Ersatzhelm. Er hatte kein einziges Mal gefragt, wer Ulja war, woher sie kam, woher wir sie kannten. Und dennoch würde er sich um ihre Gitarre kümmern. Er war ein Kümmerer.

Sie fuhren zu zweit davon, hinein in den Abend. Es gab mir einen kleinen Stich, zu sehen, wie sie sich an ihm festhielt. Aber musste sie ja. Und er hatte eine verdammte Verlobte, warum machte ich mir Gedanken? »Steht sie auf den?«, fragte Leif.

»Jeder steht auf Thore Klingemann«, sagte Neil.

Und wie immer hatten wir keine Ahnung, wann oder wo wir Ulja wiedersehen würden. Sie würde auftauchen, dachte ich. Vielleicht. Vielleicht auch nicht.

An diesem Abend träumte ich von ihrem Lied. Den Worten, die ich nicht verstand. Geht doch gar nicht, oder? Wie kann ein Mensch in deinem Traum Worte singen, die man gar nicht kennt?

Sie konnte. Sie saß in meinem Traum und sang, sie saß auf dem untersten Ast eines sehr hohen Baumes, ganz vorne an der Steilküste.

In ihrem Gesicht waren wieder die roten Spritzer, die sie längst abgewaschen hatte. Im Traum waren sie da, und sie leuchteten, und ich dachte, keine Frage, natürlich ist das Blut, aber woher?

Und dann wachte ich auf und hatte verpennt.

Das nächste Mal, dass ich Ulja sah, war ein paar Tage später.

Ich kam vom Eisjob, oder genauer gesagt vom Briefkasten: Ich hatte eine Bewerbung ans Maritim geschickt, trotz allem, ausgedruckt im Copyshop und mit, wie sagt man so schön, Lichtbild. Ich war stolz auf mich, weil ich sonst nie so was auf die Reihe bekam, nicht alleine, außerhalb der Schule. Aber ein Fünfer extra pro Stunde!

»Kannste vergessen«, sagte Leif. »Du hast dich mit dem Kerl da im Restaurant angelegt, oder? Dann nehmen die dich doch nicht.«

»Die erkennen mich sowieso nicht auf dem Bild«, sagte ich. »Ich hab die Haare anders.«

»Wie, zwei Zöpfe, oder was?«, sagte Leif, wuschelte durch meine Haare und lachte.

Und in diesem Moment sah ich den Beerdigungstypen. Er stand neben dem Spielplatz, an dem wir vorbeimussten, und sah aus, als würde er jemanden suchen. Der Chef von Neil, ich kannte ihn nur vom Sehen. So ein hagerer Riese mit einer ziemlichen Nase und einer kleinen runden Brille und natürlich auch immer im schwarzen Jackett. Ich meine, vielleicht trägt er zu Hause ja einen gelben Schlafanzug mit roten Entchen drauf, weiß man ja nicht, aber wenn man ihn rumlaufen sah, sah er immer aus wie eine schlecht gelaunte Riesenkrähe. Neben ihm stand noch so ein Typ, vielleicht auch vom Bestattungshaus, so ein dicker Kräftiger, wie ein Grizzlybär, mehr so Marke Schläger.

»Die suchen wen«, sagte ich zu Leif, und Leif nickte. »Die sehen angepisst aus.«

Und da dachte ich an die beiden Fünfziger im Portemonnaie vom Kaminsky und das kaputte Handy und das Bild und daran, dass Neil das alles behalten hatte und zu Hause unter seinem Bett bunkerte.

Er sagte, es wären vielleicht Beweise für irgendwas.

»Wetten, der hat mitgekriegt, dass ihr dem Kaminsky nachschnüffelt?«, sagte Leif. »Mach dich mal besser vom Acker.«

In diesem Moment sah mich die schlecht gelaunte Krähe und stakste auf mich zu. Ich spürte, wie die Angst in meiner Kehle hochkroch. Die Fäuste des Grizzlys sahen nicht aus wie etwas, womit ich Bekanntschaft machen wollte. Er war ungefähr tausend Kilo schwerer als ich und hatte ein Gesicht wie ein Schlachter. Vor 'nem Jahr oder so hat mich so einer mal plattgemacht. Wegen einer völlig behämmerten Sache mit ’nem Mädchen. Es war nicht schön.

Da rannte jemand auf mich zu und warf sich in meine Arme: Kira, in Lichtgeschwindigkeit.

»Finnley, Finnley, Finnley!«, sang sie. »Ich kann was, du musst gucken, ich kann was Neues!«

»Ja klar, ich gucke«, sagte ich und wirbelte sie herum, und sie juchzte.

Nie war ich Kira dankbarer gewesen, dass sie da war, sie war wie ein Schutzschild gegen die Krähe und den Grizzly. Ich setzte sie ab, und sie zog mich mitten ins Kindergewusel auf dem Spielplatz.

Der Spielplatz: Den haben sie ins Ghetto gestellt, hinter die letzten Blocks, wie ein Bonbon für die Hartzer. Hier, schickt eure Kinder spielen, seid dankbar, und haltet den Mund.

Und da sitzen sie, jeden Tag, mit ihren Kinderwagen, die Mädchen, die mal mit mir in der Schule waren. Neunzehn Jahre und zwei, drei Kinder, und die spielen dann da, und die Mädchen rauchen Kette und ziehen ihre Lippen nach und gucken auf ihre Handys. Es saßen auch jetzt welche da. Und auf der anderen Seite hatten ein paar Typen in schmuddeligen Trainingsanzügen und ohne Haare ihre Bierbäuche auf eine Bank gehängt.

Und ich dachte wieder: Raus hier, Mann, wir müssen echt raus. Dringend. Bevor wir auch so enden.

Am Himmel über den Blocks flogen die weißen Möwen im Blau.

»Guck, guck, guck!«, schrie Kira. Sie saß auf der Schaukel, jetzt, und flog zu den Möwen, ich sah, wie ihre kleinen Fäuste die Ketten umklammerten, und ich dachte: Sie lässt jetzt los, sie fliegt hoch und breitet ihre Arme aus und landet in dem Blau. Und dann fliegt sie weg, weit, weit weg, weil sie es kapiert hat: dass es keine Option ist, hierzubleiben. Sie fliegt bis zum Meer und ist frei, sie wird nie auf einer Bank sitzen und mit neunzehn ihre beiden Kinder hüten und Kette rauchen, weil sie einfach weg ist. Aber im Grunde wusste ich natürlich, dass sie genau das tun würde.

»Fang mich auf!«, schrie Kira. »Das ist das Neue, was ich kann! Ich kann runterspringen!«

Und dann ließ sie wirklich los, ganz plötzlich, als sie am weitesten vorne war, und ich bekam einen verdammten Schreck und sprang nach vorne und breitete die Arme aus. Ich kann sie niemals auffangen, dachte ich, sie wird fallen, sie wird sich wehtun. Und vielleicht wäre es doch mal eine Idee, Sport zu machen und was zu essen und nicht nur von Billigbier zu leben und von Kippen und Joints und Träumen.

Nur war es für die Überlegung etwas zu spät. Kiras kleiner Körper traf mich mit der Wucht einer Kanonenkugel, und ich schloss meine Arme um sie und taumelte rückwärts und fiel in den Sandkastensand und sie auf mich. In meinem Mund war Sand, in meinen Augen war Sand, überall war Sand, ich hatte die Augen zugekniffen. Als ich sie öffnete, saß Kira auf mir und lachte und lachte und lachte.

»Finnley!«, prustete sie. »Finnley, Finnley, Finnley! Noch mal!«

»Nee«, sagte ich, kam hoch und versuchte, den Sand aus meinem Gesicht zu wischen. »Wirklich nicht.«

»Doch, doch, doch!«, rief Kira. Und plötzlich standen da vier andere kleine Kinder, noch kleinere als Kira, und sie riefen alle durcheinander. »Ich auch! Ich auch! Fängst du mich auch auf?«

Raymon tauchte in dem Gewühl auf, ich hatte nicht gewusst, dass er da war, und krabbelte auf meine Schultern, und ein anderes Kind krabbelte mit. Und ich wurde quasi begraben unter einer Lawine von übereinanderpurzelnden, lachenden Kindern. Die Welt bestand aus Kinderaugen und Kinderhänden und Kinderkichern und … vor allem aus Sand.

»Na, denn man Prost«, sagte Leif von irgendwo außerhalb des Gewühls, und ich drehte den Kopf nach ihm. Da stand er mit seinen Bärenarmen, er hätte die Kinder viel leichter auffangen können. Hinter ihm stand der andere Bär, der Grizzly, mit der Krähe, die noch immer sauer guckte. Aber sie konnten nicht an mich ran, die Kinder waren dazwischen.

»Klar«, sagte ich. »Klar fang ich euch auf. Einen nach dem anderen. Raymon zuerst.«

Doch Raymon schüttelte den Kopf, und als ich aufstand, versteckte er sich hinter meinem Bein. Klar, Raymon ist ich in klein, er hat Angst vor Sachen wie Von-Schaukeln-Springen.

Also fing ich ein pinkes Mädchen mit weißblonden Haaren und laufender Nase und landete wieder im Sand. Und dann kam ein kleiner Junge mit neongrünem Traktor-T-Shirt, und dann kam ein winziger Schwarzer, zwei Jahre oder drei, und ein paar Kinder riefen: »Nee! Der nicht!« Und er guckte mich an, eine Frage im Gesicht, einen Finger im Mund.

»Klar«, sagte ich. »Klar fang ich dich.«

Mir doch egal, ich lass mir doch nicht von den Knirpsen sagen, ob ich einen anderen Knirps auffangen darf. Von mir aus können die blaue Haut haben oder grün karierte, ist doch egal.

Und als er durch die Luft segelte, sah ich aus dem Augenwinkel, wie die Krähe und der Grizzly über die Wiese weggingen. Sie hatten aufgegeben, mich abzugreifen. Ich fing den Minijungen, und er war so leicht, dass ich nicht umfiel, sondern stehen blieb. Er strahlte aus meinen Armen zu mir rauf und sagte: »Cool.«

Und da dachte ich, dass ich Kinder mochte. Komisch, aber wirklich: Ich mochte sie. Sie hatten mich gerettet, und ich rettete sie, jedes einzelne, aus der Luft, und es war ein Gefühl wie besoffen sein, nur, dass es nichts kostete.

Als ich wieder zu Leif sah, stand Ulja hinter ihm. Einfach so, wie vom Himmel gefallen. Wie sie das eben immer macht. Sie lächelte mich an, mich, den Idioten im Kindergewimmel, und kam zu mir rüber und streckte die Hand aus und fuhr durch mein Haar. »Viel Sand«, sagte sie und lachte. »Bist du ein Sandmann?«

»Ich, äh«, sagte ich. »Was … was tust du hier?«

»Ich mach Sand aus dein Haar«, sagte sie.

Keine Erklärung. Auch das war wie immer. Ich begann, mich daran zu gewöhnen.

»Komm, jetzt rutschen wir!«, rief Kira. »Du und ich!«

Und dann nahm sie den Minijungen an der Hand, den die anderen erst nicht gewollt hatten. »Der darf auch mit, wir rutschen alle drei«, sagte sie. Der Minijunge sah erschrocken aus, nickte aber tapfer. Und ich zuckte die Schultern, hilflos. »Ich muss jetzt rutschen«, erklärte ich Ulja.

»Klar«, sagte Ulja. »Ich auch.«

Und dann kletterten wir die winzige Holzleiter hoch, und die Rutsche war viel zu eng, vor allem für uns drei, aber es ist vielleicht doch gut, wenn man nicht so viel isst, ich passte so einigermaßen darauf. Der Junge krabbelte auf meinen Schoß, und Kira hängte sich an meinen Rücken, und die Kinder klatschten alle, als wir unten ankamen. Und natürlich kam ich so an, dass ich wieder im Sand lag. Sie halfen mir hoch, viele kleine, verschwitzte Hände. Und eine größere: Ulja.

»Wir mussen bauen auch ein Sandschloss«, sagte sie.

So baute ich an diesem Tag eine Sandburg, die Schloss hieß, und Ulja steckte Blumen, die sie zusammen mit Raymon gepflückt hatte, in die Türme.

Danach saßen wir oben auf der Holzbrücke zwischen Rutsche und Klettergerüst, und Kira sang *O Tannenbaum*.

»Damit du mal ein deutsches Lied lernst«, sagte sie zu Ulja.

»Aber das ist ein Weihnachtslied«, sagte Leif, der neben uns an der Holzbrücke lehnte und rauchte.

»Kann doch auch ein Sommerlied sein«, sagte Kira trotzig. »Tannenbäume sind doch immer grün. Das ist der Trick.«

Ulja konzentrierte sich, und dann sang sie mit Kira zusammen *O Tannenbaum*, mitten in der Sommersonne. Und als sie es sang, klang es wie ein Song, der in den Charts sein müsste, oder auf einer Bühne, ganz anders als ein Kinderlied, und wir lauschten alle, der ganze Spielplatz war still. Bei den Kindern waren zwei oder drei, die Leifs Nichten und Neffen waren, die waren auch still.

Andächtig.

Auf der Rutsche klebte ein Aufkleber, den ich noch nie gesehen hatte, blau mit oranger Schrift: FURU, und ich fragte mich, was das sein sollte, FURU. Ganz klein in der Ecke war ein oranger, auslaufender Klecks, oder der Umriss von etwas, das ich nicht erkannte, der Aufkleber hatte an der Stelle einen Riss. Wir haben ja früher auch immer alles zugeklebt, Hansa und so, aber FURU? Mein Blick wanderte über den Spielplatz, während Ulja sang, und plötzlich sah ich, dass die Dinger überall klebten, am Klettergerüst, auf der Schaukel, auf einer der Bänke. Vielleicht hatte irgendein Kind aus dem Kindergarten die mitgebracht und einfach alles damit vollgekleistert, es sah immerhin hübscher aus als ohne Farben.

Raymon kuschelte sich an mich, er war müde geworden, er ist erst drei, und ich dachte, alles ist schön, alles ist perfekt. Ulja kletterte nach unten, um einem Kind zu helfen, seine Schuhe neu zu binden, aber ich blieb einfach sitzen, weil es schön war, mit den Kindern da zu sitzen.

In meinem Rucksack, der unten im Sand lag, waren vier Flaschen Bier vom Edeka, aber wir brauchten sie gar nicht. Man kann auch besoffen sein ohne Alkohol. Ist das nicht komisch? Mitten am Nachmittag.

In diesem Moment kamen die anderen, ich sah sie auf dem Weg mit den Bänken, Kapuzenpullis und Kippen und eine Wodkaflasche, die sie teilten, Handys in der Hand. Es waren vier aus unserer Schule, Kumpels, mit denen ich sonst rumhänge. Aber auf einmal fühlte ich mich ertappt.

Wenn sie mich sahen. Mit lauter kleinen Kindern um mich rum und Sand im Haar.

Ulja saß ja nicht mehr neben mir, und Leif war auf einmal verschwunden, dem war es auch peinlich, klar.

»Raymon, ich muss jetzt«, sagte ich und schubste ihn weg, ein bisschen unsanft, und er jaulte auf, und ich sagte »Sei still!« und wühlte mich durch die Kinder, die die Holzbrücke besetzten, und sprang auf den Boden. Direkt vor die anderen, die beim Spielplatz angekommen waren.

»Hey«, sagte ich, »hat einer 'ne Kippe für mich?«

»Machst'n hier?«, fragte Johnny. »Machste auf Kindergartenonkel?«

»Geschwister«, sagte ich und schnaubte. »Die kleben wie Kletten. Was soll ich machen.«

»Auch egal«, sagte Ken. »Haste mitgekriegt? Die machen die Ostfront scharf. Ostfront, steht so hier. Noch 'n paar Tage, denn geht's zur Sache. Grenze zu, wirst sehen. Nix mehr mit Tanken in Polen. Die Russen kommen übers Wasser, sagen sie. Und denn irgendwann is alles abgeriegelt. Irgend so was war online. Wir sollten echt sehen, dass wir genug Essen bunkern.«

»Angeblich«, sagte ich vorsichtig, »ist das alles nur eine Übung.«

»Haha. Guck, was die, die näher dran sind, bei Facebook schreiben«, sagte er. »Übung? Am Arsch. Lass uns saufen, bevor wir nichts mehr zu saufen kriegen.« Er hob die Wodkaflasche.

Und ich nahm sie ihm weg und trank einen Schluck, und plötzlich war Leif wieder da und schnappte sich die Flasche.

Und ich dachte an Facebook und dass er recht hatte. Die Inselgruppe, die angeblich geschlossen war, war eigentlich sehr offen. So ziemlich jeder, den ich kannte im Ghetto, hatte mittlerweile Zugang. Klar, von irgendwo weit weg vielleicht nicht, Bayern oder Afghanistan oder was, aber was interessierte die Usedom? Da stand jedenfalls überall, dass keiner glaubte, dass es 'ne Übung war. Sie bereiteten sich vor. Auf den Ernstfall.

»Und bei euch ganz oben ziehen Ukrainer ein, übrigens«, sagte Johnny. »Haste das wenigstens schon gehört? Für die ham die die Wohnung total schick gemacht. Bei uns tropfen die Wasserhähne, und die Tapete schimmelt, aber die Ukrainer, die kriegen alles nachgeworfen. Marmorbadewanne, würde mich nicht wundern.«

»Auweia«, sagte ich. »Ich würd nicht gerne eine Marmorbadewanne nachgeworfen kriegen. Könnte wehtun.« Und wir lachten, alle zusammen, dumm und kindisch.

»Ist noch blöder, weil, wenn wir hier Putins Feinde bepuscheln, dann wird er uns erst recht plattmachen«, sagte irgendwer. »Wetten, die Ukrainer sind wie ein Magnet, die ziehen die Russen quasi an, und bäm, sind die Häuser alle Schutt.«

»Frag mal die ganz Alten, wie's früher war«, sagte irgendwer. »Wie die Russen kamen. Die ganz Alten erinnern sich. Die, die immer auf der Parkbank sitzt, mit dem kleinen Hund, die ist tausend oder so, die war dabei. Wenn die Russen noch mal kommen, hat sie gesagt, geht sie ins Wasser, weil, was die mit den Frauen machen, weiß ja jeder. Denk mal an Demmin, da sind sie alle in den Fluss, haben sich ertränkt, damit die Russen sie nicht in die Finger kriegen, die halbe Stadt.«

»Quaak«, sagte ich. »Das war vor einer Million Jahren. Und die kommen gar nicht.«

Aber sie nickten und sahen mich an und lachten nicht mehr. »Im Ernst. Die kommen, das denken alle. Kannste nachlesen.«

»Ach, verdammt«, sagte ich. »Ich kann keinen Krieg brauchen. Nicht jetzt. Überhaupt nicht. Ich will nur ein bisschen leben in diesem beknackten, beschissenen, wunderschönen Sommer.«

Ich sah mich nach Ulja um. Sie stand am Rand des Sandkastens, ein Stück weit entfernt, und guckte zu uns rüber.

»Is'n das für 'ne Braut?«, fragte Ken. »Haste was mit der?«

»Nee«, sagte ich.

»Sollteste versuchen, Junge«, sagte Johnny und klopfte mir wohlwollend auf den Rücken, als sei er tausend Jahre älter als ich. »Ziemlich gut gebaut, stramme Figur. Die würd ich schon gerne nackt sehen.« Sie lachten wieder alle, und Ulja, die das nicht gehört haben konnte, verschränkte die Arme und guckte von mir zu den Jungs und dann zu den Kindern. Sie hockten noch immer auf der Kletterbrücke wie Affen, trauten sich aber nicht zu uns Großen. Ich sah etwas wie Enttäuschung in Uljas Blick. Weil ich die Knirpse hatte links liegen lassen?

Sie hob das Kinn ein wenig, als wollte sie auf mich, auf uns herabschauen. Dann drehte sie sich um und ging.

Und natürlich wusste mal wieder keiner, wohin.

Die Typen fielen mir erst nachts wieder ein, als ich fast schlief, gegen zwei.

Ich hatte mit den Jungs rumgehangen und war definitiv nicht nüchtern, Leif lag jetzt irgendwo im Bett und war noch weniger nüchtern. Man kann ja Facebooktexte und Kriege auch wegtrinken.

Ich schrieb Neil über WhatsApp. Neil hängt nie mit uns und den Jungs zusammen, er sitzt zu Hause und trinkt alleine und denkt. Whiskey. Echt wahr. In seiner Wohnung sind nur sein Vater und er und zwei Katzen, da kann man wahrscheinlich besser denken als bei uns.

Dein boss is sauer auf mich was is los was will er

Das Handy, schrieb Neil. Er antwortete sofort, obwohl es zwei Uhr nachts war.

Welches

Das vom Kaminsky. Das kaputte.

Hast du doch

Nicht mehr. Ich dachte, ich hätte es mit dem Rest in den Karton getan, aber nee. Negativ. Es ist nicht da.

Was will er damit

Ich habe wirklich, ehrlich keine Ahnung.

Er benutzte sogar Großbuchstaben und Satzzeichen, seine Kurztexte waren wie kleine Beerdigungsreden. Ausgefeilt. Ich kann keine

Satzzeichen, wer braucht Satzzeichen, und Großbuchstaben im Handy ist auch Quatsch, nur am Anfang macht es das immer von selbst bei WhatsApp. Wenn ich mit Kuli schreibe, mach ich Groß und Klein durcheinander, das entscheiden die Buchstaben selbst. Ulja, dachte ich, konnte das tausendprozentig alles.

Ich träumte wieder von ihr. Sie stand in Neils Wohnung, in dieser ordentlichen und irgendwie kahlen und einsamen Wohnung, mitten im Wohnzimmer neben der Couch, und hielt das Handy vom toten Kaminsky in der Hand und lächelte. Und hinter ihr vor dem Fenster flogen Flugzeuge, Militärflugzeuge, ein ganzes Geschwader. Dann hielt sie das Handy ans Ohr und sprach hinein, es war nicht mehr kaputt. Sie sprach Ukrainisch, und dann ging die Tür vor meiner Nase zu, und ich stand blöde im Hausflur und wachte auf.

Es war zwölf Uhr mittags, Mama sagte, sie hätte versucht, mich zu wecken, und es regnete. Und mitten im Regen stand der Grizzly, alleine diesmal, ich sah ihn vom Fenster aus.

Zwei Optionen: Ich blieb in der Wohnung, wurde darin alt und ließ mir für den Rest meines Lebens Kippen und Kaffee von anderen Leuten bringen und starb irgendwann auf dem Sofa. Und sah Ulja nie wieder.

Oder ich ging da runter, sagte denen, dass ich das Handy nicht hatte, und ließ mich verschachten.

Die Kleinen waren im Kindergarten, diesmal konnten sie mich nicht schützen.

Und in zwei Stunden musste ich beim Eisladen antreten. Also jetzt zum Zug.

Noch ein Text an Neil: *Komm her der typ ist schon wieder da*

Ich kann nicht, wir haben einen Einsatz. Wir müssen jemanden abholen.

Toten oder was

Ja, Lebendige begraben wir nicht. Unfallopfer.

Sag ihm er soll seine schläger zurückpfeifen sonst bin ich auch ein unfallopfer

Neil antwortete nicht mehr. Ich ging zu Mama, die in der Küche stand und Kartoffeln schälte und gleichzeitig rauchte, nervös, während ukrainische Familien über den Bildschirm des kleinen Fernsehers liefen und das Radio Reklame für Polstermöbel machte.

Ich umarmte sie von hinten, einen kleinen Moment.

»Ich hab dich lieb«, sagte ich, und sie lachte, verwundert.

»Fällt dir eben ein, oder wie?«

Ich hätte ihr gerne Dinge erzählt. Von Ulja und von dem Handy und von allem Möglichen. So, wie ich es als Kind getan hatte. Aber ich hatte ihr schon so lange nichts mehr erzählt, dass es nicht ging.

»Isst du nachher mit, Pellkartoffeln?«, fragte sie.

»Nee, lass mal, alles gut, ich muss los«, sagte ich. Und ich drückte ihr einen Kuss in den Nacken und lief die Treppe runter.

Bei Leif machte keiner auf. Und dann öffnete ich die Haustür, und an den Briefkästen lehnte also der Grizzly.

Lässig bleiben. »Moin.«

»Du mich auch«, sagte er und war direkt da und packte mich, noch schneller, als ich gedacht hätte.

Der Asphaltweg vor den Blocks war verdächtig leer, niemand saß vor der Tür und rauchte, klar, die hatten alle gemerkt, dass was los war. Er drückte mich gegen die Hauswand neben der Tür, tausend Kilo massiger Körper, die mich festnagelten. Neben mir, an den Briefkästen, klebte etwas Blaues mit Orange. Wieder so ein Kinderaufkleber. FURU. Half mir jetzt auch nicht.

»Ich will nur das Handy«, sagte der Grizzly. »Dann geh ich. Auftrag. Du verstehst.«

Und ich dachte, dass es eigentlich komisch war, dass er das Geld nicht wollte. Die beiden Fünfziger.

»Ich würde es Ihnen wirklich gerne geben«, sagte ich. »Bloß ich hab's nicht. Nie gehabt. Es war in dem Karton, mit den anderen Sachen, mehr weiß ich nicht.«

»Aber du warst dabei, als unser Neil den Karton abgeholt hat«, sagte der Grizzly. »Und sonst keiner. Also.«

»Es ist sowieso kaputt«, sagte ich. »Die Karotte hat's aus dem Müll gefischt, das Ding ist tot.«

»Du auch«, sagte der Grizzly freundlich und presste mein Gesicht mit seiner riesigen Hand seitlich an die raue Wand, seine Finger gruben sich in das Fleisch meiner Wange und meines Kinns, Wurstfinger, wie ein Schraubstock. Und wenn er mich jetzt an dieser Wand runterdrückte, ganz langsam, wäre die eine Hälfte Gesicht quasi weg.

Da war sie wieder, die Angst, die ich so hasse. Sie ist wie ein kalter Fisch im Nacken. Es wäre doch besser gewesen, oben in der Wohnung zu bleiben und dort alt zu werden. Zu spät.

»Boss sagt, es ist wichtig«, sagte der Grizzly. »Da sind Infos drauf. Kapierst du? Die Frau will das Ding zurück, kaputt oder nicht. Was willste damit? Es an die Bullen verticken?«

»Intere…ssante Idee«, quetschte ich raus, zwischen seinen Fingern durch. »Könnt ich machen. Wenn ich … es hätte.«

Der Typ ließ mich ganz plötzlich los, holte aus und schlug zu, was besser war als das mit der Wand, aber nicht ganz.

»Mann, sei vernünftig«, sagte er und beugte sich über mich, weil ich irgendwie auf dem Boden gelandet war. Meine Lippe war taub, und das eine Auge sah nichts mehr. Dahinter wütete eine Welle aus rotem Schmerz. Irgendwo in mir stieg ein sinnloses Lachen auf, ich konnte nichts dagegen tun, die Angst war geplatzt, oder sie war noch da und hatte sich in Wahnsinn verwandelt.

»Ich bin nie vernünftig«, sagte ich um die taube Lippe herum. »Is bekannt. Was würden die Bullen mit dem Handy wollen? Der Typ hatte 'n Herzinfarkt, oder? Hat mit den Bullen nichts zu tun.«

Er schüttelte den Kopf und wartete, bis ich damit fertig war, irre zu kichern.

»Mann, die arme kleine Frau von dem wird auch bedroht, check das«, sagte er dann, ganz leise und fast mitleidig. »Die Frau braucht das Ding, damit sie's denen geben kann und sie sie in Ruhe lassen. Die hat Enkel, die sind noch klein, sie will nicht, dass denen was passiert. Ich kenn das, ich hab auch Enkel. Spar uns beiden den Ärger, Junge, und rück raus damit. Gibt 'ne Menge Leute auf der Insel, die im Moment nicht in Ruhe gelassen werden, da räumt einer auf. Und dumm is es nicht, mal aufzuräumen, aber Leute geraten unter die Räder. Und wenn die Russen hier sind, wird's nicht besser.«

»*Was?*« Ich glaube, ich schaffte es, ihn sehr blöde anzustarren mit dem einen Auge, das sah.

Ich hatte nichts von dem, was er gesagt hatte, kapiert, aber irgendwie war es wichtig, und ich wünschte, ich hätte Zeit gehabt, darüber nachzudenken.

Er zog mich wieder hoch, am Kragen, sein Gesicht war jetzt ganz nah.

Sag irgendwas, Finnley, werd endlich vernünftig, sag, du weißt, wo das Handy ist, sei höflich, versprich, dass du das Ding besorgen wirst.

»Also?«

»Vergiss es, Arschloch«, flüsterte mein Mund, ohne dass ich ihn stoppen konnte. »Ich bin hier raus, aus dem Scheißghetto, bevor irgendwelche Russen rummarschieren. Nächste Woche vielleicht schon.«

Wir haben zwei nagelneue Fünfziger, dachte ich. Genug für den Zug nach Berlin.

»Die Stadt wartet«, sagte ich. »Musik und Lichter und all der Kram. Das Leben. Glitzerleben. Wir …«

»Dann geh schön glitzern«, sagte der Grizzly und holte noch mal aus, und ich wusste, diesmal ist das ein endgültiges Gute-Nacht. Und vielleicht war es ihm auch völlig egal, ob ich das blöde Handy hatte, er hatte einfach Spaß an seinem Job. Soll man ja.

Ich machte die Augen zu.

Es passierte nichts. Gar nichts. Als hätte irgendwer was abgeschaltet, sogar den Ton.

Und als ich die Augen öffnete, stand die Krähe hinter dem Grizzly und neben der Krähe Neil. Die Krähe hatte den Arm auf den Arm vom Grizzly gelegt und ihn gestoppt. Und Neil stand einfach da, im schwarzen Anzug, in seiner Beerdigungspose, und knetete ein weißes Taschentuch. Das Taschentuch hatte dunkle Flecken, rot am ehesten, er schien sich damit die Hände abgewischt zu haben, gerade eben.

Der Ton wurde wieder angeschaltet.

»Sie können das hier abbrechen«, sagte die Krähe steif. »Wir haben einen Anruf bekommen. Das Telefon ist sichergestellt. Der Junge hat es tatsächlich nicht.« Der Grizzly ließ mich los, und die Krähe machte einen Schritt auf mich zu und zupfte meinen Kragen zurecht, wischte ein paar unsichtbare Fussel von meinen Schultern. Als könnte er damit das kaputte Gesicht rückgängig machen.

»Tut mir leid wegen der Unannehmlichkeiten«, sagte er. »Ein Missverständnis. Kommt vor.«

Ich nickte und spuckte zur Seite hin aus, Blut und Speichel.

Und der Grizzly nickte, schob die Hände in die Taschen und ging einfach.

»Ich würde das gerne wiedergutmachen«, sagte die Krähe. »Wir haben einen Job für euch. Ist ein bisschen Geld drin. Wir haben eben jemanden abgeholt, Neil wird nachher helfen, ihn fertig zu machen, für die Bestattung morgen. Und wir brauchen Blumen. Bei uns ist ein Kollege ausgefallen, ihr könnt die Blumen besorgen. Am besten jetzt, morgen ist zu viel anderes im Kalender. Seht zu, dass es eine Menge sind. Das Budget ist nicht besonders hoch, ihr müsst kreativ sein, aber das ist für solche wie euch kein Problem, oder? Enges Budget kennt ihr ja aus der Haushaltskasse. Ich zähle auf euch. Was übrig bleibt, gehört euch.«

Er rang sich ein kaltes Lächeln ab, drückte Neil einen Schein in die Hand und machte auf dem Absatz kehrt.

Der Leichenwagen stand in der Straße, in die der Asphaltweg mündete, lang und schwarz, und wir sahen zu, wie die Krähe einstieg und die blank polierte Kutsche davonrollte.

»Mercedes«, sagte Neil träumerisch. »Mein Opa war Mercedesfahrer. Er hat die Sterne gesammelt. Bevor er sich totgesoffen hat.«

Er musterte mich. »Oh, Scheiße.«

»Das Gesicht?« Ich zuckte die Schultern. »Na ja. Viel schöner war's vorher auch nicht.«

»Es ist okay, verglichen mit dem, was wir abgeholt haben«, sagte Neil. »Unfallopfer. Pathologie Greifswald. Nicht schön, echt nicht.« Er wischte immer noch mit dem Tuch an seinen Händen herum. »Den fertig zu machen für die Bestattung, ist kein Job für jeden. Nur die Harten komm' in' Garten.« Er lächelte, fast glücklich, was auch nur Neil fertigkriegte.

»Was für'n Unfall?«, fragte ich. »'n Unfall mit dem Grizzly?«

»Nee, Verkehrsunfall«, sagte Neil. »Fahrrad gegen Motorrad. Klar, wer gewinnt. Aber er war selbst schuld, sagen sie, ist dem Motorradfahrer einfach in den Weg gefahren. Hat geträumt, kam vom Aldi-Parkplatz, Ahlbeck. Der Dönerladen da, das war seiner, was man so hört. War'n Araber. Gab natürlich direkt wieder fiese Bemerkungen. Na ja, kennst ja die Leute.« Er zuckte die Schultern. »Hat nicht geholfen, dass er zwei Ukrainer eingestellt hat, nachdem er eigentlich zwei Deutsche einstellen wollte.«

»Deshalb bringt man keinen um die Ecke«, sagte ich.

Wir sahen uns an. Und einen Moment stand in der Luft, was ich gesagt hatte.

»Wer … hat gesagt, dass …?«, fragte Neil dann leise.

»Ich glaube, ich hab an den anderen gedacht, Kaminsky«, murmelte ich. »Bin durcheinandergekommen.« Aber der Satz war gesagt, und was gesagt ist, lässt sich nicht ungesagt machen.

»Komisch ist es schon«, sagte Neil. »Wenn man die Ecke kennt. Kleine Straße, geht von der Hauptstraße ab, nutzt man doch eigentlich nur, wenn man zum Aldi will. Wie schnell kann ein Motorrad da fahren? Und warum sollte es in der Straße neben dem Aldi-Parkplatz auf sonst was beschleunigen? Warum würde das überhaupt da langfahren? Ist ein Umweg, nach überallhin. Oder war der Typ mit dem Motorrad 'n Familieneinkauf machen? Auch komisch.«

»Kann doch sein, hat 'n paar Bier geholt«, sagte ich lahm. »Was hat er denn gesagt? Der Motorradfahrer?«

»Tja, das weiß keiner«, sagte Neil. »Negativ. Weil der nämlich abgehaun ist. Das ist das Auffälligste. Fahrerflucht. War wohl einer mit Schwarz an und Helm und alles. Vielleicht mochte der einfach keine Ausländer und hat deshalb beschleunigt? Aber das ist … ich weiß nicht … Sie sagen, die haben den alle gemocht, da in seinem Viertel. Ich meine, wegen der Ukrainer waren sie sauer, aber sonst haben die den gemocht, der hat auch mal 'ne Runde Döner umsonst springen lassen, warum sollte jemand den plötzlich umbringen? Und sie tun schon wieder alle so komisch. Der Typ soll möglichst schnell unter die Erde. Und die Familie hat Schiss. Ich hab sie erlebt, bevor wir losgefahren sind, im Büro. Drei Mädchen mit Kopftuch, die eine ist echt hübsch. Sie haben alle nur auf den Boden geguckt, sie waren verflixt nervös. Die Mutter auch. Die wollen weg, haben sie gesagt. Ganz weg.«

»Berlin«, sagte ich und versuchte, zu grinsen, was leider wehtat. »Musik und große weite Welt.«

»Die?« Neil lachte. »Das ist es, was *du* willst, nicht die.«

»Woher weißt du, dass die Mädchen das nicht wollen? Hast du sie gefragt? Fragt irgendjemand, was Leute unter achtzehn wollen? Nein, Scheiße, keiner. Komm«, sagte ich. »Blumen besorgen. Wie viel hast du?«

Er entfaltete den Schein. »Fünfzig.«

»Fünfzig in die Reisekasse«, sagte ich. »Zu den anderen beiden Fünfzigern. Und du kriegst so viele Blumen, dass du deinen Klienten damit totschmeißen kannst. Nee, warte.« Wir sahen uns an und mussten lachen. »Er ist ja schon tot.«

Die Haustür ging auf, und Leif stand neben uns, ein wenig verpennt, Kippe in der Hand. Sein halb waches Lächeln unter den weichen Locken lässt ihn immer aussehen wie einen Teddy.

»Ich lass den Eisjob heute sausen und geh mit Neil Blumen pflücken«, sagte ich. »Ich sag denen, ich bin krank.«

»Schick ihn 'n Bild von dein Gesicht, und die glaum das«, sagte Leif. »Was haste angestellt?«

»Kommst du mit?«, fragte ich. »Zu den Blumen?«

»Klar«, sagte Leif, »bin dabei.«

Und da hörte es auf, zu regnen, und die Sonne malte, im Ernst, einen Regenbogen über die Blocks und die trostlosen Rasenstücke. Auf den Mülltonnen funkelten die letzten Tropfen.

Glitzertage.

Wir fuhren mit den Rädern raus, ich nahm das alte rote von Leifs Mutter, das mit dem geflochtenen Einkaufskorb, weil mein eigenes dauerkaputt ist. Die Jungs aus unserer Schule waren nicht da, um über das Damenrad zu lachen oder darüber, dass wir Blumen holen fuhren, und das war gut so. Vor allem auch, weil mein Gesicht scheiße aussah. Inzwischen sah ich wieder ein bisschen was auf dem kaputten Auge, aber ich war definitiv auf dem Weg zu einem schönen Veilchen.

So kamen wir eine Stunde später am Ende eines Feldweges an: Neil im Anzug, Leif mit winderzerzausten Locken und ich mit dem blauen Auge. Wär ein tolles Foto gewesen für den Status von irgendwem.

»Bitte sehr«, sagte ich und breitete die Arme aus. »Gehört alles dir.«

Und Neil nickte ernst und watete mitten hinein in das Gelb, das vor uns lag: leuchtend gelb, strahlend gelb, sattgelb über genauso sattgrünen Blättern. Ein Sonnenblumenfeld. Manche waren so groß wie Neil, und er stellte sich genau neben eine, die den großen Kopf ein wenig neigte, und sagte: »Guten Tag.«

Die Sonnenblume nickte höflich, was daran lag, dass Leif jetzt hinter ihr stand, und wir gingen weiter hinein, und weiter, bis zum Zentrum, bis zu den schönsten Blumen, es gab sie in Orange und sogar in Rötlich, und dazwischen wuchsen kleine lila Tupfen und so weiße Krisseldinger.

»Und wenn der Bauer das mitkriegt?«, fragte Leif.

»Das ist dem wumpe«, sagte ich. »Das hier is nich mal 'n richtiges Sonnenblumenfeld, für Öl oder so. Der Bauer kriegt irgend'ne Förderung, weil er ein Jahr lang keinen Mais oder Weizen oder so anpflanzt. Hat uns der Klingemann mal erklärt, weißt du noch? Leif? Der Boden braucht 'ne Pause. Und außerdem is es gut für die Bienen. Wenn du in Deutschland 'ne Biene bist, haste mittlerweile wieder echt gute Karten, Fördergelder und so.«

»Hm, Fördergelder könn wir auch brauchen«, sagte Leif. Er schien ernsthaft zu überlegen, ob es ihm gelingen könnte, eine Biene zu werden. Aber im Ghetto ist das keine gute Idee, die Jungs hauen auf so was gerne drauf.

Jetzt wollte ich nicht an die Jungs denken.

Der Himmel war so irre blau und der Wald hinter dem Feld verdammt grün und die Sonnenblumen unglaublich gelb. Und es war egal, dass wir nasse Hosen und Schuhe und Socken bekamen, jetzt nach dem Regen, wen scherte das schon? Ich fing an, die Stiele mit dem Haustürschlüssel durchzusäbeln, aber Neil hatte sein Messer, glänzend scharf. Und wie er so mitten im Gelb stand, groß und im schwarzen Anzug mit Hut und Messer, und konzentriert Blumen umbrachte, war er mir fast ein bisschen unheimlich.

Oft verstehe ich Neil nicht. Er ist so still und innendrin kompliziert, und er denkt ständig über den Tod und die Menschen nach und liest in der Bibel. Wirklich. Obwohl ich nicht weiß, was er so begreift von dem Kram, der da steht.

Leif ist einfach zu verstehen, er ist entweder happy oder down, je nachdem, ob er ein Mädchen und wie viel Bier er an Bord hat. Er streckte die Hand aus und machte ein Selfie, von uns allen dreien, und dann zeigte er es uns und lachte.

Aber auf dem Selfie waren vier Leute, nicht drei. Ich erschrak so sehr, dass ich die Sonnenblumen fallen ließ, die ich trug. Zwischen den mannshohen Blumen hinter uns lächelte ein Gesicht in die Kamera, umrahmt von den weißen Krisselblüten, unwirklich wie ein Geist. Ulja.

In einer anderen Welt, der Welt von Finnleys bescheuerten Träumen, in der es keine anderen Leute gab, hätte ich mich umgedreht und sie einfach in meine Arme gezogen. Und sie geküsst, mitten im Sonnenblumenfeld.

In dieser Welt, der blöden Realität, hatte ich eine ganze Weile mit Blumenaufsammeln zu tun. Aber immerhin fünfzig Euro gespart.

Und außerdem war es ganz praktisch, sich hinter einem riesigen Strauß zu verstecken, wenn man so aussah wie ich momentan.

Als ich Ulja schließlich ansah, zwischen den Blumen durch, war es Neil, der ihr mit einer kleinen Verbeugung seinen Strauß überreichte.

»Erst die Lebenden, dann die Toten«, sagte er. »Ich kann einen neuen pflücken für unser Mordopfer.«

»Mord – Opfer?«, wiederholte Ulja und runzelte ein klein wenig die Stirn, es sah aus wie Wellen auf der Ostsee, kräuselig: Wellen an einem bisher windstillen Tag.

»Was machst du hier?«, fragte ich.

Und sie schüttelte unwillig den Kopf. »Das du fragst immer«, sagte sie. »Letzte Mal, Spielen-Platz, auch.« Sie kniff die Augen zusammen. »Versteckst du? Hinter Blum?«

Ich fragte mich, ob sie noch sauer war. Weil ich die Kinder und sie links liegen gelassen hatte und mit den Jungs abgehangen hatte, am letzten Abend. Aber es war eine zu komplizierte Frage.

»Warum es ist ein Mord?«, fragte sie und sah wieder Neil an.

»Zwei«, sagte Neil. »Zwei Morde.«

»Drei«, sagte Leif. »Mit den russischen Flieger. Man muss genau zählen. Jeder eine Nummer. Haben wir inna Schule geübt bis zum Kotzen. Eins, zwei, drei.« Er klemmte die Blumen unter die Arme, zündete sich eine Zigarette an und streckte mir die Packung hin.

»Aber das war wirklich ein Unfall, oder nicht?«, fragte ich.

»Weiß man nicht«, sagte Leif und gab mir Feuer. »Warum is das Flugzeug abgestürzt? Und war der direkt tot? Oder hat das der erledigt, der neben ihn saß? Da war ja keiner. Könnte aber einer gewesen sein.«

»Warte«, sagte ich. »Das hast du alles gedacht? Wann?«

Er zuckte die Schultern. »Ich denk schon auch«, sagte er. »Is nicht so, dass du der Einzige bist. Oder Neil.«

Ulja und Neil waren gemeinsam ein Stück weiter in das Gelb hinausgewandert, Neil schnitt neue Blumen ab und sprach mit Ulja, sprach mit beiden Händen wie in der Theatergruppe der Schule damals, da war er gut drin. Und ab und zu trug der Wind Fetzen herüber, Worte seiner tiefen Stimme.

Tabletten. Handy. Zu schnell. Angst.

Sie sah zu ihm auf und nickte ab und zu. Er war so viel größer als sie. Ich nicht.

Schließlich blieben sie stehen, und sie waren schön zusammen, da zwischen den Blumen. Sie standen mit dem Rücken zu uns, sahen den Himmel an, und ihre Arme berührten sich beinahe.

Freunde teilen alles. Freunde sind nicht eifersüchtig. Niemals.

Ich bahnte mir trotzdem einen Weg durch die Blumen, schob Blüten und Blätter beiseite, erreichte die beiden. Sie standen ganz still. Als sprächen sie miteinander, ohne zu reden.

Ich tippte Neil auf die Schulter, und er fuhr so plötzlich herum, dass er das Gleichgewicht verlor und rücklings in die Sonnenblumen fiel. Ich hätte nie gedacht, dass jemand aus dem Stand heraus einfach umfallen kann, nur, weil man ihn aus einem Tagtraum reißt.

Ulja lachte und ließ sich auch fallen, rückwärts, und da ließ ich mich ebenfalls fallen. Und jetzt lachten wir alle drei, wir lachten zusammen, ich lachte die Eifersucht weg. Über uns breitete sich der Himmel aus, durch den ein weißes Flugzeug flog.

Dann beugte sich Leif ins Bild. »Geht's euch gut?«

»Hier ist ein schönes Platz für Liegen«, sagte Ulja. »Komm.«

Also ließ Leif sich auch fallen. Das Flugzeug flog weiter, hinterließ einen weißen Kondensstreifen, von dem ich mich immer frage, ob er so heißt wegen der Kondensmilch.

»Man könnte in so einem Flieger sitzen«, sagte ich. »Und richtig weit weg fliegen. Nicht nur nach Berlin.«

»Amerika«, sagte Ulja.

»Japan«, sagte Neil. »Ich kann ein paar Worte Japanisch. Aus den Animes. Ich mag Animes.«

»Klar«, sagte ich. »Da spritzt ja auch ständig das Blut. 'ne Menge Leute zu begraben.«

»New York«, sagte Leif.

»Das ist Amerika«, sagte Neil.

»Echt?«, sagte Leif. »Okay, dann.«

»Wir fliegen zusammen«, sagte ich. »Stellt euch das mal vor. Wir sitzen da oben und trinken Sekt und gucken aus dem Fenster auf die Welt runter, und wir fliegen in ein ganz neues Leben. Ulja singt und spielt Gitarre, und dann wird sie berühmt.«

»Beruhmt«, wiederholte Ulja und lachte wieder. »Gut. Ich versuch.«

»Und wir suchen uns Jobs. Und dann holen wir uns so ein breites Auto, für die Straßen in Amerika, die sind auch so krass breit, und dann cruisen wir damit die Küste entlang.«

»Las Vegas«, sagte Neil. »Da müssen wir auch hin. Da haben sie all diese Spielautomaten, da werden wir reich. Ich knack die Automaten. Ich hab so meine Tricks. Und das Auto muss schwarz sein.«

»Schon wieder ein Leichenwagen?«

»Auch in Amerika gibt es Leute zu beerdigen«, sagte er ernst.

»Ich will Rot«, sagte Leif störrisch.

»Wir kaufen einfach zwei«, sagte ich. »Wenn wir sowieso reich sind. Ulja, welche Farbe möchtest du?«

»Ich nehm Fahrrad«, sagte Ulja und lachte schon wieder. »Ja. Schön. Das wird schön. Wir mussen nur Geld versammeln, fur die Flug.«

Ich drehte mich um und sah sie an, sie lag mit dem Kopf zwischen lauter Sonnenblumenblüten, die umgeknickt waren. »Aber Berlin … das könnten wir wirklich machen«, sagte ich. »Im Ernst. Wir haben zwei Fünfziger. Und nach der Blumensache drei. Hundertfünfzig Tacken. Davon kann man fast die ganze Stadt kaufen.« Ich merkte, wie ich blöde grinste, glücklich. »Du willst nach Berlin, damit jemand dich entdeckt, und wir wollen weg. Warum fahren wir nicht zusammen? Nächste Woche oder so? Dann krieg ich auch die Knete vom Eisverkauf. Monatsende. Dann reicht es auf jeden Fall.«

Ulja nickte langsam. »Okay.«

Irgendwann standen wir wieder auf, weil kein Mensch ewig in einem Sonnenblumenfeld liegen kann – leider. Weil es immer etwas gibt, wo du hinmusst. Neils Bestattungshaus wartete auf die Blumen.

Leif nahm Ulja auf den Gepäckträger.

»Wie bist du hergekommen?«, fragte ich, ehe wir losfuhren.

»Anhalter«, sagte sie. Und dann fuhren wir los, die lange gerade Straße zurück durch den grünen Sommerwald. Und über uns flogen irgendwo Flugzeuge voller Leute, die Sekt tranken.

»Hat sie dir gesagt, wieso sie da war? Bei dem Feld?«, fragte ich Neil, später. »Oder was sie neulich bei uns beim Spielplatz gemacht hat, obwohl das Heim, wo ihre Leute pennen, in Zinnowitz ist?«

Wir standen mit unseren Blumen vor dem Bestattungshaus, nur noch Neil und ich.

Leif war gegangen, sein Hund musste raus, und er musste noch Kippen kaufen.

»Für den Hund?«, hatte ich gefragt. Und Ulja hatte gewinkt und gesagt: »Wir sehen uns.« Und vielleicht nahm sie den Zug zurück nach Zinnowitz, wo ihre Eltern irgendwo warteten. Aber vielleicht stieg sie auch in ein Raumschiff und fuhr in ein Zuckerwatteland voller Seifenblasen, wer wusste das schon. Oder sie ging Leute umbringen, sodass das Blut spritzte.

»Keine Ahnung, wieso sie da war«, sagte Neil. »Ich hab sie nicht gefragt. Kommste noch mit rein? Ich krieg die Blumen alleine nicht alle getragen.«

Drinnen war es ernst und dunkel, gerahmte Fotos hingen an der Wand, die alle aussahen wie aus dem vorvorigen Jahrhundert. Aber die Sekretärin hinter dem Tisch im Büro strahlte Neil entgegen.

»Das sind ja eine *Menge* Blumen«, sagte sie glücklich »Soo hübsch. Und wen hast du da mitgebracht?«

»Das, äh, ist Finnley«, sagte Neil, und ich gab der Sekretärin die Hand und murmelte irgendetwas.

»Ach, Finnley, ah ja, will der auch bei uns anfangen?«, fragte sie.

Und ich wollte sagen: Nein, auf keinen Fall, aber ich kam nicht dazu, denn in diesem Moment raste ein großer schwarzer Hund auf mich zu. Ich taumelte einen Schritt zurück, gegen die Wand.

»Der tut nichts«, sagte Neil. »Er mag nur keine Fremden.«

»Aha, schön«, sagte ich, während der Hund sich vor mich setzte, Zähne gefletscht und Ohren angelegt. So blöd bin ich nicht, ich erkenn einen bissigen Hund, wenn ich einen sehe. Und dieser Hund wollte nur eines: mehr Leichen. Vermutlich malte er sich gerade aus, wie nett es wäre, mich zu beerdigen. Ich presste mich an die Wand und dachte an Muddy, der halb so groß war wie dieser Hund und vermutlich zu Hause auf meinem Bett lag und schnarchte.

»Gehst am besten gleich mit durch nach hinten«, sagte die Sekretärin und lächelte zwischen all den Sonnenblumen, die sie jetzt hielt. »Oskar ist bei dem Fahrradtoten, der andere Oskar ist ausgefallen, also, sein Kollege. Die können jede Hand gebrauchen. Waschen, ankleiden, muss alles heute noch passieren.«

»Ich …«, begann ich, aber Neil war schon auf dem Weg, und ich folgte ihm, über einen Hinterhof voller dunkelblättriger Büsche und kleiner, kitschiger Marmorstatuen.

Irgendwie sahen auch die Pflanzen tot aus, obwohl sie lebten.

Und dann standen wir in einer Kühlhalle, ziemlich kühl sogar, und ich zog meinen Pullover enger um mich.

Oskar stand neben einem Metalltisch mit Ablaufrinnen, für Blut oder Körperflüssigkeiten, und sah jetzt kurz auf. Oskar, verdammt, war der Grizzly.

Ich schluckte.

Er richtete sich auf, kam rüber und klopfte Neil mit seiner Pranke auf die Schulter. »Mach du hier weiter, is 'ne Menge draußen zu tun, und nachher hab ich noch 'ne Fahrt«, sagte er. »Hast ja Hilfe, wie ich seh.« Er sah mich kurz an, und ich dachte, dass er Augen hatte wie ein Schwein, so klein zusammengekniffen, und dass ich eigentlich gegen Schweine nicht mal was habe. Und ich merkte, wie mein Puls raste, aber dann drehte Schweineoskar sich um und ging einfach.

Und da standen wir, Neil und ich, und auf dem Tisch lag … ein Ding. Es war einmal ein Mensch gewesen, aber es war keiner mehr.

Neil nahm den Hut ab und neigte den Kopf, eine Art Verbeugung. »Herr Gülen«, sagte er. »Ich hoffe, Sie liegen gut. Wir werden uns jetzt ein wenig um Sie kümmern. Sie ein bisschen schick machen. Für die Familie. Mein Chef hat gesagt, Sie sind vor ziemlich langer Zeit von weit weg gekommen, das Land hab ich jetzt leider vergessen, irgendwas Arabisches. Ich weiß nicht, wie Beerdigungen da sind, wo Sie geboren worden sind. Aber ich sage Ihnen, wir bemühen uns, es hier mindestens genauso schön zu machen.«

Er krempelte seine Ärmel hoch, griff dann in seine Hosentasche und hielt mir drei zusammengefaltete Scheine hin. »Das für die Blumen … und die anderen beiden hab ich heute Morgen aus der Kiste genommen, dachte, es ist sicherer, ich hab sie bei mir. Aber jetzt denke ich, es ist besser, du steckst sie ein. Falls … na ja … jemand weiß, dass ich die Sachen abgeholt hab, und … na ja, sie wiederhaben will. Die Scheine. Dann werde ich ganz ehrlich sagen: Ich habe sie nicht.«

Ich schluckte und steckte das Geld ein. Unser Geld. Berlingeld.

Doch Berlin war in diesem Moment sehr weit weg.

Der Puls raste immer noch. Der Tote auf dem Tisch hatte zum Glück die Augen geschlossen, jemand hatte sie ihm geschlossen, bestimmt. Seine Haut war kreideweiß, obwohl sie bei einem Araber doch eigentlich gebräunt hätte sein sollen, und die Haare, grau und schütter, waren an der Seite verklebt von etwas Dunklem. Blut, klar. Die Hälfte des Gesichts fehlte. Das heißt, sie war da, aber völlig hinüber.

Da war mehr Blut, und ich erkannte nicht genau, woher es kam, aber das wollte ich auch gar nicht wissen. Irgendwie war er mit dem Kopf aufgekommen bei dem verdammten Unfall. Mir war schlecht.

Neil sagte: »Das können wir so nicht lassen, Herr Gülen, Sie verstehen.«

Und ich schluckte und sagte: »Du sprichst mit dem Typen?«

Und Neil sah mich eine Weile nachdenklich an. »Respekt«, sagte er dann.

»Aber er sieht … er sieht fürchterlich aus.«

»Tote haben ihre ganz eigene Schönheit«, sagte Neil. »Du musst dich nur daran gewöhnen. Herr Gülen würde mir zustimmen.«

»Er … er hört dich nicht«, sagte ich. »Es ist totaler Schwachsinn, mit ihm zu reden.«

»Wir müssen uns um die Kleider kümmern. Ihnen neue anziehen. Hier drin ist vermutlich, was Ihre Familie Ihnen dafür geschickt hat«, sagte Neil unbeirrt und nahm eine Plastiktüte von einer Kommode. »Anzughose, Hemd, Jackett, Schuhe, sehr schön. Finnley, pack mit an, wir müssen ihm den alten Kram ausziehen.«

»Ich?«, brachte ich heraus, und es klang völlig gequetscht.

»Es ist niemand anders da«, sagte Neil freundlich, und ich hasste ihn in diesem Moment, aber gleichzeitig bewunderte ich ihn. Wie konnte er so ruhig bleiben? Ich hätte zu gerne gewusst, wo das Bad war, um kotzen zu gehen, aber so was fragst du ja nicht, da lacht dich ja jeder aus. Und plötzlich hielt ich einen Toten fest und sah mich wie von außen: wie ich mit einer Schere eine Hose aufschnitt, die blutbespritzt war, wie ich einfach tat, was Neil sagte, ein haariges, dickes Bein enthüllte, Füße mit sehr ordentlich geschnittenen Zehennägeln, dann eine ebenso haarige Brust, einen blassen Bierbauch. Auf der Brust hatte der Kerl ein Tattoo. Den Umriss der Insel Usedom. Sie sieht immer ein bisschen aus wie ein Känguru mit einem zu langen, zu dünnen Hals. Neben dem Inselkänguru war ein Herz, und etwas stand da in arabischer Schrift.

Er hatte die Insel gemocht. Obwohl er von absolut woanders kam.

Vielleicht war er einmal jung gewesen – natürlich war er – und hatte von weit weg geträumt, wie wir. Davon, rauszukommen. Und dann war er wirklich abgehauen, aus seinem Land und allem, und vielleicht war er glücklich gewesen, und er war auf sein Rad gestiegen und nach Hause gefahren – aber dann war dieses Motorrad gekommen, und Ende. Oder vielleicht war er auch überhaupt nicht glücklich gewesen, weil alle hier anders waren und es eben nicht sein Land gewesen war, vielleicht hatte er Heimweh gehabt. Vielleicht war es manchmal gar keine gute Idee, weit wegzugehen.

»Finnley? Träumst du?«

Ich schüttelte den Kopf, schüttelte mich wach und würgte einen von Herrn Gülens Armen in einen Ärmel, er war dabei selbst keine große Hilfe.

»Jetzt das Gesicht«, sagte Neil, und ich sagte: »Nee, ohne mich«, ich wollte nicht noch mal hingucken, aber Neil befahl: »Halt du den Kopf fest. Man muss was in den Mund stopfen, damit die Flüssigkeit nicht rausläuft, und sonst auch in die Löcher. Leichensäfte. Los.«

Und ich hielt also den Kopf. Den mit dem Blut an der Seite.

Ich guckte nach oben, zur Decke des Saals, während Neil irgendwelche weißen Tücher irgendwo reinstopfte, wahrscheinlich in den Mund und die Nase.

Als ich nach einer Ewigkeit wieder hinsah, hatte er die zerstörte Gesichtshälfte mit einem weiteren weißen Tuch abgedeckt, was erleichternd war, und war dabei, die Haare auf der heilen Seite mit einem kleinen Herrenkamm zu kämmen. Er sah auf und lächelte, und in diesem Augenblick wirkte er … glücklich.

Vielleicht, dachte ich, muss Neil gar nicht raus in die große weite Welt, raus aus dem Ghetto. Vielleicht ist er genau dort, wo er hingehört.

Und ich wollte etwas sagen, irgendwas Nettes darüber, dass er das gut machte mit dem verflixten Kamm. Aber in genau diesem Moment klingelte es irgendwo vorne, und dann klingelte es noch mal und noch ein drittes Mal, und niemand schien hinzugehen.

Da sagte Neil: »Ich glaube, ich muss«, und wir gingen über den Hof und durch das vordere Gebäude bis zur Haustür.

Und das war der Moment, in dem mir der Aufkleber auffiel. Einer von den kleinen blauen mit dem Orange drauf. Er klebte am Türrahmen, innen, ganz oben, so als hätte jemand ihn versteckt angebracht, wie bei einem Rätselspiel für Kinder. Eine von unseren Lehrerinnen hatte mal erzählt, sie würde eine Schnitzeljagd machen am Geburtstag von ihrem Sohn, und dass sie dreißig einzelne Hinweise versteckt hätte, in Luftballons, und dass es echt kompliziert gewesen wäre.

Irre, ich meine, so viel Aufwand für ein Kind. An meinen Geburtstagen hatte Mama Kuchen gebacken, und die Erwachsenen hatten abends Schnaps getrunken, und ich hatte irgendwelche Plastikautos gekriegt und war happy gewesen damit.

Aber wer machte eine Schnitzeljagd in einem Bestattungsinstitut?

Neil öffnete die Tür, vor der eine dünne, ängstliche Frau mit zwei kleinen Mädchen stand. Die Frau trug ein Kopftuch, das ältere Mädchen auch, das kleinere war zu klein für Kopftuch, ungefähr so wie Kira.

»Die Chefin ist nicht da«, sagte Neil. »Tut mir leid. Sie geht wahrscheinlich gerade mit dem Hund. Zerberus. Wie kann ich Ihnen helfen?«

»Wir … wir wollten noch mal sprechen wegen der Beerdigung, morgen«, sagte die Frau leise. Es war so, als hätte man allen Saft aus der Stimme rausgequetscht. Sie sah Neil auch nicht richtig an, sie sah zu Boden, und ihre Finger, die eine kleine Handtasche umklammerten, waren weiß vor Anstrengung.

»Kommen Sie herein, und setzen Sie sich«, sagte Neil steif und zeigte auf den Raum hinter sich, in dem es ein paar Stühle und sehr viele gerahmte Fotos von Toten in Trauerrahmen gab. Die Frau nickte und schlüpfte herein, sie war kaum mehr als ein Schatten. Die beiden Mädchen schlüpften mit. Neil nickte ihnen zu und zog mich wieder nach hinten auf den Hof.

»Die hat Angst«, sagte er.

»Klar, ist ja auch gruselig hier«, sagte ich. »Die Toten an den Wänden und alles. Ein Wunder, dass ihr nicht noch irgendwo ’ne Mumie als Schaufensterdeko rumliegen habt.«

»Ich glaube, sie hat keine Angst vor den Toten«, sagte Neil nachdenklich. »Hast du gesehen, wie sie sich umgeguckt hat? Nach den Autos? Tote fahren nicht auf der Straße rum.« Er schüttelte den Kopf. »Herr Gülen muss in seinen Sarg, aber das darf ich nicht alleine, und mit dir, glaub ich, auch nicht, nur mit einem echten Mitarbeiter. Falls er runterfällt. Manche sind ja echt glitschig. Neulich hatten wir eine Wasserleiche, das ging gar nicht. Decke festtackern kann ich denn zwar alleine …«

»Decke? Die kriegen eine Decke?«

»Positiv«, sagte Neil. »Untenrum. Die werden im Sarg eingetackert. Damit sie nicht verrutschen.«

»Aber wozu zieht man ihnen dann die Hose und die Schuhe an?«

»Keine Ahnung«, sagte Neil. »Gibt eben Regeln. Ich warte hier auf Oskar …«

Ich hatte keine Lust, auf den Grizzly zu warten, denn vielleicht fiel ihm ja ein, dass er mich noch mal in die Mangel nehmen könnte und dass ich mit weniger Zähnen besser aussah. Und ich riss mich auch nicht darum, eine Leiche in ihren Sarg zu hieven, die möglicherweise wegglitschte. Neil sagte, na gut, ich könnte auch gehen, er hätte ja Herrn Gülen, um sich zu unterhalten, während er wartete.

Als ich an dem Warteraum vorbeikam, saß die ängstliche Frau in sich zusammengesunken auf ihrem Stuhl, und die Mädchen hingen an ihrer Seite rum, statt auf eigenen Stühlen zu sitzen. Sie drückten sich gegen ihre Mutter, als müssten sie Wärme bei ihr suchen.

Sie sahen traurig aus und gleichzeitig furchtbar gelangweilt. Und draußen schien die Sonne, ich sah es durch das Schaufenster, ohne Mumie, in dem dafür eine Urne mit staubigen Plastikblumen stand.

Draußen auf dem Drei-Autos-Parkplatz neben der Straße lag ein einsamer roter Ball, den irgendwer vergessen hatte.

»Hey«, sagte ich. »Wollt ihr ’ne Runde kicken?«

Sie sahen mich entgeistert an, und ich dachte: Mann, es sind Mädchen, wie blöd bin ich, und Moslems dazu, bestimmt dürfen die so was gar nicht. Ist ja auch echt daneben, was über Kicken zu sagen, wenn ihr Vater gerade ins Gras gebissen hat. Und ich grinste entschuldigend oder einfach nur blöde und machte, dass ich wegkam.

Aber als ich die Tür, die ziemlich schwer war, aufgedrückt hatte, schob sich eine kleine Hand von hinten in meine. »Ich würd gerne kicken«, sagte das kleinere Mädchen. »Ich kann das!«

Und das größere Mädchen stand auch auf einmal da und sagte leise: »Ist besser, als nur rumzusitzen und zu warten.«

Ich sah zu ihrer Mutter, und die Mutter lächelte ganz leicht und nickte. Ihre Lippen formten ein Wort, mit dem ich nicht gerechnet hatte: Danke.

Und dann kickten wir.

Mit dem roten Ball. Die Kleinere war wirklich gut.

Wir legten Tore mit Steinen und einer leeren Energydose, und ich kam ins Schwitzen und zog erst den Pullover aus und nach einer Weile mein Hemd, und die beiden lachten, aber sie fanden es okay, glaube ich. Und am Ende ließ ich mich auf die niedrige Mauer neben dem Bestattungshaus fallen und rang nach Atem. Man wird nicht jünger.

Die beiden Mädchen setzten sich neben mich, eine links, eine rechts, und ein bisschen außer Puste waren sie auch. Die Kleine lehnte ihren Kopf an mich, einfach so. Es war wie bei Kira, und das war komisch, wo ich sie doch gar nicht kannte. Es war auch komisch, zu wissen, dass ihr Vater mit einem halben Gesicht und ordentlich geschnittenen Zehennägeln in einem Sarg lag, Luftlinie hundert Meter von uns entfernt.

Ich legte einen Arm um sie, irgendwie ungeschickt wahrscheinlich.

»Mama sagt, wir gehen weg«, sagte sie leise. »Ich will aber gar nicht weg. Hier ist es doch schön. Ich mag das Meer. Auf der Insel. Da, wo die Wellen sind, auf *der* Seite. Ich kann fast schwimmen.«

»Kannst du nicht, Dummkopf, ohne Schwimmflügel gehst du unter, wetten? Und wir *müssen* weg«, sagte die Größere.

»Warum?«, fragte ich.

»Wegen dem Krieg«, sagte die Kleine. »Morgen ist der nämlich schon. Und dann ist alles anders, hat Mama gesagt. Wir kennen eine

Familie, die sind vor einem Krieg weggelaufen, in ein anderes Land. Nach Deutschland, weil hier kein Krieg ist. Und jetzt kommt der doch. Krieg ist wie Wasser. Der kommt überallhin.«

»Du redest Unsinn«, sagte die Größere und kickte die Energydose weg, die vor ihren Füßen gelegen hatte.

»Sie sagen, sie machen nur eine ziemlich große Übung hier«, sagte ich. »Für den Ernstfall.«

»Wer ist Ernstfall?«, fragte die Kleine und runzelte die Stirn. »Und was will der üben?«

»Ernstfall ist ein ziemlich doofer Typ«, sagte ich. »Und er kommt nicht, wirst sehen, weil wir ihn nicht hier haben wollen.«

»Du redest genau so 'nen Unsinn wie sie«, sagte die Größere. »Es ist nicht lustig. Alles wird anders. Hat Mama gesagt. Und wir müssen weg, weil sonst noch jemand stirbt. Wie … Papa. Eine von uns.«

»Ich sterb nicht«, sagte die Kleine. »Ich bin total gesund, hier guck.« Und sie sprang von der Mauer und stellte sich ganz gerade hin und zeigte ihre Muskeln. Es war sehr schwierig, nicht zu lachen.

»Wer hat gesagt, jemand von euch stirbt?«, fragte ich. »Ist doch Quatsch.«

»Nee, ist es nicht«, sagte die Größere. »Die Russen kommen, und die Insel wird anders, und … Egal, für uns. Wir fangen woanders noch mal neu an. Aber wenn uns keiner den Dönerstand abkauft, haben wir null Geld. Mama muss was finden. Arbeit. Wird nicht so leicht. Wir haben schon 'n paar Sachen verkauft und …«

Sie brach ab, zuckte nur die Schultern und sah weg.

»Habt ihr den Motorradfahrer gesehen?«, fragte ich. »Den … von dem Unfall?«

»Ich hab den gesehen!«, rief die Kleinere. »Weil ich mit Papa nach Hause gehen sollte. Ich hab geholfen, Salat zu waschen, das kann ich schon, und er war schwarz angezogen, und man konnte nichts erkennen. Nur so einen schwarzen Helm und vorne was vorm Gesicht. Aber das war kein Motorrad. Das war ein Moped.«

Ich fragte mich, ob sie das unterscheiden konnte.

In diesem Moment kam die Sekretärin wieder, mit Zerberus, dem bissigen, alten, schwarzen Höllenbiest, und sie hielt den Hund auf Abstand und lächelte. Alles an ihr war weich und freundlich, sie fand zwei Lollis in ihrer Tasche und gab jedem Mädchen einen.

»Kommt mit rein«, sagte sie, irgendwie mitleidig. »Eure Mama wartet, wir müssen noch reden, richtig?«

Die beiden nickten. Aber ehe sie durch die Tür schlüpfte, drehte sich die Kleinere um, rannte noch mal zu mir und gab mir den Lolli. »Für dich«, sagte sie. »Ich glaub, du brauchst den mehr.«

Erst da fiel mir mein kaputtes Gesicht wieder ein. Und dass ich irgendwie was gemeinsam hatte mit Herrn Gülen, der da eingetackert in seinem Sarg wartete.

»Danke«, sagte ich. »Ich wünsch euch viel Glück. Mit … eurem Neuanfang. Und dass deine Mama Arbeit findet.« Sie stand noch einen Moment da, einen Finger im Mund, nachdenklich.

»Hm«, sagte sie. »Sonst verkauf ich meine Flöte. Ich hab eine Blockflöte. Weiß nicht, wie lange man davon leben kann.«

Da fiel mir etwas ein. Das Geld in meiner Tasche.

Verwahr du das, Finnley.

Berlin. Für Berlin konnten wir wieder was verdienen, oder? Ich arbeitete, Neil arbeitete, es war kein Ding. Ich griff in meine Tasche und holte es raus und drückte es in die kleine, klebrige Mädchenhand, die mir den Lolli gegeben hatte.

»Gib das deiner Mama, aber erst, wenn ihr von hier weg seid«, sagte ich leise. »Das reicht für ’ne Weile.«

Da umarmte sie mich. Sie roch nach Zwiebeln und dem Lolli und Pfirsichseife.

»Du bist lieb«, sagte sie. »Gibt doch liebe Leute hier, hab ich denen ja gesagt.«

Und dann war die Kleine endgültig weg, und ich stand da, in der Sommersonne vor einem Bestattungshaus, einen Lolli in der Hand, im Kopf tausend Fragen.

Shit.

Wie würde ich den anderen beibringen, dass ich unser Berlingeld verschenkt hatte?

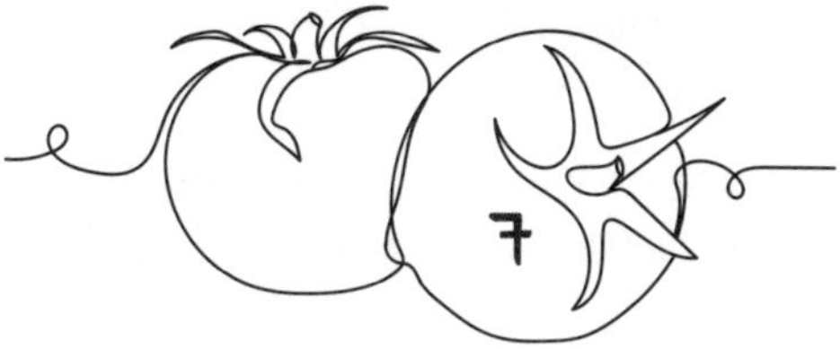

7

»Es is so. Die Frau hat Angst. Und der Araber ist tot. Und jemand wollte das Handy dringend haben und … Wir sollten vielleicht auch Schiss haben. Es is 'ne blöde Idee, sich da einzumischen.«

»Du hast eh immer Schiss, vor all'm Möglichen«, sagte Leif mit einem freundlichen Grinsen. »War schon so, wie wir klein war'n, aber das is okay.«

Ein Abend in der Balkonei, hoch oben über der Welt. Unter uns die Felder, die Windräder weit weg, das Licht, das langsam schmolz, orange und lila.

Die alte Klappliege unter uns seufzte und streckte ihr kaputtes Bein aus, und die Geranien legten ihre müden Blätter auf die Erde. Vielleicht suchten sie auch nach Krümeln von der Biozigarette, die wir gebaut hatten.

»Wer hat das Handy?«, fragte Leif und zündete die Bio an. Es beruhigte direkt, den süßlichen Geruch einzuatmen. Zwei Gramm, Feierabendbio. Muss auch mal sein. Die Balkonei war ruhig und wir zu zweit, Neil war nicht da. Vielleicht saß er zu Hause vor seiner Bibel und atmete die Stille in der Küche ein, wo er nur mit seinem Vater wohnt.

Der den ganzen Tag Videospiele spielt und also quasi nicht da ist.

»Es war in dem Karton«, sagte Leif. »Das Handy, oder? Und du hast gesagt, der Karton is bei Neil unterm Bett. Und denn hat der Bestattungstyp gesagt, sie haben's wieder.«

»So ähnlich.«

»Jemand von den is bei Neil gewesen. Ohne dass Neil es gemerkt hat. Eingestiegen durchs Fenster oder so. Aber das Geld hat er nicht genomm. Komisch.« Und ich nickte und nahm die Bio.

»Das Geld«, sagte ich schließlich. »Es ist so … ich habe es … leider … verliehen. Sozusagen.«

»Verliehen?«, fragte Leif.

»Ja, für … eine unbestimmte Zeit«, sagte ich.

»An wen?«

»An ein kleines Mädchen. Zwei, eigentlich. Die Mädchen von dem Toten. Du weißt schon, dem Dönermann. Sie müssen weg und irgendwo neu anfangen, und sie wollte ihre Blockflöte verkaufen, aber was kriegst du schon für eine Blockflöte? Ich … Ich verdien was. Ich verdien es zurück.«

»Du bis verrückt«, sagte Leif. »Warst du immer schon. Beim letzten Hansaspiel hast du dein Schal an ein Kind verschenkt, weil dem kalt war. Und denn war dir kalt.«

»Ich …«

»Verrückt«, sagte Leif. »Total. Die hätten was von Amt gekriegt, meinste nich? Wärn die sofort verhungert, Mann?«

»Nee, ich … hm«, sagte ich. Es war dumm gewesen, das Geld zu verschenken.

Komisch, es fühlte sich trotzdem richtig an. »Bist du sauer?«

»Nö«, sagte Leif und boxte mich vor die Schulter. »Mann! Ich glaub, ich hätt's ihr auch geschenkt.« Wir ließen die Bio hin und her gehen, und wir rauchten eine Weile, abwechselnd, ohne zu reden.

»FURU«, murmelte ich schließlich.

»Was?«

»FURU. Auf den Aufklebern. Da waren auch welche am Dönerladen. Was zum Henker ist FURU?«

»Fäntäsie-Spiel für Handy?« Leif zuckte die Schultern.

»Nee.« Ich wühlte in meiner Tasche, und dann fand ich den zerknüllten Aufkleber, ich hatte ihn abgekratzt, er war eigentlich mehr ein Klumpen Müll jetzt. Aber ein bisschen was erkannte man noch. Den orangen Klecks. »Was siehst du?«

»Orangen Klecks«, sagte Leif.

Ich nickte langsam. Und sagte dann das, worüber ich die ganze Zeit nachgedacht hatte, seit dem Abkratzen. »Es ist kein Klecks. Es ist die Insel. Guck dir den Umriss an. Kaputtes Känguru.«

Und auf einmal musste ich lachen, klar, das war die Biozigarette, ich lachte über das kaputte Känguru, ich lachte und lachte, und Leif schüttelte den Kopf, und dann fing er auch an.

»Irgendwie ist alles scheiße«, keuchte ich. »Ein Mörder rennt da irgendwo rum, und es ist Krieg um die Ecke, und der Grizzly hat mich immer noch aufm Kieker und …«

»Ja«, sagte Leif und wischte sich die Lachtränen aus dem Gesicht. »Und das schönste Mädchen von alle steht auf Neil. Wie kann eine auf Bestatter? Ich, so als Frau, ich würde das gruselig finden.«

»Du!«, prustete ich. »So als Frau!«

Daraufhin mussten wir wieder lachen, es ging einfach nicht anders, Leif fuhr sich durch seine weichen Locken und rupfte dann eine Geranienblüte ab und steckte sie hinein. »Ich, so als Frau«, sagte er wieder, und die Biozigarette glühte, und irgendwer machte ein Bier auf, und alles war gut.

Muddy kam angetappt, mit klickenden Krallen auf dem Boden, ich kraulte ihn hinter den Ohren, und alles war perfekt.

»Warte mal«, sagte Leif ganz plötzlich. »Du hast ›Mörder‹ gesagt. Vorhin. Meinst du, es war derselbe? Bei beiden?«

»Keine Ahnung. Vielleicht?«

»Und der heißt FURU, oder wie?«

»Quaak, so heißt doch keiner«, sagte ich.

In diesem Moment öffnete jemand die Tür zur Balkonei, und wir zuckten beide zusammen, weil eine große dunkle Gestalt da stand. Auf einmal war alles nicht mehr lustig, sondern merkwürdig und gruselig, wie im Film. Die Gestalt dehnte sich aus und wuchs und schrumpfte dann wieder, was eigentlich bei Gras gar nicht passieren sollte, aber du weißt ja nie, was da noch so drin ist. Wir hatten es aus Mamas Vorrat geklaut, den sie hinter der untersten Kommodenschublade bunkert. Und ich dachte, ich sollte mal mit ihr drüber reden, wo sie was kauft. Irgend'nen Mist zu kaufen, ist ungesund. Aber klar, sie braucht das, wenn die Nachrichten zu krass sind und sie immerzu auf den Bildschirm starrt und sich Sorgen macht.

»FURU«, sagte die Gestalt in der Tür. »FURU ist vielleicht gefährlich.«

»Mann, Neil«, sagte Leif. »Bist du das?«

»Positiv«, sagte Neil.

»Ich dachte, du liest die Bibel«, knurrte ich und rückte ein Stück, und als er sich setzte, wurde sein Umriss ganz schwammig und irgendwie bunt.

Neil nahm die Biozigarette, hielt sie zwischen den Fingern und sah sie eine Weile nur an. Er raucht eigentlich nicht mit uns.

»Die Frau, heute«, sagte er. »Frau Gülen. Da klebte auch so ein Aufkleber. Und das hast du drei Meilen gegen den Wind gemerkt, die hatte Angst. Ich habe das Ding abgezogen, soll doch alles ordentlich sein für die Toten. Die Frau Gülen hat den Aufkleber angesehen wie eine Schlange. Die Schlange in der Genesis.«

»Is 'ne Band«, sagte Leif. »Ganz alt. Kenn ich von mein Opa.«

»Nee, Genesis ist ein Teil von der Bibel«, sagte Neil. »Die Schlange is böse. Sie gibt Adam den Apfel, und Adam isst ihn, und daraufhin wird er auch böse. Und danach Eva.«

»Also sind sie alle böse«, sagte ich.

Neil nickte, wobei sein Kopf sich zu lösen schien, und irgendwas stimmte auch nicht mit den Geranien. Sie hatten vorher keine Zähne gehabt.

»Natürlich«, sagte Neil. »So ist es doch. Homo homini lupus.«

»Wie?«

»Der Mensch ist dem Menschen ein Wolf. Latein. Internetsprüche. Alle Menschen sind böse.«

»Nee«, sagte Leif sofort. »Finnley nicht.«

»Wieso?«

»Ich fürchte, ich habe unser Geld ver… verliehen«, sagte ich sehr leise. »An jemanden, der es brauchte, aber ich verdien's zurück.«

»Du hast *was*?«

»Und Ulja auch, Ulja is hundertpro nich böse«, sagte Leif. »Sie is einfach da oder weg, und sie redet nich so viel. Entspannt.« Er nickte eine Weile vor sich hin, Gras wirkt auf Leif immer anders, er lacht erst und wird dann ruhig und nachdenklich. Und ich lache erst und sehe dann Dinge.

»Aber warum war sie am Steg? Im Schilf? Im Nichts?«, fragte ich.

»Ich würde sagen«, meinte Neil, »sie hat den toten Russen besucht. Das Grab. Wenn du Geld verschenkst, brauch ich was hiervon.« Und er zog doch tatsächlich am letzten glimmenden Rest der Biozigarette, was er sonst nie tut.

»Das Grab besucht? Warum? Wozu?«

»Keine Ahnung. Warum war sie denn bei den Sonnenblumen?«

»Hat sie da auch 'n Toten besucht?«, meinte Leif. »Aber … warte.«

»Wenn da 'n Toter ist, haben wir den Toten noch nicht gefunden«, sagte ich.

Es war komisch still, und die Geranien bissen mit ihren Zähnen alle in die Luft, es klickte seltsam. Bis ich merkte, dass es Muddys Krallen auf dem Betonboden waren, er trottete nach drinnen. Es war sehr dunkel geworden, so dunkel, dass sie oben die Sterne angeknipst hatten, damit man was sah.

»Quatsch, die wollte zu uns«, sagte ich. »Ulja.«

»Weil sie uns so toll findet?« Neil lachte. »Klar, Mann, wir sind reich, nur, dass Finnley leider unser Vermögen verschenkt hat – wir sind schön, wir sind klug, wir sind die totalen Helden.« Er guckte mich an. »Die steht auf Förderschüler mit Eisflecken auf dem Pulli.«

»Lass den blöden Sarkasmus stecken«, sagte ich und schnappte ihm den letzten Rest der Biozigarette weg. »Was ist jetzt mit FURU?«

»Future«, sagte Leif, der manchmal ganz plötzlich englische Wörter raushaut.

In diesem Moment krabbelten die Geranien aus ihren Beeten und fingen an, die Hauswand runterzukriechen, und eine kleine Hand legte sich auf mein Knie.

Es war aber keine Geranie, es war Kira.

»Ich kann nich schlafen«, sagte sie. »Finnley, bringst du mich ins Bett? Mama is in die Küche und zählt Butterpakete und redet mit den Fernseher. Und bei uns in Zimmer sind überall Monster. Raymon sieht die nich, der pennt.«

Da stand ich auf, obwohl der Boden der Balkonei schwankte. Und ich wollte ihr sagen, dass ich die Monster auch sah, überall, und dass sie da waren. Menschenmonster, alle Menschen sind Monster, aber ich sagte es nicht. Ich trug sie zurück zu ihrem Bett, bei dem die Hinterwand fehlt, immer schon, seit wir es vom Sperrmüll haben.

»Ich will zu dir ins Bett«, sagte Kira, und da trug ich sie zwei Meter weiter zu meinem Bett, und wir fielen beide auf die Matratze.

Kira lachte.

»Du musst die Jacke ausziehen, Finnley!«

»Wieso? Ich geh gleich wieder raus, wenn du schläfst.«

»Nee, du schläfst jetzt auch«, sagte sie. »Ich beschütz dich vor die Monster. ’kay?«

»Okay«, flüsterte ich. Und ich dachte, ich sage das nur, ich geh zurück zu den Jungs, wir müssen über alles reden, wir müssen Ordnung in die Leichen und Aufkleber und die Ulja-Sache bringen, aber ich schlief.

Tief und fest.

Und draußen liefen die Geranien rum und machten wahrscheinlich Leute kalt.

Zwei Tage später wurde Herr Gülen woandershin transportiert, damit er eine muslimische Beerdigung bekam. Neil war etwas geknickt, dass er nicht dabei sein konnte. Die ganze Mühe mit den Schuhen und dem Eintackern, und dann konnte er ihn doch nicht persönlich beisetzen. Die kleine Frau mit der Angst und dem Kopftuch war mit dem Sarg ihres Mannes im Kofferraum und ihren Töchtern auf der Rückbank abgereist.

Sie würde nicht wiederkommen.

In Zinnowitz gab es jetzt auch zwei Schilder mit ZU VERKAUFEN: an dem vietnamesischen Restaurant und an der original-italienischen Pizzeria, die ein Syrer schmeißt.

»Die Leute verlassen die Insel«, sagte Mama und nickte vor sich hin. »Es marschieren immer mehr Soldaten. Ich hab Kartoffeln gebunkert, fünf Säcke.«

»Sammelst du die jetzt?«, fragte Kira mit großen Augen. »So wie ich Schneckenhäuser und Pokémonkarten?«

»Klar«, sagte ich. »Sie klebt die in ’n Album. Geht bloß immer so schlecht zu.«

Und dann bekam ich zwei krasse Nachrichten an einem Tag.

Erstens vom Maritim, was ich wirklich nie gedacht hätte. Sie wollten mich haben. Offenbar hatten sie keinen gefunden für die Stelle vom toten Kaminsky.

Und ich rief die Eis-Hotel-Fritzen an und sagte ihnen, dass ich was anderes gefunden hatte, was ein gutes Gefühl war.

Die zweite krasse Nachricht kam rein, als ich mich in Schale geworfen hatte, um zu meinem ersten Tag da rauszufahren, sauberes Hemd und drei Liter Haargel. Ich stand vor dem Spiegel und versuchte, die Haare so hinzulegen, dass sie da auch blieben, und da klingelte das Handy, und es war Leif, und er sagte: »War doch richtig. Ich dachte, wir waren nur high, aber stimmt.«

»Was stimmt?«, fragte ich.

Der Typ im Spiegel sah mir gar nicht ähnlich. Egal, er würde mehr Geld verdienen als der Typ beim Eisverkauf.

»Die Leiche«, sagte Leif. »In den Sonnenblumen. Da ist eine. Haben die gefunden.«

»Was? Is 'n Witz.«

»Nope«, sagte Leif. »Lag da drei Tage rum. Musste bei Facebook lesen, Mann. Meine Schwester hat's mir vorgelesen.«

»Das heißt, die Leiche lag da, als *wir* da waren? Irgendwo im gleichen verdammten Feld?«

»Jep. So 'n junger Kerl. Soldat. Er hat …«

Dann war Leif weg, das Handy war leer, ich hatte vergessen, es einzustecken. Mal wieder. Und ich musste los.

Im Zug war mir schlecht.

Als wir über die Brücke auf die Insel fuhren, warteten unten zwei Riesenjachten darauf, dass sie durchkonnten, von der Peene in die Ostsee raus. So Schiffe für 'n paar Millionen das Stück. Und um sie rum machte das Wasser wieder, was es am besten kann: glitzern. Ich meine, es kann auch noch andere Sachen, kippen zum Beispiel. Mit den ganzen Blaualgen in der Hitze, die Welt geht ja vor die Hunde, und die Hunde sterben manchmal, wenn sie im Meer schwimmen mit den Blaualgen.

Noch so eine Sache, die der Klingemann uns erklärt hatte.

Aber an diesem Morgen war alles schön.

Du siehst nicht, was unter der Oberfläche ist, wenn es so glitzert.

Es war eigentlich gut, mal morgens wach zu sein. Eisverkauf hatte nie so früh angefangen, Mama hatte mich wach gemacht und vier Anläufe dafür gebraucht. Ich sah sie noch vor mir, wie sie in der Tür lehnte, in ihrem roten Bademantel, das Morgengesicht voller Nachdenkfalten, und sich an der Zigarette festhielt, damit sie nicht aus der Wirklichkeit rutschte.

»Kartoffeln sind schon wieder teurer, gut, dass ich gebunkert hab«, hatte sie gesagt. Und dann: »Ich frag mich, ob wir packen sollten.«

Sie hatte es gewusst. Sie hatte von dem toten Soldaten gewusst. Klar, Medien und so. Wahrscheinlich scrollte sie sich seit fünf Uhr durch die Facebook-Inselgruppen.

Packen.

Auf so eine Jacht krabbeln und mit rausfahren, aufs Meer, in die Welt. Blinder Passagier, das wär doch was, dachte ich. Du versteckst dich zwischen irgendwelchen Kisten oder Planen, und erst, wenn das Schiff draußen ist im Ultrablau, losgelöst von allem, was war, erst dann kommst du raus und sagst: Hier bin ich. Tut mir leid, keine Knete, aber ich kann was arbeiten. Und dann können sie dich ja schlecht über Bord werfen.

Vielleicht sind sie auch nett. Die Millionäre mit den Jachten.

Weiß man ja nicht. Vielleicht triffst du da die Frau deiner Träume, reiche Erbin, und zack, ausgesorgt.

Aber dann dachte ich, dass ich keine Millionärin auf einer Jacht treffen wollte. Ich wollte Ulja treffen. Sie war schon verdammt lange nicht aufgetaucht, und ich hatte keine Möglichkeit, sie zu finden. Hatte sie von der Leiche gewusst? Wirklich? Warum war sie bei den Sonnenblumen gewesen? Warum war sie zufällig immer da, wo Tote auftauchten?

Nein, nicht immer. Bei Kaminsky mit seinem Herzen war sie nicht gewesen. Und bei Herrn Gülen auch nicht. Oder … irgendwie doch? Hatten wir es nur nicht gemerkt?

»Erdbeer-Cookie«, hatte sie gesagt und dagestanden wie vom Himmel gefallen, mit den roten Spritzern im Gesicht. Und das war der Tag gewesen, an dem Neil mir vom Kaminsky und von den Tabletten erzählt hatte. Und als Neil und sein Bestatter Herrn Gülen abgeholt hatten, war sie später auch bei uns aufgetaucht.

»Was denkst du denn, du Idiot?«, fragte ich mich selber. »Denkst du, sie rennt rum und bringt Leute um die Ecke? Es ist noch nicht mal klar, dass irgendwer umgebracht worden ist. Niemand hat bewiesen, dass die Tabletten vom Kaminsky vertauscht worden sind. Der Flieger hatte einen Unfall, der Araber hatte ’nen Unfall und der Typ im Sonnenblumenfeld vielleicht auch.«

Aber irgendwie war es schon komisch mit Ulja. Als löste sie Unglück aus.

Ich wollte sie wiedersehen. Dringend. Mir egal mit dem Unglück. Ich sehnte mich nach ihrem Lachen und nach ihrer Stimme. Auf einmal sehnte ich mich so sehr, dass es wehtat. Ich würde nie mehr mit irgendwelchen Jungs aus dem Ghetto reden gehen, wenn Ulja auftauchte. Ich würde bei ihr bleiben. Und dann würde sie mich wieder anlächeln.

Nicht nur Neil.

Das Maritim.

Hintereingang, klar. Die Karottenfrau war da und machte die Tür auf.

Blieb einen Moment stehen und runzelte die Stirn. »Umstyling?«, fragte sie.

Ich nickte und fuhr über das Haargel, von dem mehr auf meinem Kopf war als Haare, und schob die Brille ein bisschen hoch. Die Brille war vom letzten Theaterprojekt in der Schule, aus der Kiste gefischt und in meine Tasche gehüpft. Sie hatte keine Stärke, bloß Glas.

Der Kellner vorne im Restaurant, der mich nicht leiden konnte, würde mich nicht finden, er würde jemand ganz anderen finden: einen sehr höflichen jungen Mann, der Tabletts absolut elegant trug und den Mund nicht aufmachte, höflich und zurückhaltend. So einen, der sich nicht provozieren ließ.

»Komm rein«, sagte die Karottenhaarige. »Kriegst was andres anzuziehen. Papiere machen wir später mit der Chefin, wir brauchen dich jetzt erst mal hier. Kannst direkt anfangen.«

»Ist denn so früh schon Betrieb?«, fragte ich. »Ach so, doch, klar. Hotelgäste. Frühstück, was?«

Und ich sah mich schon in Kellnerjacke zwischen Tischen mit Blumen darauf herumlaufen und Leute fragen, ob sie einen Milchkaffee oder ein Rührei wollten.

»Hotelgäste?« Sie sah mich verwundert an. »Was willst du mit Hotelgästen? Die gehen uns hier in der Küche gar nichts an, und dich schon gar nicht. Was dich angeht, sind im Moment zehn Kilo Kartoffeln. Und der Abwasch.«

Tja, und denn sitzt du da, mit einem Topf Kartoffeln vor dir und einem Messer, und du möchtest die Welt mit dem Messer erstechen, aber du darfst nicht. Du schälst.

Ich bin eine Niete im Kartoffelschälen, Karottenhaar kam dreimal zu mir rüber und sagte: »Viel zu viel! Du schälst viel zu viel ab! So!«, und zeigte es mir. Und schließlich gab sie mir den Sparschäler, »für Möhren«, sagte sie, und damit käme jeder Idiot klar.

Und ich sagte: »Vielen Dank auch«, und wollte sauer sein. Aber sie legte mir eine Hand auf die Schulter, sie hatte kleine, dicke, sehr energische Hände, und es war eine freundliche Hand.

»Ich bin Yvette«, sagte sie. »Halt dich an mich, und pass auf dich auf, ja? Alle nervös im Moment. Soldaten und so. Und dann noch der Tote, den sie da gefunden haben. Ermordet. In einem Feld. Ein ermordeter Soldat, haste das gehört?«

»Jeder hat das gehört«, knurrte der Typ, der kochte: Er war riesig, ein Berg, dreieckig, irgendwie, von oben nach unten wurde er immer breiter, und seine Hände waren wie Teller. Große Teller. Es gab noch einen, der half, der war kleiner und ein Muskelpaket, im Unterhemd im Küchendunst, wie so ein Bild aus einem Mafiafilm. Sie hatten mir zu Beginn kurz zugenickt, wie man einer Fliege zunickt, die man später vielleicht zerquetschen möchte.

»Wir ham wieder ’ne Tischbestellung drin vom Noack«, sagte der Berg, und das Unterhemd schnaubte und sagte: »Dachte, die verteidigen das Land, was sitzen die hier rum?« Und der Berg drehte sich um und packte das Unterhemd am Unterhemd und sagte: »Hör mal, keine schlechten Worte über den Noack. Der isses, der uns den Arsch rettet. Der is doch der Einzige, der sich für uns interessiert. Uns, hier, auf der Insel.«

Und das Unterhemd knurrte.

»Keiner von uns möchte abgestochen in ’nem Feld liegen«, sagte der Berg.

»Ihr meint, ein einzelner Russe ist hergekommen und hat den Soldaten umgelegt und in dem Feld versteckt?«, fragte ich, und fast musste ich lachen.

»Russe? Nee«, sagte der Berg. »Das waren die Ukrainer, Junge. Liest du kein Facebook? Die sind doch überall hier, unterwandern uns. Jetzt ziehen sie in die Blocks. Die sind überall. Spionage, Junge. Alles Spionage.«

»Die Ukrainer?« Ich betrachtete eine Kartoffel, die eine Knubbelnase hatte, und sie betrachtete mich zurück. Sie sah so verwirrt aus wie ich.

»Klar, Mann«, sagte der Berg, der in einem riesigen Topf Suppe rührte, er stand im Dampf wie ein Gott in einem Film, gigantisch und umnebelt. »Die Ukrainer! Dicke Freunde mit denen da oben, die sich in diesem Land Regierung schimpfen! Gibt geheime Gespräche darüber. Die verhandeln, die Ukrainer brauchen wieder Land. Und klar, wir sind im Osten, nah dran, die Regierung will denen die Insel geben. Für alle Geflohenen-Innen. Haha. Wirklich, dann wird das alles hier Ukraine. Dann müssen die Deutschen weg, wirst schon sehen, das geht ganz schnell. Die werfen uns doch jetzt schon aus unseren Wohnungen, und für die Ukrainer wird alles schick gemacht.«

Und ich dachte, dass das Quatsch war. Aber der Klingemann hatte etwas Ähnliches gesagt. Dass die Ukrainer vielleicht hier in den Hotels einquartiert würden. Und der Klingemann erzählte keinen Quatsch, der dachte nach und las mehrere Zeitungen und all so was.

»Da kann dein toller Noack auch nichts gegen machen«, sagte das Unterhemd, das in einem Affenzahn mit einem sehr scharfen Messer Gurken umbrachte.

»Oh doch, der kümmert sich«, sagte der Berg und attackierte ein Hähnchen. »Und wir können stolz sein, dass er bei uns isst. Wenn der sich mit wem trifft, Mann, immer hier, uns vertraut er. Hier kann er mit Leuten reden, keine Wanzen im Maritim. Nix mit Abhören, keine Regierung, und auch die Amis nicht. Das Maritim ist sauber.« Er hob das Fleischmesser und sah es an. »Wenn der Noack mich fragt, ich würd mitgehen«, sagte er feierlich. »Gegen die Russen, oder gegen die korrupten Politiker, ich würd ihm folgen, die Insel retten. Der Kaminsky hat das auch gesagt, wie der mit denen gesoffen hat. Das sind feine Kerle, der Oberst und seine Leute. Ham ihn eingeladen, wegen 'ner Kinderfreundschaft. Und wie der Noack gehört hat, dass der Kaminsky tot ist, hat er geweint. Ich mein, er war nur Küche, der Kaminsky, aber der Noack hat geweint. Das ist einer von uns. Obwohl er da oben Chef ist. Immer einer von uns geblieben. Inselkind.«

Halt die Ohren auf, hatte Neil gesagt. Ist immerhin der Arbeitsplatz von unserem Mordopfer Nummer eins. Sie hatten bei ihm jetzt Nummern: Zwei war der russische Pilot, drei war der eingetackerte Gülen, vier war der Sonnenblumensoldat. Den wir noch nicht mal gesehen hatten.

Oder vielleicht ... Konnte es sein, fragte ich mich, dass Neil ihn gesehen hatte? Im Feld?

Und nichts zu uns gesagt?

Ich hielt also die Ohren auf. Aber es gab nichts zu hören, außer, dass Yvette, die Karotte, traurig war wegen dem Kaminsky. »Das dumme Herz«, sagte sie in einer unserer Raucherpausen. »Hat ihn einfach umgebracht. Man sollte gar kein Herz haben, merk dir das, Junge.«

»Aber ohne kann man auch nicht leben«, sagte ich, und sie guckte mich eine Weile nachdenklich an.

»Doch«, sagte sie schließlich. »Manche Leute können ganz gut ohne Herz leben. Ich hab eins, zu blöd. Und da ist eine verdammte Scheißangst drin. Der Kaminsky hatte auch Angst.«

»Angst?«

Sie nickte. »Ich wollt das nicht sagen, aber ... Der hat gewusst, dass er stirbt. Ich hab's erst hinterher kapiert, dass er's gewusst hat.«

»Er hat gewusst, dass er einen Herzinfarkt bekommen würde?«

»Er hat das gemerkt. Dass sein Herz es nicht mehr macht. Vielleicht wegen der Angst. Vor der Front, denke ich. Hat zu viel mit den Soldaten geredet. Und dann hat er gesagt, dass es vielleicht besser wäre, man würde verschwinden. Das ist … die letzte Sprachnachricht, die ich von ihm hab. Wär vielleicht besser. Zu verschwinden, mein ich.«

Die Zigarette in ihrer Hand zitterte jetzt. Wir saßen draußen, und überall war Sommer. Da blühte so eine Kletterpflanze an der Hofmauer, die irre süß roch, komische Mischung mit dem Zigarettenrauch. Und von weiter weg kamen die Stimmen von Touristenkindern. Aber sie saß da und hatte Angst, als ob Winter wäre. Vielleicht hatte er selber die Tabletten aus dem Blister gedrückt, weil er sie alle auf einmal nehmen wollte, und wieder reingedrückt, weil er sich dann doch nicht getraut hatte.

Ich sah mir den Berg an, der ein Koch war, und das Unterhemd, und ich dachte, vielleicht hängt einer von denen da mit drin. Kann doch sein.

Ich hatte fast Feierabend, halb zwei, als sie mich fragten fürs Restaurant.

»Nur die Teller rausbringen«, sagte Yvette. »Aushilfsweise. Die Herren warten, und es sind zu viele. Bist du ein lieber Junge und hilfst der Lillie kurz? Meier sollte hier sein, Ablösung, aber er ist noch nicht da. Inselstau wahrscheinlich. Er übernimmt die Herren sonst immer.«

Sie hängte mir ein dunkelrotes Jackett über die Schultern, ich schlüpfte in die Ärmel, und sie knöpfte es eilig zu.

»Ich dachte, mich gehen nur die Kartoffeln was an«, knurrte ich, aber ich nahm einen Teller, mit beiden Händen, damit nichts von dem kunstvoll-bunten Salat neben dem Fisch runterfiel.

Ich war nervös, als ich das Restaurant durch die Schwingtür betrat,

Lillie ging vor mir, sie trug zwei Teller, sehr elegant, und drückte die Tür mit dem Rücken auf. Und dann ging ich durch und dachte, die Tür erschlägt mich, schweres Biest.

Und da saßen sie, die Herren, an einem langen Tisch, Uniformen mit Köpfen drüber und einem Lächeln drauf. Nur einer hatte ernste Augen, ernst und graublau, und ich erkannte ihn sofort. Den Noack.

Sein Blick lag einen Moment auf mir, dann wanderte er weiter, und er sprach mit seinem Nachbarn, freundlich und leise. Sie waren alle viel leiser, als ich gedacht hatte. Der Nachbar war auch so ein schicker, Glanzknöpfe überall, wie ein Weihnachtsbaum. Und Lillie sagte, als wir in der Küche waren, mehr Teller holen: »Das ist der andere Oberst. Das ist ja mal was, die zusammen zu sehen. Der ist von der Luftwaffe, lauter Berühmtheiten heute.«

Und dann gingen wir mehr Teller rausbringen. Ich schaffte es, einen Teller vor den Luftwaffenoberst zu stellen, ohne dass was schiefging. Ich tat es quasi in Zeitlupe, und ich spürte, wie er mich ansah.

Dann fiel eine Babytomate vom Tellerrandsalat auf die weiße Tischdecke, und ich wollte sie aufheben, aber ich dachte, wahrscheinlich darfst du die nicht mit den Fingern anfassen. Und ich nahm die Gabel, die neben dem Teller lag, um die Tomate zurückzubefördern, aber ich war nervös, klar, bei solchen Größen am Tisch. Und irgendwie rutschte ich ab und katapultierte die Babytomate in die Luft, wo sie einen schönen Bogen beschrieb und in einem Wasserglas landete. Und ganz langsam unterging.

Ich starrte sie an, und ich merkte, wie alle anderen genauso starrten, es war ganz still geworden am Tisch, sechs oder acht Uniformträger saßen bewegungslos da, nur wegen einer Tomate. Totales Wachsfigurenkabinett. Und ich fühlte, wie ich rot wurde, von unten bis an die Haarspitzen. Und es nützte mir gar nichts, dass drei Liter Gel drin waren, und meine verflixten Segelohren wurden tausendprozentig auch rot. Ich fühlte, wie sie glühten. Aber gleichzeitig stieg in mir ein absolut dummes, verbotenes Lachen auf. Ich spürte, wie es herauswollte, und natürlich durfte ich nicht lachen. Ich sah nach oben, in das Gesicht des Luftwaffentypen, der sich ein paar Wassertropfen aus dem Gesicht wischte. Die blöde Babytomate hatte ihn bei ihrer Wasserlandung nass gespritzt. Das führte dazu, dass das Lachen noch dringender rauswollte. Ich biss mir auf die Lippe, aber das Grinsen war schon da. So ein blödes Kleinjungengrinsen, ich wusste genau, wie es aussah. Ich murmelte etwas, was ich selbst nicht verstand, und floh in Richtung Küchentür, aber auf einmal stand da, wie vom Himmel gefallen, der Kellner, der mich hasste.

Also war das Meier, und er war jetzt da.

Er sah mich an wie ein Racheengel, und dann packte er mich am Arm und zerrte mich durch die Schwingtür. »Lillie, geh dich für ihn bei den Herren entschuldigen, und regel das«, sagte er eiskalt. Lillie nickte wortlos und ging.

Und der Racheengel drehte mir mit erstaunlichem Geschick den Arm auf den Rücken und packte mich mit der zweiten Hand an einem der roten Ohren.

»Ich weiß nicht, wer dich eingestellt hat«, sagte er ganz leise. »Aber ich weiß, dass ich solches Ungeziefer hier nicht dulde. Wir haben Standards, wir sind keine Pommesbude. Und jemand, der nicht zwei und zwei zusammenzählen kann, hat hier nichts zu suchen. Weißt du, was du bist? Müll, mein Junge, Gesellschaftsmüll. Aber das Wort ist vermutlich zu kompliziert für deinen Kopf. Ihr versteht ja nur eine Sprache, die der Gewalt, und da du meine nicht sprechen kannst, spreche ich deine.« Damit drehte er das Ohr um. Es tat verdammt weh, und er drückte mich dabei zu Boden, irgendwie ging das, und das Blödeste war, dass sie so was doch nur mit kleinen Kindern machen, in alten Filmen, und dass alle in der Küche zusahen.

Und das tat eigentlich mehr weh.

Schließlich ließ er mich los, und ich saß auf dem Boden, und er stand über mir: hager und perfekt gekleidet und sehr, sehr sauer. Vor mir glänzten seine Schuhe, die er mit den Fremdwörtern in seinen Sätzen blank poliert hatte.

Ich wollte drauf spucken.

Aber es passierte nicht. Weil etwas anderes passierte.

Nämlich ging die Schwingtür auf, und eine Uniform kam herein, ich sah vom Boden aus nur die Hose und die Schuhe, weil ich nicht hochgucken wollte, nicht in irgendjemandes Gesicht gucken wollte.

Und dann legte sich eine Hand auf meine Schulter. Eine sehr große, breite, schwere Hand. Und die Hand hob sich wieder und griff nach meiner Hand, die viel zu blass und dünn und fast zart darin aussah, kleiner Junge eben, und zog mich auf die Beine.

»Was genau«, sagte jemand über mir. Mit einer Stimme, die die ganze Küche füllte. »Was genau geht hier vor?«

»Nichts, verzeihen Sie, wir regeln nur interne Dinge«, sagte der Rachemeier.

»Aber nicht so«, sagte die küchenfüllende Stimme. Und dann war die Hand wieder da und hob mein Kinn, und ich musste in das Gesicht sehen, aus dem die Stimme kam.

Es war der Noack. Oberst Noack.

Er lächelte. Nein. Er grinste. Wie ich vorher.

»Es war eine sehr widerspenstige Tomate«, sagte er. »Man könnte auch sagen, sportlich. Der junge Mann hier kann nichts dafür, dass sie Hochsprung geübt hat. Sport ist wichtig. Kopf hoch.«

Der Rachemeier trat einen Schritt zurück und räusperte sich nur, schnappte nach Luft wie ein Fisch auf dem Trockenen. »Wir brauchen junge, motivierte Menschen«, sagte der Noack. »Unser Land braucht sie. Die Insel braucht sie. Gerade in diesen Zeiten. Und man sollte sie gut behandeln. Wenn Sie verstehen. Vielleicht kommst du eines Tages zu uns, Junge. Schon mal drüber nachgedacht, zum Bund zu gehen?«

»Hm, ich hatte mal überlegt, Gebirgsjäger«, murmelte ich.

»Ja, nicht so einfach, der Job«, sagte er ernst. »Kaum hat man ein Gebirge im Visier, husch, schon ist es weg. Echt schwer, eins zu fangen.«

Ich sah ihn irritiert an, seine Augenbrauen waren schmal und grausilbern. Dann begriff ich, dass es ein Witz gewesen war, und ich grinste vorsichtig, und er grinste auch. Er klopfte mir noch mal auf die Schulter und sagte: »Steh ein bisschen gerade, mein Junge. Biste größer. Kann sein, dass wir dich und deine Freunde sehr bald nötiger haben werden, als irgendwer heute ahnt. Wenn kein Stein auf dem anderen bleibt und wir einen echten Verteidigungskrieg führen werden. Wenn die Weltordnung neu geschaffen wird.« Er nickte noch einmal, tippte danach an seine Mütze. Als wäre er es, der vor uns salutierte. Ein Untertan seines eigenen Volkes. »Wir sehn uns.«

Und dann war er weg.

Dort, wo er gestanden hatte, war in der Luft der Küche ein Loch. Die Pfannen, die Töpfe, selbst die Luft vermisste ihn jetzt schon. Yvette klatschte in die Hände. »Los, Leute, weiterarbeiten, nützt nichts, wenn ihr euch die Augen aus dem Kopf starrt. Ja, ich weiß, er hat ein irres Charisma. Aber selbst wenn's Jesus gewesen wär, die Arbeit muss trotzdem gemacht werden.«

Der Berg bewegte sich nur widerwillig zurück zu seinen Töpfen, und selbst der Muskeltyp, der vorher über Noack gemeckert hatte, sah geflasht aus.

»Charisma?«, fragte ich.

»Ausstrahlung«, sagte Yvette.

»Pff«, sagte der Rachemeier. Er sah mich hasserfüllt an und trug drei Teller und seinen Ärger zur Schwingtür. »Wenn du jetzt glaubst, du stehst unter seinem persönlichen Schutz und kannst dir alles erlauben, dann hast du dich geschnitten. Küchenunfälle gibt es, Junge. Immer wieder. Unschön. Kochendes Wasser, Messer, Strom … alles sehr gefährlich.«

Ich zeigte ihm hinter seinem Rücken den Finger, als er raus war.

Wenn der Noack in diesem Moment von mir verlangt hätte, mit ihm zu gehen, hätte ich es getan. Ich hätte meinen weißen Küchenkittel gegen eine Uniform getauscht. Und wenn er seine Leute alle ins Meer geführt hätte, wäre ich ihm auch ins Meer gefolgt. Er hätte es, dachte ich, für uns geteilt. Wie dieser Typ in der Bibel, Neil hatte von so einem erzählt, Moritz oder so. Ach nee, Moses.

Ich blieb länger, um den Oberst noch mal zu sehen. Aber ich sah ihn nicht noch mal.

Als ich Feierabend hatte, wanderte ich alleine in Richtung Bahnhof. Und in meinem Kopf hing ein Bild von mir selbst in Uniform. Finnley in Tarngrün. Und plötzlich waren da auch Leif und Neil neben mir, genauso tarn. Ich sah uns beim Spielplatz im Ghetto an einer Bank lehnen, ich sah die Blicke der Kinder, die uns bewunderten. Die Blicke der Mädchen. Die Kinderwagenmädchen mit ihren Kippen im Mund sahen alle von ihren Handys auf, und ihre wimperngetuschten Gesichter leuchteten zu uns herüber wie Sonnenblumen.

Sonnenblumen, verdammt.

Im Sonnenblumenfeld hatte ein toter Soldat gelegen. Du kannst auch sterben, als Soldat.

Berufsrisiko. Und wenn du dem Feind in die Hände fällst, passieren unschöne Dinge mit dir. Sie foltern dich so lange, bis du irgendwelche Wahrheiten ausspuckst über die Pläne deiner Vorgesetzten. Eklig, Blut und Schleim an den Wänden der Zellen, Messer und Säure und Strom. Aber der Noack, dachte ich, würde uns rausboxen. Uns befreien, irgendwie.

Wenn er konnte.

Was, wenn er nicht konnte? Der Kaminsky war ein Freund von ihm gewesen. Der Soldat war vermutlich Noacks Soldat gewesen, und trotzdem war er tot. War das der Grund, aus dem die beiden sich das Gras jetzt von unten ansahen? Hatte jemand versucht, etwas aus ihnen rauszukriegen über die Pläne vom Noack, die Pläne gegen die Russen?

Das Bild in meinem Kopf änderte sich. Die Jungs und ich lehnten nicht mehr an der Bank beim Spielplatz, wir lagen jeder in einem Sarg und waren tot, mausetot. Schön fest eingetackert von Oskar, dem Grizzly. Und die Spielplatzkinder standen alle um uns herum und wischten sich die Triefnasen mit den Ärmeln ab, weil sie heulten. Mama stand auch da, und Kira und Raymon, die sich an den Händen hielten, und Muddy, und es war eine so traurige Vorstellung, dass ich selbst fast feuchte Augen bekam.

Und dann hielt ein Moped neben mir, und der Typ darauf nahm seinen Helm ab und war der Klingemann. Klar, hatte seine Mieze besucht im Hotel, an der Rezeption, wahrscheinlich.

»Hey, Finnley«, sagte er. »Alles okay?«

»Ja«, sagte ich. »Wir waren nur gerade kurz tot. Aber es geht schon wieder.«

»Hm«, sagte der Klingemann, der natürlich nichts verstand. Wie auch. »Was tust du hier?«

»Ich arbeite jetzt im Maritim«, sagte ich. »Na ja. In der Küche.«

»Willst du mit nach Wolgast? Ich hab ’n zweiten Helm«, sagte er. Und ich dachte, dass echt nur der Klingemann so korrekt ist, dass er einen zweiten Helm mitschleppt.

»Klar«, sagte ich. »Warum nicht.«

Und dann saß ich hinter ihm, wie Ulja hinter ihm gesessen hatte, und hielt mich an ihm fest. Ich war eifersüchtig gewesen, als er Ulja mitgenommen hatte, aber jetzt war ich es nicht mehr. Er nahm einfach jeden mit, er war ein netter Kerl, das war alles. Er hatte seine Rezeptionistin. Ich liebte die Rezeptionistin dafür, dass sie ihn hatte, und ich liebte ihn dafür, dass er die Rezeptionistin hatte, und ich liebte Ulja. Ich spürte, wie der Sommerwind mein T-Shirt hinten aufblähte, und auf einmal wurde ich leicht, leicht wie eine Feder, wie eine Seifenblase, leicht und sorglos. Glücklich. Alles Schwere fiel von mir ab.

Und ich schloss die Augen und wusste, dass wir flogen.

Die Räder des Mopeds hatten keine Bodenhaftung mehr, der Wind griff unter unsere unsichtbaren Flügel und trug uns, und wir flogen über die Köpfe der Leute, Touristen, Einheimische, Uniformträger. Hinaus aufs Meer, unter der Sonne, über den Wellen.

Weiter, weiter, weiter.

Und irgendwo hinter dem Horizont wartete Ulja, sie lächelte mir entgegen, streckte die Arme aus, war da.

»Halt dich verdammt noch mal fest!«, rief der Klingemann, und ich öffnete die Augen und gehorchte. Ich hatte nicht mal gemerkt, dass ich die Arme ausgebreitet hatte.

»Du bist ja genauso verrückt wie eure Freundin!«, rief der Klingemann.

»Ulja?«, schrie ich gegen den Fahrtwind an.

Er nickte. »Die kleine Ukrainerin!«

Und ich stellte mir vor, wie sie die Arme ausgebreitet hatte und geflogen war mit dem Moped, und merkte, wie ich lächelte.

»Aber sie ist weg!«, rief ich.

»Sie ist was?«

»Weg! Nicht wieder aufgetaucht!«

Der Klingemann schüttelte den Kopf. »Ich weiß, wo sie ist!«

»Waaas?«

»Jedenfalls nachmittags!«, rief er.

Und dann bog er von der Hauptinselstraße ab, obwohl wir Zinnowitz noch nicht mal verlassen hatten. Hinter uns rekelten sich die Blechkolonnen des Touristenstaus. Wir fuhren durch ein Stück Wald und über freies Land und wieder durch Wald. Ein Reh stand zwischen den hohen Bäumen und sah uns an, angstfrei. Ein Sommerreh in einem Sommerwald in der Sommerluft. Und einen Moment lang dachte ich: Das ist sie, das ist Ulja, sie hat sich verwandelt.

Aber der Klingemann fuhr weiter, bog noch einmal ab, und ich begriff: Wir waren auf dem Weg nach Lütow. Ich erschrak. Hier, irgendwo, lag ein Toter unter dem Schilf. Als der Klingemann nicht geradeaus fuhr, sondern hoch zum Campingplatz, atmete ich auf.

Oben hielt er neben den Dauercampern an der Steilküste, und er nahm seinen Helm ab und sog die Luft tief ein. Ich machte es wie er. Es roch süß und würzig.

»Kiefern«, sagte er. »Besser als jedes Parfum. Maja und ich kommen ab und zu her. Ist ein guter Ort zum Ausspannen. Komm.«

Ich folgte ihm verwirrt einen Pfad zwischen Kiefern und Farn entlang, zwischen Brombeerbüschen und umgefallenen, von Käfern halb zersetzten Baumstämmen.

Und dann standen wir ganz vorne, wo das Land abbricht und hinunter ins Meer fällt. Wo der Berg aus weißer Kreide besteht, in der sich nur einzelne dickköpfige Büsche festklammern.

»Dachte ich's mir doch«, sagte der Klingemann nur.

Ich folgte seinem Blick, sah runter zu dem schmalen Streifen Sand. Und da war sie.

Einfach so. Saß da, die Füße im Sand vergraben. Ulja.

»Ich glaube, sie mag diesen Ort«, sagte der Klingemann hinter mir.

Ich nickte. Und schluckte. Denn sie war nackt.

Ihre Sachen hingen am Ast eines toten, entrindeten Baums neben ihr, sie dachte, sie wäre alleine, klar. Und jetzt stand sie auf, streckte sich – ich schluckte wieder – und ging langsam ins Wasser. Sie war auch von hinten schön. Wunderschön. Sie war wie ein Bild. So eins, was in einem teuren Kalender ist, oder in einem Museum, wie man es aus Filmen kennt. Man hätte einen Goldrahmen um sie drum machen können, direkt so wie sie war. Um sie und den Strand und das Wasser. Wie es so um ihre Beine schwappte, in kleinen grünen Wellen. Ihr Haar wellte sich bis kurz über ihre Schultern, und ich dachte wieder, wie ganz genau schokoladeneisfarben es war.

Und fragte mich, ganz plötzlich, ob sie da gewesen war, beim Eisstand. Und ob ihr jemand anderes Erdbeer-Cookie-Eis verkauft hatte oder Pfefferminz-Mango oder sonst etwas, das sie verlangt hatte und das es nicht gab.

Das Wasser reichte ihr jetzt bis zur Hüfte, sie drehte sich ein wenig zur Seite, und ich sah ihre Brüste und zuckte zusammen. Sie waren nicht besonders groß oder besonders irgendwas anderes, aber sie waren perfekt. Weil sie so wirklich waren.

Ich wünschte, der Klingemann hätte nicht neben mir gestanden, weil ich direkt spürte, wie ich wieder rot wurde. Ulja tauchte jetzt ins Wasser, ganz langsam, das Schokoladeneishaar breitete sich um sie herum aus, und dann tauchte sie und war weg. Ich schnappte nach Luft. Als wäre *ich* unter Wasser. Als sie wieder hochkam, war sie schon viel weiter draußen, und sie verschwand wieder, tauchte auf, verschwand … Sie schwamm wie ein Delfin, die meiste Zeit unter Wasser. Sie schwamm, dachte ich, wie sie lebte: die meiste Zeit im Verborgenen.

Die Wellen hatten winzige weiße Schaumkämme. Die Sonne trieb Wolken über das Blau.

Ich machte einen Schritt vorwärts. Spürte schon fast das Wasser. Wenn man hätte hineinspringen können! Von hier aus! Und dann losschwimmen, Ulja einholen, beiläufig sagen: Ich kam hier gerade so vorbei, wie geht's dir denn, lange nicht gesehen.

Eine Hand packte mich an der Schulter und riss mich zurück, und irgendwie rutschte ich dabei mit dem Fuß ab, und plötzlich schoss das Adrenalin durch meinen Körper. Ich spürte es wie eine heiße Welle. Die Tiefe war da und ganz nah und wollte mich haben, und wenn ich da runterfiel, war ich vielleicht tot. Und alles war ein Durcheinander aus Gedanken. Und ich fiel wirklich.

Nach hinten. Weil die Hand mich hielt.

Ich fiel neben dem Klingemann auf den kieferduftenden Pfad.

»Junge!«, keuchte der Klingemann erschrocken. »Was machst du für Sachen?«

Ich zuckte nur die Schultern und versuchte, wieder zu Atem zu kommen. Ulja, weit draußen, schwamm zurück. Ich wollte sagen, dass ich im Kopf zu ihr ins Wasser gesprungen war, aber das hätte so blöd geklungen, dass ich es ließ.

Das ist wahrscheinlich das Problem, dass ich eine ganze Menge Dinge immer nur im Kopf mache. Fliegen mit Mopeds und Schwimmen mit nackten Mädchen und zum Militär gehen und auswandern und mutig sein und mir nichts sagen lassen. Am Ende kommt mir irgendeine Sorte von Angst dazwischen, und ich tue von all diesen Dingen gar nichts und sitze am Abend mit Leif in der Balkonei. Und das Mutigste, was ich mache, ist, die Geranien mit mehr Kippen zu füttern.

»Ich war … nur etwas abgelenkt, irgendwie«, murmelte ich.

»Abgelenkt von deinem Gleichgewicht?« Der Klingemann lächelte. »Frauen«, sagte er und schüttelte den Kopf. »Es ist manchmal gefährlich, Junge, sein Herz zu sehr an eine zu hängen. Man verliert es leicht.« Er seufzte. Und ich fragte mich, ob ihm das auch passiert war. Früher. Vor der Rezeptionistin. Vielleicht hatte sein Herz alte Narben. »Was weißt du über sie?«, fragte er.

»Sie kommt aus der Ukraine, aus dem Krieg«, sagte ich. »Sie war einfach ganz plötzlich da und wollte ein Eis. Wo ich vorher gearbeitet hab. Erdbeer-Cookie. Das gibt's nicht, schon klar, und … Sie ist da, und dann ist sie weg. Sie wohnt mit ihren Eltern im Heim in Zinnowitz, und …«

Er sah mich seltsam an. »In Zinnowitz«, sagte er langsam, »*gibt* es gar keine Unterkunft für Geflohene.«

Ulja stieg jetzt unten aus dem Wasser und wrang ihre Haare aus. Dann setzte sie sich auf den toten, entrindeten Baum und sah aufs Meer hinaus. Immer noch nackt. Und dann sah sie nach oben. Ganz kurz nur. Ich hob die Hand wie zum Winken, doch da wandte Ulja sich ab. Sie hatte uns überhaupt nicht gesehen.

»Vielleicht kommt sie her, um alleine zu sein«, sagte ich. »Vielleicht ist das Heim außerhalb von Zinnowitz, und es ist immer voll da, und hier draußen hat sie ihre Ruhe. Zum Träumen. Kann doch sein. Sie träumt vom Singen, sie träumt von der Welt da draußen. Wir … auch. Irgendwann wolln wir weg. Wir haben mal drüber geredet, dass wir das zusammen machen könnten. Nach Berlin gehen. Und von da aus weiter. Raus. In die Welt. Waren Sie da?«

»In der Welt?« Der Klingemann lachte. »Ja, ein bisschen. Ich komme immer wieder zurück zur Insel. Das ist meine Heimat. Unsere Heimat, deine auch. Wir sollten auf sie aufpassen. Ehe sie ganz kaputt ist.«

Er pflückte eine kleine gelbe Blume vom Weg, wie eine Kugel auf einem grünen Stil mit feinen Federblättchen, und gab sie mir. »Wilde Kamille. Riecht gut, oder? Und dann die Kiefern. Und das Meer. Wenn wir uns die Insel mal nur nicht selbst kaputt machen mit dem ganzen Tourismus. Irgendwann hast du hier nur noch Straßen und Ferienattraktionen, wie drüben an den großen Stränden. Ein Strandkorb am anderen. Beachbars, Trampoline, Parkplätze … eine Insel aus Asphalt und Schildern. Ein Freizeitpark und tausend Ferienhäuser von reichen Berlinern. Oder lass es Amerikaner sein.«

»Hm«, sagte ich. »Das wäre schade, ja.« Ich hatte nicht gewusst, dass der Klingemann *so* öko drauf war. Aber klar, er hatte ein Segelboot, kein Motorboot. Zum Beispiel.

»Wir müssen sie schützen, die Insel«, sagte er.

»Sonst sagen immer alle, wir müssen sie vor den Russen schützen«, murmelte ich. »Nicht vor Ferienhäusern.« Und auf einmal fiel mir etwas ein. »Wissen Sie, woran der Soldat im Sonnenblumenfeld gestorben ist?«

Er schluckte. »Schreckliche Geschichte. Und extrem seltsam.«

»In der Inselgruppe im Netz ist nichts. Von wegen Informationen austauschen«, sagte ich. »Es schreiben nur alle, dass er da draußen gefunden wurde.«

»Armer Kerl«, murmelte der Klingemann. »Tja, wie sterben Soldaten? Meistens fliegen sie mit irgendwas in die Luft. Oder sie werden erschossen.«

»Im Sonnenblumenfeld? Wo weit und breit keine militärische Übung stattgefunden hat?«

»Keine Ahnung«, sagte der Klingemann. »Die Polizei sagt wahrscheinlich nichts darüber. Laufende Ermittlungen. Was ich gehört habe, ist ... Sie nehmen wohl an, er war schon vorher tot.«

»Und jemand hat ihn da quasi versteckt? Das muss jemand ziemlich Blödes gewesen sein«, sagte ich. »Ich meine, ein toter Soldat ist kein Osterei. So wirklich unauffällig ist der nicht in einem Feld.«

Ulja, unten am Strand, begann jetzt, sich anzuziehen. Es waren immer noch dieselben Sachen. Dasselbe Männerhemd, dieselbe Hose. Die Frauen, die ich so kenne, ziehen sich ständig um.

»Ich wüsste zu gerne, wohin sie jetzt geht«, sagte ich.

Sie begann, Steine aufzuheben, schlenderte am Strand entlang und ließ sie flitschen. Sie sah eigentlich nicht aus, als ginge sie irgendwohin. Mehr wie jemand, der kein Ziel hat. Der wartet, dass der Tag vorüber ist. Und dann trug der Wind Fetzen einer Melodie zu uns hoch, unkenntlich, verwaschen. Sie sang. Ulja sang und ließ Steine flitschen, hier am Achterwasser, wo keine Touristen waren. Und die Sonne schien golden auf alles runter, und ich dachte: Es könnte perfekt sein. Wenn ich nicht wüsste, dass zwei Kilometer weiter ein russischer Soldat unter dem Schilf und dem Schlick liegt. Wenn sie nicht an der Küste marschieren würden.

»Ich hab ihre Gitarre weggebracht«, sagte der Klingemann. »Mein Kumpel kümmert sich. Die wird wieder.«

Ich drehte mich zu ihm um. »Wann? Wo haben Sie sie getroffen? Lassen Sie mich raten … Sie stand einfach plötzlich da, wie vom Himmel gefallen.«

Der Klingemann nickte mit einem halben Lächeln. »Ja. Mit dem Gitarrencase. Vor dem Maritim. Zwei, drei Tage, dann kann sie wieder spielen.«

»Aber sie kann den Typen nicht bezahlen. Der die Gitarre repariert.«

»Das braucht sie nicht«, sagte der Klingemann. »Ich habe das geklärt. Musik ist sowieso unbezahlbar. Und Glück auch.« Er strich sich die Haare aus der Stirn, musterte mich nachdenklich.

»Willst du bleiben und noch ein bisschen die Steilküste runterfallen zu deiner Flamme? Oder soll ich dich mit nach Wolgast nehmen?«

»Sie ist nicht meine Flamme«, sagte ich etwas zu schnell, vielleicht. Und dachte: Es wäre die perfekte Gelegenheit, alleine zu sein mit Ulja.

In diesem Moment plöppte mein Handy, eine Sprachnachricht von Leif, und ich seufzte innerlich und hielt es ans Ohr.

Finnley? Wo bleibsn, Mann? Hanse dich in'n Maritim zu Brathering verarbeitet?

Ich sah wieder runter zum Strand. Wenig verwunderlich: Ulja war fort.

Verschwunden wie immer.

Geheimnisvoll und unerklärlich.

»Wolgast«, sagte ich zum Klingemann. »Nehmen Sie mich mit nach Wolgast. Ich sollte nach Hause.«

Aber, komisch: Als ich es sagte, fühlte es sich an wie eine Lüge. Als wäre die kleine verqualmte Wohnung im fünften Stock, in der Mama Kartoffeln bunkerte, gar nicht mein Zuhause. Nie gewesen. Mein Herz wohnte hinter dem Horizont, im Licht. Und da wartete es auf den Rest von mir, der hier noch festhing.

Zu Hause in der Balkonei fand ich Leif und Kira zusammen auf der kaputten Liege.

Kira sprang auf, als ich ankam, und hüpfte auf und ab wie ein Gummiball. »Finnley, Finnley, Finnley!«, sang sie und wedelte mit einem regenbogenbunten Flyer. »Übermorgen is Kinderfest in Zinnowitz! Wo du doch arbeites! Sie ham ein Riesenrad da und Karussells und Zuckerstangen und AL-LES! Gehn wir hin, gehn wir hin, gehn wir hin? Leif hat gesagt, er geht mit mir und Raymon! Kommsu mit, kommsu mit, kommsu mit?«

Leif seufzte und zuckte die Schultern. »Ich musste Ja sagen«, murmelte er.

»Ich arbeite nicht mehr in Zinnowitz«, sagte ich und ließ mich auf die Liege plumpsen. »Ich bin jetzt im Maritim, weißte doch.«

Kira schnappte sich das Handy aus meiner Jackentasche und tanzte damit davon. »Wetten, du kanns übermorgen! Du has doch deine Tamine da imma drin, wetten, ich find das raus«, trällerte sie. »Ich kann dein Passwort, haha … Warum sind da Bilder von Soldaten?«

»Weil du die falschen Seiten aufmachst«, knurrte ich. »Gib her, du kannst überhaupt nicht lesen.«

»Kann ich wohl, ich kann KIRA lesen und MAMA«, sagte Kira. »Hier is der Kalenda! Wie sieht ein Übermorgen aus?«

»Ein Übermorgen ist immer rosa«, sagte Leif, und ich entwand Kira endlich mein Handy. Das Übermorgen winkte vormittags mit Kartoffelschälen.

»Nachmittags kann ich«, knurrte ich. »Aber ich weiß nicht, ob ich will. Kann Mama nicht mitgehen?«

»Mama hat 'n Arzttermin«, sagte Kira. »Ihr Blut drückt wieder zu doll.«

Raymon kam durch die Balkontür und umarmte meine Beine. »Raymon Kamussell«, sagte er und strahlte mich an. »Finni un Raymon Kamussell.«

Ich ließ das Handy die Seite öffnen, die Kira aus Versehen gesehen hatte. Soldaten, sie hatte recht. Das Militär war überall. Alle möglichen Leute stellten Bilder von den Strandpromenaden der Seebäder in die geschlossene Inselgruppe. Sie schienen an allen Stränden gleichzeitig zu marschieren, ein Riesenaufgebot. Und dann war da ein Bild von der polnischen Grenze: Militärfahrzeuge, Menschengedränge. Verwirrende Kommentare, überall.

Fliehen die ersten Leute rüber, weil Putin jetzt bald in Polen einmarschiert? Pläne zur Einnahme Polens existieren schon lange!!

Wohin mit der neuen Flüchtlingswelle? Jungs, haltet die Grenzen!!

Da war ein Bild von Oberst Noack, mitten zwischen seinen Leuten. Er sah an der Kamera vorbei, zum Horizont. Ernst.

»Die tun so, als wären wir wirklich im Krieg, hab ich was verpasst?«, murmelte ich.

»Alle sagen, er kommt«, sagte Leif. »Der Krieg. Diese Woche. Was is denn mit Berlin? Wollten wir nicht abhaun?«

»Ja«, sagte ich. »Aber doch nicht übermorgen. Ich muss die Knete erst wieder zusammenkriegen, schon vergessen?«

»Nee, übermorgen nicht«, sagte Kira und verschränkte die Arme. »Weil, übermorgen gehen wir auf das Fest.«

Raymon reckte mir ein Plastikmonster entgegen. »Bäm! Bäm! Bäm!«, rief er.

»Siehste, Raymon schießt alle Bösen tot«, sagte Kira und drehte sich um. Und das war der Moment, in dem ich den Aufkleber hinten auf ihrer Jacke sah. Blau mit oranger Schrift. Ich zog ihn ab und hielt ihn hoch. »Kira? Wieso hast du das hier auf der Jacke?«

»Hab ich gar nich!«, sagte sie. »Du has es in der Hand!«

»Wer hat das auf deine Jacke geklebt? Du?«

»Nö«, sagte Kira. »Ich war unten beim Spielplatz, vielleich da einer. Is doch egal.«

Als die Sterne da waren, saß ich alleine in der Balkonei. Nur mit Muddy.

Neil hatte geschrieben, er würde mitkommen zum Karussellfahren, aber jetzt hätte er keine Zeit, sie hätten zu viel zu tun im Bestattungshaus.

Sterben liegt im Trend, hatte er getippt. *Im Moment macht es echt jeder.*

Irgendwelche morde

Nee, nur alte Leute, hatte er geschrieben. *Vielleicht ist es die Hitze oder die Nervosität. Im Moment sind alle nervös. Und denn platzt ihnen das Herz weg, wenn's eh kaputt ist.*

Ich kraulte Muddy und sah die Milchstraße an, die blass über den schwarzen Samthimmel krabbelte. Mama kam im Bademantel raus und setzte sich zu mir.

»Du gehst zum Arzt?«, flüsterte ich. »Wegen Blutdruck?«

»Ja, ich muss mal wieder«, sagte sie leise. »Vielleicht is es die Nervosität. Der Blutdruck geht durch die Decke.« Sie holte tief Luft, sammelte Kraft: »Wir haben jetzt Kartoffeln für einen und Nudeln für zwei Monate. Fünfzig Pakete Margarine und einen Riesenkarton mit Seife. Und Kerzen, falls kein Strom mehr ist, irgendwann. Und jede Menge Streichhölzer und drei Großpackungen Tomatenmark und …«

»Is gut«, sagte ich und drückte ihre Hand. »Is gut, hör auf. Ich glaub dir, dass wir genug zu essen haben. Aber es ist kein Krieg. Das sind alles Bilder von Übungen bei Facebook.«

»Dass sie die Nerven haben, das immer noch Übung zu nennen!«, schnaubte Mama. »Hah! Wir haben doch schon den ersten gefallenen Soldaten. Kannste überall lesen, alle schreiben das. Es gibt tausend Beileidsbriefe im Netz. Das war einer von der Insel, Neffe von einer, die ich kenne.«

»Er ist nicht gefallen, er wurde umgebracht«, sagte ich.

»Richtig«, sagte Mama. »Und von wem? Irgendein eingeschleuster Russe. Oder Ukrainer.«

»Warum denn Ukrainer?«

»Die sind überall«, sagte Mama und seufzte. »Kannste auch nachlesen. Oben sind jetzt welche eingezogen, haste nicht mitgekriegt, warste arbeiten. Alles ham sie in schick, da oben: Badewanne, Dusche, Türen neu. Und unsereiner kann sehen, wo er bleibt.« Sie seufzte. »Ach was, ich bin persönlich nicht mal böse auf die, nur auf die Wohnungsgesellschaft. Is ja auch Mist für die, zu Hause alles weg, und dann hier, wo sie die Sprache nicht sprechen. Vor allem die Kinder, die tun mir leid.«

»Mama«, sagte ich und nahm auch ihre zweite Hand. »Warum steht im Flur der Schrankkoffer aus dem Keller?«

Sie zog hörbar die Nase hoch. »In den Koffer passen alle Familiensachen. Bettwäsche und der Kram. Man weiß ja nie.«

Und dann baute sie eine Biozigarette, und wir rauchten sie zusammen und legten die Köpfe aneinander, nur Mama und ich. Ich hab dich so lieb, dachte ich. Aber ich werde gehen, ohne den Schrankkoffer, ohne dich und Kira und Raymon. Wenn ihr irgendwohin geht, wird es doch wieder ein Leben aus Toastbrot und kalten Aschenbechern, vierundzwanzig Stunden Fernsehen und Sozialwohnungsschlüsseln.

Auf mich wartet irgendwo ein anderes Leben.

Glitzernd und gefährlich und neu, ohne Wände, ohne Grenzen.

Verzeih mir.

Sie hatten das Riesenrad neben der Seebrücke aufgebaut, dreißig Meter hoch, Stahl, Plastik und Kabel. Schlager dudelten aus den Lautsprechern, und es roch nach verbranntem Zucker.

»Schööön!«, sagte Kira mit so einem Seufzen, und ich kniete mich neben sie und sah das alles mit ihren Augen: Vor uns ragte ein Wunder in den Himmel, Gondeln in allen Farben des Regenbogens, und das Gestänge war besetzt mit Diamanten. Die Diamanten blinkten: gelb, blau, grün, violett. Natürlich waren es nur Lampen, aber wen kümmerte das? In der Luft lag die Süße einer anderen Welt, einer Welt voller Musik. Und neben dem Wunderrad drehten sich Flugzeuge und Pferde im Kreis, auch sie juwelenbesetzt, ihr Zaumzeug bunt bemalt, ihre Augen sanft und freundlich.

Vielleicht konnte man auf so einem Pferdchen hinter den Horizont reiten.

Raymon hatte einen Finger in den Mund gesteckt und betrachtete nachdenklich die funkelnde Pracht. Dann zog er sein Gummimonster aus der Jackentasche, ließ es auf die Pferde schießen und sagte: »Bäääm! Tot.«

Ich glaube, Raymon wird es schwerer haben als Kira im Leben. Er hat nicht so viel mitgekriegt an Grips. Kann er ja nichts dafür. »Bäm!« reicht eigentlich aus, um ihn glücklich zu machen.

»Bäm, bäm!«, sagte Leif und lachte, und dann hob er Raymon

hoch, setzte ihn auf seine Schultern und watete mit ihm durch die Menge wie durch ein Meer, auf das Karussell zu.

»Los! Fahren wir!«

Raymon, hoch oben über den Köpfen der Leute, strahlte und winkte allen. Und da seufzte ich und nahm Kira auf die Schultern, obwohl sie viel zu schwer ist und ich nicht halb so stark bin wie Leif.

Neil tauchte auf, als wir in der Schlange standen, er trug den Beerdigungsanzug und den Hut und wirkte seltsam in der bunten Menge, zwischen dem Gefunkel und Gedudel.

»Du muss mitfaaahn!«, rief Kira aus einem rosa Flugzeug raus.

»Ja! Ja! Mit! Bäm!«, schrie Raymon und hopste begeistert neben ihr auf und ab.

»Nee«, sagte ich. »Das is nur für Kinder, wir bleiben hier.«

Leif streckte mir seine Kippenpackung entgegen. Wir würden hier schön gemütlich rumstehen und rauchen und den Minis winken.

Gerade in dem Moment, in dem ich die Kippe im Mund hatte und das Karussell anfangen wollte, sich zu drehen, tippte mir jemand auf die Schulter und sagte: »Wir mussen mit! Fliegen! In das blaue Elefant! Oder ihr traut nicht?«

Und da stand sie, sah durch ihre Brille zu mir auf und lächelte, im selben Hemd wie immer, schön wie immer, unerwartet wie immer: Ulja. Sie hatte ihre Haare oben auf dem Kopf zu einem Knoten gedreht, sodass ihr Gesicht frei blieb. Vielleicht war sie noch schöner als sonst. Ich sah die feinen Härchen auf ihrem Hals, als wären meine Augen ein Mikroskop. Der Bluterguss an der Schulter, von dem man nur ein Stück sah, hatte sich in einen blauen Schatten verwandelt. Wie ein Fisch, der durch die Tiefsee schwimmt.

»Los! Komm!«, sagte sie und zog an meinem Arm, und ich sagte: »Nein« und »Wir sind viel zu alt«.

Aber sie lachte nur, und drei Minuten später saß ich in einem blauen Elefanten, und sie saß neben mir. Hinter uns hatte sie Neil und Leif in einem Feuerwehrauto einquartiert. Keine Ahnung, wie sie das gemacht hatte, für mich wäre Leif niemals in so was gestiegen. Und Neil in seinem schwarzen Anzug passte nicht mal rein, seine Beine waren viel zu lang. Er musste sich zusammenfalten wie ein Klappmesser. Sie lachten, und Ulja lachte auch, und ich sagte: »Wir haben gar keine Plastechips gekauft, Eintritt, verstehst du, man muss Eintritt bezahlen, und ich hab nicht genug Geld. Ich krieg mein Gehalt erst.« Ulja hielt eine Hand hoch, und darin glänzten ein paar rosa Plastechips mit goldenem Rand, die sie dem Plastechipskassierer gab.

Neil nahm den rosa Chip entgegen wie eine Oblate in der Kirche.

Einmal war ich da mit ihm und hab das gesehen. Die Oblate ist der Körper von Jesus und der Wein sein Blut. Ziemlich gruselig, man isst und trinkt quasi diesen Typen, der aber ja sowieso seit zweitausend Jahren tot ist. Christen sind also irgendwie Kannibalen oder Aasfresser, kann man sich aussuchen.

Der Plastechipskassierer war einer aus unserer Klasse. Er guckte blöd, als er uns in dem Karussell sah.

»Das is nur für Kinder«, sagte er. »Ich weiß nich, ob ihr das dürft.«

»Sind wir Kinder«, sagte Ulja und schenkte ihm ein Lächeln, und er stand doof da, mit offenem Mund, und das Karussell fing an, sich zu drehen.

»Ja! Ja! Finni mit!«, schrie Raymon und haute mit seinem Gummimonster auf das Flugzeug, in dem er mit Kira saß. Und die Musik wurde lauter, und der Fahrtwind sauste uns um die Ohren, wir drehten uns schneller, schneller, wirbelten herum, stiegen auf, als Ulja an dem Hebel in der Mitte des Elefanten zog.

»Wir fliegen!«, rief sie. »Für die Wolken!«

Und ich lehnte mich zurück und sah, dass sie recht hatte. Der blaue

Elefant schoss auf die Wolken zu, er würde hineintauchen und uns weit, weit weg tragen.

»Berlin!«, rief Ulja. »Wir fliegen nach Berlin!« Da wurde mein Gewissen rabenschwarz, und ich wollte es ihr sagen, das mit dem verschenkten Geld, aber sie sah so glücklich aus. Ihre Wangen glühten.

»Es is so … Ich habe jetz Moglischkeit!«, rief sie. »Wie ich find Geld für Berlin! Fur mich! Ihr musst nicht mehr mir helfen! Du wirst sehen!«

Da war ich plötzlich auch glücklich, alles löste sich irgendwie.

Und wir flogen weiter und weiter im Kreis, hoch und runter, einmal griffen wir gleichzeitig nach dem Steuerhebel, und meine Hand lag plötzlich auf ihrer. Ich ließ sie liegen, wir steuerten gemeinsam, und in mir kochten die Hormone durcheinander. Der Fahrtwind war kühl, aber mir war heiß.

»Wo warst du die ganze Zeit?«, rief ich.

Aber sie hörte mich nicht. Sie hatte die Arme ausgebreitet und flog.

Und dann war es vorbei. Wir landeten. Ich fühlte mich betrunken. Irgendwie war klar, dass wir gar nicht so schnell geflogen sein konnten, nicht in diesem Kinderkarussell, aber wir lachten alle, als wären wir völlig zugedröhnt, und das komplett ohne Substanzen, schon komisch.

Kira und Raymon lachten auch, Neil hob sie aus ihrem Flieger.

»Jetzt Riesenrutsche!«, rief Kira.

Dafür reichte das Geld gerade noch, das Mama mir gegeben hatte, Mama hat ja auch nie Geld. Und wir kletterten zusammen die Leiter hinauf und rutschten die Riesenrutsche runter, immer zu zweit, Ulja hielt Neil an der Hand. Der Beerdigungsanzug eignete sich gut zum Rutschen, er war aus glattem Kunststoff, sie waren schneller als irgendwer sonst. Aber unten verlor Neil seinen Hut, und Ulja schnappte ihn sich und setzte ihn auf und lachte noch mehr. Sie schien so glücklich, unglaublich glücklich.

Leif hatte noch Geld für Zuckerwatte. Wir sahen zu, wie der Typ die Holzstäbe in eine quasi leere Metallschale hielt, und plötzlich waren da weiße Wolken an den Stäben.

»Ein Wunder«, sagte Ulja, und sie hatte recht. Ich meine, du hast das tausend Mal gesehen und nie drüber nachgedacht, aber wenn du drüber nachdenkst, ist es klar: Die ganze Welt ist ein Wunder.

Wir fuhren Riesenrad. Ulja hatte Eintrittschips, Hände voll Chips, keiner wusste, woher. Und wir schwebten über der Welt, ganz oben, und sahen das Meer und die Insel und die Peene, die die Insel vom Festland trennt, wo die Schiffe der zu reichen Leute wieder vor der Brücke warteten.

Als wir ganz oben waren, lehnte Ulja sich an mich und schloss die Augen.

»Wie geht eure Kriminalist-Spiel?«, fragte sie leise. »Habt ihr gefunden ein Morder?«

»Noch nicht«, sagte ich. »Aber wir haben jetzt vier Leichen. Oder drei, wenn man den Piloten abzieht. Ist ziemlich sicher der Gleiche, oder? Der die alle plattgemacht hat? Im Moment versuchen wir, rauszufinden, was FURU ist. Und ob es damit was zu tun hat. Schon gruselig.«

Sie lachte. »Was soll sein – FURU?«

»Blaue Aufkleber. Mit der Insel drauf. In Orange.«

»Oh! Ich habe gesehen das. Jemand hat mir gesagt, es ist Reklam. Für Reise-Buro, für Touristen von Usedom. Sie machen Insel-Safari, man kann sehen Natur. Es ist nichts zu tun mit tote Leute.«

»Hm«, sagte ich. »Okay. Aber warum finde ich es nirgendwo online, wenn es ein Reisebüro ist?«

»Vielleicht hat kein Internetseite?«

»Jeder hat eine Internetseite heutzutage«, sagte ich. »Sogar die Müllabfuhr. Ich kenn mich echt nicht mit viel aus, aber mit Internet schon.«

»Aber Kriminal-Sachen, du kennst nicht aus«, sagte sie ganz leise. »Ihr alle. Besser, ihr lasst bleiben. Es ist schöne Spiel für Kinder, aber für euch … bisschen zu lachen. Glaubst du nicht, die Herz-Mann, es war doch einfach Unfall? Und die Unfall, es war auch einfach eine Unfall?«

»Und der Soldat in den Sonnenblumen?«

»Ich habe gehört auch von ihn, ja«, sagte Ulja. »Aber ich weiß nicht. Es gibt vielleicht Erklärung. Und vielleicht besser, ihr lasst Finger weg aus Sache. In mein Land, Russen und alles, wenn man hat zu viel Finger in zu viel Sachen, es ist gefährlich. Du kannst …« Sie fuhr mit dem Finger über ihren Hals. Dann über meinen. Und dann lachte sie plötzlich. »Vergiss«, sagte sie. »Besser, frohlich sein und lachen.«

Das Riesenrad ruckte wieder an und fuhr noch eine Runde, und als wir diesmal ganz oben waren, dachte ich: Jetzt bin ich es, der fragt.

»Okay«, sagte ich leise. »Keine Detektivspielchen, aber: Woher hast du das Geld? Für die ganzen Fahrchips? Und für Berlin?«

Sie zuckte die Schultern. »Ich hab ein kleines Job. Nicht richtig, nur kleines.«

»*Was?*«

»Und die Chips, es war Geschenk. Wie An-Bezahlung. Von die Person, die mir gegeben hat Job. Es ist ein Person, die hilft. Ich habe noch Geld für ein Apfel mit Schokolade, und eine Kaffee fur alle vielleicht.«

»Können wir den Kaffee in ein Bier verwandeln?«, fragte Leif, und Neil und ich lachten.

Ulja runzelte die Stirn. »Wozu ihr braucht Bier? Mitten an Tag?«, fragte sie.

»Na ja, is lockerer mit Alkohol«, sagte Leif.

»Aber ihr seid locker schon, ohne das«, sagte Ulja. »Oder?«

»Da unten is was komisch«, sagte Neil. »Da stehen eine ganze Menge Panzer rum, dahinten. Wo der Campingplatz anfängt, die Promenade lang … ganze Reihe … Und hinten im Hafen liegen zwei Militärschiffe, die waren bisher nicht da. Die sehen alle aus, als ob sie warten.«

»Machen sie Parking?«, vermutete Ulja, und es hörte sich so niedlich an, dass ich lachen musste.

Und dann vergaßen wir sie wieder, weil das Riesenrad sich plötzlich abwärtsdrehte und alle durcheinanderfielen und Raymon schrie, obwohl man ja nicht rausfallen konnte, die Gondel war an allen Seiten zu. Als wir ausstiegen, sah ich den blauen Aufkleber unten am Sitz. FURU.

Es war nur ein Reisebüro. Inselsafari. Natur.

Hm.

Ulja kaufte Kira einen grünen Luftballon mit Helium drin und Raymon einen blauen, und ich sah sie ganz lieb an und sagte: »Wenn ich nett Bitte sage, krieg ich dann auch einen?«

»Klar, mein Kleine«, sagte Ulja. »Rosa?«

»Nee, lila«, sagte ich.

»Gut, Leif rosa, du lila, kein Bier«, sagte sie. »Neil?«

»Schwarz«, sagte Neil. Aber Schwarz hatten sie nicht, und da nahm er Weiß und setzte dem Ballon seinen schwarzen Hut auf und ließ ihn damit an seiner Schnur über unsere Köpfe steigen.

»So«, sagte Ulja. »Und jetz is drei Uhr, jetzt weiß ich, was wir mach. Ich hab gelesen das Ankundigung.«

Sie führte uns durch die Menge zur Bühne, die die Form einer Muschel hat. Da sitzen immer lauter alte Leute und hören irgendwelchen Schlagerheinis zu. Aber jetzt war die Bühne geschmückt mit noch mehr Luftballons in Form von Einhörnern, und darüber wehte ein Banner, auf dem was von Gesangswettbewerb stand: USEDOMS ERSTER INSEL-SINGER-CONTEST.

Da standen eine Menge Frauen am Rand der Bühne, die sich alle schnieke herausgeputzt hatten. Keiner achtete so richtig auf sie, weil um das alles herum der Jahrmarkt dudelte und blinkte, aber sie scharrten mit den Hufen und zogen ihre Lippen nach und kicherten sich zu. Und Ulja ging doch tatsächlich hin und stellte sich dazu. Auf der Bühne laberte irgendwer, dem niemand zuhörte.

»Will die da mitmachen? Is das nicht 'n bisschen lächerlich?«, sagte ich, aber Neil sagte: »Sie wird nicht lächerlich sein. Sie nicht«, und da setzten wir uns auf die Klappstühle in der ersten Reihe.

»Sie gewinnt!«, sagte Kira strahlend. »Total gewinnt sie! Ich hab auch mal gewonnen, letzte Woche im Kindergarten, beim Topfschlagen. Ich hab ein rotes Bonbon gewonnen. Schmeckte eklig, *aber* ich hab's gewonnen.«

Eine solariengebräunte Frau mit kaputtgefärbten Haaren hatte sich das Mikro gekrallt, und mein Gott, sie fing ernsthaft an, zu singen. Es war eine Qual. Die alten Damen und Herren wiegten sich im Takt, vermutlich waren sie taub. Schlangen wiegen sich auch im Takt, obwohl sie taub sind, hab ich mal in einer Doku gesehen.

Wie werden wir sein, wenn wir so alt sind? Werden wir Schlager hören und über unsere Rente meckern? Wird Kira mich besuchen, wenn ich uralt bin und im Heim liege und vor mich hin sterbe?

Ich schloss die Augen, um die singende Schreckschraube auszuschließen.

Und plötzlich war da neue Musik. Töne, die in den Himmel hinaufstiegen wie die Gondeln des Riesenrads, die darin schwebten wie schillernde Seifenblasen. Ich öffnete die Augen.

Vorne am Rand der Bühne stand nicht mehr die Solarienfrau.

Dort stand Ulja. Mit ihrer Gitarre.

Der Klingemann hatte ihr die Gitarre also zurückgebracht.

Ulja hatte sie umgehängt, an einem bunten Band, und ihre Finger waren auf den Saiten zu Hause.

Sie leuchtete. Und sie sang.

Ihr zu großes Hemd, das bemerkte ich erst jetzt, hatte an der Schulter einen neuen Riss und unten über dem Saum ein paar kleine Löcher, der Stoff war einfach zu dünn; ich sah, wie ausgeblichen und alt ihre Jeans war, wie abgelaufen ihre Turnschuhe, alles an ihr war das Gegenteil der aufgehübschten Frauen. Sie war kleiner als die Frauen, sie hatte fast keinen Busen, sie war die Einzige mit Brille. Doch all das machte sie nur schöner.

Kira drückte meine Hand, ich drückte Neils Hand und er die von Leif. Für einen Moment sah Ulja mich an. Dann wanderte ihr Blick weiter und blieb an jemand anderem hängen. Jemandem hinter uns. Ich drehte mich um. Drei oder vier Reihen hinter uns saß Oberst Noack, und neben ihm eine ganze Reihe Militär. Er nickte ein wenig mit dem Kopf im Takt der Musik, und Ulja lächelte ihn an, wie sie mich angelächelt hatte. Da war auch der Meier. Der Oberkellner. Und, tatsächlich, die Rezeptionistin mit dem Klingemann.

Der Klingemann hielt eine Hand hoch, Daumen nach oben, und Ulja nickte.

Dann schloss sie die Augen. Und dann legte sie richtig los.

Ihre ukrainischen Worte hatten eine eigene Magie, weil niemand sie verstand. Sie stiegen wie Seifenblasen in den Himmel, ihre Stimme füllte die Bühne, füllte die Reihen der Klappstühle, füllte die ganze Welt. Zwischen den Klappstühlen sprossen Blumen, trieben Knospen, blühten.

Die Wolken am Himmel zogen sich gegenseitig beiseite, das Meer hinter der Bühnenmuschel wurde blauer. So blau, dass es fast platzte.

Ein paar alte Leute standen auf und schlurften raus, weil sie wahrscheinlich kein Ukrainisch mochten. Ich hätte sie gerne angeschrien: Hört ihr es denn nicht? Hört ihr nicht, wie schön es ist? Seid ihr taub? Aber wenn ich sie angeschrien hätte, wäre die Musik kaputt gewesen.

Ich ließ mich in sie hineinfallen, schwebte auf ihr, ruhte mich in ihr aus.

Alles war gut, alles war golden, wie ein Spaziergang in die Zukunft.

Als ich wieder zu Noack sah, tausend Jahre später, telefonierte er. Plötzlich stand auch er auf und ging, und alle Militärs gingen mit ihm. Sie sahen eilig aus. Sie sahen aus wie Menschen, die versuchten, nicht eilig auszusehen.

Ulja sang weiter, aber etwas war im Gange, ich spürte, wie nervös ich mit einem Mal war. Die Luft knisterte.

»Leif!«, zischte ich. »Was …«

Und dann gingen die Sirenen los.

Ich hatte noch nie solche Sirenen gehört.

Es war ein hoher Ton, lang gezogen und durchdringend. Er änderte sich nicht, er hörte auch nicht auf, er schien unendlich, heulte und heulte, an- und abschwellend wie ein untröstliches Kind. Es war die Sirene der Feuerwehr, doch jemand hatte sie auf Dauerschleife gestellt. Und es brannte nirgendwo.

Die Leute sprangen auf. Alle redeten jetzt durcheinander, Ulja hatte die Augen geöffnet, sie sang nicht mehr, sie stand nur auf der Bühne, wie eingefroren, die Hände noch auf den Saiten der Gitarre.

Jemand rief etwas in ein Megafon. Erst verstand ich es nicht, aber dann doch:

»VERLASSEN SIE DEN PLATZ, DIE PROMENADE UND DIE STRASSEN. BITTE BEGEBEN SIE SICH UMGEHEND IN EIN GEBÄUDE. DIES IST EIN ALARMSIGNAL. VERLASSEN SIE …«

Wir ließen uns mit der Menge von den Stühlen wegschwemmen,

und mein Handy meldete sich: eine neue Nachricht. Und diese Nachricht war eine Warnung. Von der Inselgruppe:

BEGEBEN SIE SICH UMGEHEND IN EIN GEBÄUDE, MÖGLICHST IN DEN KELLER.

»Luftalarm«, sagte Neil neben mir. »Sie schreiben, das ist Luftalarm.«

»In Zinnowitz«, sagte ich und versuchte, zu lachen. »Luftalarm in Zinnowitz. Alles klar. Wir sind doch nicht im Zweiten Weltkrieg.«

»Vielleicht im Dritten«, sagte Neil.

»Da ist ein russisches Flugzeug, oder mehrere, warte, jeder schreibt was anderes … da draußen über der Ostsee … oder eine ganze Fliegerstaffel? Sie halten auf die Insel zu, steht da.«

Wir waren auf dem Platz vor der Seebrücke, dort, wo an der Ecke der Eiswagen stand.

Erdbeer-Cookie.

Ich hob Kira hoch, Leif nahm Raymon.

Um uns herum rannten Menschen. Die Sirene hatte aufgehört, zu heulen. Aber dann fing sie direkt wieder an. Babys schrien auf den Armen ihrer Mütter. Leute riefen nacheinander, hatten sich im Gewühl verloren.

Sie rannten alle vom Meer weg, in den Schutz der Häuser. Und wir rannten mit ihnen, landeten irgendwie im Neptun, dem Hotel, zu dem der Eiswagen gehörte. Die Menschen drängten sich im Eingang. Der Kellner drinnen war unsicher, ob er sie ganz hereinlassen durfte oder nur in den Vorflur. Hinter uns stand die Kuchentheke, Tortenkunstwerke schliefen dort einen Dornröschenschlaf, und alles war sehr fein.

»Bald gibt's keine Torten mehr hier«, sagte jemand, und alle nickten.

»Wenn wir hier weg-evakuiert werden, werden sie die Torten frei rausgeben müssen, Proviant«, sagte jemand anderer. Alle lachten, aber bei manchen klang es sehr angestrengt, und ein sehr, sehr alter Mann sagte: »Wie sie uns fünfundvierzig evakuiert haben, da war's ganz ähnlich. Fliegeralarm und alles, da hatten die reichen Herrschaften auch ausgetortet. Wenn man flieht, sind alle gleich, is der einzig wahre Kommunismus. Aber die, die nicht geflohen sind, der Teufel sei ihrer Seele gnädig, die haben die Russen geholt. Der Russe kennt keine Gnade, ein Blutbad war's, die reine Metzgerei.«

Raymon heulte, und Kira drückte ihre Nase an der Kuchentheke platt.

»Glaub ihm das nicht, mit den Russen«, flüsterte ich in ihr Ohr. »Der erzählt nur Horrorstorys, weil er toll sein will.«

»Krieg ich den rosa Kuchen?«, fragte Kira, die dem alten Mann gar nicht zugehört hatte.

»Wenn alles vorbei ist und ich reich bin«, sagte ich, »kauf ich dir so viel rosa Kuchen, dass du dir 'n Zimmer draus bauen kannst.« Und sie drückte meine Hand und grinste.

Eine Mutti mit ziemlich viel Busen und einem Baby strich Raymon über den Kopf. »Das wird schon wieder«, sagte sie und steckte dem Baby eine Milchflasche in den Mund. »Wirst sehen, wir haben ein fähiges Militär, die schlagen die anderen zurück.«

»Bäm! Bäm!«, rief Raymon. Aber sein Gesicht war nass von Tränen. Er hatte Angst.

Ich hatte auch Angst. Es war klar, dass das niemand merken durfte.

»Warum waren die Panzer vorher schon da? Und die Schiffe?«, fragte ich Neil ganz leise, mitten im lärmenden Chaos. »Und was ist überhaupt mit den Schiffen?«

»Fahrn raus«, sagte Leif, der am Fenster des Hotelvorflurs stand. »E'm grade. Echt schnell die Teile, für die Größe.«

»Und wo ist Ulja?«, fragte ich.

Die Sirene fing wieder an, zu heulen. Dutzende von Handybildschirmen leuchteten in dem dämmerigen Vorraum, spuckten Botschaften aus, im Zehnsekundentakt. *Die Russen greifen an. Zur Luft und zur See, sie nehmen die Insel in die Zange, mehr Militär vor Peenemünde, alle Seebäder evakuiert.*

Ich fragte mich, wo Mama war. Ob sie mit ihren gebunkerten Kartoffeln im Keller saß. Hoffentlich war Muddy bei ihr.

»Schießen sie?«, fragte jemand. »Aus der Luft? Man hört gar nichts.«

»Bäm«, erklärte Raymon. »Bäm-bäm.« Und wischte sich mit dem Gummimonster die Tränen ab.

»Okay«, sagte ich. »Ray? Kira? Ihr bleibt hier. Bei all diesen netten Leuten.«

»Und bei den rosa Kuchen«, sagte Kira.

»Ja. Ich geh Ulja suchen. Ich hab das komische Gefühl, sie tut was Unvernünftiges.«

»Du spinnst«, sagte Neil.

»So was von«, sagte Leif. Und dann kamen sie beide mit.

»Bäm«, sagte Raymon, ehe sich die Tür hinter uns schloss.

Es war wie an dem Tag, an dem Ulja vom Himmel gefallen war.

Die Seebrücke war leer. Als wäre ich in die Vergangenheit gesprungen. Ein Wurmloch.

»Oder sind Wurmlöcher eher für riesige Entfernungen?«, fragte ich.

»Ich dachte, Wurmlöcher sind für Äpfel«, sagte Leif.

Am Ende der Seebrücke stand jemand, sie war also gar nicht leer. Eine einzelne Gestalt.

»Ist sie das?«, fragte Neil. Ich nickte, »Vielleicht«, und er nickte auch und hielt seinen Hut fest, damit der Wind ihn nicht mitnahm. Der Wind war ziemlich stark jetzt, hatte sich passend zu der ganzen

Aufregung hochgefahren. Ich sagte das, und Leif sagte: »Wind ist echt schlauer, als man denkt.«

Wir gingen mit gesenkten Köpfen weiter hinaus auf die Seebrücke, stemmten uns gegen die Böen. Und die Sirene jaulte und jaulte … und stoppte, ganz plötzlich. Wir blieben stehen und sahen uns um.

Hinter uns stand das Riesenrad still, schlief das Karussell, lag die Zuckerwattebude verlassen. Die Promenade war menschenleer.

Nur drei Panzer fuhren dort entlang.

Beeindruckend und irgendwie … seltsam sinnlos.

Als würden die Russen aus dem Meer steigen, sich den Tang aus dem Gesicht wischen und mit Gebrüll die Insel erstürmen – und als könnten diese drei Panzer sie dann aufhalten. Neil machte Bilder mit dem Handy.

Und dann waren die Flugzeuge da. Es ging blitzschnell.

Sie waren Punkte am Himmel. Sie waren näher. Sie waren da.

Sie flogen unangenehm tief, dröhnend, und wir duckten uns auf der Seebrücke. Alle zusammen. Kauerten zu dritt dort wie ein einziges Lebewesen, die Köpfe verborgen unter den Armen.

Ich spürte, wie mein Puls raste. Wenn sie jetzt schießen. Wenn wir jetzt sterben.

Einfach so, zack, weg aus dem Leben.

Ich spürte Leifs und Neils warme, atmende Körper neben meinem, und ich wusste, dass sie mich nicht schützen konnten, ich war ein nutzloser Klotz aus kauernder Angst.

Doch niemand schoss aus den Flugzeugen, niemand warf Bomben oder sonst was, was man aus Videospielen kennt. Sie flogen einfach weiter. Sie flogen aufs Meer hinaus. Richtung offene Ostsee.

»Das waren unsere Flieger«, keuchte Neil neben mir und richtete sich auf. »Die deutschen! Sie verteidigen uns! Die fliegen da raus, um die Russen zu begrüßen.«

»Wird 'ne schöne Metzelei da oben«, sagte Leif. »Sollten wir sehn, dass wir weg sind bis dann.«

Klar. Wieso hatte ich das nicht bemerkt? Natürlich waren es deutsche Flieger, natürlich. Neil und Leif hatten vielleicht gar keine Angst gehabt. Sie hatten sich nur geduckt, weil die Flugzeuge echt tief gewesen waren. Ich Idiot.

»Da sind neue Bilder auf Facebook«, sagte Neil. Während wir weiterhasteten, hielt er sein Handy hoch, und wir sahen es: ein Video von einem Flugzeug, das abgeschossen zu Boden taumelte, Feuer in der Luft, Wrackteile auf dem Boden.

»So schnell?«, keuchte ich. »Das – das hat einer vor'n paar Sekunden hochgeladen, krass!«

Die Sirene heulte wieder. Der Wind wühlte das Wasser auf. Die Motoren der Panzer hallten über die Schaumkronen und brachten die Megafonstimme mit, aber sie war nur zerhackter Wortmatsch. Ich sah die Gestalt am Ende der Seebrücke jetzt besser.

Sie war ganz vorne aufs Geländer geklettert und lehnte sich raus in den Wind.

Titanic.

Ich kenn den Film nicht, nur ein paar Stücke und eben das Meme mit dem Geländer, reicht ja. Im Film hatte die Braut allerdings keine Gitarre um die Schulter, und sie hatte auch keine Brille.

Die deutschen Flugzeuge waren umgekehrt und rasten wieder aufs Land zu, keine Ahnung, was die da oben machten, ein wildes Hin und Her.

Jetzt waren wir bei Ulja. Sie drehte sich um und sah uns entgegen und lächelte. Der Wind ließ ihr Haar in wilden braunen Wellen um sie herumwehen. Nicht wie in der Shampoowerbung, mehr das Gegenteil. Hinter der Brille leuchteten ihre Augen, das Leben blitzte in ihnen.

Auf so eine Die-können-mich-mal-Art.

»Was machst du hier?«, schrie ich. »Komm! Wir sollen alle rein! Das ist gefährlich!«

Sie lachte. »Ich muss fühlen!«, rief sie. »Es fühlen! Versteh? Von mitten in der Mitte!«

»Nein!«, schrie ich. »Versteh ich nicht!«

Und ich kletterte zu ihr auf das Holzgeländer.

Hier legten sonst die Schiffe nach Swinemünde ab, Świnoujście, Polen. Aber jetzt waren da draußen zwei andere Schiffe, die beiden Militärschiffe. Und wir standen alle auf dem Geländer, während die Schiffe draußen in Richtung Peenemünde fuhren und die Flieger am Himmel umeinanderkreisten. Es musste ein feindlicher dabei sein, nur sah ich nicht, welcher, sie sahen alle gleich aus. Und auf einmal war ich mir auch bei den Schiffen nicht mehr sicher, waren das deutsche oder russische? Und welches verfolgte welches?

Plötzlich gab es eine Explosion über uns, Feuer in der Luft wie auf den Bildern in Neils Handy. Und ich dachte, dass wir doch Angst haben müssten, Todesangst, aber da war zu viel Adrenalin. Das Feuer der Explosion beleuchtete Uljas Gesicht, rot, unwirklich, wie Feuerwerk an Silvester, und die Gesichter von Neil und Leif. Und auf einmal begriff ich, was sie meinte: *mitten in der Mitte sein.*

Wenn du mitten in der Mitte von etwas Gefährlichem bist, kann es dir nichts tun. Im Auge des Sturms ist es windstill. Sagt man so. Ob es stimmt? Ulja kletterte noch eine Holzsprosse höher auf dem Geländer, ich kletterte ihr nach … Das Adrenalin kochte noch immer in meinem Körper, die Tiefe war dieses Mal egal. Und Ulja war da. Bei mir.

»Ihr fallt doch!«, schrie Leif. »Beide!«

Und ich wollte sagen, das macht nichts, lass uns fallen, lass uns fliegen.

Sie war mir ganz nah. Unsere Hände berührten sich beinahe auf dem Geländer, wie in dem blauen Elefanten.

Sag es ihr. Jetzt. Sag: Ich mag dich. Ich mag dich unglaublich gerne, aber ich habe Fragen. Frage eins: Hast du was mit Neil?

Aber dann fragte ich etwas anderes. Die Worte kamen von selbst.

»Was hast du mit den Toten zu tun?«, schrie ich in den Wind. »Warum besuchst du das Grab von unserem Piloten, im Schilf? Warum warst du beim Sonnenblumenfeld? Hast du den Toten da hingebracht?«

Sie zeigte auf ihre Ohren und schüttelte den Kopf. »Ich verstehe nicht! Zu viel laut!«

Natürlich. Und jetzt griff Leif nach ihr und hielt sie fest, zog sie hinunter auf die Planken der Seebrücke, ernsthaft besorgt. Ich sprang selbst hinunter. Die beiden standen da und sahen sich an, direkt neben mir, und schienen mich nicht mal zu bemerken.

»Danke«, sagte Ulja und streckte die Hand aus, um über Leifs Wange zu streichen. Er hielt ihre Hand fest. Eine sehr lange Zeit. Sah sie ihn an, wie sie mich angesehen hatte? Leif? Nun auch noch Leif? Und hatte sie mich angesehen, wie sie Neil im Sonnenblumenfeld angesehen hatte?

Die Sirenen schwiegen jetzt. Ich hob den Kopf zum Himmel. Kein Feuer. Keine Explosion. Es war alles vorbei. Selbst das Sturmtief war weitergezogen, ich sah die schwarze Wand in der Ferne schmaler werden. Die Flugzeuge beschrieben eine Schleife und zogen in Richtung Peenemünde ab, nahmen ihr Dröhnen mit. Einen Moment lang war es still auf der Seebrücke.

»Wo sind sie? Die Russen? Für Angreifung?«, fragte Ulja schließlich.

»Da oben, denk ich mal«, sagte ich und zeigte zum Himmel. »Und da draußen, irgendwo auf dem Wasser.«

»Sehe ich keine Russen«, sagte Ulja.

Ich sah auch keine. Die Schiffe waren fort, so wie alles andere. Fast – wie ein Spuk.

»Wir sollten zurückgehen«, sagte Neil.

Doch in dem Moment flog sein Hut weg. Ließ sich von einer letzten übermütigen Böe mitreißen. Landete auf dem Wasser wie ein kleines schwarzes Boot. Neil seufzte, zog sorgfältig seine guten schwarzen Lackschuhe und die gebügelte Bestatterhose aus und gab mir seine Brille. Dann sagte er: »Ich hol nur eben den Hut.« Und er sprang.

Wir sahen ihn zwischen den Schaumkämmen landen, untertauchen, auftauchen, prusten wie einen Wal. »Sag mal, Scheiße, kannst du überhaupt schwimmen?«, schrie ich.

Und plötzlich war sie wieder da, die Angst, mein alter Freund, aber ich hatte keine Angst um mich selbst, ich hatte Angst um Neil. Er war jetzt wieder untergegangen, ich streifte die Turnschuhe ab, um ihm nachzuspringen, verdammt, all das für einen Hut!

»Nee, Finnley, warte, da isser doch«, sagte Leif.

Und zeigte. Auf eine Leiter. Klar, verdammt, da waren Leitern an der Seebrücke für Notfälle. Und genau neben so einer Leiter war Neil wieder aufgetaucht. Er winkte. Mit dem Hut. Er setzte ihn auf und kletterte so die Leiter rauf, irgendwie würdevoll.

Das letzte Stück zogen Leif und ich ihn.

Als wir ihn oben hatten und ich mich nach Ulja umdrehte, war sie fort.

Als wäre sie nie auf dem Steg gewesen.

9

Am nächsten Morgen wachte ich davon auf, dass jemand wie bescheuert an meine Tür hämmerte. Ich murmelte irgendwas und quälte mich aus dem Bett, und als ich durchs Wohnzimmer getappt war, fand ich Neil in der Balkonei, wo er den Windrädern bei ihrem Gedrehe zusah.

»Du? So früh?«, fragte ich und kämpfte mich in meinen Pullover, dessen Kapuze irgendwie um mich gewickelt war.

»Hast du versucht, meine Tür einzuschlagen? Is wieder was passiert?«

»Wärst du interessiert an Kaffee?« Neil drehte sich um und streckte eine Tasse in meine Richtung. »Schwarz wie die Zukunft.«

Wir tranken eine Weile schweigend schwarze Zukunft, und schließlich sagte Neil: »Also. Erstens ist es nicht früh. Es ist eins. Deine Mutter hat zweimal und ich habe viermal versucht, dich zu wecken. Zweitens gibt es Neuigkeiten wegen gestern. Jeder weiß es, alle reden darüber, nur du pennst wie das zwölfte Weltwunder.«

»Leif?«

»Wahr, wahr, Leif pennt auch. Habt ihr gestern noch zusammen gesoffen?«

»Möglich«, sagte ich. »War'n krasser Tag. Meine Mutter hat geheult, als wir nach Hause gekommen sind, von wegen Angst gehabt um Leif und mich und so. Ich hass das, wenn Frauen heulen. War vielleicht ein Bier zu viel, nach dem Geheule. Oder zu viel Biozigarette, muss auch mal sein.«

»Also. Die Nachrichten, deutschlandweit, offiziell, behaupten, das gestern war eine Übung für den Ernstfall. Aber in der Facebookgruppe, also, in der Inselgruppe, schreiben eine ganze Menge Leute, dass es keine Übung war. Dass es ernst war. Und es gibt drei Tote. Die ersten gefallenen Soldaten. Ich werde sie morgen unter die Erde bringen, in allen Ehren.«

Ich suchte nach meinem Hirn, um es anzuschalten, aber entweder das Hirn oder der Schalter war abhandengekommen. Mehr Kaffee.

Zigarette.

Die Geranien schliefen eindeutig noch. Niemand belaberte sie mit verwirrenden Fakten und wollte, dass sie was dazu sagten. »Geranie müsste man sein«, murmelte ich in meine Tasse.

»Bist du«, sagte Neil. »Vom geistigen Zustand her, heute Morgen. Jetzt wach auf, verdammt.«

Manchmal weiß ich echt nicht, was Neil auf der Förderschule macht. So wie er redet. Geistiger Zustand. Warum haben sie ihn nicht aufs Gymmie gesteckt? Nur wegen der Matheschwäche? Gibt doch Taschenrechner.

Er hielt sein Handy in der Hand, scrollte Bilder und Nachrichten durch. Ich versuchte, mitzulesen.

Es hat nie einen russischen Angriff auf die Insel Usedom gegeben. Offenbar handelte es sich um ein Missverständnis.

So weit die offiziellen Nachrichten.

Und dann die Lokalpresse: *Angeblich handelte es sich nur um einen Probealarm im Rahmen einer Großübung, um die Bevölkerung auf den Ernstfall vorzubereiten …*

Aber das nächste Bild auf Facebook zeigte die drei toten Soldaten, nebeneinander aufgereiht, und sie sahen sehr echt tot aus, wie sie da lagen in ihren Uniformen. Jemand hatte ihnen Rosen auf die Brust gelegt, lauter rosa und weiße Rosen. Sie bedeckten die toten Soldaten von der Hüfte aufwärts fast komplett, und ich musste schlucken. Das würde garantiert demnächst irgendein Sicherheitsdingens wieder von Facebook löschen. Tote und so. Finden die nicht so gut.

Dann das Gesicht vom Noack, ernst. Und dann die Kommentare in der Inselgruppe. Von Leuten, die dabei gewesen waren. Nah dran.

Der Angriff zweier russischer Militärflugzeuge ist bestätigt. Ein Boot der russischen Marine vor Peenemünde … nach einem kurzen Schussabtausch zurückgezogen … mehrere Tote auch auf russischer Seite … Drei gefallene Deutsche.

»Man fragt sich doch: Warum wollen die Nachrichten den Angriff nicht wahrhaben?«, sagte Neil.

»Panik vermeiden?« Ich drückte die Kippe in der leeren Kaffeetasse aus. »Wenn die Bevölkerung panisch wird, das ist immer schlecht. Sind die schon bei euch? Im Bestattungshaus? Die drei da?«

Neil nickte. »Positiv. Im Hinterhof stehen drei Särge.«

»Und die Typen? Musst du die noch irgendwie aufhübschen helfen? Ich meine, woran sind die gestorben? Schüsse?«

»Keine Ahnung«, sagte Neil. »Vermute mal. Man sieht auf dem Foto kein Blut, nur die Rosen.«

»Und in echt?«

»Keine Ahnung. Sie haben mir freigegeben. Sie sagen, sie kriegen das ohne mich hin. Oskar und die Kollegen.«

»Der Grizzly.« Ich nickte. Sah Neil eine Weile an. »Denkst du, was ich denke?«

»Oh, schön, du hast dein Hirn wiedergefunden. Du denkst.«

»Ich denke«, sagte ich langsam, »sie wollen nicht, dass du die Leichen siehst.«

Er nickte. »Positiv.«

»Weil es doch zu gruselig wäre? Und du dann die Panik verbreiten würdest?«

»Hm«, sagte Neil.

»Doch, logisch«, sagte ich. »Dein Bestatter steht vielleicht ganz gut mit dem Noack, und der will garantiert nicht, dass ein junger Mensch wie du rumrennt und Panik verbreitet. Der braucht Leute. Du und deine Freunde, ihr könntet zu uns kommen, irgendwie so hat er das gesagt. Klar, wenn ihm jetzt die jungen Leute weglaufen, steht er blöd da. Und ich hab drüber nachgedacht, echt. Aber ich hab keinen Bock, zu sterben, im Moment.«

»Ruhm und Ehre«, sagte Neil. »Vaterland und all das. Zieht nicht mehr so, heute, was? Im Zweiten Weltkrieg hat das noch gezogen.«

»Im Zweiten Weltkrieg waren die Leute komisch«, sagte ich. »Weiß doch jeder inzwischen. Erst haben sie versucht, alle anderen da draußen plattzumachen, und dann sind sie am Ende in den Tod gerannt wie die … wie heißen diese Viecher, die aussehen wie Meerschweinchen?«

»Lemminge.«

»Wie die Lemminge. Genau. Ihrem dummen Führer nach.«

»Ja, und jetzt sind sie schlauer, oder was?«, fragte Neil. »Sei dir da mal nicht zu sicher. Gibt genug heute, die immer noch seinen Namen brüllen. Die hätten den am liebsten zurück. Gibt genug, die gerne Lemminge sind. Dann fühlen sie sich nützlich. Und heldenhaft. Solltest mal sehen, wer sich da im Moment alles meldet. Mit Rosen auf der Brust begraben werden, das finden die gut. Solange man die eklige Wahrheit von zerschossenen Gesichtern nicht sieht. Die wollen alle zu Noacks Truppe jetzt.«

Er scrollte wieder Facebookseiten durch, und da waren sie, die jungen Männer, die Schlange standen, um sich rekrutieren zu lassen, tatsächlich. Unglaublich. Ich kannte manche. 'ne ganze Menge. Man kennt sich ja, im Ghetto und auf der Insel.

Und ich dachte daran, wie ich mir das auch überlegt hatte. Dass es schick wäre, in Uniform am Spielplatz rumzustehen.

An diesem Morgen kam es mir nicht mehr schick vor.

Ich hatte überhaupt keine Lust, zu sterben. Wenn du alt und krank bist, oder es dir echt scheiße geht, gut. Aber wenn du jung bist und Pläne hast und die Hoffnung auf ein Mädchen – nee.

»Wenn es wirklich drum geht, die Insel zu verteidigen«, sagte Neil nachdenklich, »ehe sie überrannt wird …«

»Ich geh da nicht hin«, sagte ich. »Ich hab was vor, Neil. Da draußen, in der Welt. Was Echtes. Leben. Und ich will Ulja singen hören, in Berlin. Ich meld mich nicht, um heldenhaft totgeschossen zu werden, kannste vergessen.«

»Schisshase«, sagte Neil. Und, nach einer Weile: »Okay, ich meld mich auch nicht. Weil, am Ende muss einer die Toten ja unter die Erde bringen, oder? Ich bin nützlicher, wenn ich hier meine Arbeit mache.«

Ich sah auf mein eigenes Handy, und irgendwie geriet ich zu dem Bild von dem toten Soldaten in den Sonnenblumen. Das heißt, das Bild von dem Toten war weg, klar, hatten die bei Facebook rausgenommen, Tote darfste ja nicht zeigen. Aber da war jetzt ein Foto von ihm, als er noch gelebt hatte, mit schwarzem Trauerrahmen und Beileidskommentaren drunter. Er hatte eine etwas schiefe und etwas zu große Nase, und unter seiner Mütze sah man ein bisschen blondes Haar. Plötzlich hatte ich das Gefühl, dass er mich ansah. Dass er etwas von mir wollte.

Und dann ploppte eine Nachricht auf und verdeckte das Bild. Unbekannte Nummer.

Ich werde singen.

Ich hielt Neil das Handy hin, und wir sahen uns an.

»Ulja«, sagte er leise.

Hab ein neu Job, nach Singen auf Buhne. Fang an heut Abend. Ich kann stop andere Job war nicht richtig gut. Strandbar Strandstrase 14.

Strandstraße welcher ort seit wann hast du ein handy, tippte ich.

Aber sie antwortete nicht mehr.

Und im nächsten Moment stand Leif in der Tür zur Balkonei, verschlafen. »Was Komisches passiert, eben«, sagte er. »Ich war Kippen holen, eben. Noch halb am Pennen. Und da hab ich …« Er schüttelte den Kopf. »Ich hab den Typen gesehen. Von den Bild.«

»Bild?«, fragten Neil und ich. Im Chor – wie bei einer blöden Theatervorstellung.

»Na, da!«, sagte Leif und nickte zu meinem Handy hin, wo das Bild von dem Sonnenblumensoldaten wieder hinter den Nachrichten von Ulja hervorgekrabbelt war. »Na ja, bin nich ganz sicher.«

»Du hast den Soldaten gesehen? Den Toten?«

Leif nickte. »Gib mal die Kippen.« Er ließ sich auf die kaputte Liege fallen, die gewohnheitsmäßig stöhnte, und suchte sein Feuerzeug. »Ich hab den gesehen. Den Toten.«

»Wie? Wo?«

»Stand beim Bäcker«, sagte Neil. »Sah nich tot aus, eigentlich.«

Ich wollte etwas sagen. Ich wollte tausend Dinge sagen.

Aber dann wusste ich gar nicht, was.

Gedanken wirbelten im Kopf: Nichts stimmt. Wenn nichts stimmt, was kannst du glauben?

Was ist wahr?

Aber dann stand Mama in der Balkonei, und sie sah aus wie vom Himmel gefallen und schlecht gelandet. Ihre Schminke war am linken Auge verlaufen, und als sie drüberwischte, wurde es nicht besser.

Sie versuchte, Tränen in ihre Augen zurückzudrücken, die trotzdem rausliefen.

»Leer«, sagte sie. »Sie sind leer. Es ist nichts mehr da.«

Ich kam irgendwie von der kaputten Liege hoch und nahm Mama in die Arme, obwohl ich keine Ahnung hatte, was leer war und warum. Sie roch nach Zigaretten und Haarspray und Sorgen.

Zum ersten Mal fiel mir auf, dass sie inzwischen kleiner war als ich.

»Die Regale«, wisperte sie an meiner Schulter, als wäre das ein wirklich gefährliches Wort.

»Regale?«, fragte Neil.

»Die Regale im Aldi. Und im Netto auch. Im roten und im schwarzen Netto. Die Leute standen Schlange, heute Morgen. Und jetzt ist alles weg. Oder fast. Nur noch der Kram da, den sowieso keiner kauft. Nudeln, Kartoffeln, Konserven – alles weg. Waschmittel. Klopapier. Nichts. Nichts mehr zu holen.«

»Da hast du sie, deine Panik«, sagte Neil. »Hamsterkäufe. Sie glauben alle, jetzt bricht der Dritte Weltkrieg aus. Und in der Tagesschau heißt es, es war alles eine Übung.«

»Fake News«, sagte Leif, nickte und sah seine Zigarette an. »Isso. Sagt mein Vater auch. Tagesschau is Fake News. Die wolln nich, dass wir was wissen. Sagt mein Vater.«

Er sah Mama an, und er sah, dass das irgendwie nicht gewesen war, was sie hören wollte.

»Egal«, sagte er langsam. »Übung oder nich, egal. Die kriegen doch Zeug nachgeliefert. Morgen is wieder was da. Nur heute is leer.«

Ich liebte ihn dafür, dass er das sagte. Mama nickte, wischte sich noch mal durchs Gesicht und schluckte die Tränen runter. »Hast recht«, sagte sie und legte Leif eine Hand auf die Schulter, er saß noch immer auf der Liege, quasi unter ihr, wie ein Felsen, an dem sie sich abstützen konnte. »Hast recht, Leif.«

»Was ist denn mit dem Noack und seinen Leuten? Gibt's da mal ein Statement irgendwo?«, fragte ich.

»Klar.« Neil scrollte, zog die Augenbrauen zusammen, hob schließlich das Handy. Und da war er, Oberst Noack, auf dem Bildschirm. Videobotschaft. Neben ihm stand der Oberst der Luftwaffe, das stand jedenfalls drunter. Und aus ihren Mündern kamen große Worte, die gut klangen und die ich nicht ganz verstand. Sie sagten, die Evakuierung von Zinnowitz sei eine Vorsichtsmaßnahme gewesen und es habe ein Missverständnis gegeben. Man sei von einem Ernstfall ausgegangen, inzwischen habe sich der Sachverhalt aber aufgeklärt. Und bei den gesichteten russischen Flugzeugen hätte es sich nicht um eine Staffel, sondern um eine einzelne Aufklärungsmaschine gehandelt, die man aus dem deutschen Luftraum hinausbegleitet habe. Der Angriff von Seeseite aus auf Peenemünde könne im Moment weder bestätigt noch ganz negiert werden. Die Situation bleibe unklar, man gehe aber davon aus, dass sich alles aufklären würde.

Es war eine Menge Gelaber mit Fremdwörtern, und ich sah, wie Leif seinen Kopf abschaltete und mit den Wolken sprach. Aber am Ende sagte der Noack, klar und deutlich: »Wir sind zu allem bereit. Wir sind hier, um diese Insel zu verteidigen, und das werden wir tun. Wir brauchen dringend Verstärkung. Wer sich noch bei uns melden will, ist herzlich willkommen. In der Videobeschreibung findet ihr einen Link für alle, die sich bei uns melden wollen.«

»Klingt wie ein YouTuber«, sagte Leif und grinste. »Gleich hält er 'n Joghurtbecher ins Bild und gibt 'n Rabattcode raus.«

Ich sah Mama an und dachte, jetzt sagt sie: Das ist doch gut, dass einer uns verteidigt, das ist doch mal was. Und dass wir helfen sollten. Uns da melden.

Aber sie sagte: »Ihr geht da nicht hin. Auf keinen Fall geht ihr da hin und lasst euch totschießen. Finnley? Versprich mir das.« Plötzlich klang sie sehr entschlossen. »Wir warten ab. Ich koche Kartoffeln. Immerhin. Wir haben den halben Keller voll Kartoffeln.«

Ich rief das Maritim an. Fragte, was wäre.

Und die sagten eiskalt, ich sollte kommen, es wäre alles wie sonst.

»Es war nur ein Missverständnis«, sagte die Chefin. »Das Leben geht normal weiter. Wenn du deinen Job behalten willst, kommst du.«

»Klar«, sagte ich. »Nur, die Regale sind leer.«

»Wo?«

»In Wolgast. Im Aldi. Und im Netto.«

Ich hörte, wie sie kurz Luft holte. »Tja«, sagte sie dann schnippisch. »Unsere Regale sind nicht leer, wir haben noch immer Gäste, und wir haben eine Menge Kartoffeln, die geschält werden müssen.«

»Is ja drollig«, sagte ich. »Die haben wir auch.«

Und dann saß ich im Zug.

Der Zug fuhr auch normal. Alle Leute taten, als wäre alles normal, aber man merkte, dass sie nur so taten. Sie guckten ständig auf ihre Handys, mehr noch als sonst. Und dann aus dem Zugfenster. Als müssten sie checken, ob alles noch da war, da draußen. Die Bäume, die im Sommerwind mit ihren Ästen winkten. Die Sonne am Himmel. Die laue Luft. Die Touristen mit ihren E-Bikes und ihren bunten Rucksäcken, die an den Bahnhöfen warteten und die Räder in die Bahn schleiften. Aber wenn die Touristen auf die Fahrradkarten in den schicken Klarsichthüllen an ihren Lenkern guckten, sah man die Nervosität in ihren Blicken.

Sie guckten auf die Karten, um nach Hause zu fahren.

Alles, was nicht hier wohnte, verließ die Insel, dachte ich. Ich würde nicht mehr lange Kartoffeln schälen für Leute mit Geld, die in Hotelbetten schliefen.

In der Küche war die Luft dick, und alle redeten von Zinnowitz und dem Angriff und ob es einer gewesen sei, und die Kartoffeln guckten alle so seltsam.

Beim Abwaschen neben mir sagte die karottenhaarige Yvette ganz plötzlich: »Der Kaminsky hat Angst gehabt, dass genau so was passiert. Ist das nicht komisch?«

»Er hat das ... vorausgesagt?«, fragte ich und trocknete Sektgläser ab und fragte mich, wann irgendwer hier wieder einen Anlass haben würde, sie zu benutzen.

»Jep«, sagte sie und nickte. »Er hat gesagt, sie werden alle in die Keller stecken, und die Flugzeuge werden fliegen, wirst schon sehen. Sie werden marschieren, auf der Insel. Und ich hab ihn gefragt, woher er das denn weiß. Er hat nur die Schultern gezuckt, und ich hab gedacht, er spinnt rum, aber jetzt ... jetzt kann er nicht mehr rumspinnen.«

Später musste ich nach vorne, durchs Restaurant, zur Rezeption.

Ein Formular von Yvette abgeben, wegen einer Unterschrift. Die Rezeptionistin sollte es an die Chefin weitergeben. Natürlich guckte ich drauf. Yvette beantragte Urlaub. Ihren ganzen Jahresurlaub. Sofort. Wegen »Krankheit eines Angehörigen«.

Krankheit? Du mich auch. Das glaubte doch keiner. Sie ging.

Die Rezeptionis... furchtbares Wort. Die Empfangsfrau war blond. Platin. Echt hübsch, Modelmaße, vor allem obenrum, strahlend in ihrer weinroten Hotelbluse, und im Ausschnitt glitzerte ein kleiner Diamant an einer Kette. Oder ein Stück Glas.

»Wir waren segeln«, sagte ich und gab mir Mühe, sie anzulächeln. »Mit Ihrem Freund. Thore Klingemann.«

»Hm«, sagte sie und musterte mich, so von oben nach unten und zurück. »Du bist das.«

»Ich bin was?«, fragte ich.

»Thore hat von dir erzählt«, sagte sie mit einem Lächeln, das viel schöner war als meins. »Und von deinem Freund. Dem mit dem Friedhof.«

»Bestattungsinstitut«, sagte ich.

»Ja. Richtig.« Sie strich eine platinblonde Haarsträhne hinter ihr Ohr, und ihre Bluse knisterte ein bisschen über dem Busen. Der Diamant hatte sicher eine gute Aussicht.

So eine Frau zu besitzen. Wenn man das könnte.

»Er sagt, wenn er einen Sohn hätte«, sagte sie nachdenklich, »könnte er sich vorstellen, dass er so ist wie du. Ihr gebt ihm Hoffnung.« Und dann beugte sie sich ganz plötzlich nach vorne, über den Tisch, samt Busen, und war mir ganz nah. »Die Insel braucht solche Jungs wie euch«, sagte sie leise. »Er hat schon recht.«

Ich spürte, wie ich rot wurde, mir war heiß, das Adrenalin schoss durch alle möglichen Wege in meinem Körper. »Wie … uns?«

Sie nickte. »Ich weiß, du kommst mit dem Oberkellner nicht klar. Lass dir von dem nichts sagen. Halt dich an Leute wie Thore. Und Noack. Wir werden nicht mehr lange ruhig hier rumsitzen, wir leben auf einem Pulverfass. Du hast das mitbekommen, in Zinnowitz.«

»Ja«, sagte ich. »Eigentlich … war ich da. Mittendrin. Aber es war ja gar nichts. Nur ein Missverständnis.« Ich sah sie an, suchte in ihren perfekt geschminkten Augen nach einer Reaktion.

Und sie erwiderte meinen Blick. Nachdenklich.

»Nein, nur ein Missverständnis«, sagte sie langsam.

Und dann streckte sie ihren Arm über den Tresen und legte ihre schlanke Hand auf meine.

»Eines Tages«, sagte sie, »gar nicht so lange hin … werden sie vielleicht alle weg sein. Die Touris. Und die anderen, die nicht auf die Insel gehören. Und wenn es dann richtig losgeht … brauchen wir euch, alle von euch Jungs. Ich weiß, ihr habt Angst. Thore weiß das auch. Aber wer soll uns verteidigen, wenn nicht ihr?« Ihre Augen waren dunkelblau, und hinter dem Dunkelblau lag die Angst. Dass sie Angst hatte, rief meine eigene Angst zurück, diese Angst, die immer irgendwo in mir lauert, keine Ahnung, warum. Und die nie irgendwer bemerken darf, weil du dann kein Mann bist, wenn du Angst hast.

Aber dann passierte etwas Komisches, ihre Angst war nicht nur Angst, sondern eine Bitte. Als könnte ich – wir – tatsächlich etwas tun gegen ihre Angst. Gegen die Bedrohung.

Und da flutete mehr Adrenalin durch mich und ein Riesenschuss Testosteron.

»Ihr seid es, die die neue Zukunft gestalten werden«, flüsterte sie. Ihre Hand lag immer noch auf meiner.

In diesem Moment kam der Oberkellner um die Ecke, Meier, und schoss einen Blick auf mich ab, die Platinfrau nahm ihre Hand weg, und ich ging. Ich spürte die Blicke vom Meier im Rücken, sie schrien: Versager! Abschaum! Sie perlten an mir ab.

Die Insel braucht solche Jungs wie euch.

Im Restaurant saß eine Familie mit dunkler Haut. Nicht total schwarz, aber dunkel, Abu Dhabi oder so. Kinder in Polohemden. Reich. Sie sprachen Deutsch, besser als ich. Klar, wohnten irgendwo im Westen, wo das Geld sitzt. Neben ihnen standen zwei große Koffer. Nach dem Essen würden sie abreisen.

Eines Tages werden sie alle weg sein.

Bald, dachte ich, bald sind diese Tische leer. Und die Insel braucht uns.

Und auf einmal dachte ich: Vielleicht ist es das. Vielleicht muss ich meine Angst besiegen. Und vielleicht kann ich es. Weil ich gebraucht werde. Weil ich anderen helfen kann. Frauen, Kindern. Mama, Kira, Raymon. Ulja. Die irgendwo in einem Keller sitzen und warten würden.

Und ich werde da draußen sein und eine Uniform tragen und etwas ändern. Etwas retten.

Man muss ja nicht in einem Sarg enden. Nicht unbedingt. Man kann auch einfach Glück haben.

Und wenn du kein Glück hast? Dann liegst du da, Kopfschuss oder was, und sie werden um dich weinen. Wie sie weinen werden.

Ich schälte die nächste Portion Kartoffeln doppelt so schnell. Betrunken von den Worten der Platinfrau und dem Bild von mir selbst, reglos, in Uniform, und einer Wolke aus trauernden Mädchen um mich herum. Ich konnte nichts gegen das Bild machen, es war einfach da, und es war wunderschön und zugleich schrecklich.

Ich schnitt mich, steckte den Finger in den Mund und schmeckte das Blut. Yvette schüttelte den Kopf. »Pass auf dich auf, Junge.«

»Manche Leute sind der Meinung, ich könnte gebraucht werden, um auf andere Leute aufzupassen«, murmelte ich. »Weil solche wie ich gebraucht werden, die Insel zu verteidigen. Eine neue Zukunft machen.«

»Quaak. Du bist ein Kind«, sagte Yvette bestimmt. »Lass die Finger von solchen Ideen. Ich hol dir ein Pflaster«

Ich hasste sie in diesem Moment. Sie war wie Mama. Sie wollte mich schützen. Sie nahm mich nicht ernst.

Ich war siebzehn, verdammt.

Und dann war Schichtende, und ich stand wieder draußen. Leif lehnte an der Mauer, hatte auf mich gewartet.

»Finnley«, sagte er. Wir gingen zusammen die Straße lang, hinter den Hotels, wo nur noch wenige Autos parkten, und Leif hatte Zigaretten, und wir sagten eine Weile nichts.

Dann holte er das Handy raus und hielt es mir hin: das Bild von dem Soldaten im Sonnenblumenfeld.

»Ich dachte, das ham sie gelöscht?«

»Screenshot.« Er grinste. »Hab ich direkt gemacht, als es noch da war.«

»Du machst komische Screenshots. Von Leichen? Hast du irgend'n Problem?«

Er schüttelte den Kopf, ungeduldig. »Haste drüber nachgedacht?«, fragte er. »Was denkste?«

»Darüber, dass du den gesehen hast? Ich denke, du irrst dich. Es war jemand anderes. Leute liegen nicht tot in Feldern und stehen dann auf und gehen zum Bäcker.«

»Weiß man's?«, sagte Leif und trat seine Kippe aus.

Und dann waren wir irgendwie beim Strand, unsere Füße waren ganz von alleine da hingelaufen. Der Sand war noch warm. Leif fand einen angespülten, entrindeten Ast, so lang wie ein Bein von mir. Er hob ihn auf und nahm ihn mit, weil er ihn schön fand. Leif eben.

Die letzten Touristen packten ihre Kinder und ihre Eimer ein und drifteten nach Hause. Der Wind war eingeschlafen, und der Abend drückte sich am Horizont herum, wie jemand, der nicht weiß, ob er in den Club reinkommt, weil er eigentlich zu jung ist und sich fragt, ob einer die Ausweise sehen will.

Das Meer war lila.

Und dann kam jemand den Strand entlang, barfuß, an der Wasserlinie, und es war der Klingemann.

Er stand plötzlich einfach da, vor dem lila Meer. Der Wind, der eigentlich gar nicht da war, hatte sein blondes Haar zerzaust, und er sah aus wie ein Typ aus einer Werbung für Windjacken oder Bier. Aber er hatte gesagt, wenn er einen Sohn hätte … Es machte einen von innen ganz warm, das zu wissen.

»Hey«, sagte er. »Ihr beiden, hier draußen?«

»Na ja, Arbeit aus, ne?«, sagte ich.

Ich dachte, er nickt uns zu und geht weiter, wahrscheinlich zu der Freundin im Maritim, Platin und Busen. Und es war komisch, zu wissen, wie sie roch und wie es war, wenn sie einem sehr nahe war, fast hatte ich ein schlechtes Gewissen, obwohl doch gar nichts gewesen war. Ich meine: Wusste er, dass sie sich über den Tresen zu Leuten wie mir rüberbeugte und ihre Hand auf der von siebzehnjährigen Jungs herumliegen ließ?

Er ging nicht weiter. Er ließ sich in den Sand neben uns fallen und sah das lila Meer an.

»Schön«, sagte er.

Und nach einer Weile: »Ich muss mal wieder mit dem Boot raus. Das letzte Mal war das mit euch zusammen. Ich frage mich, wann wieder Ruhe einkehren wird, hier.«

»Sie ham viel zu tun zur Zeit, ja?«, sagte Leif.

Der Klingemann nickte. »Die Welt hat viel zu tun«, sagte er. »Die da im Osten vor allem.« Er nickte in Richtung Polen. »Habt ihr mal darüber nachgedacht, dass es ein Weltkrieg werden könnte? Ein dritter? Wenn Europa doch in den Krieg eintritt und wir wirklich marschieren, dann haben wir ganz schnell Amerika auch drin, und dann wird Russland China um Hilfe bitten. Das wäre durchaus möglich. Und es wären alle Bälle in der Luft, und niemand wüsste, wann sie wieder herunterkämen und wie. Dann wird vielleicht alles anders sein. Und wir hier …« Er sah sich um.

»Wir sind eine winzige Touristeninsel«, sagte ich. »Für uns interessiert sich doch keiner.«

»Vielleicht sind wir das eines Tages nicht mehr«, sagte der Klingemann. »Vielleicht ist es auch eine Chance. Etwas Neues zu werden. Und etwas Altes. Etwas Ursprüngliches.«

Ich nickte, aber ich verstand kein Wort.

»Stellt euch vor, Usedom ohne Touristen«, sagte der Klingemann.

»Ohne die ganzen aufgeblasenen Hotels. Ohne tausend Sonnenschirme und Stau auf den Straßen. Nur die Seeadler in der Luft, die Fischer, die Felder. Und der Wald, der wieder bis ans Wasser wächst.«

»Sie sind ziemlich öko«, sagte Leif und lachte.

»Ich bin nicht der Einzige«, sagte der Klingemann. »Es gibt Menschen, die versuchen, die Insel zu retten. Und es gibt Menschen, die dagegen arbeiten. Usedom kann leicht zerquetscht werden, zwischen den Fronten. Ihr kennt die Gerüchte, dass sie uns der Ukraine zuteilen wollen. Land für die Vertriebenen. Hotelzimmer gibt es genug, in denen sie wohnen könnten, für den Anfang.«

»Das ist doch verrückt«, sagte ich, unsicher. »Die Regierung kann die Insel nicht einfach an die Ukraine verschenken.«

»Oh, Helgoland wurde auch mal verschenkt«, sagte der Klingemann. »Und der ganze Streit um die Krim … Inseln sind so eine Sache. Na, und verrückt ist so einiges.« Er vergrub seine Hände im Sand. »In diesem Konflikt gab es bisher vier tote deutsche Soldaten. Und es waren alles Männer von der Insel. Ist das nicht auch verrückt?«

»Der russische Soldat in den Sonnenblumen läuft jedenfalls rum«, sagte Leif störrisch, und ich lachte den Satz weg, damit der Klingemann nicht dachte, wir wären die Verrückten.

»Leif hat jemand Ähnlichen gesehen«, erklärte ich.

Der Klingemann sah Leif nachdenklich an. »Hm«, sagte er. Und: »Das Begräbnis der drei, die gestern gefallen sind, ist morgen. Ich werde da sein. Vielleicht kommt ihr auch. Ihnen die letzte Ehre erweisen.« Und dann sagte er das, was die Platinfrau gesagt hatte, fast exakt. »Die Insel braucht junge Leute, die sie schützen.«

»Weil sonst die Russen sie einnehmen, um die Ukrainer plattzumachen?«, sagte ich. »Aber die Ukrainer sind doch noch gar nicht hier. Also, nicht die Riesenmasse. Irgendwo hinkt die Logik.«

»Ich weiß nicht«, sagte der Klingemann. »Fakt ist, sie stehen im

Osten und sind bereit. Und sie sind sauer, dass die Regierung die Ukrainer alle hier einquartieren und ihnen Land geben will. Sie sind verflixt sauer. Mir kann niemand erzählen, dass das gestern nur eine missverstandene Übung war. Ich glaube den Nachrichten nicht mehr. Oder der Regierung in Berlin. Berlin ist weit weg. Ich glaube, was ich sehe. Hier auf der Insel, wo die Dinge passieren.«

Er stand auf, klopfte den Sand von seiner Hose, wollte gehen.

»Warten Sie!«, sagte ich und stand plötzlich auch. »Was wäre denn … was wäre, wenn wir helfen wollen? Wo müssten wir uns, na ja, melden oder so?«

Der Klingemann drehte sich noch mal um und sah mich an, so von oben bis unten, ernst. Dann sah er Leif an, der jetzt neben mir stand. Zweifelnd. Als wollte er prüfen, ob wir überhaupt helfen könnten.

»Ihr seid achtzehn?«

»Quasi«, sagte ich.

»Siebzehn«, sagte Leif.

Der Klingemann nickte. »Dann vergesst es. Dann geht es nicht.«

»Aber nehmen wir an … wir wären achtzehn?«

»Dann würde ich euch jetzt sagen, dass der Rekrutierungsbus morgen zwischen acht und zehn hier auf dem Parkplatz stehen wird«, sagte er. »Und danach in Zinnowitz.« Er schüttelte den Kopf. »Hat einer von euch überhaupt schon mal eine Waffe gehalten?«

Leif nahm seinen Ast und hielt ihn wie ein Gewehr, grinsend. »Klar«, sagte er.

Und ich nickte. »Natürlich.« Was natürlich gelogen war.

Der Klingemann wusste das genau. Er grinste und schüttelte ganz leicht den Kopf. Seufzte. »Ach, Jungs.« Dann klopfte er Leif auf die Schulter und dann mir, und dann sagte er: »Vielleicht überlasst ihr das alles doch besser mir und den anderen. Kann sein, dass wir uns nun eine Weile nicht sehen werden. Ich gehe morgen früh.«

Und damit ließ er uns stehen. Ging über den Sand hinauf, dorthin, wo die Neonlichter einer Strandbar blinkten und jetzt Musik herüberwehte, verschwand.

»Er wird kämpfen«, sagte ich.

Es war jetzt fast ganz dunkel.

Und ich las den Schriftzug, der neonblau in der Nacht stand.

STRANDBAR 14.

»Strandbar, Strandstraße 14 … Ist das da oben die Strandstraße?«, murmelte ich.

»Wär logisch«, sagte Leif. »Is am Strand.«

Er holte weit aus und schleuderte seinen Riesenast ins Wasser, und wir sahen zu, wie er kurz unterging und dann wegdümpelte. Leif steckte sich eine neue Zigarette an. Ich schnappte mir auch eine aus der Packung, zündete sie an, inhalierte tief und sagte: »Ich gehe hin. Morgen früh. Leben ist zu kurz, um Angst zu haben.« Ein Zitat aus einem Song.

»Wollten wir nicht nach Berlin? Und um die Welt? Alles sehen? Lichter und Musik und Glitzerleben und alles?«, fragte Leif.

»Nach Berlin können wir immer noch«, sagte ich. »Das Glitzern kann warten. Erst müssen wir unsere Insel retten. Den Ausweis krieg ich gefälscht. Achtzehn. Kein Ding. Geht für die Clubs auch.«

»Gut«, sagte Leif. »Dann gehe ich mit. Du kannst mich doch nicht alleine lassen.«

»Wir könnten heute Abend noch ein bisschen Glitzerleben haben«, sagte ich und zeigte über den Sand hinauf. »Wenn das die Strandbar ist, von der Ulja was geschrieben hat … dann is sie da. Vielleicht. Singt. Wollen wir?«

»Klar«, sagte Leif.

Ich textete Neil. Drei sind besser als zwei.

Neben der STRANDBAR 14 war ein Inder. Also, ein Restaurant. Die Lampen draußen auf der Terrasse waren bunt und hübsch, und es roch nach Curry. Und da stand ein Typ im Anzug, ich glaube, der Besitzer, und redete mit … dem Klingemann. Sie sahen beide ernst aus.

Ich wollte mich nicht doppelt verabschieden, doppelt verabschieden ist blöd, und wir bogen ab zum Eingang der Bar. Und das war der Punkt, an dem der Abend leuchtend und glimmerig wurde und völlig unwirklich.

Wir tauchten in blaues Halbdämmer und die Bässe der Musikanlage, und es roch nach Vanille und exotischen Blumen. Irgendwo klinkerten Gläser, jemand mischte Drinks, die Tische schwammen im Licht. Es war voll. Voller glücklicher Menschen, die murmelten, lachten, tranken, rauchten. Der Rauch hing dicht wie Nebel, schwer und süßlich, und wir grinsten uns an, Leif und ich.

Angekommen.

Aber dann baute sich eine Art Zwillingsbruder vom Grizzly vor uns auf und sah auf uns runter und fragte: »Ausweise?«

»Ham wir nicht dabei«, sagte ich. »Mist. Mein Freund hier ist neunzehn, und ich bin achtzehn. Alles okay.«

»Nee, nich alles okay«, sagte der Grizzlyzwilling. »Wenn du achtzehn bist, bin ich die Queen.«

»Aber die ist tot«, sagte ich.

»Eben«, sagte er.

Und verschränkte die Arme und sah mich an, und ich machte einen Schritt rückwärts. Manchmal hasse ich meinen Körper. Er ist nicht so, wie ich ihn gerne hätte. Er ist untrainiert und untergewichtig und ständig knackt irgendwas. Ich kann mir einbilden, dass es davon kommt, dass ich doch noch wachse, aber vermutlich ist er nur kaputt. Der Grizzlyzwilling sah auf mich runter, dachte vermutlich das Wort

Fliegengewicht und überlegte sich, wie er mir genüsslich alle Knochen brechen konnte. Leif zog an mir und murmelte: »Lass gehen.« Da stand auf einmal noch jemand hinter mir und legte mir eine Hand auf die Schulter.

Und ich dachte, dass ich genau das schon einmal erlebt hatte.

»Die Jungs sind mit mir hier«, sagte der Jemand. Seine Stimme war tief und sicher wie ein Felsen. »Lass stecken, Olaf.«

Mein Gott, es gab Menschen, die Olaf hießen. Wie der Schneemann.

Olaf nickte und knurrte etwas und wandte sich der Tür zu, und ich drehte mich um. Da ragte er hinter uns auf, der Felsen, und lächelte ein bisschen schräg: der Noack. Oberst Noack. Befehlshaber der Bodentruppen im Übungseinsatz Ost auf Usedom.

Facebook-Ikone der Insel, Beschützer der Ängstlichen, Kämpfer in der ersten Reihe. Wenn Putin Usedom plattmachen wollte, musste er an diesem Mann vorbei, und er würde es nicht leicht haben.

»So«, sagte der Noack und führte uns tiefer hinein in den Raum, der wie eine Höhle war. »Soso. Ihr seid also hier. Wie kommt's?«

»Wir … wir dachten … ich dachte …«, begann ich.

»Sin Sie nicht abends immer im Maritim drüben?«, fragte Leif. »Die Leute vom Militär feiern da, heißt es.« Leif kann nicht richtig schreiben und lesen, aber manchmal erinnert er sich an Sachen, die alle anderen vergessen haben.

Ich dachte an den Herztoten und das Handy, das Yvette im Mülleimer gefunden hatte, kaputt oder, mehr noch, zerstört. Und daran, dass er mit dem Noack da getrunken hatte und wie stolz er darauf gewesen war.

»Ihr Freund ist gestorben, der da gearbeitet hat«, sagte ich.

Der Noack nickte und schlug, kurioserweise, ein Kreuz. Ich meine, niemand auf der Insel ist gläubig. Gott haben sie hier vor '89 verjagt, und genau wie die guten alten Zeiten, die es angeblich mal gab, ist er nie wiedergekommen.

»Kommt mir auf die Dauer falsch vor, da drüben rumzusitzen«, sagte der Noack. »Ohne ihn.« Er schüttelte sich, als könnte man den Tod abschütteln. »Klar, 'ne Kleinigkeit essen tun wir da ab und zu. Und jetzt bin ich also hier, euer Glück.«

»Es … es hieß, morgen steht ein Bus hier, wo man sich eintragen kann«, sagte ich.

»Ja«, sagte der Noack. »Die mustern da. Sehen nach, wer tauglich ist. Im Moment sind sie froh um jeden Mann. Ihr wollt also zu uns kommen?«

Wir nickten. Der Noack drückte uns auf zwei freie Stühle an einem ansonsten sehr vollen runden Tisch, und von irgendwoher kamen zwei Bierflaschen, die Leif mit dem Feuerzeug öffnete. Um uns rum waren Leute, die sich im Takt wiegten und unterhielten, und jede Menge Frauen, alle zu perfekt und zu gestylt.

Man könnte es ja mal versuchen, dachte ich. Wir würden morgen ein paar Papiere in dem Rekrutierungsbus ausfüllen, und wenn alles glattlief, würden wir jeder eine Uniform entgegennehmen und alles würde anders werden.

Als ich aufsah, war der Noack fort, verschwunden im Gewimmel.

Und ich sah Leif an. »Schon cool«, sagte ich, und er zuckte mit den Schultern.

»Mmmh.«

Aber auf einmal setzte er sich ganz gerade hin und starrte in eine Richtung. »Da is sie«, wisperte er.

Ich folgte seinem Blick. Und schluckte. Ja, da war sie. Ulja.

Sie trug ein Tablett mit Gläsern, balancierte es zwischen den Tischen durch, und sie war so schön wie immer. Ganz anders schön als die Platinfrau oder die anderen Miezen in der STRANDBAR 14. Ihre

Augen waren groß und ein bisschen verträumt hinter der Brille, und sie trug das Tablett wie in einem Tanz, mit vollendeter Eleganz. Sie hatten sie in eine Art Uniform gesteckt, eine sehr knappe Jacke und ein Minirock. Unter der Jacke trug sie eine Bluse, aber die Bluse war mehr wie ein Nichts, extrem durchsichtig und auch zu eng, der BH darunter war gut zu sehen.

Leif pfiff durch die Zähne.

Ulja stellte Gläser ab, sah zu uns hinüber und lächelte. Und dann war sie wieder weg, hatte es eilig, nahm Bestellungen auf, strich ihr Haar zurück, ignorierte eine Hand auf ihrem Hintern, war weg.

»Ich dachte, sie singt«, sagte Leif. »Und spielt Gitarre.«

»Ja«, sagte ich und hatte einen komisch bitteren Geschmack im Mund. »Aber sie kellnert. Sie wollten sie gar nicht zum Singen.«

Wir tranken und hörten der Musik zu, und ich dachte, ich müsste entspannt sein, vollkommen entspannt, aber ich war das Gegenteil. Meine Augen suchten Ulja, fanden sie, beobachteten, und mir gefiel nicht, was ich sah. Da waren mehr Hände, die nach ihr griffen. Die sich an Stellen legten, an die sie nicht gehörten. Mein Körper reagierte auf die zu engen, aufreizenden Sachen, die sie trug, wahrscheinlich genauso wie die Körper der anderen Typen im Raum. Aber ich wollte es nicht, ich wollte Ulja nicht auf diese Weise sehen, überhaupt nicht.

Ich winkte ihr. Sie winkte kurz zurück, flüchtig. Sie hatte keine Zeit. Und die Kellnerin, die uns das zweite Bier brachte, das wir bestellten, ohne es bezahlen zu können, war eine andere. Genauso angezogen wie Ulja. Genauso händeanziehend. Ich probierte es aus und streifte wie zufällig mit der Hand ihre Brust, und sie sah mich an und lachte nur hell auf.

Es musste wohl so sein. Es war die Art Bar, in der die Dinge so waren.

In mir kämpften zwei Drachen: Erregtheit und Ekel. Und Leif verstand es ohne Worte, es ging ihm genauso. In meiner Tasche fand sich eine vorgebaute Biozigarette, und wir verloren uns in ihrem Rauch: ein Rettungsanker. Mein Gott, dachte ich, mein Gott, wie naiv wir waren, wir dachten wirklich, sie haben sie genommen, weil sie singen kann.

Irgendwo in der Menge tauchte der Noack auf, ich sah ihn kurz mit Ulja sprechen, aber er fasste sie nicht an. Er hatte es nicht nötig, er lächelte, hörte ihr zu, nickte, ernst. Die Musik wurde tanzmäßiger. Ein Mädchen, das ich nie gesehen hatte und nie wiedersehen würde, zog mich vom Stuhl hoch. Ich tat ihr den Gefallen, bewegte meinen Körper im Rhythmus, fand mich neben Leif wieder. Noch eine Biozigarette. Irgendwer hatte eine Rumflasche auf den Tisch gestellt.

»Das ist ein Abschied, Mann, ein Abschied«, hörte ich mich sagen. »Komm. Tanz. Trink noch was mit mir. Ist doch egal. Morgen sind wir vielleicht schon Kanonenfutter.« Aber alles drehte sich, und ich war mir gar nicht sicher, ob ich nicht etwas völlig anderes gesagt hatte, irgendwas komplett Sinnloses.

Das Nächste, was ich weiß, ist, dass ich vom Klo kam, wohin ich es irgendwie geschafft hatte, und da sah ich quer durch den Raum, der abwechselnd größer und kleiner wurde, wie einer durch die Tür kam. Einer, der direkt auffiel.

Einer in einem schwarzen Jackett und schwarzem Pullover, schwarz umrandeter Brille, groß, ernst … Bestatterlook. Er nahm seinen schwarzen Hut ab und strich sein schwarzes Haar glatt. Sehr glatt.

»Neil«, sagte Leif neben mir. »Kommt er also doch noch, der alte Junge.«

Und gleichzeitig war Ulja plötzlich wieder da. Sie beugte sich über den Nachbartisch, und einer dort, Militärhaarschnitt und Militärgrinsen und Militärjacke, einer von denen, die schon quasi Helden waren, zog sie auf seinen Schoß. Ulja wehrte sich nicht, als er mit dem Zeigefinger ihre Wange entlangfuhr, nach unten, zum Hals und weiter. Und als er die Hand auf ihrem linken Busen liegen ließ, über der Bluse, die quasi nicht vorhanden war.

Ich glaube, sie schluckte, doch sie wehrte sich nicht.

Und ich merkte, wie ich aufstand, sauer. Wie ich etwas tun wollte.

Aber ich kam nicht dazu.

Neil, eben erst gekommen, war mit großen Schritten unterwegs durch den Raum, zwischen Tischen und Tänzern durch. Und dann war er bei Ulja, packte ihre Hand und zog sie von dem Militärtypen weg, auf die Beine.

»Du«, sagte er zu dem Typen, so laut, dass die Musik erschrak und leiser wurde und alle Farben zitterten.

»Bitte, lass«, sagte Ulja.

»Oh nein«, sagte Neil. Ich sah die Wut in seinem Gesicht, es war dieselbe Wut, die ihn packt, wenn in Mathe die Zahlen verrücktspielen und sich in seinem Gehirn verknoten. Oder wenn er in seinem stillen, leisen, zurückhaltenden Leben sonst etwas ganz plötzlich überhaupt nicht versteht. Und er griff sich den Typen, der Ulja angemacht hatte, und zerrte ihn am Kragen, wirklich *am Kragen*, auf die Beine.

»Ihr seid alle Hochstapler!«, brüllte er. »Ihr und eure tollen Heldenuniformen! Lasst unser Mädchen in Ruhe!«

Wirklich, er sagte unser, als würde sie uns irgendwie gehören. Ulja, die keinem gehörte und unerklärlich blieb. Und sie lachte darüber und streckte die Hand aus, wie um ihn zu stoppen.

Doch jemanden mit einer solchen Wut kann man nicht stoppen, die Lehrer haben es versucht bei Neil, sie sind alle gescheitert. In den Ferien war er bisher kein einziges Mal wütend gewesen.

Der andere Typ war sicher zwanzig Jahre älter und schwerer als Neil, und er war ein verdammter Soldat, mit Ausbildung und allem.

Keine Ahnung, machen die Kampfsport? Er packte Neil am Arm und schleuderte ihn rum. Es ging jetzt alles so schnell, dass ich nichts begriff. Der Raum wankte mit jedem Schlag, den einer der beiden Kämpfer landete. Er hatte auch wirklich sehr komische Farben, die sich ausdehnten und schrumpften.

Auf einmal war ich neben Neil, ganz nah. Ulja war auch da, und jetzt war Neil doch am Boden, und sie schrie. Und ich sah, dass Neil Blut im Gesicht hatte, ziemlich viel. Und dachte, Scheiße, ich muss ihm helfen. Bloß wie?

Inzwischen waren eine ganze Menge Leute in die Klopperei verwickelt, sie hatten Spaß daran, es war so ein Hansa-Feeling. Und Leif rief den Namen vom Noack – wie ein Kind, das den Kindergärtner ruft, nur war der Kindergärtner nicht da.

Mitten in dem Durcheinander war ein Wort. FURU. Jemand hatte es gesagt, die einzelnen Buchstaben, F, U, R, U, ich wusste nicht, wer.

Ich kassierte einen ziemlich guten Schlag auf die Nase, und alles war ein Wirbel, sehr hübsch eigentlich, regenbogig. Auf den Tischen hüpften kleine Einhörner herum. Wie Kängurus. Noch ein Schlag, das Auge, schon wieder. Die Einhörner sangen, und ihre Schwänze versprühten Sterne.

Ich lag auf dem Boden, Augen zu, und jemand sagte direkt neben meinem Ohr ganz deutlich: »Lasst eure Finger von der Sache. Und von dem Mädchen. Noack passt schon auf sie auf.«

Als ich die Augen aufschlug, oder das eine, sah ich einen der Soldaten über mir. Und es war ganz eindeutig der Soldat aus dem Sonnenblumenfeld. Der tote.

»Das ist crazy«, hörte ich mich murmeln. »Ist der russische Pilot auch nicht tot? Er hatte ein Flugzeug, ist abgestürzt, es war nirgends in den Lokalnachrichten, also ist es vielleicht einfach verschwunden. Wir haben ihn gar nicht begraben, es war nur Einbildung …«

»Welcher russische Pilot?«, fragte der Sonnenblumensoldat. Er klang erstaunt.

»Der, den wir im Schilf begraben haben«, sagte ich. »Ich verstehe nicht …«

Und in diesem Moment begann der Alarm.

Alarm wie am Tag zuvor, exakt gleich. Feuerwehrsirenen, lang anhaltend, der Ton an- und abschwellend.

Es war nur ein Missverständnis gewesen. Konnte es jetzt ein Missverständnis sein? Die kleinen schimmernden Einhörner hopsten von den Tischen und flossen quietschend in die Ritzen im Boden. Und Leute jetzt auch. Ich meine, die flossen nicht in die Ritzen, aber sie krochen unter die Tische, und ich dachte *Erdbeben* und *Man soll bei Erdbeben unter Tische oder Betten kriechen.* Jugendfeuerwehrwissen.

»Die Russen«, sagte jemand. »Jetzt kommen sie wirklich.« Alles war auf einmal dunkel, aber hier und da leuchteten einzelne Handydisplays auf. Und dann Dutzende: kleine bläuliche Laternen, die Gesichter beleuchteten.

Neben mir war Leif, ich spürte seinen Atem auf meiner Wange, so nah war er an mich gerückt, und neben ihm war Ulja. Und lang ausgestreckt auf dem Boden vor uns lag Neil.

Er rührte sich nicht.

Er lag als Einziger nicht unter einem Tisch.

Und dann knatterte draußen Gewehrfeuer. Direkt draußen. Ganz nah.

»Die schießen«, sagte jemand überflüssigerweise.

»Er muss hier runter auch«, sagte Ulja und zerrte an Neils Beinen. Und ich packte zu und half ihr, und Leif auch. Gemeinsam zogen und zerrten wir Neils schweren Körper unter unseren Tisch.

Ulja wand sich aus der zu engen Jacke und begann, ihm vorsichtig mit einer Ecke davon das Blut aus dem Gesicht zu wischen. Es war vor allem aus der Nase gekommen, wie es aussah. Und wir hockten da, unter dem Tisch, und ich dachte, das ist eine Szene aus einem Kriegsfilm. Oder aus den Nachrichten, wo sie was über einen Anschlag erzählen. So schnell kann es gehen.

Draußen fielen noch immer Schüsse.

Ich hörte ein paar Mädchen unter einem anderen Tisch leise weinen. Eine war hysterischer, weinte lauter, die anderen versuchten, sie zu beruhigen. Es waren keine Männer vom Militär mehr im Raum, sie waren alle draußen jetzt, auch der, mit dem sich Neil geprügelt hatte. Einen Tag später, und wir wären da draußen gewesen, Leif und ich.

Die Displays der Handys waren ein Sternenhimmel am Boden, und ich holte mein eigenes heraus. Wir sahen zu dritt darauf, Leif, Ulja und ich.

Alarm in Ahlbeck, sagte Facebook. *Noacks Truppe marschiert wieder. Die Russen haben keine Chance, er wird sie zurückschlagen.*

»Woher, so schnell, Russen?«, flüsterte Ulja. »Auf Insel?«

Facebook hatte eine Antwort darauf: *Feindliches Schiff am Hafen gelandet im Mantel der Nacht*, sagte es, aber Ulja schüttelte den Kopf, wieder und wieder. »Plötzlich? Was will Russen hier? Es ist kein Sinn.«

Offenbar weiß Russland von den Geheimplänen der Regierung, ganz Usedom zu nutzen als Auffangort für Geflüchtete, sagte Facebook. *Natürlich ist Russland dagegen.*

Deutschland opfert Usedom für seine Politik.

Die Insel wird sterben.

Es war genau das, was der Klingemann gesagt hatte.

»Nein«, hörte ich jemanden murmeln. »Nicht, solange Noack da ist.«

Und Leif neben mir nickte. »Der gute alte Noack«, sagte er, und ich musste fast lachen, weil Leif so klang, als würde er das hier nicht so richtig ernst nehmen. Dann machte er sein eigenes Telefon an und fing an, eine kleine rote Spielfigur über eine Rennstrecke zu jagen. Ablenkung.

In Wirklichkeit hatte er Angst. Ich suchte meine eigene Angst, die sonst fast immer da ist. Sie war komisch verzerrt, was vielleicht daran lag, dass der Raum immer noch schwankte und sich dehnte und ich einfach zu viel Kram an Bord hatte.

»Neil«, sagte Ulja und beugte sich wieder über ihn. »Es tut mich leid. Ich wollte nicht, du kämpfs fur mich. Ich bin hier, weil ich brauch Geld.«

»Wir dachten, du singst«, sagte ich.

»Ja, ich auch, ich dachte«, sagte Ulja und sah zu mir auf, mit einem schmerzlichen Lächeln. »Aber es ist anders. Egal. Zwei Woche, und ich kann weg, Kundigung, ist genug Geld.«

Sie war mir auf einmal sehr nah, dort unter dem Tisch, es war eng, klar, es lag daran. Neil atmete nur leise, die Augen geschlossen. Ulja streckte eine Hand aus und wischte durch mein Gesicht. »Nase blutet auch«, sagte sie. »Was ist mit euch? Du und andere? Ihr hat gesagt, ihr wollt auch weggehen.«

»Im Moment schlecht«, sagte ich. »Du hörst, was hier läuft. Die brauchen Leute. Wir tragen uns morgen ein. Insel verteidigen. Bisschen Soldat spielen.« Ich bemühte mich, es so zu sagen, dass es lustig klang.

Sie legte den Kopf schief und sah mich an, so von Nahem, und die Einhörner von vorhin waren in ihrem Haar. Sie waren winzig klein geworden, Glitzerpunkte.

»Du spinnst«, sagte Ulja. »Ihr macht nicht das.«

»Doch«, sagte ich.

Da legte sie eine Hand auf meine und hielt sie fest.

»Finnley«, sagte sie, und ich glaube, es war das erste Mal, dass sie meinen Namen sagte. Die Einhörner hüpften alle hoch. »Krieg, es ist keine Witz.« Ihre Hand auf meiner war warm und lebendig. »In mein Land, Leute gehen zu Krieg, sie sterben. Andere Leute, sie gehen weg. Reiche Leute mit guten Wege für raus. Arme Leute, sie sind fast alle noch da. Sie kommen nicht für raus. Sie bleiben in Zertrummerung, und sie haben nichts, nichts, und für alle Ukraine, sie kämpfen, es ist nicht schön.«

Sie hatte nie etwas erzählt, dachte ich, und jetzt flossen die Worte aus ihr heraus. Und ich wünschte, ich hätte weniger Einhörner gesehen und besser zuhören können, und schwor mir, weniger bio zu rauchen oder zu trinken oder beides.

»Ich hatte ein Bruder, er ist hingegang fur Krieg«, sagte Ulja.

Und ich wollte fragen, ob er tot war, aber das war ja klar, wenn sie *hatte* sagte. Und jetzt war ihre zweite Hand auf meiner zweiten Hand, als wollte sie sicherstellen, dass ich nirgendwo hinging, und sie war noch näher.

»Sie haben gesagt, der Noack passt auf dich auf«, sagte ich. »Warum? Was hast du mit dem Noack?«

»Nichts«, flüsterte Ulja. »Er hilft. Bisschen. Auch fur mich.« Sie war jetzt so nah, dass ich sie riechen konnte. Vanille und Zitrone. Nur ganz leicht. Wie ein Kuchen, den jemand frisch gebacken hatte.

»Was ist mit euer Kriminal-Story?«, flüsterte sie.

»Was? Die Toten? Keine Ahnung«, wisperte ich, und ihre Haare streiften meinen Hals, und ich musste schlucken. »Wir sind nicht weitergekommen. Außer, dass der Tote aus den Blumen nicht tot ist. Er war hier. Vorhin.«

»Doch«, sagte sie bestimmt. »Er ist tot. Sehr viel tot.« Sie nahm ihre Hände von meinen Händen und legte sie stattdessen um mein Gesicht. »Such da nicht weiter«, sagte sie eindringlich. »Du nicht, und andere nicht. Mach es vergessen. Es ist zu Gefahr, und Zufall macht, ich weiß sehr genau. Denk an den Pilot in Flieger. Du willst nicht so sein wie er. In Schilf. Unter Erde.«

»Warte«, wisperte ich und lachte ein bisschen. »Wir sollen aufhören, die Wahrheit rauszufinden, und wir sollen uns nicht rekrutieren lassen, alles zu gefährlich. Mann, Ulja, was dürfen wir denn noch?«

»Leben«, sagte sie, und dann passierte etwas ganz und gar Verrücktes, nämlich küsste sie mich.

Ihr Mund war auf meinem, ohne Vorwarnung, ihre Lippen waren sehr, sehr weich, und ich dachte, die gucken doch alle, aber keiner guckte, sie waren alle mit ihren Handys und ihrer Angst beschäftigt, auch Leif. Und draußen ertrank die Nacht in Motorenlärm, und die Welt ging unter auf der Insel, und die Einhörner wuselten nervig herum, und da machte ich die Augen zu.

Ich war alleine mit Ulja in diesem Kuss.

Zwischen dem Blut aus meiner Nase und dem Duft ihrer Haare.

Sie war so oft verschwunden gewesen, und jetzt war sie so sehr da. Sie war immer alles zu zweihundert Prozent, da oder weg.

Ich öffnete meinen Mund und tastete ganz vorsichtig mit der Zunge, und sie öffnete ihren Mund ebenfalls, ließ mich tasten, es war ein zweihundertprozentiger Kuss, klar, und ich schmolz. Wie Erdbeer-Cookie-Eis in der Sonne an einem Strand, an einem schwerelosen Tag voller Himmelblau.

Obwohl es doch Nacht war und vielleicht Krieg.

Lass uns weggehen, sagte ich, lautlos, mitten in dem Kuss. Ganz weit weg. Irgendwohin, wo uns niemand kennt. Wo wir mit allem neu anfangen können, richtig anfangen. Keine Politik. Keine Ängste. Noch nicht mal Handys. Du wirst singen, und da sind Palmen. Nein, egal, geht auch ohne Palmen. Ein schmales Bett in einem gemieteten Zimmer, von mir aus völlig abgefuckt, billig, nur wir beide. Ich möchte da sein, jetzt sofort, ich möchte auf diesem schmalen Bett im Nichts mit dir schlafen. Ich glaube nicht, dass ich es noch eine Sekunde länger aushalte.

Leben.

Ja.

Aber irgendwas ist ja immer, und in diesem Moment knallte etwas, näher als vorher, und ein kalter Luftzug fegte in die Bar, und eine Menge Leute schrien.

Wir fielen aus dem Kuss zurück in die Wirklichkeit.

Jemand hatte die Tür aufgerissen, die vom Schwung gegen die Wand geschlagen war, das war der Knall gewesen, und es war hell, die Lichter waren alle wieder angegangen. Die Leute krabbelten jetzt unter den Tischen hervor und strömten zur Tür, und da standen Militärs und winkten sie raus. Alle redeten durcheinander, und sie sagten: Es ist vorbei, vorbei, alles ist gut, keine Russen da, Leute, geht nach Hause, nach Hause.

Irgendwo draußen war Blaulicht, Feuerwehr oder Polizei, keine Ahnung, nur Durcheinander.

»Wir müssen Neil hochkriegen«, sagte Leif, und Neil sagte zum ersten Mal was, er sagte: »Verdammte Scheiße«, was er sonst selten sagt, und wir wuchteten ihn auf die Beine. Er hatte die Augen jetzt offen, schüttelte den Kopf, sah sich um. »Hab ich was verpasst?«

»Kaum«, sagte Leif. »Nur eine kleine Übung von den guten alten Russen.«

»Gott sei Dank«, sagte Ulja, »Gott sei Dank«, und sie umarmte Neil, und das tat weh.

Das schmale Bett in dem runtergekommenen Hotel sehr weit weg war verschwunden, geplatzt wie eine Seifenblase.

Irgendwie kamen wir nach draußen.

Die beleuchteten Hotelfassaden strahlten über uns, und ganz oben hing ein Mond.

Fragen schwirrten durch die Nacht: Wer hat denn nun geschossen? Warum? Was ist passiert? Aber im Moment gab es keine Antworten.

Und ich ließ die anderen stehen und ging um die Bar herum, weil ich dringend ein Klo brauchte. Die Natur lässt sich nicht abstellen, bei aller Dramatik. Hinter der Bar, auf dem Parkplatz, gab es eine dunkle Ecke. Es war schön, einen Moment alleine zu sein.

Warum hatte Ulja mich geküsst? Warum? War es eine Ablenkung gewesen von ihrer Angst, wie Leifs Handyzockerei? Hatte sie einfach irgendwen küssen wollen? Wie viele Typen küsste sie so pro Nacht? Oder bedeutete es etwas? Und wollte ich, dass es etwas bedeutete? Was war denn mit Neil und Leif?

Ich sah das dunkle Ding auf dem Boden erst, als ich zurückging.

Es lag da und rührte sich nicht, und es war kein Ding, sondern ein Mensch. Lang ausgestreckt.

Ich bückte mich und fasste ihn an der Schulter an. Er reagierte nicht. Auch nicht, als ich ihn schüttelte. Und auf »Hallo« sowieso nicht. Aber das Hallo war auch sehr leise und heiser.

Die Angst war zurück, der Wirkstoffspiegel im Blut sank.

Handytaschenlampe.

Der Typ hatte dunkle Haut, nicht sehr dunkel, aber ein bisschen. Schwarzes glattes Haar, guter Anzug. Der Inder. Der Inder, der vor seinem Restaurant gestanden hatte, ehe alles passiert war. Aus einer Wunde an seiner Schläfe sickerte Blut. Als wäre er nur blöd gefallen.

Er hatte nichts mit den Schüssen zu tun, was immer die Schüsse gewesen waren.

Aber dass er nur gefallen war, kam mir auch unwahrscheinlich vor.

Auf jeden Fall war er eins: tot.

Nummer fünf.

Mir war schlecht.

»Neil«, flüsterte ich in die Nacht. »Arbeit.«

10

Es war Thore Klingemann, der mich fand, in dieser Nacht.

Und er redete nicht über Adler und Natur und Vollkornkram, er sah mich nur an und sagte: »Mein Gott, siehst du fertig aus.« Ich weiß nicht mal, woher er kam, er war plötzlich da, und er hielt mich fest, und ich merkte, dass ich mich übergeben hatte und dass irgendwie Zeit vergangen war. Ich stand am Rand des Parkplatzes vor einem Rosenbeet. Rosen mit Erbrochenem, romantische Geruchskombi.

Irgendwo im Hintergrund redete die halbe Welt durcheinander, langsames Blaulicht warf Schatten in die Nacht. Aber als ich mich umsah, war auf dem Parkplatz nichts und niemand, das Blaulicht war gar nicht da, weil da jemand lag. Er war einfach so da.

Der Klingemann gab mir ein Taschentuch zum Mundabwischen, und er hatte so eine Metallflasche. Voll öko, Wasser in ’ner Metallflasche, aber es war wunderbar, um sich den Mund auszuspülen. Ich liebte Wasser in dieser Nacht.

»Ich meine, wir kommen aus dem Wasser, wir sind mal Amöben gewesen«, murmelte ich. »Also, bevor wir an Land gekrabbelt sind, und am Ende gehen wir wieder ins Wasser, wenn wir verwesen und der Regen unsere Teilchen wegspült, alles ins Meer.«

»Du redest wirr«, sagte der Klingemann. »Was hast du genommen?«

»Nichts, gar nichts, nur was getrunken«, sagte ich. »Aber drüben liegt ein Toter, der Inder von dem Restaurant. Er ist einfach tot, der trinkt nie wieder was, einfach tot …«

»Pakistani«, sagte der Klingemann, und dann: »*Was?*«

Und dann ging er hin und guckte sich den Toten an und war wieder da und nahm mich am Arm, zog mich weg. Und irgendwie schaffte er es, gleichzeitig zu telefonieren.

Ich verlor ein Stück Zeit, wir standen wieder in der Menschenmenge vor der Strandbar, und da war Neil mit seinem Hut. Er ragte neben mir in die Nacht hoch wie ein Turm.

»Was zum Teufel ist passiert?«, fragte er. Und Leif sagte auch: »Was zum …?«, und der Klingemann hielt mich immer noch fest und sagte: »Es gibt einen Toten, Finnley hat ihn gefunden, die Polizei ist unterwegs.«

»Inder«, sagte ich.

»Pakistani«, sagte der Klingemann.

»Afghane dann eben«, sagte ich. Und plötzlich dachte ich, verdammt, ich muss lachen, das ist falsch und echt fehl am Platz, und Leif merkte es und trat mir auf den Fuß.

»Noch ein Toter«, sagte Neil und nickte, als hätte er das geahnt. »Aber was ist *hier* passiert? Keiner weiß irgendwas Genaues, alle reden. Wer hat geschossen? Warum? War das das Militär?«

»Ja«, sagte der Klingemann. »Das waren wir. Wir haben einen … eine Art Anschlag verhindert. Nur ein paar Männer, sie waren so plötzlich da, dass man kaum reagieren konnte. Anschlag auf die STRANDBAR 14. Viele Leute versammelt da, hätte sich gelohnt.« Er sprach jetzt leiser. »Gibt Gerüchte, dass die Gruppe Wagner hier ist.«

»Wer?«, fragte ich.

»Russische Söldner«, sagte Neil, der immer solche Sachen weiß. »Ganz krasse Truppe. Die sind immer überall, wo es was aufzumischen gibt. Syrien, Mali, Ukraine … aber Usedom? Ich meine, warum ist Usedom wichtig? Das ist, als würde Putin versuchen, eine öffentliche Toilette in Oberbayern einzunehmen.«

Der Klingemann sah ihn an. Ernst. Und so komisch. Als müsste er plötzlich über etwas nachdenken. Und ich dachte: Er wird sauer, er liebt seine Insel. Er wird jetzt sagen, dass der Vergleich absurd ist, doch er schüttelte nur den Kopf.

»Jungs, wie kommt ihr jetzt noch nach Wolgast?«

»Züge gehen nich mehr um die Zeit«, sagte Leif.

Um uns herum dünnte die Menschenmenge aus, alle gingen in ihre verschiedenen Zuhauses.

»Wo ist Ulja?«, fragte ich.

Neil sah sich um. »Weg. War klar, irgendwie.«

»Euer Mädchen?«, fragte der Klingemann. »Sie ist mir ein Rätsel, wirklich. Der Noack hat einen Narren an ihr gefressen. Ich bin mir nicht sicher, ob das gut ist. Sie ist … Entschuldigung, Entschuldigung, vergesst es.«

Er schüttelte noch einmal den Kopf. Als würde er eine ganze Menge Sachen wegschütteln, die er lieber nicht sagte. »Wenn ihr wollt … Ihr könnt bei uns schlafen.«

»Uns? Ich dachte, Sie wohnen in Wolgast? Können Sie uns nicht einfach mitnehmen?«

»Auf dem Moped, alle drei, klar«, sagte der Klingemann. »Maja wohnt hier. Also wohne ich manchmal auch hier.«

»Maja? Die Biene?«

Leif trat mir wieder auf den Fuß, ehe ich zu albern wurde. Es war alles etwas zu viel.

»Meine Freundin«, sagte der Klingemann.

Und dann verlor ich wieder ein Stück Zeit, und dann lag ich auf einer Matratze auf dem Fußboden. Und vor dem Fenster bogen sich

Bäume im Nachtwind vor einem Himmel aus Wolken und Mond, es sah schön aus. Das Zimmer war winzig, ein Gästezimmer, helle Tapete mit kleinen Wolken und gerahmte Bilder von Strandkörben und Blumen. Der Mond fiel darauf und malte sie lebendig.

»Finnley«, flüsterte Leif in die Dunkelheit. »Sie hat mich geküsst.«

»Was? *Wer?*«

Neil schlief, ich hörte seine gleichmäßigen Atemzüge, den Hut hatte er auf sein Gesicht gelegt.

»Sie«, sagte Leif.

»Ulja?«

»Ja. Als du weg warst, Tote finden. Es war irgendwie … überraschend. Sie hat mich echt geküsst.«

»Mich auch«, sagte ich.

Eine Weile schwiegen wir und verdauten diese Information.

»Es war nicht so wie Rumknutschen mit jedem«, sagte Leif.

»Nein«, sagte ich. »Es war … wie etwas … das vielleicht was bedeutet.«

»Ja«, sagte Leif.

»Im Sonnenblumenfeld dachte ich, sie will was von Neil.«

»Kann sein, sie weiß gar nich, was sie will«, sagte Leif.

»Ich wäre jetzt gerne sauer auf sie«, sagte ich.

»Aber geht nich«, sagte Leif. Er hatte recht. Ich fühlte immer noch ihre Lippen auf meinen. Es ist was, was man so sagt, aber ich fühlte es wirklich. Es war eine wahnsinnig schöne Erinnerung. Der Inder, der ein Pakistani war, schob sich dazwischen, still und reglos auf dem Parkplatz.

»Es ist alles total verworren«, sagte ich. »Wer bringt die Leute um?«

»Ich nich«, sagte Leif, aber das war mir auch klar, und dann schliefen wir.

»Der Bus«, sagte Leif. »Der Militärbus.«

Ich fuhr hoch.

Es war Tag, die Äste der Bäume draußen tanzten immer noch vor dem Fenster, so vom Fußboden aus sah man nur ihre Spitzen, und auf der hellen Tapete lagen Lichtflecken. Im blauen Himmel klebten weiße Möwen, und weiter unten ein rot-gelber Drachen.

Wenn man ein Kind sein könnte und Drachen steigen lassen.

Jetzt, heute. Rausrennen – und los.

Hab ich nie gemacht als Kind. Wer geht schon Drachen steigen lassen mit seinen Kindern im Ghetto, die Erwachsenen haben andere Sachen zu tun.

»Finnley. Scheiße. Wie spät?«

Ich murmelte irgendwas und grub mein Handy aus dem Gewühl von Decken und Kissen. Der Klingemann und seine Platin-Maja hatten echt Betten bezogen für uns nachts, das war schon krass. War sie da gewesen? Die Platinfrau? Hatte ich bescheuerte Sachen von mir gegeben? Ich, ein Bündel aus Panik, Übelkeit und zu viel Substanzen an Bord, ein Bild des Grauens? Na, Prost Mahlzeit.

Sechzehn Uhr fünf, sagte die Digitaluhr am Herd.

»Sechzehn Uhr fünf? Leif! Wir haben den ganzen verdammten Tag verpennt!«

»Wir müssen dahin!«, sagte Leif und stand schon. »Wir haben gesagt, wir gehen. Zu dem Bus. Wo du dich auf die Liste schreiben kannst, fürs Militär. Finnley, Mann. Wir wollten helfen. Die Insel retten. Komm! Los!«

Der Hut neben uns bewegte sich, und Neil setzte sich auf und blinzelte. »Wohin wollt ihr?«

Leif zog mich auf die Beine, er war eine Naturgewalt, er wollte wirklich dahin. Mein Kopf sagte: Restalkohol. Ich sah an mir runter, zerknittert, in Klamotten geschlafen, fuhr mir durch die Haare. Die

Wohnung war leer. Auf dem Tisch in der wahnsinnig aufgeräumten Küche lag ein Zettel:

Haben versucht, euch zu wecken. Aber ihr habt geschlafen wie tot.

Wir sind los. Habt einen schönen Tag.

Und bitte macht die Haustür gut zu.

Neben dem Zettel lagen Äpfel in einem Korb, und zwei große Federn, Adler wahrscheinlich. Der Klingemann und die Natur. Irgendwo gab es vielleicht Kaffee, aber ich wollte nicht wühlen und irgendetwas in Unordnung bringen.

Im Bad schrie der Spiegel mich an: Guck weg! Und ich warf mir Wasser ins Gesicht und kam mir komisch vor, das Klo zu benutzen. Es war zu schön und zu sauber. Möwen auch hier, als Aufkleber auf den Fliesen, und Usedom als großer Aufkleber in Meeresblau.

So zu leben. So sauber und … richtig, irgendwie. Ohne Abstürze. Wenn man der Klingemann sein könnte, dachte ich wieder. Vielleicht, wenn wir den Bus erwischten, uns rekrutieren ließen, und dann, in Uniform, mit dem Noack marschierten, vielleicht konnten wir dann werden wie er. Helden.

Auf der Straße war die Luft frisch gewaschen, der Wind blies den Restalkohol weg.

Wir rannten. Auf einmal war es auch für mich das Wichtigste auf der Welt, den Rekrutierungsbus noch zu erwischen, wichtiger als alles andere.

Auf dem Parkplatz lag kein Toter.

Und es stand kein Bus da vom Militär.

Eine Weile rangen wir nach Atem.

»Weg«, sagte Leif schließlich. »Shit. Den haben wir verpennt.«

Neil kam bei uns an und schüttelte den Kopf unter seinem schwarzen Hut. »Was genau wolltet ihr hier?«

»Zu Noacks Truppen. Sie haben ’nen mobilen Bus, wo du dich einschreiben kannst, freiwillig.«

»Ihr seid ja total bekloppt«, sagte Neil nachsichtig wie ein Erwachsener, der mit zwei ganz kleinen Kindern spricht, und setzte mir seinen Hut auf. »Nach dem, was gestern Nacht war?«

»Na, gerade!«, sagte ich. »Irgendwer muss doch die Insel retten. Es ist wie im Ghetto mit den Mädchen. Wenn einer die Mädchen blöd anmacht, kriegt der auch von uns aufs Maul. War schon paar Mal so, irgendwer muss aufpassen.«

»Finnley, Rächer der Witwen und Waisen«, sagte Neil, guckte von seinen fast zwei Metern zu mir runter und grinste. »Retter Usedoms, Held des Dritten Weltkriegs.«

»Dein Scheißsarkasmus«, knurrte ich. »Du weißt, dass ich den nicht mag.«

Ich fand das Handy in meiner Tasche, und mein Daumen wanderte von selbst über den Bildschirm, dies war der Rest meiner mobilen Daten. Sie hielten nicht mehr lange, wie die Sachen in den Edekaregalen.

Facebook, die Inselgruppe: Es war wie nach Hause kommen.

Jetzt würde uns endlich jemand sagen, was los gewesen war.

Aber alles, was ich fand, war Wirrwarr. Kommentare und Gegenkommentare. Manche waren sicher, dass es ein feindliches Schiff gewesen war, von dem Kämpfer gekommen und wieder verschwunden waren. Manche schrieben etwas über die Gruppe Wagner. Die offenbar immer wie von Zauberhand irgendwo auf der Welt auftaucht. Vielleicht hatten sie sich wie Touristen gekleidet und dann gewartet … In diesem Fall, dachte ich, waren sie noch da, und man sah sie nicht, und das war gruselig.

»Ich meine, es sind keine Russen gefallen«, sagte ich. »Sagen die hier. Nur was von dem toten Inder-Pakistani, über den ich gestolpert bin.«

Wir gingen an dem Restaurant vorbei, und es war dunkel und zu. Die Statue von diesem Elefantengott mit dem Bierbauch, wie heißt der, stand einsam auf seinem Sockel neben der Treppe.

Selbst die Blumenkästen vor der Terrasse, auf der Mauer zur Straße, waren leer. Nein, eigentlich … abgeerntet.

»Die waren aber gestern Abend noch da, die Blumen«, sagte Neil nachdenklich.

»Einer hat die geholt, nachdem der Typ tot war«, sagte Leif. »Klar, der braucht keine Blumen mehr.«

»Und deshalb kommt einer und nimmt sie mit?«, fragte ich. »Schon seltsam.«

Die Terrasse ging in drei großen Stufen hoch, wo überall im Sommer Leute sitzen konnten. Es waren eigentlich drei Terrassen, und immer zwischen zwei Stufen waren Blumenkästen – ohne Blumen. Sie waren alle sorgfältig kurz über der Blumenkastenerde abgeschnitten worden. Wie mit einer Haarschneidemaschine für Blumen.

Und dann sah ich den Aufkleber auf der Restauranttür, neben dem GESCHLOSSEN-Schild.

Blau und orange, mit dem Umriss der Insel.

FURU.

»Also, ihr könnt sagen, was ihr wollt«, murmelte ich. »FURU ist kein Touristenverband. Das ist irgendein Ding, dem man nicht begegnen möchte. Der Tod.«

»Ich weiß nicht, warum alle Angst vor dem Tod haben«, sagte Neil. »Der Tod ist ein ganz natürliches Ereignis und gehört zum Leben, er …«

»Jaja«, sagte ich. »Aber jetzt geht es nicht um Philosophie, sondern darum, was hier los ist. Gib dir den Sticker, und sag mir, warum das Ding überall auftaucht, wo jemand tot herumliegt.«

»Das Wort klingt wie 'ne Sorte Sushi«, sagte Neil, der auf seinem

Handy herumwischte. »Google hat nichts. Kann sein, es klebt total zufällig da. Es klebt auch überall Hansa, aber Hansa hat die Männer nicht umgebracht.«

Männer. Komisch, wie er das sagte. »Ist euch mal aufgefallen, dass keine Frau dabei ist? Bei den Toten?«, sagte ich.

»Das ist gar nicht okay, von der Gleichberechtigung her«, sagte Neil ernst. »Ehrlich. Es sollte auch mal eine Frau umgebracht werden.«

Er rückte seinen Hut zurecht und sah unter der Hutkrempe die seltsam leere Straße entlang, die sonst im Sommer voller Touristen ist. Er sah die Straße entlang wie jemand, der die Dinge ändern kann, die er sieht. Wie in einem Computerspiel. Als würde er sich überlegen, dass es gut wäre, eine Frauenleiche auf dieser Straße auftauchen zu lassen.

Mir war irgendwie komisch.

Aber ich konnte ihn ja schlecht fragen, ob er rumrannte und Leute umbrachte und Aufkleber anklebte. Und natürlich tat er das nicht. Er war Neil, mein Freund, echt seltsam, aber schon okay.

Außerdem war er der Erste gewesen, der gesagt hatte, dass es einen Mord gab.

»Wir sollten nach Hause«, sagte Leif. »Mein Vater hat tausendmal angerufen.«

Mama hatte auch angerufen. Nicht tausendmal. Nur einundzwanzigmal. Und plötzlich dachte ich, dass ich gerne ihre Stimme gehört hätte. Aber ich hatte kein Geld auf dem Handy und mit WhatsApp-Anrufen stimmte irgendwas nicht, sie mochten mich an dem Tag nicht. Text musste reichen.

Alles gut hier wie gehts kira und ray

»Was ist das?«, fragte Neil, und ich hörte auf, zu tippen, und sah hoch.

Er sah immer noch die Straße entlang, jetzt in die andere Richtung, vom Meer weg, und da kam etwas wirklich Seltsames. Es war wie eine Lawine. Eine Lawine aus Uniformen. Oder eine Flutwelle. Tsunami. Sie rollte heran, wälzte sich zwischen den Fassaden der Touristengeschäfte und den Hotels durch mit ihren pastellfarbenen Mauern und ihrem Stuck wie Sahnehäubchen. Ich merkte erst da, dass die meisten Hotels gar nicht offen waren.

Nur Neptun, mit dem Eisverkauf, hatte offen, und meine Nachfolgerin stand tapfer hinter dem Eiswagen und lächelte, doch keiner kam, um ein Eis zu kaufen.

Und jetzt war die Flutwelle da.

»Militär«, sagte Leif, was eine überflüssige Feststellung war.

Er stand auf einmal ganz nah bei mir, als müsste er sich an mir festhalten, und ich war dankbar dafür, weil sie mir auch Angst machten. Es waren so viele. Sie sahen aus, als würden sie über alles drübermarschieren, was sich ihnen in den Weg stellte.

»Mit denen wolltet ihr mitlaufen?«, fragte Neil.

Ich zuckte die Schultern. »Vielleicht. Aber was ...? Der Dritte Weltkrieg ist doch nicht auf der Seebrücke von Ahlbeck ausgebrochen? Die rennen da direkt drauf zu.«

Wir gingen zur Seite, ehe sie uns umrannten. Sie sahen alle geradeaus und marschierten im selben Takt, schon beeindruckend, und wie ihre Stiefel aufs Pflaster klackten. Als die Ersten von ihnen vorüber waren, kam eine Gruppe, die sanfter marschierte.

Das lag daran, dass diese Männer etwas trugen. Etwas Schweres.

Särge. Ja, wirklich, sie trugen drei schöne Särge aus hellem, glänzend blank poliertem Holz.

Und bei ihnen war Oberst Noack, in einer festlicheren Uniform als sonst, er ging gerade und sah nach vorne, das Kinn erhoben, doch seine Augen waren feucht wie die eines kleinen Jungen, und das wunderte mich.

»Die gefallenen Soldaten«, sagte Neil, nahm seinen Hut ab und hielt ihn vor der Brust, feierlich. »Von dem ersten Angriff. Den es ja *angeblich* nicht gab. In der Tagesschau war gar nichts. Und im dpa-Text steht, sie dementieren die Nachricht. Das heißt: Sie sagen, sie sei nicht wahr.«

»Klar«, sagte Leif.

Und dann, ganz leise: »Lügenpresse.«

Jetzt war die Prozession an uns vorüber, und ich merkte, dass wir mitliefen.

Sie zogen uns, wie Boote Sachen in ihrem Kielwasser ziehen, da war eine Strömung. Eine Strömung aus Feierlichkeit. Ich hatte plötzlich keine Angst mehr, wir liefen hinter den Soldaten, die über alles rübermarschieren würden, und das hieß, dass wir sicher waren.

Einen Moment lang sah es so aus, als würden die Soldaten auf die Seebrücke rausmarschieren und direkt ins Meer. Als würden sie die Särge zum Horizont tragen und darüber marschieren.

Wohin wohl?

Aber im letzten Moment bogen sie ab, mehrfach. Sie hatten diesen Weg vielleicht genommen, um ihren toten Kameraden noch einmal das Meer zu zeigen, irgendwie so symbolisch. Und am Ende kamen wir am Friedhof raus, das hohe Tor stand offen, die grünen Bäume winkten. Vögel sangen in den hohen Ästen, und die Soldaten traten behutsamer auf, sodass die Vögel nicht wegflogen. Vielleicht gibt es so ein Sorte leises Marschieren nur für Friedhöfe, die man extra lernen muss.

»Komisch, oder? Ein Krieg mit drei Toten«, flüsterte Neil, und Leif sagte: »Is kein Krieg«, und ich sagte: »Brauchst du mehr?«.

»Na ja, normalerweise gibt es nicht jedes Mal extra einen Trauermarsch, wenn im Krieg Leute sterben«, meinte Neil. »Normalerweise fallen die links und rechts, und keiner kommt hinterher mit dem Beerdigen, da sind die Bestatter ernsthaft gefordert. Oskar bei uns hat erzählt, sein Großvater war Bestatter im Zweiten Weltkrieg, und da ...«

»Bei der PlayStation sind's immer 'ne Menge«, sagte Leif, der sonst nie jemanden unterbricht, aber Spiele sind sein Ding. »Du trittst auf die, Mann, so viele sind das, aber du musst noch mehr totschießen, sonst kommst du nicht weiter, und ...«

»Pssst!«, zischte ich, denn um uns rum redete keiner. Ich schlüpfte zwischen den Soldaten durch nach vorne. Manchmal ist es auch gut, wenn du eher schmächtig bist. Es gab übrigens auch Soldatinnen, was ich gewusst hatte, aber nicht so richtig wahrgenommen. Jetzt drängelte ich mich hier und da an Busen vorbei, schon komisch. Wahrscheinlich gibt es auch queere Soldaten, muss ja. Auf einmal stand ich ganz vorne, aber natürlich am Rand.

Und ich sah das helle Holz der Särge glänzen.

Sah die Blumensträuße darauf, weiße Lilien, rote Rosen, hoffnungsvolles Grün.

Die in den Särgen konnten nicht sehen, wie hübsch es war. Sie sahen gar nichts mehr.

Oberst Noack stand vorne und war mitten in einer Rede. Über das Opfer, das diese Männer gebracht hatten. Über ihren Mut. Und darüber, wie sie uns immer in Erinnerung bleiben würden.

»Wir werden diese Insel nicht den Angreifern überlassen«, sagte er, nicht besonders laut, aber laut genug und sehr ernst. »Wir werden sie bis auf den letzten Blutstropfen beschützen, unsere Heimat und die Natur, unsere Strände, unsere Wälder. Niemand wird sie uns wegnehmen. Dafür haben diese drei ihr Leben gelassen.«

Und er neigte den Kopf und wischte sich etwas aus dem Augenwinkel. Auch ein Mann wie der Noack heult also manchmal. Mein Vater hat immer gesagt, heulen ist nichts für Männer. Früher, wenn ich hingefallen bin und mir das Knie aufgeschlagen habe. Na ja, der ist sowieso seit Ewigkeiten nicht mehr da. Wenn man einen Vater wie den Noack gehabt hätte, dachte ich, der stark ist und sich um alle kümmert und trotzdem mal heult. Das wäre schon was gewesen.

Ulja hatte gesagt, er würde ihr helfen. Er half allen, hielt die Hand über junge Menschen wie uns. Nachher, dachte ich, nachher greife ich ihn ab und frage ihn, ob wir uns nicht doch noch einschreiben können, auch wenn wir den Bus verpennt haben, soll sich Neil ruhig lustig machen.

Sie ließen jetzt die Särge in die Erde runter, an breiten Gurten: feierliche Typen in schwarzen Anzügen. Tatsache, das waren der Rabe und sein Grizzly, ich hatte sie bisher nicht bemerkt, war zu sehr mit dem Noack beschäftigt gewesen und der grünen Baumfeierlichkeit.

Als gäbe es nur ein Bestattungsinstitut in der ganzen Region.

Aber klar, Neil hatte ja erzählt, dass seine Kollegen die Leichen geholt und sie ihn nicht rangelassen hatten. Er stand jetzt neben mir, hatte sich trotz seiner Größe auch durchgeschlängelt, und er hielt seine kleine Taschenbibel in der Hand und bewegte lautlos die Lippen. Leif tauchte hinter mir auf, unsicher, von einem Bein aufs andere tretend.

Ich ließ meinen Blick über die Menge gleiten, da waren noch mehr Leute, nicht nur Soldaten, und dann sah ich sie. Ulja. Ziemlich weit hinten, neben dem Stamm eines dicken Friedhofsbaums. Ich reckte mich, um sie besser zu sehen – nein. Sie war gar nicht da. Da waren nur andere Leute. Einbildung.

Die Särge schwebten ganz langsam runter in ihre Löcher, die weißen Lilien, die roten Rosen und das grüne Grün verschwanden, und dann warf der Noack Erde aus einer Schale in die Gräber. Und alle höheren Würdenträger mit schicken Uniformen auch, alle nacheinander, mit gesenkten Köpfen. Es dauerte ewig, und es war so still, dass selbst die Vögel sich nicht mehr trauten, zu singen.

Mitten in der Stille spielte ein Handy irgendein völlig unpassendes TikTok-Lied, ziemlich laut, und alle sahen zu uns.

Leif stand hinter mir und war rot geworden, und ich nahm ihm das Handy weg und machte es aus.

»Du kannst doch nicht hier TikTok gucken«, wisperte ich, und er machte ein eingeschnapptes Gesicht. Aber eigentlich, dachte ich, war das alles zu feierlich und zu beunruhigend für ihn. Er hatte Angst, das Handy war ein Versteck, in das er kroch.

Und dann war es vorbei. Die Soldaten marschierten zurück, und irgendwann war der Friedhof leer.

Ulja war nirgendwo, der Baum, hinter dem sie nicht gestanden hatte, war nur ein Baum.

Und irgendwann standen wir auf der Straße. Der Noack war weg, ich musste ein andermal mit ihm sprechen. Facebook hatte direkt Bilder von der Beerdigung, und Massen an Kommentaren.

Früher hatten Leute ein Denkmal aus Stein. Heute hat man ein Denkmal im Netz.

»Jetzt sollten wir aber nach Hause«, sagte Leif. »Ist neunzehn Uhr durch.«

»Ich bleib noch«, sagte Neil. »Ich hab noch was zu tun. Ich will was wissen.«

»Was denn?«, fragte ich, aber er sagte: »Schon okay, ich bring euch zum Bahnhof.«

Und das tat er, ging neben uns her, groß und geheimnisvoll und mit Hut. Und Leif schickte Sprachnachrichten an seine Eltern, die sich Sorgen machten. Und dann kam der Zug, und wir stiegen ein, und ich stieg wieder aus.

»Nee, ich will das wissen«, sagte ich. »Leif, fahr du man alleine nach Hause. Was willst du noch hier, Neil?«

Der Zug fuhr ab, und einen Moment lang war es still auf dem

Bahnhof. Neil musterte mich, von oben bis unten. »Ich glaub, das ist nichts für dich.«

»Wieso?« Ich verschränkte die Arme. »Weil ich kleiner und schmaler bin als du und keinen Hut habe?«

Er nahm den Hut ab und setzte ihn mir auf. »Jetzt hast du einen«, sagte er freundlich. »Nein. Weil … du nicht den Magen eines Bestatters hast, Finnley.«

»Es gibt was, was du uns nicht sagst«, sagte ich. »Du weißt was. Über die Toten.«

»Finnley.« Er sprach ganz leise. »Würdest du eine Leiche ausbuddeln?«

»Was? Nein. Natürlich nicht.«

Neil nickte. »Siehst du. Nimm den nächsten Zug nach Hause, setz dich auf euren Balkon, streichel deinen Hund und rauch eine Biozigarette. Und vergiss mich für heute Abend. Weil ich nämlich genau das jetzt machen werde.«

»Eine Bio rauchen?«

»Eine Leiche ausbuddeln«, sagte Neil.

Wir warteten, bis es dunkel war. Ich hatte ihm hundertmal gesagt, dass ich ihn das nicht alleine machen ließ. Weil wir Freunde waren. Dass ich anders war als er, aber trotzdem einer, auf den man sich verlassen konnte. Er lachte die ganze Zeit über nur leise. Er glaubte mir nicht. Ich glaubte mir auch nicht.

»Warum?«, fragte ich zum tausendsten Mal, als wir den Friedhof wieder betraten.

Den dunklen, raschelnden, verdammt gruseligen Friedhof.

»Warum willst du das machen?«

»Hab ich dir hundertmal gesagt, weil ich wissen will, wie sie gestorben sind«, sagte Neil.

»Erschossen, das weiß doch jeder. Steht auf Facebook. Von den Angreifern erschossen.«

»Und wenn nicht?«

»Wenn sie alle die falschen Herztabletten geschluckt haben, oder was?« Ich lachte, heiser. Ein Käuzchen tutete in einem Baum. Ich zuckte zusammen, obwohl das Käuzchen uns wahrscheinlich nicht fressen würde. »Warum muss es bei Dunkelheit sein, Mann?«

»Damit uns keiner sieht, du Intelligenzbestie«, sagte Neil.

»Ich glaube, wir finden die Gräber gar nicht wieder, jetzt«, sagte ich. »Der Friedhof ist riesig, das ist ein Labyrinth, lass morgen wiederkommen, mit einer besseren Lampe, wir haben auch keine Schaufel, wir könnten …«

»Finnley.« Neils Handytaschenlampe ging an und blendete mich, und ich kniff die Augen zusammen wie bei einem Verhör. »Bleib am Tor, und warte auf mich. Du musst nicht mit. Aber halt. Jetzt. Den. Mund.«

Als ich wieder was sah, war Neil unterwegs zwischen den Grabsteinen, eine wandernde Pfütze aus kaltem Licht. Ich schluckte alle meine Worte runter, was nicht leicht war. Je mehr Angst ich habe, desto mehr rede ich, isso. Und ich ging Neil schweigend nach.

Natürlich fand er die frischen Gräber. Längliche Hügel aus Erde, noch nicht eingesunken, frische Blumen und Kränze mit Sprüchen. Das Käuzchen tutete wieder. Ich sage *tutete*, weil es sich so anhörte und weil das Wort nicht so unheimlich klingt. Es war trotzdem unheimlich.

Neil griff in die Tasche seiner Jacke und holte etwas heraus, was ich erst nicht begriff, bis er es aufklappte. Eine Schaufel. Er schleppte tatsächlich eine Schaufel mit sich herum, die man zusammenklappen konnte. In dem Moment, in dem er sich neben das erste Grab kniete, erhob sich ein Wind in der Nacht und fegte durch die Bäume. Das

Laub rauschte über uns wie das Meer ganz weit draußen, und der Mond hing halb voll in den Ästen, blass und schön wie eine Frau im Winter.

Und ich fror auf einmal, obwohl doch Sommer war.

Ich wäre gestorben für eine Schnapsflasche, an der man sich festhalten konnte, aber in meiner Tasche waren nicht mal Kippen. Leif hatte unsere Gemeinschaftspackung mitgenommen.

Leif.

Ich sehnte mich plötzlich nach ihm. Nach seiner einfachen, unkomplizierten Art. Danach, dass er einfach neben mir stand wie ein Felsen und nichts sagte und nichts tat und nichts ernst nahm.

Neil grub.

Und ich dachte, verdammt, Neil ist auch ein Freund, und ich kniete mich neben ihn und grub auch, ohne Schaufel, mit den Händen. Ich spürte, wie die Haut an meinen Fingerkuppen an tausend kleinen Stellen einriss. Egal, Fingerkuppen werden überbewertet.

Wir saßen im Baumrauschen und gruben, und irgendwo war eine Truppe von Russen unterwegs und plante, die Insel plattzumachen. Irgendwo blinkten TikTok-Videos über Bildschirme, und zu Hause im Fünften schliefen Kira und Raymon in ihren Betten, während Mama zum zehnten Mal den Schrankkoffer packte oder die Kartoffeln zählte. Irgendwo lag Muddy und zuckte im Traum mit den samtweichen Ohren. Irgendwo, weit fort, machte Putin Pläne, die keiner kannte, philosophierte der Klingemann über Seeadler, trank Oberst Noack einen Tee. Einsam in einem Büro, in dem er die Verteidigung einer Insel plante, die uns schon gar nicht mehr gehörte.

Vielleicht schlich sich jemand näher an seine Tür, eine Waffe in der Hand, vielleicht würde er der Nächste sein, hätte immer derjenige sein sollen, der starb. Bisher hatten sie ihn nur nicht erwischt. Andere waren in den Weg gesprungen.

Natürlich, dachte ich, logisch, wen sollte jemand umbringen wollen, wenn nicht Noack?

Den Mörder zu finden, war ein Weg, Noack zu schützen.

»Da!«, keuchte Neil, und kurz darauf spürte ich eine glatte Oberfläche unter den wunden Fingern: den Sarg.

Das Käuzchen tutete wieder. Warnte uns vielleicht.

Wir gruben weiter. Gruben wie in Trance, legten den kompletten ersten Sarg frei. Mein Gott, das hier war so verboten wie nichts sonst. Der Blumenkranz auf dem Sargdeckel war jetzt voll mit feuchter Erde und sah nicht mehr feierlich aus.

Neil legte die Klappschaufel neben das Handy, das vom Boden aus leuchtete, und holte etwas anderes aus seiner Tasche: sein Messer.

Er ließ die Klinge aufspringen, und ich zuckte zurück. Worüber er nachsichtig den Kopf schüttelte.

Dann steckte er die Klinge zwischen Sargdeckel und Sarg, hebelte. Das Holz ächzte und stöhnte. Und ich fand einen Ast und steckte ihn ebenfalls in die Lücke. Hebelte mit.

Da ging es, zu zweit, endlich. Der Sargdeckel ließ sich lösen.

Wir hoben ihn zu zweit ab und wuchteten ihn beiseite.

Neils Licht fiel in den offenen Sarg.

Und ich weiß nicht, was ich erwartet hatte. Vielleicht einen Soldaten mit über der Brust gefalteten Händen oder einen Typen in einer blutgetränkten Uniform oder eine starre Leiche, die durch uns hindurch in die Nacht starrte, weil niemand den Mut gehabt hatte, ihr die Augen zu schließen.

Nein, ich weiß nicht, was ich erwartet hatte. Aber nicht das.

Der Sarg war leer.

Bis auf zwei rote Rosenblätter, die auf seinem Boden lagen, alleine und etwas verloren.

Sie hatten nicht mal einen Schatten, der Mond hatte sie vergessen.

Wir sahen uns an.

Neil nickte ganz langsam. Nahm seinen Hut ab, kratzte sich am Kopf, setzte ihn wieder auf.

»So ist es nämlich«, sagte er. »So.«

»Vielleicht … haben sie sich geirrt«, flüsterte ich. »Und in einem anderen Sarg liegen zwei Leichen? Kann doch sein, Irrtümer gibt's …«

»Klar, sie haben sich geirrt, na logisch.« Neil schüttelte den Kopf, auf die Finnley-redet-wieder-Mist-Art. »Ich kann dir sagen, was in den anderen Särgen liegt. Nichts. Genau wie in dem da.«

»Graben wir die jetzt alle aus?« Ich merkte, dass ich mich anhörte wie Kira, wenn sie vom Einkaufen nicht nach Hause laufen will: nölig. Und ich musste Neil nicht mal angucken, um zu wissen, dass er genervt war. Klar, wir gruben. Schneller jetzt. Wir hatten fast Routine, wir schwitzten, buddelten wie die Maulwürfe, stemmten den zweiten Sarg auf, und da war sie: die große Leere. Und als ich mir mit einer erdigen Hand durchs Gesicht wischte und Neil ansah, hatte er Mitleid. »Okay, den letzten nicht«, sagte er. »Werden wohl kaum aus Versehen drei Leichen drin liegen.«

In dem Moment raschelte es ziemlich nah in den Friedhofsbüschen, und wir drehten uns beide um und starrten in die Nacht. »Scheiße«, wisperte ich. »Rennen?«

»Nee«, sagte Neil. »Wieder zumachen.« Auf einmal war er ganz nah, er packte mich an der Jacke, ich spürte seinen Atem im Gesicht. »Wir sind da an was dran«, flüsterte er. »Ganz dicht! Checkst du das nicht? Hier stimmt was so was von nicht! Aber wenn die merken, dass wir das wissen, dann räumen die uns beiseite. Und für den Rest der Welt finden sie 'ne super Erklärung, warum das klar ist, dass die Dinger leer sind, und wir sind am Arsch.«

»Wer, die?«, fragte ich. »Deine Bestatterfreunde? Der Grizzly und der Rabe? Oder FURU? Oder sind die FURU? Ich meine, glaubst du, die laufen rum und killen Leute? Aber warum lassen sie dann Leichen verschwinden, ich meine, wo ist der Sinn …«

Er sah mich nur an, und ich begriff, dass ich wieder zu viel redete.

Wieder das Rascheln.

»Ist vielleicht ein Tier«, sagte Neil. Er war genauso nervös wie ich jetzt, und wir beeilten uns, die Erde wieder auf die Särge zu kriegen, traten sie fest, legten die Kränze und Blumen wieder darauf, so ordentlich wir konnten.

Und dann waren da Schritte, eindeutig. Und keine Schritte von einem Tier, außer es war ein Tier mit Schuhen. Die Schritte gingen weg. Versuchten, leise zu sein. Neil hielt die Schaufel noch immer in der Hand. Wie eine Waffe. Er nickte mir zu, und ich wusste, ich durfte nichts sagen, und wir gingen den Schritten nach. Obwohl ich es lieber gelassen hätte.

Jemand hatte uns beobachtet und würde es weitersagen, schon klar. Besser, wir fanden ihn und machten klar, dass er den Mund hielt. Aber wenn es einer von den völlig abgedrehten Typen war, die hier komische Sachen mit Leichen taten? »Ich lach mich tot, wenn da in den Büschen drei völlig lebendige Soldaten stehen«, wisperte Neil ganz leise.

»Nur rechne nicht damit, dass ich dich begrabe, wenn du dich totlachst«, flüsterte ich. »Ich hab genug gebuddelt für heute Nacht.«

Die Schritte wanderten vor uns her durch die Nacht, doch der Friedhof war zu dunkel, zu unübersichtlich, Büsche, Grabsteine, Baumstämme, tausend Verstecke. Wir sahen nicht, wem wir folgten. Aber ganz plötzlich sagte Neil: »Da!«, und hechtete vorwärts. Vor uns kletterte jemand über die Mauer, zu weit weg, um was Genaues zu erkennen.

Kletterte – und war weg. Musste drüben runtergesprungen sein.

Wir kamen keuchend vor der Mauer zum Stehen, und Neil machte seine Hände zu einer Räuberleiter. Als wären wir in einem verdammten Kinder-Detektivfilm.

Aber ich stieg in seine Hände und zog mich an der Mauer hoch, die andere Person hatte das alleine geschafft, Hut ab. Und dann saß ich oben auf der Mauer, hatte mir die Hände noch weiter zerschrammt, spürte das Blut.

Und sah jemanden weglaufen, zwischen den Häusern durch, verschwinden. Jemanden, der uns ausspioniert hatte.

Eine Frau. Oder ein Mädchen.

»Und?«, fragte Neil von unten.

Meine blöden blutenden Hände zitterten, als ich ihr hinterhersah. Alles an mir war durcheinander.

Ulja.

Die Figur hatte ausgesehen wie Ulja.

Ich sehnte mich zurück zu dem Kuss mit ihr. Zu diesem Moment unter dem Tisch in der STRANDBAR 14, im Chaos, als wir trotzdem alleine gewesen waren. Ich sehnte mich nach Sonne und Erdbeer-Cookie-Eis und ihren winzigen Sommersprossen, nach ihrer wunderschönen Stimme und den Plänen, weit wegzugehen, zusammen.

Und ich sagte mir, dass das falsch war. Dass ich ihr nichts mehr glauben und ihr nicht vertrauen sollte. Aber ich konnte nicht ändern, was ich fühlte. Herzen sind weich und dumm.

»Und?«, fragte Neil noch mal. »Wer war das? Haste jemanden erkannt?«

»Nee«, sagte ich und schluckte. »Keine Ahnung, wer das war.«

Und dann kam unser letzter richtiger Tag im Ghetto, und wir wussten es nicht.

Hatten keine Ahnung. Klar, woher auch?

Der Tag mit dem Boot, das nur auf Facebook war, und dem Regenbogen und dem Panzer.

Und den Ukrainern im Sechsten.

Es fuhren keine Züge mehr, nachts, und wir trampten. Das funktionierte so, dass ich sagte: »Wir trampen nicht, zu gefährlich, du weißt nie, was für Serienkiller da am Steuer sitzen.«

Und Neil sagte: »Doch, wir trampen, oder willst du nicht nach Hause? Mein Vater macht sich Sorgen.«

Und ich sagte: »Aber ich tramp nicht, vergiss es.«

Und wir trampten.

Wir hielten den Daumen ziemlich lange raus, ehe überhaupt jemand anhielt.

Es waren wenig Autos unterwegs.

Klar, alles teurer jetzt, Strom und so, von wegen Russland, und auch Benzin.

Und dann war es kein Serienkiller, der anhielt, sondern ein Opa mit Hörgerät, der das Autoradio auf Klavierkonzert hatte. Es war komisch, das Klavier schien mir plötzlich unendlich traurig. Draußen klebten Sterne am Schwarz der Nacht: Glitzerpunkte, die irgendwo abgefallen waren – der allerletzte Rest von all dem Glitzer, den wir uns ausgemalt hatten.

»Gehen wir noch weg?«, fragte ich. »Ich dachte ja, wir bleiben und kämpfen, Leif und ich, aber irgendwie glaube ich das nicht mehr. Hier stimmt ja irgendwas nicht. Hier stimmt gar nichts.«

»Es wäre Zeit, das endlich herauszufinden«, sagte Neil leise.

Und der Opa guckte in den Rückspiegel, guckte uns an, und ich fragte mich, ob er doch ganz gut hörte und was er dachte.

»Weißt du, was komisch ist?«, fragte Neil. »Guck dir die Häuser an. Die Schilder sind weg.«

»Schilder?«, fragte ich verständnislos.

»Ferienzimmer zu vermieten. *Die* Schilder. Sie sind alle weg. Und die waren doch gefühlt überall.«

»Na ja, is Nacht«, sagte ich, aber wir wussten beide, dass das kein Grund war. Die Särge waren leer, die Schilder waren weg, alles schien hohl und falsch.

Klar, niemand mietet mehr ein Ferienhaus, wenn es Luftalarm gibt.

Ich dachte, wir sollten über alles reden, aber dann schlief ich im Auto ein, und als ich aufwachte, merkte ich, dass ich mich zusammengerollt hatte wie eine Babykatze. Peinlich.

»Aussteigen«, sagte Neil.

Und dann stehst du vor einer Reihe Klingeln und drückst auf deine eigene, und es ist, als wäre es die Klingel einer nur entfernt bekannten Familie, die du jahrelang nicht gesehen hast. Tausend dunkle Fenster über dir, das Ghetto schläft, und du fragst dich, was sie alle träumen. Müll in den Ecken, ein kaputtes Fahrrad, toter Rasen, irgendwo der Spielplatz, aus der Erde ragend wie ein Dinosaurierskelett.

Ich konnte die FURU-Aufkleber von hier aus sehen, glänzende Folienvierecke unter den Straßenlaternen.

Früher hatte ich hier mal auf der Schaukel gesessen, als Kind, aber nichts war mehr wie früher.

Jetzt war Krieg. Um die Ecke. Oder schon hier.

Und ich fühlte mich fremd. Drei leere Särge, zwei Tote, ein seltsames Mädchen, mein Leben war vollgestopft mit komischen Sachen.

Niemand antwortete auf mein Klingeln, der Summer blieb stumm, die Tür verschlossen. Und ich dachte, vielleicht sind sie gar nicht mehr da. Sie sind abgehaun. Oder ihnen ist was passiert.

Ich sah wieder zum Spielplatz.

Die Schatten waren viel zu dicht und zu dunkel. Da lehnte jemand. Nein, zwei oder drei Leute. Ich spürte, dass sie zu mir rüberguckten.

Noch mal klingeln.

Die Schatten lösten sich und kamen rüber. Meine Hände schwitzten. Dritter Klingelversuch. Nichts.

Es waren drei Typen, die auf mich zukamen, langsam, ohne Eile, ich sah sie nicht richtig, sie hatten das Laternenlicht im Rücken. Ich presste mich an die Haustür des Blocks. Ist scheiße, Angst zu haben. Ich bin da Spezialist. Vor allem nachts.

Ich drückte Leifs Klingel. Auch nichts. War der ganze verdammte, beschissene Block *leer*?

Waren alle gegangen?

Die Silhouetten schlossen das Licht aus, standen jetzt direkt vor mir, eine Stufe weiter unten als ich.

Kein Ausweg.

»Hey, Finnley«, sagte der eine Typ. »Die sagen, du warst auf der Insel, bei dem Anschlag. Is wahr?«

Und ich atmete aus. Nur rumhängende Ghettokids, mehr nicht. Ich kam im Moment nicht auf ihre Namen, irgendwann hatte ich sie wahrscheinlich mal gewusst. Mich kennen immer mehr Leute als ich sie, kann lästig sein.

»Warum seid ihr nicht im Bett?«

»Warum bist du denn nicht im Bett?«, fragte der Zweite, und sie lachten blöde, und einer streckte mir eine Flasche ins Gesicht. Pfeffi. Sie waren höchstens dreizehn. Na ja, klar, Mann, ich war mit dreizehn auch kein Engel gewesen.

»Gibt's was zu feiern?«

»Klar, immer«, sagte der Dritte und war ein Mädchen. Ihr Handydisplay leuchtete auf, beleuchtete sie und die anderen, und ich sah, wie wenig sie anhatte, klar, warme Sommernacht: ausgeleiertes T-Shirt, das ihr über eine Schulter fiel, ein BH-Träger guckte mich an. Sie war gut gebaut, Körbchengröße LB. Für Luftballon. Und man sah so ziemlich alles. Sie trug Lippenstift. Verschmierten Lippenstift. Die hatte vermutlich beim Spielplatz noch anderes zu tun gehabt, als bloß zu trinken. Und in 'nem Jahr rannte sie dann mit Kinderwagen rum, ich sah es vor mir. Ich kannte sie, sie war eine von Leifs Cousinen, aber mein Hirn war leer, ich kam nicht auf ihren Namen.

»Wir feiern den Weltuntergang«, sagte sie und hob die Flasche. »Prost! Morgen marschiert Russland hier ein.«

»Quatsch«, sagte ich lahm, nahm die Flasche und trank.

»Und da war echt 'n Anschlag? Hast du gesehen, wie die da rumgeballert haben? Waren da Leichen?«, fragte einer der Kleinen und schnappte die Flasche zurück.

»Nee. Ich muss schlafen«, sagte ich. »Haut ab.«

»Du kriegst noch mehr zu trinken, wenn du's erzählst!«

Sie hingen an mir wie Kletten, wie Kleinkinder, gierig auf Sensationen.

»Okay. Ich will nichts mehr von eurem scheußlichen Zeug, und da waren tausend Soldaten und Hubschrauber und ein Kriegsschiff.«

»Geil«, sagte eins der Klettenkinder, »endlich geht mal was auf der Insel.«

»Ja, und ein fünfarmiges Monster, das den Leuten die Köpfe abgebissen hat«, fügte ich hinzu und rammte die Schulter gegen die Haustür, um sie zum Aufgehen zu zwingen. »Krieg ist ganz toll, und ich finde echt gerne tote Piloten, und besonders toll ist es, wenn niemand mehr was zu essen kaufen kann und alle Panik kriegen. Und es ist sicher auch 'ne supertolle Idee, blau-orange FURU-Aufkleber irgendwohin zu kleben.«

Sie sahen mich entgeistert an, begriffen meine plötzliche Wut nicht und auch nicht, was ich da laberte, aber dann sagte einer: »FURU is cool.«

Und auf einmal kamen da noch zwei Schatten vom Spielplatz angeschlendert, ältere, so alt wie ich. Das ganze Ghetto schien sich in dieser Nacht zum Schaukeln verabredet zu haben.

»Ja, FURU ist mal was anderes«, sagte einer. Johnny aus der Schule. »Hey. Finnley!«

»Hängst du heute nicht mit dem Totengräber rum? Und deinem bekloppten Freund, der nicht schreiben kann?«, fragte der andere. Ken. Ich fragte mich, wie gut Ken schreiben konnte. Er streckte mir eine Zigarette hin wie die Kleinen den Pfeffi. Ich nahm sie, machte sie aber nicht an.

»Warum bist du nicht mehr mit uns draußen?«, fragte er. »Haste vergessen, wo die Guten sind?«

»Ich hab keine Zeit«, sagte ich. »Ich arbeite, Mann.«

Und wir hatten Pläne, dachte ich. Sonnenscheinpläne, ab um die Welt.

Es war besser, das nicht zu sagen. Sie hätten bloß dreckig gelacht. Stimmte schon, früher hatte ich mit ihnen dreckig gelacht, 'ne Weile her.

»Wenn du noch bei uns wärst, wärst du auch bei FURU, wetten?«, sagte Ken.

»Die machen was für uns, hier«, sagte Johnny. »Die sind für uns da. Sonst interessiert sich doch keine Sau für uns. Die schon. Auch für die Jugendlichen.«

»Was ist das denn, verdammt?«, fragte ich. »Neuer Jugendclub? Energydrink?«

»Weißt du echt nicht?« Jetzt lachten sie alle. Und ich hatte einen Arm um die Schultern, Kens Arm. Ken ist ein ganzes Stück größer als ich und war jetzt bei mir oben auf der Treppenstufe und ganz nah.

»Jeder weiß das, Mann.«

»Das Internet nicht.«

»Weil's nicht offiziell ist, Mann. Untergrund. Topsecret, könntest du sagen. Aber hier weiß es trotzdem jeder. Weil die uns brauchen. Bei euch oben sind Ukrainer eingezogen, wusstest du schon? Ganze Familie, zwei Hunde, kläffen das Treppenhaus voll. FURU macht was gegen so was. Wenn die Regierung die Insel hier an die Ukraine verscherbelt, sind die überall. Da haben wir nix mehr zu lachen, können wir sehen, wo wir bleiben. Is doch jetzt schon so, die kriegen alles in den Arsch geblasen, und wir? Das hier sind die letzten Kippen, ey, gönn sie dir, schön gemütlich. Mehr wird's nicht geben, nicht von mir, auf jeden Fall. Die behalten das Hartz-IV-Geld jetzt ein, vorläufig, heißt es. Von wegen Krieg und Sparen und alles. *Vorläufig*, wer's glaubt. Meine Alten kriegen nichts mehr, keinen Cent.«

»Das können sie nicht machen«, sagte ich.

»Doch, die können alles machen, die sind die Regierung«, sagte Johnny. »Frag mal die anderen Hartzer. Am nächsten Ersten wirste's sehn. Da stehn sie alle wieder Schlange beim Bankautomaten, nur werden sie nix kriegen.«

»Is sowieso egal«, sagte Ken. »Bevor wir verhungern, rückt Putin hier ein und macht uns platt, weil die Ukrainer hier sind. Aber FURU, die machen was dagegen. Als Einzigste. Die haben sich neu gegründet, ganz neu, paar Monate alt, und die werden den Laden rocken. Wirst sehen.«

»Aber was *ist* FURU?«

»Erzählen wir dir, wenn du mitmachst.« Johnny grinste, und Ken drückte mich ein bisschen näher an sich.

»Vergiss es.«

Ich riss mich los, aber irgendwie kriegten sie es hin, mich zu zweit gegen die Tür zu nageln. Sie waren nicht mal bösartig, es war nur so zum Spaß, sie waren wie Riesendinobabys.

»Du warst immer dabei, früher, wir haben gemacht, was du gesagt hast«, sagte Johnny. »Weißt du noch? Lauter bescheuerte Sachen. Einmal ham wir den Spielplatz angezündet.«

»Aber er hat nicht richtig gebrannt«, sagte ich, die Tür im Rücken.

»Was machst du jetzt? Was arbeitest du? Ist das cooler, als mit uns rumzuhängen? Sind wir dir nicht mehr gut genug, oder was? Nur noch der Verrückte, der Leute verscharrt?«

»Neil ist nicht verrückt«, sagte ich leise. Obwohl ich dachte, dass er es war. »Und es geht euch einen Scheiß an, wo ich arbeite.«

»Was machst du denn? Ist das geheim, oder was?«

Ich schäle Kartoffeln und wasche ab, weil wir eine Weltreise machen wollten. Nein. Das kannst du nicht sagen. Sie würden dich auslachen.

»Ja, geheim«, sagte ich. »Ich darf nicht drüber reden.«

»Denn reden wir auch nicht über FURU«, sagte Johnny, und Ken lachte. Sandkastenstreit.

»Einer hat dich knutschen sehen. Mit ’ner Ausländerbraut. Du weißt schon, dass wir die jetzt alle rausschmeißen?«

Knutschen? Wie? Unter dem Tisch in der Strandbar, als alle Panik geschoben hatten wegen des Alarms? Woher hatten sie diese Info?

»Hier«, sagte Johnny und streckte mir sein Handy ins Gesicht. Und da waren wir, Ulja und ich, verwackelt, verschwommen, aber eindeutig wir. Und ja, wir hockten unter dem Tisch. Es tat weh, dass jemand dieses Bild verschickte. Weil die Erinnerung damit kaputt war. Und weil ich sie plötzlich vermisste. Obwohl ich doch nicht mal wusste, wer sie wirklich war.

Ken klopfte mir auf die Schulter. »Schick, schick, die Kleine«, sagte er. »Aber die sagen, sie ist aus der Ukraine. Die gehen doch alle.«

»Ich dachte, sie kommen? Die Ukrainer?«

»Ja, noch«, sagte Ken. »Aber ganze Menge andere sind schon weg.«

»Einen ham sie draußen beim Luftalarm umgelegt, was man so hört«, sagte Ken. »Türke oder Afghane oder so.«

»Pakistani«, sagte ich. »Was hat der mit der Ukraine zu tun?«

»Na, denk mal scharf nach«, sagte Ken, und Johnny nickte.

»Ganz scharf, Finnley. Du warst doch immer der Denker. Hast dir den ganzen Scheiß ausgedacht, und dann ham wir das gemacht und Ärger gekriegt. Also denk.«

»Ja, schon klar, sind alles Fremde«, sagte ich. »Aber der Pakistani war schon ewig hier und …«

»Ganz genau, Fremde«, sagte Johnny. »Die gehören hier nicht her. Die haben unsre Jobs, sagt mein Vater auch, die latschen über unsre Insel, die leben von unserem Geld, ist das gut, oder was? Können alle abhauen, Ukrainer, Afrikaner, sonst wer.«

»Ach, halt doch den Mund«, murmelte ich. »Von deinem Geld lebt gar keiner, du hast keins.« Und auf einmal nervte es mich zu Tode, dass sie mich immer noch an die Tür drückten. »Und jetzt hört auf, hier mit mir zu kuscheln. Ich mach bei gar nichts mit, ich mach mein eigenes Ding. Ich hab die bescheuerten Ideen ganz alleine, habt ihr selber gesagt. Ich brauch keine Jugendclubs mit komischen Namen, die mir sagen, was ich für Scheiße machen soll.«

»Fühl du dich mal nicht zu toll«, sagte Johnny. »Weißte was? Wir haben echt schon lange nicht mehr abgecheckt, wer hier stärker ist.«

Und er holte aus, nur so, und landete einen Treffer auf meiner Nase. Ich war ohnehin sauer, ich schlug sofort zurück, manchmal packt es mich, da vergesse ich, Angst zu haben, und dann sehe ich rot. Johnny jaulte auf und wich einen Schritt zurück.

»Und ich sitz unterm Tisch, wann ich will und mit wem ich will«, fauchte ich, wand mich aus Kens Griff und schaffte es beinahe, noch einmal zu treffen. Nur, dass Ken meine Faust abfing. Zwei Sekunden später lagen wir auf dem harten Boden vor der Treppe, und erst dachte ich, ich krieg Ken klein, weil ich sauer war. Ich wollte einfach nur ins Haus und schlafen, und alles war verdammt noch mal schiefgegangen.

Aber Ken war stärker als ich, klar, er ist einen Kopf größer und viel schwerer, und er drückte mich zu Boden, beugte sich zu mir runter und sagte leise: »Ich geb dir'n Tipp. Das erste F heißt Frei.«

»Freie U-Bahn für … räudige Uhus«, keuchte ich.

»Finnley, du bist 'n Idiot«, sagte Johnny.

»Wir könnten ihn echt fertigmachen«, sagte Ken. Es schien sehr verlockend.

Sie hatten keinen Grund außer den, dass ich da war. Früher hatte ich ihnen gesagt, wo's langging, jetzt hatten sie Oberwasser. Keine Ahnung, warum sie so gut drauf waren. Die Dreizehnjährigen hingen bei den Fahrradständern rum und feuerten die Älteren an, laut wie Kindergartenkinder.

»Lass mich … los!«, keuchte ich.

Und in dem Moment ging im ersten Stock das Fenster auf, und jemand rief: »Ruhe da draußen! Mann, Mann, hier wollen Leute schlafen!«

Es war Leifs Vater, besoffen wie eigentlich immer. Nie war ich ihm so dankbar gewesen, dass es ihn gab. »Haut ab, Scheiße noch mal!«, brüllte er, oder was Ähnliches, was man nur halb verstand. Weil man Leifs Vater meistens nur halb versteht, die andere Hälfte von seinen Sätzen vergisst er in den Schnapsflaschen. Und sein Gebrüll endete in irgendwelchem Gemurmel. »Finn… Finnley«, sagte er und sah mich an, er hatte eine Taschenlampe, ihr Licht schwankte hin und her.

Ken und Johnny hatten mich losgelassen.

»Hey, reg dich nicht auf, wir sind schon leise«, sagte Ken. »Is alles nur Spaß. Geh wieder ins Bett, Alter.«

»FURU«, sagte Ken. »FURU forever. Der Loser hier weiß nicht, was FURU ist.«

»Wird er lernen«, sagte jemand hinter Leifs Vater am Fenster, und das war Leif.

»Wie?«, fragte ich. »Du weißt das auf einmal?«

»Ja, hm«, murmelte Leif, verschlafen. »Hab ich gestern Abend gelernt. Als ihr auf der Insel was Besseres zu tun hattet. Da ham wir geredet, die Jungs und ich. FURU ist cool. Ich mach da jetzt mit. Aber heut Nacht erklär ich das nich mehr. Morgen.«

Johnny und Ken zogen sich zurück, und dann machte Leif mir unten die Haustür auf, und ich atmete die vertraute kaputte Luft des Flurs ein: altes Bier, ein bisschen Schimmel, Sicherheit.

Leif sah echt verpennt aus. »Morgen, okay«, sagte ich zu ihm. »Und ich erzähl dir, was in den Särgen war.«

Er nickte und schlurfte zurück, und dann hämmerte ich oben im Fünften gegen die Tür, und eine genauso verpennte Kira machte auf. In einem zu großen T-Shirt von Mama, mit Traum-Augen, noch halb im Schlaf.

»Finnley!«, sagte sie dann und warf sich in meine Arme. »Finnley, Finnley, Finnley! Du bist da!«

»Klar«, sagte ich und fuhr ihr über das weiche Kinderhaar. »Klar bin ich da.«

»Aber du warst weg! Ganz, ganz, ganz lange! Und ich hab gedacht, du kommst nicht zurück, du bist tot, die haben geschossen, oder? Und Mama hat gesagt, alles ist okay, aber dann warst du heut Abend auch nicht da, und da hat sie nichts mehr gesagt, und …« Der Rest der Worte ertrank in ihrem Schluchzen. Und dann gingen wir rein, und die Tür fiel hinter uns zu.

»Der Türdrücker für unten is kaputt«, murmelte Kira in meinen Pullover, in dem sie ihr Gesicht vergraben hatte. »Ich hab's versucht, ging nicht, aber ich wollt nich die Treppe runter, ich hab da Angst. Mama hat nichts gehört.«

Die Wohnung roch abgestanden, nach Zigaretten und kaltem Kaffee und Hund. Aber auch nach Sonnencreme und Mamas Parfum. Nach Zuhause. Mama schlief in ihrem Zimmer wie ein Stein und hatte Raymon im Arm. »Wollte er nicht alleine schlafen?«, wisperte ich.

»Nee, sie wollte nicht alleine schlafen«, wisperte Kira zurück. »Weil du auch weg warst und alles. Und als dann noch Alarm war wegen dem Luftbegriff.«

»Luft… was?«

Ich ging leise rüber zur Kommode, kniete mich hin und tastete hinter der untersten Schublade. Ich brauchte echt irgendwas zum Entspannen, und der Karton unter meinem Bett war leer bis auf ein paar traurige Krümel, das wusste ich.

»Na, wenn die Flugzeuge da sind, und die Feuerwehr heult. Und man muss in den Keller. Oder unter den Tisch.«

Die Box war da. Aber sie war leer. »Feuerwehr? Wie? Wann?«

»Na, beim Abendbrot.«

»Hier? Hier war Luftalarm?«

Scheiße, dachte ich, ich hatte auf der Insel auf dem Friedhof gekniet und im Dreck gebuddelt, und gleichzeitig hatten in Wolgast die Sirenen geheult.

Ich schob die Box zurück. Ach, Mann. Abschalten wäre toll gewesen. Was Mama offenbar auch so gesehen hatte, sie hatte ihren Vorrat restlos verbraucht. Sie musste eine Scheißangst gehabt haben.

»Wir waren aber nicht im Keller, wir sind nur hier unter den Tisch gegangen«, sagte Kira. »War eigentlich ganz lustig, wie Verstecken. Nur Mama hatte Angst, Raymon und ich nicht. Sie hat geheult, aber so getan, als ob sie nicht heult. Und dann war's vorbei. Kann ich zu dir ins Bett?«

»Von mir aus«, sagte ich, »aber ich muss duschen.«

»Kalt«, sagte Kira. »Die sagen, man muss jetzt immer das warme Wasser sparen. Wegen den Russen. Ich frag mich echt, was die Russen mit dem ganzen warmen Wasser machen.«

Und dann lagen wir im Bett, und ich dachte, ich bau wenigstens noch was aus den Krümeln im Reservekarton, aber dann guckte ich Kira an, die in meinem Bett lag, als wäre sie völlig sicher jetzt, nur, weil ich da war. Und irgendwie baute ich dann doch nichts mehr.

Stattdessen machte ich das Fenster auf. Draußen sang eine Grille. Sommer, Sommer, sang sie. Und der Himmel war voller Sterne, ich sah sie vom Bett aus. Am Rand unten wurde er schon rot, morgenrot.

Das Handy bestätigte den Luftalarm auf Facebook. Und TikTok lief über vor Militärvideos. Erst dachte ich: Das sind echt viele Soldaten, überall auf der Insel, krass. Aber es waren immer dieselben. Und immer Zinnowitz. Drei Videos. Alle kopierten sie voneinander.

Ich legte mich zu Kira. Sekunden später schlief sie, dicht an mich gekuschelt. »Die Särge«, flüsterte ich in die Nacht, obwohl es keiner hörte, »die Särge waren leer.«

Fragte sich, dachte ich, ob die Flugzeuge, die Usedom angreifen, auch leer waren. Ich lachte über diesen Gedanken, ich lachte ganz alleine in die Nacht.

Und ich dachte an Ulja, und wie schön es gewesen wäre, wenn sie neben mir gelegen hätte. Wenn wir zusammen gelacht hätten. Und ich sie gespürt hätte, ganz nah. Aber du kannst nicht in Ruhe an ein Mädchen denken, wenn deine kleine Schwester neben dir liegt. Gewisse Dinge gehen dann nicht, und ich fluchte innerlich.

Ach, Kira. Egal. Ich hatte sie lieb.

Und Ulja war abgehauen. Auf dem Friedhof. Was hatte sie da gewollt?

Muddy weckte mich. Mit seinen Pfoten auf meinem Bettrand, und als ich blinzelte, hatte ich seine Zunge im Gesicht.

»Nicht abknutschen«, murmelte ich und schob ihn weg. Und da saß er und wedelte. Er hatte darauf gewartet, dass ich aufwachte. Man sah es ihm an. Mama lehnte in der Tür und sah mich an, so, als täte sie das schon eine ganze Weile.

Sie lächelte ganz leicht, und um sie rum war Sonne. Wie ein Heiligenschein.

»Vierzehn Uhr fünf«, sagte sie.

»Oh, Scheiße«, knurrte ich. »Ich muss … verdammt … ich hab Dienst im Maritim heute … der Zug …«

»Nein, hast du nicht. Die haben angerufen«, sagte Mama sanft und setzte sich auf meine Bettkante. »Ich geh einkaufen. Kommst du mit?«

Eigentlich sagte sie was anderes: *Ich hatte Angst, weil du weg warst. Ich hab dich lieb.*

Und ich sagte »Okay« und kämpfte mich in die Klamotten, die auf dem Boden lagen. Eigentlich sagte ich natürlich auch was anderes: *Ich hab dich auch lieb. Tut mir leid. Ich konnte nicht früher nach Hause kommen. Ich kann es dir jetzt nicht erklären.*

Sie nickte. »Es ist nämlich wieder etwas da, in den Läden.« Sie lachte, und ihr Heiligenschein aus Sonne und kurzem Haar zitterte dabei. »Komm.«

Sie ging voraus, zog im Flur schon ihre Schuhe an, aber ich war noch immer verlangsamt.

Muddy schmiegte sich an mich und hechelte, er wollte auch raus.

»Nee, warte«, sagte ich zu ihm. »Ich brauch Kaffee. Und ich muss mit Leif reden. FURU. Und mit Neil. Über die Särge. Und den Pakistani. Der Pakistani ist tot. Genau wie der Araber. Und Johnny hat gesagt, sie wollen die Ausländer weghaben, ich meine, wollten ja viele schon vorher, aber jetzt ist es anders. Und die Särge waren leer, und die ganze Sache ist total verworren. Verstehst du, du dummer Hund, die ganze Wahrheit ist gefickt.«

Mein Kopf dröhnte, als hätte ich gesoffen, und ich hielt ihn mit beiden Händen fest und saß einen Moment so auf der Bettkante, die Augen geschlossen. Zwei kleinere Hände kamen von links und rechts angekrabbelt, nein, vier. Und als ich die Augen aufmachte, waren Raymon und Kira neben mir und wollten kuscheln. Ich war in einem Knäuel aus Hund und zwei Kindern gefangen.

»Mach dir keine Sorgen, Finn«, sagte Kira. »Es wird alles gut.«

Sie klang sehr erwachsen, und ich musste lachen.

»Wie denn?«, fragte ich.

»Wir verreisen«, sagte Kira, und ihre blauen Augen strahlten. Sommersonnenhimmel. Warmes blaues Meer mit weißem Strand, weit weg, unter Palmen. »Wir ham schon alles gepackt. Dann is es egal, ob man hier in den Keller muss, weil wir den Keller nämlich gar nich mitnehmen. Wir verreisen wohin, wo man keine Keller braucht. Und wo keiner Angst haben muss. Und kein Krieg ist. Und man alles umsonst kriegt.«

»Kira, äh, so ist es eigentlich nicht«, sagte Mama und stand wieder an der Tür, einkaufsfertig.

»Jaja, ich weiß schon, aber fast«, sagte Kira, und Raymon sagte: »Ja! Ja! Verreisen!«

»Wir gehen noch einmal einkaufen, und ich krieg Kaugummi, und morgen ist der Zug«, sagte Kira. »Stimmt doch, oder, Mama?«

Mama nickte, und ich sah von ihr zu Kira und Raymon und Muddy und zu ihr zurück. »Dein Ernst?«

»Du wolltest weg«, sagte Mama. »Oder? Weltreise und die ganzen Pläne. Jetzt gehen wir zusammen. Ich hab meiner Cousine in Demmin geschrieben. Jaqueline. Die nimmt uns erst mal.«

»Weltreise nach Demmin«, sagte ich und grinste und stand auf, was gar nicht einfach war, weil ich dazu Raymon und Kira und Muddy von mir abpulen musste. Ich ging zu Mama rüber und nahm sie kurz in den Arm, und dann sagte ich ganz leise: »Tut mir leid, aber ich komm nicht mit.«

»Dein Job is nich mehr«, sagte Mama. »Wegen dem musst du nicht dableiben. Wie gesagt, die ham angerufen. Das Maritim is zu. *Bis auf Weiteres.* Was auch immer das heißt. Ich würd sagen, in fünf Jahren können wir gucken kommen, was davon übrig ist. Und den ganzen anderen schönen Hotels. Die legen die Insel in Schutt und Asche. Zwei, drei Wochen, dann schmeißen sie Bomben. Sagen alle, kannste im Netz nachlesen. Heut Morgen war wieder was Neues auf Facebook. Putin will nicht nur die Ukrainer hier plattmachen, er will Usedom als Stützpunkt in der Ostsee. Wie die Krim.«

»Das ist verrückt«, sagte ich.

»Putin ist verrückt«, sagte Mama. »Und uns wird keiner helfen. Der Noack schafft das nicht, die geben dem zu wenig Leute. Dem Rest von Deutschland ist doch Usedom egal. Die opfern uns. Der Osten war ihnen schon immer egal.« Sie holte tief Luft. »Aber mir jetzt auch. Wir gehen, und du gehst mit. Erst nach Demmin und dann weiter. Bis wir weit genug weg sind.«

»Wir sind auf der Flucht«, sagte ich und lachte. Das Wort schmeckte fremd.

»Ich gehe wirklich nicht mit«, sagte ich dann. »Nicht wegen dem Job. Ich … Da ist … ein Mädchen. Sie … sie hat keine Familie, und sie … Vielleicht braucht sie uns. Mich. Auch, wenn sie das nicht sagt. Sie ist komisch, und ich hab Angst, dass ihr was passiert.«

Mama lächelte. »Ein Mädchen. Ach, Finnley. Nimm sie mit. Sie kann mit uns weggehen.«

Ich schüttelte den Kopf. »So einfach ist es nicht. Ich weiß nicht mal, wo sie im Moment ist. Sie verschwindet ständig. Und da läuft eine ganz krumme Sache hier, im Moment … Kann sein, sie hängt da irgendwie mit drin. Ich muss das mit den Jungs klären. Ich muss … eine ganze Menge Sache klären.« Ich legte Mama die Hände auf die Schultern. »Ich wink euch, am Zug«, sagte ich, »und dann komm ich irgendwann nach, ja?«

»Wir wollten doch einkaufen gehen!«, sang Kira und hing wieder an mir, diesmal an den Beinen. »Einkaufen, einkaufen, einkaufen! Dann kannst du auch Kaffee haben, Kaffee is nämlich aus. Und ich krieg ein Eis!«

»Eis!«, jubelte Raymon.

Mama seufzte. »Okay«, sagte sie, und ich sagte, ich würde mitkommen, tragen helfen. Ich konnte auch ’ne Stunde später mit Leif reden, das war ja egal. Dachte ich.

Draußen knallte die Sonne runter. Vor dem Eingang zu einem anderen Block hing die ganze Ghettoblase rum, Johnny und Ken waren sicher irgendwo dadrin. Laute Musik, und sie hatten ’ne Menge zu besprechen. Sahen wichtig aus, steckten die Köpfe zusammen, gar nicht so gelangweilt wie sonst. Keiner guckte zu uns rüber.

Und dann waren wir im Aldi. Kira und Raymon saßen im Einkaufswagen, und ich schob sie durch die Regale. War komisch, zu wissen, dass sie fuhren. Ohne mich. Und ich sie eine ganze Weile nicht wiedersehen würde. Oder vielleicht ... vielleicht gar nicht mehr.

Nein, Quatsch.

Es war wirklich alles wieder da: Nudeln, abgepacktes Brot, Butter, Obst, Fertigkram.

»Nicht zu viel«, sagte Mama. »Nur, was wir brauchen für heute und für die Reise, und bisschen was für Jaqueline.«

»Ich brauch Eis«, sagte Kira.

Mama schmiss Milchschnitten und Fertigkram in den Wagen und Saftpäckchen, alles bunt und leuchtend. Schöne, glückliche Plastikwelt. Auf den Saftpäckchen waren Elfen und Regenbögen und Einhörner. Ich sehnte mich danach, in diese Welt reinzuspringen. Ich stellte es mir vor: Ich hätte Ulja an der Hand, wir würden zu zweit springen, und Neil und Leif hinterher, mitten ins Einhornland. Die Regenbögen waren zu knallig, aber egal, wir würden uns unter die Elfenbäume in den Schatten legen und da eine rauchen. Und Kira konnte in der Zeit Einhorn reiten gehen.

Geld floss vermutlich aus den Glitzerwasserfällen, alles wäre schön.

»Oh Shit«, sagte Mama, ganz plötzlich. »Finnley! Hast du die Preise gesehen?«

Sie stand da und hielt eine Packung Knäckebrot hoch. »Vier Euro! Vier! Das muss falsch sein, der Kleber. Das kostet einen. Höchstens.«

Sie nahm die Tiefkühlfischstäbchen wieder aus dem Wagen, suchte den Preis auf der Truhe, verglich. »Zwanzig Fischstäbchen – sechs neunzig? Hähnchennuggets – kleine Packung – sieben? Sind die übergeschnappt? Die haben die ganzen Preise verändert!«

Sie sah mich an, ihre Augen plötzlich wild, weit aufgerissen wie bei einem Tier, das in die Ecke gedrängt wird und faucht. »Ein kleines

Eis – vier Euro? Kira, das geht nicht. Vier Euro für'n Wassereis. Das sollte auch einen kosten.«

»Das is'n Fehler«, sagte Kira.

Aber es war überall so. Überall. Alle Preisschilder waren ausgewechselt worden. Es war wie ein Albtraum, aus dem du nicht aufwachen kannst. Und dann guckte ich ins Handy. In die Inselgruppe. ABNORME PREISE IN DEN MÄRKTEN.

Und eine Flut von Kommentaren, nur wenige Minuten alt. Es musste gerade erst passiert sein.

»Sie!«, sagte Mama und hielt einen Typen mit Aldi-Kittel an. »Was ist denn hier los? Ist das 'n Witz, oder was?«

Der Typ sah unangenehm berührt aus, wollte weg, man sah es. Und auf einmal fiel mir auf, wie leer der Aldi war. Komplett leer. Bis auf uns war da nur eine sehr alte, gebeugte Frau mit Rollator, die Gurkengläser verglich. Sie sah verwirrt aus, ratlos, wie wir.

»Es liegt an ... der Situation. Sie verstehen«, sagte der Aldi-Typ. »Die Einkaufspreise sind gestiegen. Also muss Aldi die Sachen auch teurer weiterverkaufen. Es ist ein Problem. Der Transport und ... ich weiß eigentlich auch nicht, warum ... es heißt, die Transportwege werden demnächst abgeschnitten sein ...«

»Unsinn«, sagte Mama, und dann kauften wir kein Eis, und Kira jaulte, und wir gingen zu Edeka. Aber da war es dasselbe. Es war überall dasselbe. Die Preise gingen durch die Decke und bis zum Mond.

Am Ende standen wir vor dem Netto, und in Mamas Einkaufstasche waren eine Packung Toast und Butter und Äpfel und Nudeln. Raymon heulte. Kira heulte.

»Das is wie Gefängnis!«, schluchzte sie. »Wer isst denn Äpfel? Keiner isst Äpfel. Wir ham immer Milchschnitte! Und das Eis ham wir auch nicht gekriegt!«

»Äpfel sind viel gesünder«, sagte ich und schluckte. Wir hatten keinen Kaffee gekauft. Mein Kopf dröhnte noch immer.

»Mann, Kira, in der Ukraine sterben Leute«, knurrte ich. »Und hier werden welche umgebracht. Is doch scheißegal, ob du'n Eis hast.«

»Du wolltest auch Energy«, sagte sie und schniefte. »Du hattest 'ne Dose Energy im Wagen bei Aldi. Das is wie Eis.«

Ich nickte. Ich wäre gestorben für Energy. Sah so aus, als müsste ich ohne sterben.

»Hör zu, ich krieg noch Geld vom Maritim«, sagte ich. »Ich fahr da heute hin, und dann kauf ich dir 'n Eis, ja?« Sie zog die Nase hoch und nickte tapfer. Muddy, zu meinen Füßen, kläffte einmal kurz. *Ich bin auch noch da*, sagte er. Wir hatten auch kein Hundefutter gekauft.

»Ich kann dir kein Geld geben für den Zug«, sagte Mama. »Ich hab fast nichts mehr, und die behalten das Hartz ein im Moment. Steht im Netz, wegen dem Krieg. Keiner weiß, wann sie wieder zahlen. Muss uns meine Cousine 'ne Weile mit durchfüttern. Oder ich such mir da was, arbeite irgendwas, geht vielleicht.«

»Ich dachte, das geht nicht, weil du's mit'm Rücken hast«, sagte ich.

»Krieg ich schon hin«, sagte Mama.

Ich nickte. »Ich fahr mit'm Fahrrad auf die Insel raus zum Maritim, eine Woche Lohn krieg ich noch. Und ich kauf Hundefutter und Eis, und den Rest vom Geld kriegt ihr. Und dann steigt ihr in den Zug, und alles wird gut. Wie Kira gesagt hat.«

Ich nahm Raymon auf den Arm und wischte ihm die Tränen weg, und er klammerte sich an meinen Hals. »Es ist bloß so, ich brauch Zeit. Zeit, um Sachen rauszufinden. Echt.«

Ja, und dann rannte ich in den Klingemann. Buchstäblich. Da, vor der Tür vom Netto. Buchstäblich, ich rannte in ihn rein, weil Raymon mich immer noch umklammerte und ich zu Kira runterguckte.

»Hoppla«, sagte er. »Finnley! Immer langsam«, und ich sah auf, und da war er: Thore Klingemann, ohne Segelboot und ohne Platinfrau. Nur einfach er selbst. »Finnley!«, sagte er noch mal und guckte Raymon an. Den verheulten, triefnasigen Raymon, der auch kein schönes Kind ist, wenn er nicht heult. »Und wer ist das?«

»Mein Bruder«, sagte ich unnötigerweise.

Der Klingemann nickte. »Das beruhigt mich, dass es nicht dein Sohn ist«, sagte er und grinste, und dann nickte er Mama zu. Zu Kira runter nickte er auch, und sie guckte zu ihm rauf und sagte: »Ich krieg kein Eis. Die Russen haben das warme Wasser ausgetrunken, und jetzt ham sie das Eis aufgegessen.«

»Kira, du weißt, warum du kein Eis kriegst«, sagte ich, aber sie verschränkte nur die Arme und guckte weg.

»Diese Russen«, sagte der Klingemann und schüttelte den Kopf. »Weißt du, kleine Dame, vielleicht liegt es ja auch am Klimawandel. Kaum mehr Eis da weit und breit.«

»Es is bloß scheiße teuer«, sagte ich. »Aber ich hol meinen Lohn vom Maritim, ich regel das.«

»Da brauchst du nicht mehr rausfahren«, sagte der Klingemann und legte mir eine Hand auf die Schulter. Eine Thore-Klingemann-Hand: groß, stark, sicher. Wenn man so sein könnte, dachte ich wieder. Wie er. Eines Tages.

Er hockte sich hin, sodass er auf Augenhöhe mit Kira war, und sah ihr ins nasse Gesicht.

»Weißt du was?«, sagte er leise, als wäre es ein Geheimnis. »Ich kauf dir ein Eis. Wenn du dann wieder lachst.«

»Auch!«, rief Raymon. »Ich! Ich!«

Und der Klingemann stand wieder auf und nickte. Und ich wusste, er dachte, dass Raymon für sein Alter komisch sprach, mehr wie ein kleineres Kind. Ich war ihm dankbar, dass er nichts darüber sagte.

»Klar«, sagte er nur. »Sonst wär's ja ungerecht.«

»Nein, entschuldigen Sie, das müssen Sie nicht machen«, sagte Mama. »Diese Kinder hungern nicht. Es geht nur um Eis. Und es ist wirklich unglaublich teuer. Was die mit uns machen! Der Staat! Behält das Geld ein und verteuert die Lebensmittel. Aber bitte, jemand wie Sie oder ich können da ja nichts machen.«

»Vielleicht schon«, sagte der Klingemann. »Vielleicht gerade. Politik beginnt auf der Straße.«

»Hä?«, sagte Kira.

»Das heißt, dass wir es denen da oben zeigen müssen«, sagte der Klingemann. »Weißt du, kleine Dame, sie machen so viel kaputt. Die Natur hier auf der Insel und alles, was es mal gab. Und jetzt die Preise. Wir müssen dorthin zurück, wo wir früher waren. Ohne Politik und Hotels und Fremdbestimmung. Wir können die Sachen nämlich selbst entscheiden. Es ist unsere Insel.«

»Wir sind ja gar nich auf der Insel«, sagte Kira. »Kann ich ein Eis, auch wenn Wolgast nich die Insel ist?«

»Es ist das Tor zur Insel«, sagte der Klingemann ernst. »Der wichtigste Knotenpunkt. Für gewisse Strategen.«

Er sah mich an, und ich sagte »Putin«, und er nickte, und dann gingen wir zurück in den Netto. Und er kaufte Kira und Raymon ein Eis. Jedem. Ein Rieseneis. Gold wert.

Sie strahlten, als wir wieder in der Sonne standen, strahlten mit verschmierten Gesichtern, Sahne und Schokolade und Sonne, sie waren so glücklich. Es färbte ab.

»Danke«, sagte Mama zum Klingemann. In ihren Augen waren Tränen. »Es ist … wie … ein Zeichen. Hoffnung. Ich … bin nicht so in Übung mit großen Worten. Aber Sie sind ein guter Mensch.«

Und sie drückte dem Klingemann beide Hände. Ich glaube, es war ihm peinlich. Mir auch.

»Pass auf deine wunderbare Familie auf«, sagte er zu mir, ehe er sich zum Gehen wandte. Er war nett, er war immer nett, aber ich merkte, dass ich sauer war. Er konnte sich das leisten. Nett zu sein. Eis zu kaufen. Warum er und ich nicht? Die Welt war verdammt ungerecht.

»Was ist eigentlich mit Ihnen?«, fragte ich. »Ich dachte, Sie kämpfen.«

»Ja, gegen das Böse auf der Welt«, sagte der Klingemann und lächelte dann. »Nein, im Ernst. Im Moment bin ich nicht im Einsatz. Ich wollte Kaffee holen beim Netto.«

»Wär das nicht in Polen billiger? Und näher an der Wohnung von Ihrer … Maja?«, fragte ich.

Er legte den Kopf ein wenig schief und musterte mich. »Finnley«, sagte er langsam. »Keiner kommt mehr nach Polen.«

»Nee?«

»Nein«, sagte er.

»Und … jetzt holen Sie Kaffee und marschieren dann am Strand lang, um die Welt besser zu machen?« Ich hörte selbst, wie kindisch meine Wut klang. Meine Eifersucht.

»Nein. Ich marschiere nicht. Es gibt andere Posten beim Militär«, sagte er freundlich. »Weniger heldenhaft und schick, aber notwendig. Logistik, Organisation, auf der Metaebene, du weißt schon. Sei nicht böse auf mich. Ich weiß, du wolltest ihnen das Eis kaufen.«

»Ja, nur kann ich nicht«, sagte ich. »Ich bin immer bei den Losern. Klar, isso, wenn du hier draußen geboren wirst.«

»Oh nein«, sagte der Klingemann. »Du kannst alles werden, egal, wo du geboren bist. Es stimmt, die Veränderungen kommen von unten. Von Leuten wie dir und deinen Freunden. Nicht von den Politikern in ihrem Elfenbeinturm. Die haben uns alle längst verraten. Mach was.«

»Was denn? Ja klar, bevor alles anfing, wollten wir weg, ich wollte sparen, Weltreise und so, oder erst mal Berlin, nur jetzt können wir das vergessen.«

Er betrachtete mich nachdenklich.

»Wolltet ihr nicht auch mit nach Osten marschieren? Die Insel retten? Ich meine … ich weiß, ich habe gesagt, ihr müsst achtzehn sein. Aber in den letzten Tagen haben sich die Dinge geändert. Sie brauchen wirklich jeden. Siebzehn reicht jetzt. Mit Einverständniserklärung der Eltern.«

»Hm«, sagte ich.

»Die Insel retten ist auch was Großes«, fuhr er fort. »Die brauchen euch. Wir brauchen euch.«

»Wir hams ja versucht, aber wir sind zu spät gekommen. Neulich. Verpennt«, sagte ich »Aber wissen Sie ja. In der Wohnung von … Maja. Übrigens – danke noch mal. Sie ist wirklich schön. Die, äh, Wohnung.«

»Ja, Maja hat ein Händchen für schöne Dinge«, murmelte er nachdenklich. Dann legte er mir kurz die Hand auf die Schulter, und dann ging er. In der Eingangstür vom Netto drehte er sich noch einmal um. Hielt beide Hände hoch, Daumen nach oben.

Ging zwei Schritte rückwärts und rief: »Ich glaub an euch! So wie an die Adler!«

Und dann war er weg.

Im Netto verschwunden, auf der Suche nach Kaffee.

Und ich wollte ihm nachrennen und ihn am Ärmel fassen wie ein Kind und atemlos sagen: »Warten Sie. Ich muss Ihnen was erzählen. Die haben dem Noack leere Särge untergejubelt. Irgendwas stimmt mit Neils Bestattungsunternehmen nicht. Was machen die mit den Leichen? Und der Soldat aus dem Sonnenblumenfeld lebt vielleicht noch, aber der Pakistani, warum ist der Pakistani tot? Er hat doch mit nichts was zu tun. Und was faseln die anderen von FURU? Wissen Sie, was das soll?«

Ich rannte ihm nicht nach. Er hatte eigene Dinge zu tun.

Ich schloss kurz die Augen und stellte mir vor, wir säßen wieder in seinem Segelboot, und ich könnte in aller Ruhe mit ihm reden. Über alles. Und er würde es uns in Ruhe erklären, und es ergäbe alles einen Sinn. Und das Meer würde glänzen, silbern, schöner noch als die Einhornwelt von den Trinkpäckchen. Und im Schilf würden die winzig kleinen Vögel singen, deren Namen nur einer wie Thore Klingemann kannte. Und neben dem Boot würden die Fische nach Abendmücken springen. In meiner Vorstellung wäre Sonnenuntergangszeit. Das Wasser läge still. Ein Sommerabend im Frieden.

»Ulja«, würde ich flüstern und ihre Hand nehmen. »Jetzt bist du angekommen. Jetzt ist alles gut.«

Denn natürlich säße sie neben mir. Und sie würde ihren Kopf erst kurz an Leifs und dann an meine Schulter lehnen und sagen: »Ja. Ja, das ist Ende von Geschichte. Jetzt ich bin angekommen.«

Mein Handy riss mich aus dem Tagtraum.

Sprachnachricht von Leif.

»Hör mal, Finnley … Ich bin da gewesen. Die andern ham mich mitgenommen. Wir sind zusammen hin, morgens, mit den Papieren. Du hast noch gepennt, hat deine Mutter gesagt. Und da bin ich so los, und ich hoff, es is okay. Johnny und ’n paar andre noch, und du glaubst es echt nich, die ham uns genomm. Arzt muss ich noch. Tauglichkeit. Da brauchste so ’ne Untersuchung. Und denn biste drin. Wenn du noch willst, der Mobilwagen steht in Wolgast. Nur heute. An der blauen Brücke unten.«

Sprachnachricht an Leif, weil lesen kann er ja nicht: »Wovon redest du?«

Aber ich wusste es. Klar wusste ich es. Er redete vom Militär. Er würde in einer Uniform rumlaufen und den Mädchen den Kopf verdrehen.

»Ich red erst mit Neil, ich muss da drüber nachdenken«, sagte ich in mein Handy. Noch 'ne Sprachnachricht, weil er nicht ans Telefon ging. Wahrscheinlich hatte er was Wichtigeres zu tun, was Großes und Ehrenhaftes, wozu man nicht schreiben und lesen können musste, sondern einfach nur mutig sein und zuverlässig. Was Leif war. Plus bärenstark plus gutmütig plus lustig plus ein Fels in der Brandung plus mein bester Freund.

»Scheiße«, murmelte ich. »Und wenn das ein Fehler ist, Leif? Wenn du mit denen nach Polen marschierst und es doch nicht so harmlos ist und du nicht wiederkommst? So wie der beschissene verdammte Pilot von dem russischen Flieger im Schilf?«

Textnachricht an Neil.

Wo steckst du könn wir reden

Die Antwort kam eine halbe Stunde später.

Jetzt nicht. Bestattung. Hab Dienst.

Ich saß unten am Hafen, an der Kante, Beine baumelnd, wie wir es als Kinder gemacht hatten. Manchmal waren wir reingefallen. Der Eisladen war offen, aber keiner kaufte ein Eis. War wahrscheinlich genauso teuer wie im Netto. Ein paar Kinder hopsten durch die Sonne. Sonne ist umsonst. Ich schloss die Augen, spürte sie nur, dieses große gelbe Gefühl. Ein Moment Ruhe.

Das Handy meldete sich. Neue Nachricht.

Wir bringen den Pakistani unter die Erde, schrieb Neil. *Übrigens bei dir um die Ecke. Wolgast, alter Friedhof. Der Typ hat Familie hier. Muss jetzt das Handy ausmachen.*

Die Bäume waren grün und irgendwie höher als sonst. Sie wuchsen bis in den Himmel hinein, schlossen das Blau aus, alles war Schatten und Ruhe. Flüsterblätter. Als ich durch das Tor ging, dachte ich: So ist es, wenn du durch ein Fantasy-Tor gehst, im Film oder so.

Andere Welt.

Und die verflixten Bäume wissen alles, sie wissen, wo Ulja ist und was FURU ist und warum alles auf der Welt passiert, weil sie es sich von oben angucken. Von oben siehst du ja alles. Die haben jeden einzelnen Toten hier gesehen, wie er durchgetragen wurde. Bäume sind alt, sie kennen die Leute, die hier liegen.

Neil hatte recht. Du bist viel länger tot, als du lebst.

Ich konnte es mir nicht vorstellen. Tot zu sein und hier hingelegt zu werden, in die Erde. Stein drauf, Blümchen, Ende, viel Spaß bei der Verwesung. Der Tod war ein Ort, an den ich mich nicht hindenken konnte. Das Denken hörte da einfach auf, und ich merkte, wie mein Herz zu rasen begann, wie mir heiß wurde und komisch. Panisch komisch.

Hier kriegst du noch einen Stein, aber im Krieg, drüben, stell dir vor, all diese Tode. Eine Bombe, und tausend Leute tot. Die kannst du ja gar nicht alle so schnell unter die Erde bringen. Werden die einzelnen Tode dann kleiner und unwichtiger? Oder ist das große Ganze einfach zu riesig, zu schrecklich, sodass man nicht mehr darüber redet? Worüber reden sie in der Ukraine, wo Ulja herkam? Über den Tod? Oder über Brot und Bügeleisen und neue Musik?

Leif war da. Fast. Im Krieg.

Sie würden schießen, auch auf der Insel, und er wäre da, mit all den anderen. Und einer der Tode, den sie mitbrachten, gehörte ihm. Und ich sollte auch da sein, ich sollte neben ihm sein, ich sollte helfen. Aber ich hatte eine verdammte Angst. Die Ruhe auf dem Friedhof drückte mich zusammen wie eine Faust, drückte mir die Luft ab.

Und ich sah hinauf in die Äste, und sie sagten: Du bist unwichtig, Finnley Kovalski. Unwichtig und klein. Es ist der Welt egal, ob du ein Schisshase bist und dich dafür schämst.

Ob und wen du liebst.

Mir war schwindelig, man sollte nicht rumlaufen und hoch in die Bäume gucken.

Und dann stolperte ich quasi in die Beerdigungsgesellschaft samt Priester hinein. Sie standen neben einem offenen Grab hinten auf dem Friedhof. Köpfe wandten sich, und ich murmelte eine Entschuldigung und stellte mich etwas gerader hin. Ich: Jeans und blaues Hansa-T-Shirt, Mist für eine Beerdigung. Der Pakistani hatte eine Menge Familie, und ich dachte: Komisch eigentlich, dass er Christ war. Sollte er nicht an den Gott mit den vielen Armen glauben, den vor seinem Restaurant? Oder Moslem sein? Und laufen die Hindus nicht in Weiß oder so rum bei Beerdigungen? Aber sie trugen alle Schwarz. Und sie waren ziemlich schick, die Frauen mit schwarzen Schleiern am Hut, wie im Film, in so einem alten. Neil stand vorne. Er hielt die Urne an einem Seil oder Band oder was es war. Und jetzt ließ er sie ins Grab hinunterschweben, der Pakistani war klein geworden, winzig, Taschenformat. Das bisschen Asche, was von Menschen bleibt – komisch.

Aber vielleicht war es gar nicht der Pakistani. Vielleicht war was anderes in der Urne. Oder jemand anderes. Man kann nicht einfach so sagen, von wem die Asche in einer Urne ist. Und die Urne war nicht mal durchsichtig. Es hätten Weihnachtsbaumkugeln drin sein können oder Kaugummis oder gar nichts. Niemand sah es. Allerdings sah sie nicht leicht aus, als Neil sie hinabließ.

Der Grizzly stand neben ihm, Hände hinter dem Rücken gefaltet, der Rabe auf der anderen Seite.

Und dann warf jeder der Verwandten etwas Erde in das Loch, und der Rabe sagte ein paar Worte, aber ich hörte nicht zu. Irgendwas, was man höflicherweise über Tote sagt.

Dann gingen die Angehörigen zurück, und ich blieb stehen.

Da war ein ganz junges Mädchen, zwölf oder dreizehn vielleicht. Sie war wunderschön mit ihren dunklen Augen und dem glatten dunklen Haar, in engen Jeans, schwarzer Bluse und ebenfalls schwarzer Jacke. Und als sie an mir vorbeiging, sagte ich »Herzliches Beileid«, und sie drehte sich um und sah mich an.

»Wo geht ihr jetzt hin?«, fragte ich.

»Weg«, sagte sie. »Wir alle. Aber geht dich nichts an.«

»Bist du seine Tochter?«, fragte ich.

Sie nickte. »Wir gehen zurück nach Hamburg. Wer will hier schon sein? Ich bestimmt nicht. Die brauchen sich nichts drauf einzubilden, dass sie uns rausschmeißen. Ich geh freiwillig, ey, ich gucke die Insel nicht mal mehr mit dem Hintern an.«

»Wer?«, fragte ich leise und hielt sie am Ärmel ihrer Bluse fest, die unter meinen Fingern raschelte.

»Wer schmeißt euch raus? Warum?«

Sie starrte meine Hand an. »Weiß das nicht jeder?« Dann zuckte sie die Schultern. »FURU. Die sagen, jetzt wo die Russen kommen, müssen wir verschwinden. Alle, die nicht hier geboren sind.« Sie schnaubte und trat nach einem Stein, die Hände in den Taschen ihrer schwarzen Lederjacke. »Wir wohnen seit tausend Jahren hier. Auf der Insel. Na ja. Elf oder so. Mein Vater wollte nicht gehen.« Sie nickte zu dem frischen Grab hin. »Siehst ja, was jetzt mit ihm ist«, sagte sie bitter.

»Ich … Das … Es tut mir wirklich leid«, sagte ich.

»Spar dir dein Mitleid«, sagte sie. »Und jetzt hau ab.«

Aber sie war es, die ging. Ich sah ihr nach, wie sie mit den anderen durchs Tor verschwand. Sie würden in ein Auto steigen, oder in einen

Zug, und ganz verschwinden, die Gegend verlassen, und genau das war der Plan von irgendwem.

Jemand legte mir eine Hand auf die Schulter, die Tonnen wog, eine Hand aus Beton.

Der Grizzly.

»Schnüffelst du auch schon wieder rum?«, fragte er. »Hat jetzt ein Ende mit Rumschnüffeln. Lohnt sowieso nicht mehr, verstehst du?«

Ich sah ihn an, sein grobes Gesicht, vernarbt von Akne, die er vermutlich gehabt hatte, als er so alt gewesen war wie wir. Es sah sauer aus, dieses Gesicht, permanent sauer und enttäuscht. Vielleicht beerdigte er mit all den Leuten auch immer ein bisschen sich selbst und seine Hoffnungen. Vielleicht hatte er mal von einem Glitzerleben geträumt, wie wir.

Enttäuschte Menschen sind gefährlich.

»Kommt bald das Ende«, sagte er, nickte ein paar Mal und zündete sich eine Zigarette an.

»Das … Ende?«

»Wenn sie zuschlagen«, sagte der Grizzly, der unangenehm nah war. »Nichts bleibt. Ha! Gar nichts. Und danach machen wir einen neuen Anfang. Alles auf null.« Er grub seine Wurstfinger in den Stoff meines T-Shirts, in meine Schulter darunter, und drückte mich gegen einen der Friedhofsbäume. Wie damals gegen die Hauswand. Der Baum roch nach Leben und Grün und Sommer, und oben sangen Vögel darin.

»Da pfuscht keiner dazwischen, kapiert?«, sagte er. »Die Insel wartet auf was Großes. Hat lang genug gewartet. Können wir Putin dankbar sein, dass es jetzt passiert.«

Ich fragte mich, wovon er redete.

Neil stand auf einmal neben mir, und der Grizzly sah ihn an und ließ mich los. Knurrte etwas, trollte sich, wirklich, wie ein Bär. Der

Rabe, elegant, mager, buckelig wie immer, winkte ihm, er sollte kommen, und sie gingen, aber Neil blieb.

»Feierabend«, sagte er.

»Ich fass es nicht, dass du immer noch für die arbeitest«, sagte ich leise. Und sah zu dem frischen Grab hin. »Und? Buddelst du die Urne wieder aus?«

»Warum sollte ich die ausbuddeln? Da is der Pakistani drin. Ich hab ihn selbst schick gemacht. Vor dem Krematorium.«

»Aber … jemand hat ihn vielleicht rausgenommen«, sagte ich. »Wie bei den Militärs. Ging auch alles bisschen schnell, oder? Vorgestern ist er gestorben, und heute schon als Asche unter der Erde? Hätte der nicht in die Dingens, die Gerichts…medizin gemusst? Von wegen Mord und so?«

»In manchen Fällen geht es schneller«, sagte Neil. »Der Familie war es wichtig, weil sie abreisen möchten. Wir richten uns immer nach den Wünschen der Familie. Wenn es geht.«

Er sah mich an, so von da oben aus, wo er ist, auf seinen fast zwei Metern, und lächelte.

»In den Soldatensärgen, Finnley«, sagte er schließlich, »da waren nie Soldaten drin. Niemand hat sie rausgenommen. Das ist der Punkt.«

»Das ist … der Punkt?«

»Natürlich. Ich glaube nicht, dass sie tot sind. Sie sind so lebendig wie der Soldat aus den Sonnenblumen. Die Uniformen brauchen Helden, damit ihnen mehr Leute zulaufen. Zur Verteidigung der Insel, die Putin ja so *unbedingt* haben möchte.«

»Der gute alte Sarkasmus«, sagte ich. Aber ich kapierte nicht, was er damit meinte.

»Du kapierst es auch nicht, was?«, fragte ich. »Du sagst das nur so sarkasmusmäßig, weil es sich schlau anhört. Und überhaupt, was ist mit dem Herztypen? Deinem ersten sogenannten Mordfall? Haben wir da inzwischen was rausgefunden? Nichts, gar nichts. Aber der war wirklich tot. Ist tot.«

»Ja, mausetot«, sagte Neil. »Ich hab nicht gesagt, dass sie nicht über Leichen gehen.«

»Wer? Und was hat der Grizzly gemeint? Mit der großen Sache, auf die die Insel wartet?«

Er seufzte. »Ich würd es dir lieber erst sagen, wenn ich sicher bin. Es ist zu früh. Es … gibt eine Verbindung zwischen dem Herztypen und den Soldaten und … dem Dönertypen, weißt du?«

»Welche?«

»Wie gesagt. Zu früh.«

Einen Moment standen wir nur so da, und er sah in die Ferne und sah grüblerisch und schlau aus, und es nervte. Wenn er was wusste, verdammt, sollte er es sagen.

»Leif ist zum Militär«, sagte ich schließlich. »Er hat 'ne Nachricht geschickt. Ich hab überlegt, ob ich auch gehe.«

Und auf einmal fühlte ich mich trotzig wie Kira. Ich stand da und wühlte nach Zigaretten, weil man mit Zigarette besser trotzig sein kann, aber meine Taschen waren leer.

»Ich werde vielleicht doch gehen. Das Land verteidigen. Und du kannst alleine weiter kalten Spuren nachjagen und deinen Sarkasmus rauslassen. Sie werden mich abknallen, wenn sie einmarschieren, aber das ist okay. Siebzehn ist ein gutes Alter, um abgeknallt zu werden. Ob ich älter werde, interessiert doch sowieso keine Sau. Ich meine, es gibt kein Mädchen und niemanden, der sich dafür interessieren würde, und Leif ist weg, und …«

Ich wollte, dass er sagte: »Mich. Es interessiert mich. Bitte, Finnley, geh nicht.«

Aber er sagte: »Ich muss dringend nachdenken.«

»Wir könnten uns zusammen besaufen, heut Abend«, sagte ich. »Zu zweit nachdenken. Ich fahr raus zum Maritim, die müssen mir das Geld geben, das sie mir schulden. Sie müssen! Paar Biere müssen sein, heute, damit denkt es sich besser. Und ich besorg irgendwo Gras. Mama hat 'ne Menge Kumpels, wo ich was kriegen könnte. Versuchen würd ich's. Wenn's knapp ist, müssen alle zusammenhalten, die geben mir was. Und wir setzen uns in die Balkonei und machen uns 'n schönen Abend.«

»Ich rauch kein Gras«, sagte Neil. »Und ich muss mich auch nicht besaufen. Was ich muss, ist denken, Finnley. Denken. Ich muss alleine sein. Ich geh die Bibel lesen, das beruhigt.«

»Die Bibel? Nicht dein Ernst.«

»Doch«, sagte er. »Geh du alleine abstürzen.«

»Tu doch nicht immer so!«, fauchte ich. »Tu nicht immer so, als ob du klüger wärst!«

»Hab ich nicht gesagt«, sagte Neil, halb schon zum Gehen gewandt, nicht sauer, nur sachlich. »Wir sehen uns.«

»Vielleicht nicht!«, murmelte ich. »Ab morgen früh bin ich bei den Soldaten. Heute noch Absturz, und dann los, und es kann sein, dass ich nicht wiederkomme!«

»Geh ruhig«, sagte Neil. Nicht sauer. Nur, noch immer, nachdenklich. »Ich glaub, es macht keinen Unterschied. Die haben da gar keine Heldentode im Angebot. Tode im Allgemeinen. Also, außer du kriegst es hin, dir selbst versehentlich ins Bein zu schießen und an 'ner Blutvergiftung zu krepieren.« Er lächelte. »Trau ich dir zu.«

Damit wandte er sich ab, um endgültig zu gehen. Mit langen Schritten stakste er in seinen Bestattersachen samt Hut über den Friedhof wie diese großen schwarzen Vögel. Wie heißen die? Haribo oder so. Ach nein. Marabu.

»Arsch«, sagte ich.

In dieser Nacht betrank ich mich ganz alleine.

Die Sterne standen oben am Himmel, ich saß im Sand, und es war warm, richtig warm. Die Temperatur war gestiegen, als hätte die Insel Fieber. War vielleicht so. Sie war aufgeregt. Spürte, dass etwas auf sie zurollte. Wie eine Welle, nur unsichtbar.

Oder vielleicht brach ein Vulkan aus, mitten auf Usedom.

Ich vergrub meine nackten Zehen im Sand. Auch der Sand war warm, unwirklich, als wäre ich doch um die Welt gereist und in irgendeinem Land mit Palmen. Vielleicht muss man gar nicht so weit weg, vielleicht wachsen die Palmen einfach demnächst bei uns.

Ich hatte kein Geld vom Maritim bekommen, nicht einen Pfennig.

Aber eine Flasche Wodka. Auch gut.

Es war was Komisches passiert beim Maritim. Yvette war da gewesen, drinnen, hatte in der Bar rumgeräumt. Sie hatte gesagt, sie hätte kein Geld, und dann hatte sie mich ganz plötzlich zu sich gezogen und gesagt: »Der Kaminsky. Du weißt schon.«

»Ja«, hatte ich gesagt. »Der tote Kaminsky.«

»Du wolltest Sachen über ihn wissen«, hatte Yvette gesagt. Yvette: ganz nahe, ihre Karottenhaare hatten meinen Hals gekitzelt, und in ihrem Atem war Alkohol gewesen. Sie bezahlte sich selbst die letzten Überstunden in Flaschen aus der Hotelbar, so viel war klar. Es gab nichts anderes mehr. Das Maritim war leer und dunkel, ein Geisterhotel.

»Keine Herrenrunden mehr«, hatte sie gesagt. »Die Herren, haha, in ihren Uniformen. Die bereiten sich jetzt auf den richtigen Kampf vor, auf das Ende. Und den Anfang. Trinkt keiner mehr hier bei uns, Chef ist auch weg. Der Kaminsky … Den einen Abend, weißt du, als der von der Herrenrunde kam, da war er nicht mehr so gut drauf, er war komisch. Er hat sich hingesetzt, hier in der Küche, und den Kopf in die Hände gestützt und ihn dann geschüttelt. Immer wieder und wieder und wieder, und denn is er aufgestanden und hat sich 'n Klaren eingegossen und den geext, und dann hat er sein Telefon genommen und getippt. Langsam, er konnte nur langsam tippen, aber ganz konzentriert. Zwei Stunden hat er dagesessen und getippt, während wir Küche gemacht haben. Und dann war er tot. Ich frag mich, wem er geschrieben hat. Und was. Und ob er das besser nicht geschrieben hätte.«

»Hast du ihn geliebt?«, hatte ich gefragt, und sie hatte nur gelacht. »Wenn ich jung und schön wäre«, hatte sie gesagt. »Und romantisch, wer weiß? Aber Liebe is nicht für unsereins. Für unsereins is Kartoffel schälen und Teller waschen und Mund halten. Und vielleicht noch ein paar Blagen in die Welt setzen und später mit dem Vater streiten, der eh wieder abgehaun ist. Nix Liebe. Du, hm? Du glaubst, du findest sie irgendwann? Die große Liebe?«

Sie hatte durch mein Gesicht gestrichen, mit ihrem kurzen Zeigefinger, meine Nase runter und über meine Lippen. »Glaub nicht zu sehr dran. Es tut bloß weh.«

Ich legte mich zurück in den Sand, die Arme unter dem Kopf verschränkt.

Mehr Wodka.

Die ganz große Liebe.

Da oben am Nachthimmel hing sie wie ein Sternbild: Die. Große. Liebe. Wie »Der große Wagen«. Vielleicht konnte ein Sternenforscher mir sagen, wo genau sie war und wie man hinkam.

Die karottenhaarige Yvette hatte den bierbäuchigen Kaminsky geliebt. Keiner von ihnen war jung und schön und klug gewesen, aber war das nicht egal? Und er war tot. Und sie saß in einem leeren, dunklen Hotel und trank.

»Der Kaminsky ist umgebracht worden«, sagte ich zu den Sternen, »weil er eine Nachricht geschickt hat. Übers Handy. Wem? Und was für eine Nachricht? Es war … nach einer … wie hat sie das gesagt? Herrenrunde vom Militär, wo er mit den wichtigen Typen da gesoffen hat. Noack und den ganzen Würdenträgern. Ich würde sagen … er hat da irgendwas mitgekriegt. Was er nicht weitersagen sollte. Er hat was weitergeschickt, an die falschen Leute. Und dann lag das Handy im Müll. Kaputt.«

Ich setzte mich auf. »Das ist die Verbindung. Das Militär. Nee. Was hat das Militär mit dem Unfall von dem Dönermann zu tun?« Ich stand auf mit meiner Flasche und begann, am Strand entlangzuwandern, und ich diskutierte mit der Flasche, wie, was, warum. Und die Flasche antwortete ab und zu, aber so richtig deutlich sprach sie nicht.

Kleine Muscheln pikten im Sand, und auf dem Meer lag Mondschein, es war ganz glatt. Es wäre schön gewesen, zu zweit zu sein. Man hätte über das Wasser laufen können, Hand in Hand, bis zum Horizont und weg.

Damit hatte alles angefangen. Komisch. Damit, dass ich zum Horizont gesehen und mich weggeträumt hatte, und auf einmal hatte sie dagestanden und gesagt: »Erdbeer-Cookie.«

Eine Sternschnuppe raste über den Himmel. Direkt vor mir, ein glühender orange-goldener Strich, der noch nachhallte in den Augen wie ein Ton.

Ich dachte einen Namen, während sie fiel.

Ulja.

Und dann sah ich etwas Seltsames.

Weiter oben am Strand lag der Umriss einer Beachbar in der Nacht. Ein Schuppen, in dem sie Saft und Cocktails verkauften, mit Liegen und Holzpalletten zum Draufsetzen davor, zwei alte Surfbretter steckten im Sand zur Deko. Dass die Beachbar dort war, war nicht komisch. Sie schlief, war verlassen. Klar, die Touristen hatten alles Leben mitgenommen von der Insel. Sie wartete nur noch. Auf Putin.

Haha, als käme der hierher und würde sich auf eine Liege setzen und einen Drink bestellen.

Komisch war, dass auf der Theke des Schuppens Kerzen brannten. Sie flackerten in einem leisen Windzug. Eine ganze Reihe Kerzen, Glutpunkte wie Reste der Sternschnuppe. Als hätte sie Glitzerstaub verloren beim Fallen, und der wäre da gelandet.

Ich ging durch den Sand rauf, langsam, verwirrt. Die Welt schwankte ein bisschen, war sanft wattiert an den Rändern, danke, lieber Wodka. Und da war Musik in der Nacht. Konnte gar nicht sein, sagte ich mir, kam sicher auch aus der Flasche. Sie war wunderschön. Sanft wie das glatte Meer, leise und hell wie die Kerzen. Gesang. Ich blieb vor den Kerzen stehen.

Es waren achtzehn Stück, Kerzen in Gläsern, gegen den Wind, der am Meer auch da ist, wenn man denkt, er wäre nicht da. Und auf einmal fühlte ich mich glücklich. Komisch, total glücklich.

Auf einmal war ich sicher, dass alles gut wurde.

Wenn in der verlassenen Beachbar Kerzen stehen und Sternschnuppen fallen und das Meer aus Silber ist, dachte ich, dann kümmert sich vielleicht doch jemand um uns. Jemand ist da, den wir nicht sehen, der auf uns aufpasst, dem wir nicht egal sind, nicht mal ich. Jemand, der auf Mama und Kira und Raymon und Leif aufpasst und der auch die ganze Kriegssache aufhalten wird. Gott.

Neil saß irgendwo und las die Bibel.

Die Musik hatte aufgehört. Jetzt war alles still, und in der Stille rauschte das Meer an den Strand, es atmete.

Ich trank noch einen Schluck und sah zu den Liegen und den Holzpalettensofas rüber, und da lag jemand. In einem Schlafsack. Auf einer Holzpalette. Ein wenig zusammengekrümmt, Kapuze über dem Kopf. Es war nicht Gott. Es war ein Obdachloser.

Ich ging rüber und setzte mich auf die Palette zu ihm.

»Hey«, sagte ich. »Willst du ’n Schluck? Wodka? Hast du die Kerzen angezündet?«

Der Schlafsack regte sich leicht, und der Obdachlose antwortete.

»Ja«, sagte er. »Ja.«

Und eine Hand kam aus dem Schlafsack und griff nach der Flasche, und der Schlafsack setzte sich auf. Die Stimme des Obdachlosen war die, die gesungen hatte. Durch die Wodkawattierung drang das alles nur verlangsamt zu mir durch, ich hätte es natürlich gleich kapieren müssen.

»Finnley«, sagte der Obdachlose.

»Ulja?«

»Ja«, sagte sie. »Bin ich hier.«

Und in dem Moment, in dem sie es sagte, merkte ich, wie sehr ich es vermisst hatte, ihren Akzent zu hören. Als hätte ich sie tausend Jahre nicht gesehen. Es war der schönste Akzent der Welt. Er schmeckte nach Erdbeer-Cookie-Eis.

Sie nahm die Flasche und trank einen Schluck, und sie rückte ein wenig näher und legte ihren Kopf an meine Schulter.

»Was machst du hier?«, fragte ich.

»Sitze ich, und trinke ich«, sagte sie.

»Ich auch«, sagte ich und nahm die Flasche. »So ein Zufall.«

Wir lachten zusammen. Es tat so gut, zu zweit zu lachen.

»Ich schlaf hier«, sagte sie. »Ist schön. Meer ist da. Es ist, als wenn es passt auf fur mich.«

»Aber … deine Eltern«, sagte ich. »Im Heim. Machen die sich keine Sorgen? Und was ist überhaupt? Ich meine, wann gehst du nach Hause?«

»Ich geh nicht nach Hause«, sagte sie und trank noch einen Schluck.

»Habt ihr gestritten?«

Sie schüttelte den Kopf. Noch ein Schluck. Dann, leise, sagte sie: »Meine Eltern. Sie sind in Ukraine. Immer. Sie waren nicht hier.«

»Aber du hast gesagt, sie …« Ich verstummte.

»Ja«, sagte sie. »Ein Luge.« Sie sah mich an, von der Seite, ich spürte es. »Jetzt du bist enttauscht«, sagte sie. »Weil ich bin eine Lugerin.«

»Is okay«, sagte ich. Und eine Weile sagte niemand etwas, und dann legte sie den Kopf wieder an meine Schulter. »Müde Lugerin«, sagte sie. »Manchmal, es ist kalt. Nacht. Heute, es geht. Manchmal, ich denke fur ein Bett, und es wurde sein sehr weich.«

»Du hast kein Bett?«

»Siehst du eine Bett?« Sie lachte.

»Aber du … du musst irgendwo wohnen.«

»Ich muss?«, fragte sie. Und lachte wieder. »Nein. Ich glaube nicht. Ich muss nichts. Auf alle Welt. Bin ich frei. Bin ich freie Mensch.«

»Und deshalb rennst du nachts auf Friedhöfen rum.«

»Du auch«, sagte sie. »Rennst du nachts auf friedliche Hofe rum. Mit Neil. Und ihr grabt.«

Ich nickte.

»Erzählst du mir die Wahrheit? Über alles.«

»Über alles«, sagte sie bedächtig, »ich kann nicht erzählen die Wahrheit, weil er weiß niemand. Die Welt, der Tod, das Leben, den Unendlich. Der Sinn. Den Zukunft. Ich kann dir erzählen kleine Wahrheit. Kleine, kleine Wahrheit, wenn du willst, ganz kleine. Ich bin nur ein kleine Mensch. Ganz unwichtig.

Das Flugzeug. Von russischer Pilot. Es ist weg. Nicht mehr in Schilf. Das ist kleine Wahrheit. War ich da, um fur es zu suchen. Ich habe nicht es gefunden. Jemand hat abgeholt. Und ich habe gesehen, russische Sachen, von in das Flugzeug, später, bei Militärs. Das ist komische Wahrheit. Sachen mit Russlandfahne. Wie Angedenken. Jemand hat gerne die Russen, hat das Flugzeug geholt, obwohl es ist sehr schwer.«

»Warte. Jemand, der russische Flaggen sammelt, hat sich das Flugzeug unter den Nagel gerissen? Aber das ist verrückt.«

»Ja«, sagte sie. »Ganze Geschichte hier von Insel, es ist verruckt. Total verruckt. Hier ist verruckte Leute. Leute haben Angst, und sie wollen machen Freunde mit Russland. Weil sie haben Angst. Ich sag dir, warum? Dieses kleine Insel kann machen große Tanz, tanzen über den Meer bis zu den Horizont, Beine schmeißen, Arme schmeißen, schreien, alles. Russland wird nicht bemerken, ist zu klein.«

Ich stellte mir Usedom vor, das beine- und armeschmeißend über die Ostsee tanzte, und musste lachen.

»Warum bist du zurückgegangen? Zu dem Flugzeug im Schilf? Warst du bei dem Grab von dem toten Piloten?«

Sie nickte. »Hast du nie gefragt, wer war zweite Person in das Flugzeug?«, fragte sie leise. Hielt sich an der Wodkaflasche fest, als könnte sie ihre Hände daran wärmen. »War ich«, flüsterte sie. »Zweite Person war ich.«

»Du?«

»Ja. Geschichte ist so.« Ihr Kopf lag noch immer an meiner Schulter, und die Sterne über uns waren ganz leise und lauschten, und die Kerzen auf dem Tresen flackerten leiser als sonst.

»Er ist gelandet, bei uns. In der Nähe von Haus von meine Eltern in Ukraine«, wisperte Ulja. »Russische Pilot. Sein Flugzeug, es war kaputt, ich habe ihn gesehen, ich hatte Angst, aber ich bin gegangen, zu ihn, ich habe gefragt, geht es dir gut, und er hat gesagt: Ja. Aber ich brauche Werkzeug, zu reparieren das Flugzeug. Und er hat mir gesagt, er wird nicht kämpfen mit Flugzeug, nicht mehr, es ist Wahnsinn, er wird weg, bevor sie merken. Er wird versuchen, zu weg zu fliegen, bis Polen oder weiter. Vielleicht, er wird abgeschossen, vielleicht nicht. Er war jung. Ganz jung. Bisschen älter als ich. Aber bisschen auch wie junger, in sein Herz. Wie Kind. Er war ein liebe Junge.

Er hat Angst gehabt, von Krieg, er hat geweint. Angst, er hat gesagt, zu töten andere Leute. Nicht fur sich selbst so viel. Und ich habe ihn gegeben Werkzeug. Er war bei uns, in die Nähe von Haus, auf Land, keine Stadt. Meine Eltern ich habe nicht gesagt, er ist da.

Sie hätten ihn gehelfen, sicher. Sie sind gute Menschen. Sie wollten nie weggehen von Ukraine. Sie haben geblieben, andere Leute zu helfen. Zu fahren mit Sachen fur Hilfe, in die Orte, wo man braucht Hilfe. Fur die Menschen, die sind arm. Die bleiben und nicht können machen Flucht. Meine Eltern, sie sind Lehrer. Und sehr sie lieben Ukraine. Sie haben gesagt, wir laufen nicht weg, wir mache Hilfe, junge Leute auch, sie mussen bleiben, und alle mussen wieder Frieden machen. Sie haben gesagt, es ist nicht so einfach, auch es gibt Schwierigkeiten von Ukrainer gegen Russen, von Geschichte. Und von Russen naturlich sowieso, alle streiten, es ist kompliziert, man muss reden. Immer helfen und reden und Geduld haben.« Sie seufzte. »Ich will nicht reden und bleiben und Politik machen. Ich will singen. Sehen die Welt. In die Sonne sein. Ich will …« Sie hob hilflos die Hände. »Nicht so viel Ernst. Immer alle sind gut und klug und ernst zu Hause.«

Ich nickte. »Gut und ernst ist anstrengend«, sagte ich. »Ich glaube, ich will eigentlich auch nur leben.«

»Tanzen«, sagte Ulja.

»Länder sehen«, sagte ich.

»Verruckte Sachen machen«, sagte Ulja.

Und dann: »Ja! Ja, genau! Also, ich habe nicht erzählt meine Eltern von den russischen Flieger. Ich habe ihn gebracht Werkzeug und Essen, und ich habe nicht erzählt. Weil ich wusste, dass er ist eine Chance fur mich. Ich wusste, ich werde weggehen mit ihm. Er hat mich mitgenomm. Ich bin eine Verräterin. Fur meine Eltern. Ich bin weggegangen, ich habe nicht ihnen gesagt nichts. Verräterin. Ja.

Auch für mein Volk. Es ist schlecht. Aber ich kann … konnte nicht etwas anderes tun. Es war viel Gepäck, Schlafsäcke von ihn und von mir, Rucksack, Decken, ich hatte alles, alles um mich, es war wie ein Kissen, wie Airbag in Auto. Und dann, es war immer noch kaputt, Flugzeug, uber der Insel, er konnte nicht mehr kontrollieren, er wollte landen, und wir sind gelandet, es war nicht gut, und …« Sie brach ab, schnappte die Flasche, trank einen großen Schluck. Nahm meine Hand und drückte sie.

»Er ist tot, du weißt«, sagte sie. »Ich hatte in mein Gesicht sein Blut. Und ich lebe, weil ich hatte all die Sachen wie Kissen. Ich bin aus den Flugzeug gekommen, irgendwie, ich hatte ein bisschen Geld, Euros, es war Reserve, von den Pilot, er hatte geplant. Geplant fur zu leben. Polen, Deutschland, irgendwo. Neu anfangen, keine Politik, nur tanzen. Ich bin weit gelaufen, weit, weit, in einer Nacht, wie in eine Trance, wie Traum, gelaufen, gelaufen, gelaufen, ich habe nicht geweint. Irgendwann, ich war in Zinnowitz. Und ich habe meine Sachen versteckt, Rucksack, Schlafsack, und ich habe gefunden ein Junge, der hat verkauft Eis. Erdbeer-Cookie. Da dachte ich, ich bin angekomm. In Leben. Jetzt, ich vergesse alles. Alle Tode. Ich schmeiße die Vergangenheit und behalte nur mein Name, ich gehe nach Berlin, ich singe. Verräterin singt.«

Sie ließ meine Hand los, krabbelte aus dem Schlafsack und stand auf. »Morgen. Morgen ich werde gehen mit den Zug nach Berlin.«

»Hast du denn jetzt das Geld?«

Sie nickte. »Nicht viel, bisschen. Es muss sein genug. Ich muss weg. Noack, er gibt mir das Geld morgen. Ich habe bisschen gearbeitet für ihn.«

»Was? Was hast du für ihn gearbeitet?«

Sie zuckte die Schultern. »Oh, nur ein kleine Sache. Nichts interessant zu erzählen, vergess es. Er mag mich, ich glaube, das ist gut.«

Ich spürte einen Stich in mir. »Er … mag dich. Hast du ihn geküsst?«

»Du bist ja Eifersucht«, sagte sie. »Komm. Lass uns nicht sein ernst. Das hier ist Leben. Tanzen. Singen. Tod ist da, immer, uberall, nutzt nichts weinen. Besser, wir leben.«

Die Flasche war fast leer.

In meiner Tasche fand ich eine letzte grüne Zigarette. Ist gut, wenn du Kumpels im Ghetto hast. Oder eine Mama, die Kumpels hat. Ich zündete sie an, gab sie nach dem ersten Zug an Ulja weiter. Sie sagte nichts, nahm sie, wir teilten, und der süßliche Geruch hüllte uns ein. Die Sterne waren an Gummibändern befestigt, sie schwangen am Himmel ganz leicht hin und her – und dann fiel einer runter. Und noch einer. »Guck!«, sagte ich. »Sternschnuppen! Du kannst dir was wünschen!«

»Klar, ich wunsch noch ein Sternschuppe«, sagte Ulja und lachte.

»Nein, was Richtiges«, sagte ich und zog sie ganz leicht an mich. »Wünsch dir was Richtiges.«

Sie war sehr nah, und ich wünschte mir, dass sie mich noch mal küsste. Wie unter dem Tisch beim Alarm. Nur länger vielleicht. Und ohne Zuschauer, die Fotos machten.

Hinter Uljas Gesicht fielen mehr Sternschnuppen, ein ganzer Regen aus Sternschnuppen.

Ich ahnte, dass er nicht echt war. Die grüne Zigarette war gepanscht.

»Ich check nicht, wie man Sternschnuppen in Biozigaretten tun kann«, murmelte ich, »aber irgendwie haben sie das gemacht, die kommen jetzt raus.«

»Sie sind wundervoll«, sagte Ulja. »Ganze Million für ein Million Wunsche.«

Und auf einmal standen wir, und wir waren ganz woanders. Mitten am Strand, nicht mehr neben dem Palettensofa und der Bar.

Ulja hielt mich fest.

Wir tanzten. Wie Leute in alten Filmen. Ich kann nicht tanzen. Es war egal, Ulja konnte es. Sie führte mich, drehte mich, ließ meine Füße Schritte machen, die ich gar nicht kannte, zu Musik, die es gar nicht gab, glaube ich. Nur wir beide hörten sie. Sie war da, sie war überall, sie war wunderbar. Musik aus sprühendem Sternenlicht, Musik, die uns herumwirbelte, die Farben aus dem Sand wachsen ließ. Regenbögen. Zum Glück ohne Einhörner.

Wir flogen im Kreis, schneller, schneller …

Und dann fielen wir um, lagen keuchend im Sand, sie über mir. Ihr Gesicht näherte sich meinem, und sie küsste mich. Und ich wünschte mir plötzlich, ich hätte einen klaren Kopf, weil ich diesen Moment richtig erleben wollte, nicht schon wieder benebelt. Scheißrausch, nachher weißt du nie, was wirklich passiert ist, und wenn du Pech hast, vergisst du die schönsten Sachen.

Ich schloss die Augen, spürte ihre Lippen auf meinen wie schon einmal, aber irgendwie anders, ihre Zunge.

Und als ich die Augen öffnete, waren wir auf Klingemanns Boot. Der alten Jolle.

Nur Ulja und ich. Das Sternenlicht spiegelte sich in ihrer Brille. Wir segelten auf der Horizontlinie entlang, eine dünne Linie wie ein Hochseil. Keiner von uns hielt die Schoten fest, sie hielten irgendwie von selbst, keine Ahnung, wie die Jolle steuerte. Und ich dachte, wir fallen, mitten in unserem Kuss fallen wir, doch wir fielen nicht. Unter uns lag die Welt.

Ich sah die funkelnden Lichter der Großstädte, ihre beleuchteten Straßennetze. Und ich sah die dunklen Stellen, wo es keine Menschen und keine Lichter gab. Samtschwarz, geheimnisvoll. Die Flüsse glänzten unter dem Mond, und ich hatte keine Ahnung, wie sie alle hießen.

Wir trieben weiter und weiter von der Erde weg, ich sah jetzt die

Kontinente. Afrika erkannte ich, sonst nicht viel, ich war nie gut in Weltkunde. Aber jetzt waren wir so hoch, dass es egal war. Die Erde war nur noch eine blaue Kugel, schön und weit fort.

Und wir küssten uns noch immer. Vielleicht würden wir nie mehr damit aufhören.

Sie hatte die Brille abgenommen. Beim Küssen musst du nichts sehen, und du musst keine schlauen Bücher lesen dabei. Meine Hände umfassten Uljas Kopf, spürten ihr Haar, die Haut unter ihren Ohren. Wanderten an ihrem Hals hinunter. Bis zu ihrem Pullover.

Moment. Sie hatte gar keinen Pullover mehr an.

12

Und dann haben wir auf Klingemanns alter Jolle miteinander geschlafen. Ich hätte nie gedacht, dass mir das mal passiert, ehrlich nicht.

Ich hätte nie gedacht, dass das Mädchen, an das ich ständig denke, einfach plötzlich nur noch in Jeans und sonst nichts neben mir auf einem Boot sitzt und mich anlächelt. In der Ferne den blauen Planeten hinter sich wie eine Tischdeko, mitten im Nichts, und dass sie mich anguckt und lächelt. Aber das tat sie, genau das. Ihre Kleider hatten sich in einem Haufen neben ihr zusammengeringelt, sie waren vielleicht lebendig. Oder ich war vielleicht tot, weil, das war alles zu schnell und zu überraschend gewesen. Solche Sachen passieren doch nicht, die träumst du dir nur zusammen, alleine nachts im Bett, wenn du nur dich selbst zum Trost hast.

»Finnley«, sagte Ulja und fuhr mit einer Hand durch mein Gesicht und dann meinen Arm entlang. »Ist alles okay?«

Ich schaffte es irgendwie, zu nicken.

»Das Boot wird abstürzen«, sagte ich, und meine Stimme klang komisch gepresst.

»Ich glaube nicht«, sagte Ulja. »Sind wir im All, siehst du nicht? Ist kein Schwerkraft. Und wenn man fällt, alles ist relativ. Sagt Einstein.«

»Einstein«, wiederholte ich. »Ist das der, der die Zunge immer rausstreckt?«

»Ja«, sagte Ulja. »Der mit e ist gleich mc Quadrat. Aber er ist schon ziemlich lange tot.«

Ich nickte: Tu so, als ob du aufs Gymmie gehst, Finnley, sag nicht, dass du keinen Schimmer hast, wer e oder mc-Quadrat ist und wann er gelebt hat.

»Kann sein, morgen wir gehen weg, und alles ist schön«, sagte Ulja. »Kann auch sein, morgen, wir sind tot. Man kann nicht wissen. Deshalb ist besser, manche Dinge vorher machen.«

Und sie streckte die Hände aus und streifte mir meinen Pullover über den Kopf, und ich versuchte, ihr zu helfen, verhedderte mich aber heillos. Der Pullover versuchte, mich zu ersticken, eindeutig. Ich sagte das, und Ulja lachte, wir lachten beide, wir lachten und lachten und konnten nicht mehr aufhören. Fast war ich sicher, dass der Pullover auch lachte, er war furchtbar albern. Alles Schuld der Biozigarette. Irgendwie wand ich mich aus der Jeans, sie auch aus ihrer, und irgendwie waren wir dann beide nackt, und irgendwie ist das auch zu privat, um erzählt zu werden. Aber es muss gesagt werden, dass das Glückskondom, das ich ständig mitschleppe, endlich zum Einsatz kam, und dass ich mich natürlich fragte, ob es inzwischen verfallen war, und dass Ulja darüber lachte, weil die so schnell wohl gar nicht verfallen.

Und es muss gesagt werden, leider, dass sie sehr viel besser Bescheid wusste als ich. Wenn du selbst was tun sollst, nutzt dir ja kein Porno was, den du jemals geguckt hast. Das ist genau wie Fußball: Gucken ist was anderes als spielen. Und all die Abende in der Balkonei, an denen wir große Reden geschwungen hatten, schmolzen weg. Ich war sehr klein und sehr jung, fünf Jahre alt vielleicht. Ich lachte nicht mehr, ich dachte: Scheiße, wenn das jetzt nicht klappt, kann ich ihr nie wieder in die Augen sehen.

»Finnley«, flüsterte sie. »Ist das okay, wenn wir das machen? Ich meine, ich werde nicht heiraten dir oder irgendwas Sorte von feste Freundin, es ist nur fur hier. Fur jetzt. Diese Tage. Glitzertage.«

»Glitzertage«, flüsterte ich. »Ja. Ja, das ist sehr okay.« Obwohl ich dachte: Heirate mich. So, wie ein Fünfjähriger das denkt. »Aber du musst mich ein bisschen führen. Wie beim Tanzen, am Strand.«

Sie nickte, ihr Haar an meinem Hals, ihr Atem an meinem Ohr.

»Dann lass los«, sagte sie. »Relax. Vergess alle Gedanke und Sorgen. Du machst zu viele Sorgen über alles.«

Und ich versuchte es. Ich versuchte, Mama und Kira und Raymon zu vergessen und die Soldaten und Leif, der sich rekrutieren ließ, und das Geld, das nie da war. Ulja hatte sehr selbstbewusste Hände, und als ich in ihr war, war die blaue Weltkugel weg. Sie war einfach weg, wir waren alleine im All, nur wir auf dem Boot. Wir bewegten uns zusammen dort, auf und ab, und es war völlig egal, ob die Erde da war oder nicht. Wer braucht die Erde, sie ist sowieso kaputt, das sagen sie uns doch ständig. Sie haben sie kaputt gemacht, und wir sollen sie heil machen, und keiner hat Bock drauf. Jetzt, so, ohne die Erde, war eigentlich alles gut.

Ulja war komplett um mich herum, wie ein Meer. Ihre Brüste drückten sich an meine bloße Haut, ich schwamm in ihr, und ich dachte: Wahrscheinlich gehe ich unter. Und mein Blut war Alkohol mit Bläschen. Champagner. Und ich dachte: Es ist sicher unhöflich, zu früh zu kommen, aber bitte, wie willst du das verhindern?

Und dann explodierten das Boot und das Weltall und unsere Körper, wir flogen überall als Fetzen herum, und ich sah Stücke von der äußeren Welt vorbeifliegen: Kira, die auf einem Kissen saß, und Muddy und Mamas Spiegelbild im Badezimmerspiegel, müde und abgekämpft, und Neils schwarzen Hut und Leifs Grinsen. Und dann landeten wir in einem Regen aus blauen Aufklebern mit oranger Schrift, FURU FURU FURU, auf dem Sand.

Das Boot vom Klingemann war weg.

Ich sah hoch, und da stand der Klingemann selbst. Er sah auf uns herab und nickte

»Schon okay«, sagte er.

Dann ging er über den Sand davon.

»Shit«, keuchte ich und schüttelte den Kopf. »War der … war der jetzt wirklich da?«

»Nein«, sagte Ulja. »Da ist niemand keiner. Komm her, bist du warm.«

Sie zog mich an sich und verbarg ihren Kopf an meiner Brust, mir war heiß, aber sie zitterte.

Und dann merkte ich, dass sie weinte. Ganz leise, fast lautlos, ihre Tränen waren nass auf meiner Haut. Ich streichelte ihre Haare, plötzlich hilflos, auf einmal war sie klein und ich erwachsen.

»Was ist denn?«, wisperte ich. »War das falsch? Was …?«

»Nein«, wisperte sie. »Ich dachte nur an Pilot. Er ist tot. Ich dachte, ich könnte lieben diese Pilot, vielleicht. Wir könnten zusammen finden die Zukunft. Ein schöne Zukunft, ohne Streit und ohne Krieg. Er war nett. Aber er ist tot. Sind sie alle tot. So viele. Uberall in der Welt, Menschen machen Kriege und sterben. Es ist so … so dumm. Wenn man nur will ein bisschen leben, es geht nicht.«

»Du hast gesagt, ich soll alles loslassen. Alle Sorgen«, wisperte ich.

Sie nickte. »Ja, guck, und dann kommen Sorgen zu mir, dumme Sorgen«, flüsterte sie und lachte leise, aber sie weinte auch. Und ich hielt sie fest, und ich wünschte, ich hätte etwas tun können, damit sie glücklich war, einfach nur glücklich. Ich wünschte, es hätte nur den Strand gegeben und das Meer und die Sterne und sonst überhaupt nichts auf der Welt.

Ich hätte gerne was Kluges gesagt, aber ich bin nicht gut mit großen Worten. Ich war nichts und niemand, dachte ich, nur ein Ex-

Eisverkäufer im Sand. Ich hielt ein kluges, wunderschönes Mädchen im Arm und war es nicht mal wert. Sie sagen uns ja ständig, dass wir dumm sind und es zu nichts bringen, in der Förderschule. Ich konnte nichts tun, als Ulja festzuhalten und ihr Haar zu streicheln.

»Es stimmt nicht«, flüsterte Ulja und zog die Nase hoch. »Du bist nicht dumm.«

Und ich begriff, dass ich laut gedacht hatte.

»Worte sind gar nicht Beste«, sagte sie, »festhalten ist besser.«

Und so hielt ich sie weiter fest, ganz fest, und die Nacht um uns herum machte Musik mit den Wellen.

Irgendwann weinte sie nicht mehr.

Sie löste sich von mir und sagte: »Lass uns schwimmen.« Und sie stand auf und rannte ins Wasser, einfach so. Ihre Silhouette war schwarz und wie auf einem Bild, ein Schattenmädchen. Das Wasser war eisig. Ich folgte ihr, ich schwamm ihr nach, weit hinaus, obwohl ich kein guter Schwimmer bin, nicht mal das.

Und unter Wasser leuchtete es. Die Sterne mussten alle ins Meer gefallen sein.

Wir tauchten mitten hinein in das Leuchten, es war blau und violett und dazwischen türkis, und überall schwebten Blasen wie goldene Kugeln. Ein Sommermeer, fast wie Südsee. Fische schwammen silbern durch die Tiefe, und die Algen wiegten sich wie Mädchenhaare.

Wir ließen uns wieder nach oben treiben und lagen auf dem Rücken in der leuchtenden Ostsee und sahen in den Himmel.

»Jetzt ist alles gut«, sagte Ulja. »Alles. In diesen Moment. Vollkommen.«

»Vollkommen«, sagte ich. »Nur Leif und Neil müssten da sein, dann wäre es noch vollkommener.«

»Ja«, sagte sie. Und da passierte etwas Komisches: Die Sternschnuppen flogen rückwärts.

Aus dem Meer, in den Himmel rauf.

Ich fragte mich, was das bedeutete. Vielleicht gaben wir die Wünsche zurück. Weil alles gut war. Wir schickten sie wieder in die Schwärze, als Reserve.

Für später. Für die schlechten Zeiten.

Die immer kommen.

Als die Sonne über dem Strand aufging, lagen wir zu zweit in einem Schlafsack am Ende der Seebrücke und hörten den Möwen beim Kreischen zu. Ein Schiff fuhr weit draußen durch den Sommer. Fuhren die Schiffe noch nach Polen und zurück? Oder nicht mehr?

Und dann sah ich auf und sah, dass auf der Seebrücke eine Gestalt stand, groß und dunkel gegen den hellen Himmel. Mit Hut.

Ich streckte eine Hand aus und rüttelte Ulja ganz leicht. Sie lag in einem Nest aus Haaren und Einkuschelung neben mir wie ein Eichhörnchen. Und jetzt regte sie sich, setzte sich auf, strich sich die Haare aus der Stirn. Fand irgendwo ihre Brille und setzte sie auf.

Die große dunkle Gestalt kam näher, wie ein Riese, hinter ihr war der Himmel blassviolett, und alle Möwen flogen auf und kreischten davon.

»Neil?«, fragte ich. Meine Stimme klang komisch. Ich saß halb in einem Schlafsack, mit nacktem Oberkörper, hatte keine Ahnung, wo mein T-Shirt war, irgendwo *im* Schlafsack vielleicht. Und neben mir saß das Mädchen, das im Sonnenblumenfeld mit Neil geflirtet hatte, und trug einen BH und sonst nicht viel. »Neil, bist du das?«

Blöde Frage. Natürlich war er er, wer sollte er sonst sein? »Was … machst du hier?«

»Könnte ich dich auch fragen«, sagte er.

Und dann sah er zu uns runter, zu mir und Ulja, und schüttelte den Kopf.

»Kinder, Kinder«, sagte er, nahm den Hut ab, fuhr sich durchs schwarze Haar, das immer perfekt lag, und setzte ihn wieder auf. »Wir sind im Krieg.«

»Wir … was?«, fragte ich.

Er zog sein Handy aus der Tasche des schwarzen Beerdigungsmantels, der zu warm war für den Sommer, und hielt es hoch.

»Kannst du überall nachlesen, Facebook, überall«, sagte er. »Russland hat Polen den Krieg erklärt, und damit Europa, quasi. Heute um fünf Uhr siebzehn. Sie machen jetzt alle mobil hier. Als Nächstes ist doch Deutschland dran, und wir sind die Ersten. Alle auf der Insel über sechzehn sollen hin. Wir sollten uns um Leif kümmern. Deine Mutter hat mich angerufen. Zwölf Mal, seit halb sechs. Hat gesagt, sie erreicht dich nicht. Sie ist auf dem Weg zum Zug. Oder bald. Sie will, dass du mitkommst. Sie sagt, es ist keine Frage.«

Ich schüttelte den Kopf, kam auf die Beine, versuchte, all diese Informationen zu verarbeiten.

»Ich gehe auch«, sagte ich. »Hab ich dir gestern schon gesagt. Und wenn sie alle einziehen … dann musst du mitkommen. Helfen. Verteidigen. Uniform und alles. Es ist unsere Pflicht.«

»Eigentlich nicht«, sagte Neil.

Das verdammte T-Shirt war nicht da. Da stand ich, nur in Jeans und barfuß, am Geländer der Seebrücke. Die Schuhe waren irgendwo am Strand, keine Ahnung, wo. Und der Wind fuhr in mein Haar und zerzauste es wie eine riesige Hand, die Hand von Gott oder wem, falls es den gibt. Und der Wind zerriss die Wolken rosa. Er war kalt, auf meinen Armen wuchs Gänsehaut, und alle Haare stellten sich auf wie kleine blonde Federn. Der Horizont war eine blendende Linie.

Das Seil, dachte ich, auf dem wir nachts entlanggesegelt waren.

»Schau«, sagte Ulja und stand plötzlich neben mir, ihre Arme neben meinen: rundlicher, weicher, weniger mager, schöner. Ich roch ihren Duft im Wind. »Schau, da.«

Sie zeigte, und da lag ein Boot, angeleint an einer Boje. Die Jolle. Klingemanns Jolle. Die eigentlich ins Achterwasser gehörte, auf der gegenüberliegenden Inselseite.

»Sind wir wirklich damit … geflogen?«, flüsterte ich.

»Wie viel hast du getrunken?«, fragte Neil, der jetzt auf der anderen Seite neben Ulja am Geländer stand.

»Nicht viel«, sagte ich. »Viertelflasche Whiskey. Aber geraucht.«

Und da sah ich, dass es gar nicht Klingemanns Jolle war. Es war nur eine ähnliche Jolle. Bedeutete das, dass nichts von alldem nachts passiert war?

»Finnley, du bist ein unvernünftiger junger Mensch«, sagte Neil streng.

»Und du rennst am Strand mit Beerdigungsschuhen rum«, sagte ich. »Wen hast du denn bitte heute Morgen schon beerdigt?«

»Den Frieden«, sagte Neil. »Und einen Fisch.«

»Einen *Fisch*? Einen verdammten Fisch?«

Er nickte. »Eben. Es war eine sehr schöne Beerdigung. Er war angespült worden. Auch Fische verdienen ein würdevolles Begräbnis. *Alles Leben kommt aus dem Meer und geht dorthin zurück.* Es war eine Seebestattung. Und ich habe ein paar Worte gesagt, wie sie es beim Bestattungsinstitut auch machen, wenn kein Pfarrer dabei ist. Ich habe mir das bei ihnen abgeguckt.«

»Du hast einen toten Fisch ins Wasser geworfen und gebetet?«, fragte ich. »Russland erklärt unseren Nachbarn den Krieg, und du betest für einen *Fisch*?«

Ulja lachte hell. Und legte eine Hand auf Neils Hand auf dem Geländer und eine Hand auf meine.

»Ihr seid beide wunderbare Unvernunft-Menschen«, erklärte sie freundlich.

»Wir werden noch genug Menschen zu beerdigen haben«, sagte Neil ernst. »Weshalb ich mich auch nicht einziehen lasse. Einer muss da sein, der sich um die Toten kümmert, hab ich schon mal gesagt.«

»Du gehst auch nicht«, sagte Ulja, sah mich an und schob ihre Brille ein wenig hoch. »Ihr beide geht nicht zu den Soldaten. Ich will nicht, ihr seid wie die Fisch. Wie der Pilot.«

»Scheiße, was soll ich denn machen?«, rief ich. »Mit meiner Mutter weglaufen wie ein kleines Kind? Ich kann Leif doch nicht alleine lassen!«

Draußen fuhr jetzt noch ein Schiff vorbei, ein graues Riesenschiff, und Ulja sagte: »Militär«, und ich nickte. Das Schiff schien uns zu beobachten, es hatte einen bösen Blick, lauernd. Und ich konnte nicht erkennen, welche Flagge es trug.

»Wir holen Leif«, sagte Neil.

In diesem Moment meldete sich mein Handy. Es war Mama, und als ich aufs Display sah, poppten tausend Nachrichten auf, und Neil hatte recht: Bei Facebook waren alle am Start und schrieben wild hin und her, überall war Krieg in meinem Handy. TikTok war ein einziger Berichte-Mix, lauter Videos von Panzern, die durch Polen rollten. Wobei, eins war definitiv aus Afghanistan. Ich wollte lachen. Aber die anderen Videos sahen leider verdächtig nach Osteuropa aus. Und auf einem war ein polnisches Schild. Shit. Die WhatsApp-Gruppe unserer Klasse, die in den Ferien geschwiegen hatte, brannte.

Sie hatten Angst, sie hatten alle Angst. Sie würden alle gezogen werden.

Andreas vielleicht nicht, der war Autist, oder jedenfalls glaubten sie ihm das sonst immer, wenn es was zu tun gab und er sagte, er könnte das nicht.

Manchmal aß er Blätter. Oder wohnte unter dem Tisch. Kann aber auch sein, es war einfach eine super Ausrede.

»Finnley? Finnley?«

»Ja«, sagte ich ins Handy.

»Wir fahren mit dem ersten Zug«, sagte Mama. »Komm jetzt an den Bahnhof. Jetzt. Wo bist du?«

»Zinnowitz. Ich …«

»Warum Zinnowitz? Wo warst du nachts?«

Ich hörte Raymon im Hintergrund: »Finn«, sagte er, »kommt Finn? Jetz kommt Finn?« Er heulte, und ich dachte: Scheiße, Mann, immer das schlechte Gewissen. Ich hatte eine nette Nacht, aber mein dummer kleiner Bruder muss heulen, und ich wünschte, ich hätte ihn nicht lieb, dann wäre es mir egal. Aber ist es mir nicht.

»Wo ist Kira?«, fragte ich.

»Komm zum Bahnhof«, sagte Mama. »Wir fahren Wolgast Fähre los, kommst du dahin oder steigst du auf der Insel ein? Du kannst nicht hierbleiben, die ziehen dich. Du musst jetzt mit, es geht nicht anders. Jaqueline nimmt uns alle, wir haben telefoniert, es ist wenig Platz, aber sie macht das. Ist komisch, bei denen redet noch gar keiner vom Krieg, sie war total überrascht. Aber es steht ja alles im Netz. Sie hat es dann gesehen und gesagt: Okay. Also, wohin kommst du?«

Sie war atemlos, aufgelöst, hektisch.

Ich sah Neil an.

»Ich komm zum Bahnhof, hab ein Rad da«, sagte ich. Und legte auf. Und sah Neil an. Dann Ulja. Dann wieder Neil.

»Du haust doch ab?«, sagte Neil.

»Nein«, sagte ich. »Ich gehe meiner Family Tschüs sagen. Ich bleibe.«

»Um das Land zu verteidigen?«, fragte Neil. »Gegen Soldaten in russischen Flugzeugen, wie der im Schilf?«

Ulja zuckte zusammen, und ich dachte: Er weiß es ja nicht, er kennt die Geschichte des Fliegers nicht. Uljas Geschichte. Die Geschichte einer – so hätte sie gesagt – Verräterin. Aber sie war keine. Sie war nur ein Mensch.

Ich fand Leifs TikTok-Account, der auch rollende Panzer enthielt. Und ein Video von ihm selbst, verwackelt, er stand da und hielt die Daumen hoch und grinste. Sie hatten ihn in eine Uniform gesteckt. Es war erst gestern gewesen, gestern war er hingegangen. Es schien Jahrhunderte her. Die Uniform passte nicht, sie war ein bisschen zu schmal, aber er sah sehr schmuck aus darin.

Danach kamen Rennautovideos auf seinem Kanal und eine Cannabispflanze und dann wieder Panzer.

Es sprach eine gewisse Sehnsucht aus der Cannabispflanze.

Abende in der Balkonei.

»Bleibst du, um da hinzugehen?«, fragte Neil noch einmal. »Dich ernsthaft in 'ne Uniform stecken zu lassen? Weil, *ich* bleibe, um Dinge herauszufinden. Endlich.«

»Ich dachte, um Leute zu beerdigen?«

Er seufzte. »Ja, das auch. Mal sehen.«

»Du wolltest mir erklären, wo die Verbindung ist«, sagte ich. »Zwischen den Toten und den Nichttoten. Und Ken wollte mir erklären, was FURU ist. Aber dann doch nicht. Es ist etwas, das sie cool finden, klang nach Partei. Es ist bizarr. Aber jetzt gehe ich Mama und den Kleinen Tschüs sagen. Wir reden danach.« Ich sah Ulja an. »Ich hab das alte Fahrrad von Leifs Mutter. Es hat einen Gepäckträger. Willst du mit?«

Ulja hatte den Schlafsack eingerollt und war jetzt wieder vollständig angezogen. »Ich glaube nicht, deine Familie mag, wenn ich bin da«, sagte sie. »Leute hier denken, es ist Schuld von Ukraine, wenn Russland sagt Krieg.«

»Ach, Quatsch«, sagte ich. »Meine Mutter nicht. Meine Mutter ist wunderbar.«

Und dann saßen wir zu zweit auf einem roten Omafahrrad, und ich strampelte uns die Straße entlang. Barfuß, weil ich die Schuhe nicht wiedergefunden hatte. Über die hohe blaue Brücke, unter der die Schiffe sonst durchfahren. Die Riesenjachten mit den hohen Masten und den vollautomatischen Extras.

Es waren keine Schiffe da. Zurück zur Natur, Adler und alles. Eine Insel ohne Fremde. Ging das? Kann irgendwas auf der Welt noch ohne Fremde sein? Die Welt hat sich doch längst vermischt, es sind überall Leute von überall. Wie ein Milchshake, den du einmal geschüttelt hast, du kannst ihn nicht entschütteln und die Zutaten wieder trennen.

Und dann also der Bahnhof. Fähre.

Das ist gar kein richtiger Bahnhof, und eine Fähre gibt es da auch nicht. Es ist bloß ein Gleis neben dem Hafen, hinter einem Zaun. Da war eine Menschenmenge vor dem Zaun. Beim Parkplatz. Aber keiner ging um den Zaun herum, aufs Gleis. Sie starrten alle auf ihre Handys und redeten durcheinander, und ich stellte das Rad ab und kapierte nichts.

Es dauerte, bis ich Mama fand, und als ich sie fand, umarmte sie mich und hatte Tränen in den Augen.

»Shit, Finnley, die fahren nicht«, sagte sie. »Wir haben es eben erst mitgekriegt.«

»Wie – die fahren nicht?«

»Sie fahren nicht, gar nicht, keine Züge mehr von der Insel«, sagte Mama. »Guck, hier, schreiben alle möglichen Leute.« Sie streckte mir ihr Handy entgegen. »Brauchen die die verdammten Züge an der Grenze? Quatsch, wozu? Es heißt, die Bahnstrecke wäre gesperrt, über die Brücke. Es ist irgendwas wegen den Russen. Wie kommen wir jetzt weg?«

Neil stand neben mir, groß und dunkel und ernst, nahm seinen Hut ab und knetete ihn eine Weile. Er sah die aufgeregten Leute an, die mit ihren Koffern und Taschen um uns herumstanden und fluchten und sich aufregten und sich beschwerten. Da war auch eine ganz alte Frau, die weinte. Sie hatte einen Katzenkorb im Arm, so einen altmodisch geflochtenen runden mit Gitter vorne. Und darin saß eine große schwarze Katze und hatte ihre Bernsteinaugen weit aufgerissen und die Ohren angelegt. Die Katze war so panisch wie alle.

»Meine Miezi und ich, wir wollen nicht zu den Russen«, sagte die alte Dame, ungefähr alle zehn Sekunden. »Die essen Katzen, das weiß ja jeder.«

»Sind das nicht die Chinesen?«, fragte jemand, und Ulja guckte mich an und grinste, und ich grinste zurück. Mitten im Chaos. Was die Leute für einen Mist erzählen, sagten unsere Blicke.

»Habt ihr mal auf die Bahnseite geguckt?«, fragte Neil. »Vielleicht gibt es Schienenersatzverkehr.«

»Nee, da steht der alte Fahrplan, die ändern das nicht so schnell«, sagte Mama. »Aber es kommt nix. Wir müssen ein Auto finden, das uns mitnimmt. Die bilden alle Fahrgemeinschaften. Manche haben Bekannte mit Autos.« Und sie drehte sich um und stürzte sich in eine Diskussion mit einem schmierigen, übergewichtigen Typen in schwarz-weiß längs gestreiften Trainingshosen.

Er wollte Geld, fürs Benzin, und Mama sagte, sie hätte nur noch zwanzig. Und auf einmal war Muddy da und drängte sich an meine Beine. Ich hockte mich hin und kraulte ihn. Er hatte Hunger, und es gab kein Hundefutter mehr zu Hause, das wusste ich. Und ich konnte keins kaufen.

Komisch. Auch das also war Krieg.

Keine Panzer, die vorbeirollen wie in den TikTok-Videos, keine Schießereien, kein Heldentum. Sondern ein sonniger Parkplatz mit violetten Blumen in den Blumenkästen, ein hoher blauer Himmel und eine alte Frau, die wegen ihrer Katze weinte. Und fünfzig Leute, die über Benzinpreise diskutierten. Die verdammten Blumenkästen waren pure Ironie. Verdammt, mein Hund hatte Hunger, und ich trat gegen eine Laterne und fluchte.

»Kira?«, fragte Raymon. »Wo?« Er stand neben mir und war so groß wie ich in der Hocke und hatte einen Finger im Mund. »Kira, nein.« Er schüttelte den Kopf. Ich sah mich um. Er hatte recht. Sie war nicht da. Ich stand auf und hob ihn hoch, aber keiner von uns sah Kira in der Menge, und wir rissen Mama aus der Benzindiskussion und fingen an, sie zu suchen.

Aber sie war verschwunden.

Wir rannten die Straße entlang in die eine Richtung und dann in die andere und riefen, Neil und Ulja riefen mit. Und dann standen wir oben auf der blauen Brücke, über die eine Menge Autos fuhren, und alle Autos waren vollgestopft mit Kram.

»Die fliehen«, sagte Mama. »Die fliehen alle. Oh, Kira. Aber sie muss doch irgendwo sein. Wir können nicht ohne sie los. Wir können gar nicht los, wir haben kein Geld.«

Und da stand Mama auf dem Brückenasphalt am Geländer und heulte, und ich nahm sie in die Arme. »Kira ist schlau«, sagte ich. »Die schlägt sich irgendwie durch. Vielleicht hat einer sie mitgenommen, sie hat gesagt, wo sie hinmuss, und wir finden sie bei deiner Cousine vor der Haustür?«

»Oder vielleicht hat einer sie gekidnappt, weil es nicht auffällt in dem Durcheinander«, schluchzte Mama. »Es gibt so viele verrückte, kriminelle Typen da draußen. Keiner merkt, wenn ein kleines Mädchen verschwindet, und keiner wird uns helfen, zu suchen. Der Polizei ist das egal, wetten? Is ja nur ein kleines Mädchen aus dem Ghetto, da verschwinden immer mal wieder welche. Wen kümmert es, ob solche wie wir leben oder nicht? Guck dir die an!« Sie nickte zu den Autos hin, verächtlich und tränenüberströmt zugleich. »Die retten alle ihre eigene Haut. Solche wie wir, die kein Auto haben, können verrecken!«

Auf dem Parkplatz am Bahngleis war jetzt niemand mehr, sie waren alle schon weg, man sah es von hier aus. Man sah auf die ganze Stadt. Und dann war Ulja plötzlich da und nahm Mama auch in den Arm, und sie konnte es besser als ich. Und sie fing an, zu singen, ganz leise, da oben auf der Brücke, sie sang für Mama wie für ein kleines Kind, das man in den Schlaf singt.

Und keiner von uns verstand ein Wort.

Aber während sie sang, wurde alles wieder schön. Oder wir sahen die schönen Sachen, die schon da gewesen waren. Das Glitzern der Sonne auf dem Wasser. Die bunten Farben der Wimpel am Hafen. Das vorsichtige Lächeln auf Raymons verschmiertem kleinem Kindergesicht.

Ulja sang, und Neil stand neben uns. Still wie immer, verlegen den Hut in den ernsten Händen drehend.

Schließlich verebbte der Gesang, tropfte aus, und Ulja flüsterte: »Es ist ein Lied über die Heimat. Zuhause. Ich glaube, Entschuldigung, Sie gehen dahin. Nach Hause besser. Warten. Vielleicht, Kira, sie kommt nach Hause. Alleine.«

Mama nickte und wischte sich mit dem Ärmel über die Augen und nahm Raymon an der Hand. »Wer bist du überhaupt?«

»Das nicht ist wichtig«, sagte Ulja. »Gehen Sie nach Hause, mit diesen Kind hier, und nicht mehr raus, weil es ist vielleicht gefährlich mit Kampf, später, so war es auch bei uns. In Haus, es ist gut. Ruhen Sie aus. Wir machen Rest.«

»Danke«, sagte Mama und hielt ihre Hand einen Moment lang fest. »Danke dir.« Sie sah von Ulja zu Neil und zu mir und zurück.

»Pass du mir auf die Jungs auf, ja?«, sagte sie. »Wenn es losgeht. Mit allem. Sonst gehen die mir noch verloren. Einer fehlt doch schon. Wo ist Leif?«

»Ich pass auf.« Ulja nickte. »Ich bin ein sehr gute Aufpasserin für kleine Jungens.«

Als wir auf der Straße standen und Mama nachsahen, die mit ihrem Rollkoffer und Raymon davonwanderte, zurück zum Ghetto, tat mein Herz weh, als sei jemand daraufgetreten. Mit sehr festen Schuhen. Sie ging und drehte sich nicht mehr um. Nur Raymon einmal. Er winkte, und ich winkte zurück.

»Finnley«, sagte Neil. »Ich will ja nicht deine Gedanken stören. Aber schau mal nach links.«

»Nach … links?«

Ich drehte den Kopf. Und da sah ich, was er gesehen hatte. Es sah vielleicht niemand außer uns. Weil die Autoschlange mit den Fluchtwagen jetzt durchgerauscht war.

Von der Insel her, über die blaue Brücke, kroch ein Zug. Langsam, gemächlich. Aber er kroch voran. Und dann hielt er auf dem Gleis mit der Aufschrift »Wolgast Fähre«. Wo niemand mehr stand, weil sie sich alle in irgendwelche Autos verteilt hatten.

Neil sah auf die Uhr. Er hat eine alte Armbanduhr von seinem Großvater geerbt, schwarz natürlich. »Dreißig Minuten Verspätung«, sagte er. »Aber sie fahren. Keine Bestattung für die Inselzüge.«

Niemand stieg in den Zug ein. Niemand stieg aus. Er war leer und fuhr leer weiter.

Durch das hohe Blau schwamm ein Adler.

Ein Schmetterling kam herangetaumelt und setzte sich auf den

Hut, den Neil zwischen den großen Händen drehte. So ein roter mit großen Punkten auf den Flügeln.

»Pfau-Auge«, sagte Ulja. »Sie machen Flecken auf Flugel rund, fur andere Tiere glauben es sind Augen, und sie sind groß und gefährlich. Sie lugen, die Pfau-Augen. Sehr schlau.«

»Hier lügt doch noch jemand«, sagte Neil langsam. »Die Züge fahren. Und die drei Soldaten waren nicht tot. Es ist alles ein Spiel.«

»Ein Spiel mit einer ganzen Insel?« Ich schnaubte. »Bullshit. Wer soll das spielen?«

»Werden wir sehen«, sagte Neil. Und er setzte seinen Hut wieder auf, an den sich noch immer das bunte Pfauenauge klammerte. Er sah aus wie ein verrückter Zirkusdirektor.

Zirkus der Schmetterlinge.

»Warte hier, ich hol den Wagen«, sagte er. »Du weißt schon. Die alte Klapperkiste, vom Bestatter. Ich leih den, im Moment ist da sowieso keiner, die holen jemanden ab. Und dann suchen wir deine Schwester richtig. Und weißt du, was ich dann mache? Wenn wir sie gefunden haben? Ich fahr zur Grenze. Guck mir an, was Sache ist. Ob meine Theorie stimmt.«

»Vielleicht hast du mal die Güte und erzählst mir endlich von der verfickten Theorie?«, fauchte ich. Er tat schon wieder so schlau. Und warum war es »ich« statt »wir«?

»Werde ich«, sagte er. »Werde ich. Ich komm hierher, mit dem Wagen.«

»Ich komm mit.«

»Nee«, sagte er. »Ich mach das alleine. Es ist … unauffälliger, wenn ich alleine da reingehe.«

»Unauffälliger? Bin ich so auffällig, oder was?«

Neil seufzte. »Manchmal«, sagte er. »Du … redest eine Menge. Und hopst rum. Und hast Ideen. Bleib mit Ulja hier, ja? Ihr könnt beim

Parkplatz warten, in der Stadt unten, gegenüber von der Kirche. Dann muss sie auch nicht den ganzen Weg auf dem unbequemen Gepäckträger sitzen. Gentleman und so.«

Und dann deutete er eine Verbeugung an, Ulja gegenüber, und stieg auf sein Rad: nicht eilig, nur zielstrebig, der Zirkusdirektor im Beerdigungsmantel, und fuhr im Sonnenschein die Straße entlang. Er war einfach nicht aus der Ruhe zu bringen. Selbst der Schmetterling war sitzen geblieben.

»Fuck«, sagte ich und trat gegen eine Energydose, die da rumlag. Ich hätte wahnsinnig gerne selbst einen Energydrink gehabt. Aber das konnte ich mir abschminken, bei der überbordenden Abwesenheit von Geld. Ich wühlte in meinen Taschen nach Kippen, und die waren auch alle. Ich trat noch mal gegen die Dose.

»Wenn wir Kira nicht finden …«, begann ich. »Neil checkt das nicht. Dass ich mir Sorgen mache. Er hat keine Geschwister. Er redet mit der *Bibel* statt mit mir. Toll. Super. Ich … Tut mir leid.«

Ulja nahm meinen Arm, ganz sachte. »Er hat Geschwister. Neil. Er hat gesagt das. Zwei. Nur, sie sind bei seine Mutter, und er darf nicht treffen sie.«

»Die gelten nicht, die sieht er ja nie«, sagte ich.

»Aber er auch macht Sorgen. Alle machen Sorgen. Auch, wenn die Geschwister nicht sind da. Die Mutter will nicht sehen Neil. Er hat mir erzählt. Weißt du noch. In Sonnenfeld. Es ist ein traurige Geschichte.« Sie schüttelte den Kopf, sah sich um. »Aber jetzt, ich will nicht traurig sein. Genug Sorgen.«

Sie nahm meine Hand, und wir gingen den Asphalt entlang, von der Brücke runter, in die Stadt. Die schmale kurvige Straße an der alten Stadtmauer entlang, wo sich sonst die Autos stauten. Jetzt war sie leer. Endzeitstimmung. Da gingen wir einfach auf der Straße. Man konnte auf dem Mittelstreifen balancieren wie auf dem Seil nachts.

Ulja sang wieder, ganz leise.

Und dann waren wir bei dem Parkplatz, und rechts ragte die Kirche auf, Wahrzeichen der Stadt. Wobei das ja eigentlich das Riesen-M von McDonald's ist, das sieht man als Erstes, wenn man in die Stadt fährt.

»Komm«, sagte Ulja, »ich will einmal in diese Kirche. Wir haben noch Zeit, bisschen. Ich hab nie gesehen die Kirche innen. Ich muss beten.«

»Beten? Du? Im Ernst? Ich dachte, so was macht nur Neil.«

Sie nickte. »Manchmal, ich bete. In meine Familie, es ist Tradition, manchmal gehen in Kirche. Es ist … schön in Ukraine. Viel Singen. Ich habe immer gesungen in Kirche, wenn ich klein war, in Chor.«

»Glaubst du an Gott? Dass er Kira finden kann? Und alles hier in Ordnung bringen?«

Es wäre so schön einfach gewesen, dachte ich.

»Ich weiß nicht. Manchmal, ich bete, er antwortet. Nicht mit Worte und Sätze. Anders.« Sie lachte, breitete die Arme aus, drehte sich auf einmal in der Sonne vor der Kirche im Kreis, das Gesicht zum Himmel erhoben.

»He, Gott!«, rief sie. »Sag mal! Wir finden Kira? Was machst du mit diese Welt? Krieg und alles? Warum? Erklär uns alles das!«

Sie war albern, kindisch, und sie war schön. Mit ihrer Brille, in ihren tausend Jahre lang nicht gewaschenen Sachen. So ganz anders schön als die Mädchen in den Blocks, die perfekt geschminkt und gekämmt waren und perfekte Nägel hatten und später perfekt die Kinderwagen zur Arbeitsagentur und zurück schoben.

Und dann passierte etwas wirklich Verrücktes. Dann nämlich fiel etwas vom Himmel. Landete vor meinen Füßen auf dem Pflaster und zerplatzte.

Ich bückte mich und hob es auf. Ein Bonbon. So ein rundes, flaches, altmodisches Bonbon mit einer gelb-grün-lila Blume in der

Mitte, ein Bonbon ohne Plaste drum herum. Ich hielt die Hälfte davon in der Hand, der Rest waren Splitter.

»Ulja?«, sagte ich leise. »Ist das … die Antwort von Gott?«

Sie lachte. »Es ist neu, dass er wirft mit Bonbons. Aber ist es Antwort auf die Frage, warum Krieg, oder auf die Frage, wo ist Kira?«

Ein zweites Bonbon fiel vom Himmel, und diesmal hob Ulja es auf. »Vielleicht Klimawandel«, sagte sie ernst. »Regnet es jetzt Süßigkeiten.«

Ich sah hoch. Da saß kein alter Mann mit weißem Bart auf einer Wolke und warf Bonbons, natürlich nicht. Aber auf einmal begriff ich es. Und ich nahm Ulja an der Hand und zog sie mit mir.

»Der Turm«, sagte ich. Das reichte. Sie nickte. Ich war nie auf dem Turm gewesen, ein Leben in dieser Stadt, und nie auf dem Turm. Touris gingen da rauf, wir nicht, aber ich wusste, wo die Seitentür zum Turm war. Und sie war tatsächlich offen. Die Wendeltreppe saugte uns steil in die Höhe, meine Lunge jaulte, zu viele Zigaretten. Wenn ich bloß jetzt welche gehabt hätte! Siebzehn, und ein Wrack, egal. Noch eine Wendel, noch eine, einem wurde schwindelig davon.

Und dann oben raus durch die Luke, und der Wind packte unsere Haare und fegte uns ins Gesicht.

Der Turm ragt über der Plattform noch weiter nach oben, man kann also um das letzte Stück von ihm quasi drum rumgehen. Und da saß sie. Auf der Windschattenseite.

Da saß sie im Schneidersitz und sah zu uns hoch. Und ihr Gesicht war verschmiert von Tränen und Zucker und Lachen, und neben ihr standen zwei große Nettotüten.

Meine unmögliche kleine Schwester.

Wir ließen uns neben sie fallen, lehnten uns ans Mauerwerk und rangen nach Luft, und als ich dachte, jetzt geht es wieder, hing Kira an meinem Hals, sodass ich wieder keine Luft bekam.

»Ich geh da nich hin«, flüsterte sie. »Sag Mama das. Ich geh nich zu Tante Jaqueline. Ich geh nich weg, ich zieh nich um, keinen Fall zieh ich um. Ich bleib. Hier is mein Kindergarten. Und sie hat gesagt, Muddy kann nich mit, und ...« Da schob sich eine feuchte Schnauze an mir vorbei, und Kira ließ mich los und umarmte stattdessen Muddy. Ich hatte nicht mal gemerkt, dass er uns gefolgt war.

Er leckte Kiras Gesicht sauber, und dann steckte er den Kopf in eine der Nettotüten.

Kira schubste ihn sanft weg, griff selber in die Tüte, holte eine Packung Salamischeiben heraus und riss sie für Muddy auf. Und ich glaube, ich habe ihn noch nie so glücklich gesehen, fast fraß er das Plastik mit.

»Ich hab nämich eingekauf«, sagte sie stolz. »Ich bin weg von Bahnhof und hab eingekauf. Wir brauchen doch Essen, wenn wir alleine hierbleiben, Muddy und ich. Aber denn war Muddy weg.«

»Einge...kauft?«, fragte ich vorsichtig.

Und ich dachte: Wie erwachsen sie manchmal denkt. Wirklich schlau.

Sie nickte. »Ja. Wir bleim hier auf den Turm, bis der Krieg vorbei is, denn kommen wir wieder runter. Man kann vom hier aus alles sehen, die Insel und so. Ich seh also, wenn sie drüben fertig sin mit Kämpfen. Im Moment haben sie noch nich mal angefangen. Sie sollten jetzt anfangen, damit sie wieder aufhören könn. Mir egal, ob die Insel den Ukrainern gehört oder den Russen oder irgendwen. Aber ich bleib hier. Die Muscheln und der Strand und der Wald und alles, das ändert sich ja nich.«

»Oh, Kira«, sagte ich. »Oh, Kira. Aber wie ... wie hast du eingekauft, ohne Geld?«

»Ging ganz gut«, sagte Kira. »War keiner da, der geguckt hat. Sie spinn heute alle, gucken nur auf die Handys. Die Regale warn aber wieder fast leer. Obwohl alles so teuer is. Na ja, und denn bin ich sehr schnell gerannt. Ich kann das. Die ham mich nich gekriegt.«

Sie griff in eine ihrer Tüten und holte eine Packung Toastbrot raus. »Ich hab auch Käsescheiben. Willste?«

Ich wollte »Nee, alles gut« sagen, weil ich das immer sage, aber sie guckte so bittend, und da sagte ich: »Klar.« Und natürlich war der Kram geklaut, aber was kümmert dich das, wenn du Hunger hast? Die Welt ging sowieso unter, da war es egal, ob der Netto heute ein Minus machte. Sowieso.

Kira strahlte und verteilte Toast und Käse und Limo, sie sagte: »Ulja und du, ihr seid meine Kinder, ich kümmer mich um euch.« Und wir nickten und aßen, und Muddy gähnte und legte sich zu unseren Füßen hin, um die Salami zu verdauen.

Es war ein kleines Fest.

Kira lutschte Bonbons.

»Ich hab kein Bier eingekauf«, sagte sie. »Ich wusste ja nich, dassu komms.«

»Ich brauch doch kein Bier«, sagte ich, und es war mir peinlich, dass sie das gesagt hatte, vor Ulja. Und ich dachte, dass ich vielleicht nie mehr was trinken würde, wenn das hier alles gut ausging.

Na ja, oder fast nie.

Oder etwas weniger oft.

Dann riefen wir Neil auf dem Handy an und sagten ihm, dass er zur Kirche kommen sollte.

Und als er unten stand, lehnten wir uns über das Geländer und warfen ein Bonbon. Direkt vor seine Füße. Es war zu komisch, zu sehen, wie er es aufhob und sich umguckte und sich wunderte.

Und schließlich begriff.

Er brauchte ziemlich lange, die Treppe rauf.

Und er war ziemlich glücklich über Toast mit Käse und Limonade. Und irgendwie waren wir von da an wieder Freunde.

Gespräch im Krieg:

»Ich will aber nich zurück. Und ich zieh nicht zu irgendeiner Jaqueline. Ich bleib auffem Turm. Ihr könnt mich nich zwingen. Ich bleib auffem Turm und guck von oben, was passiert. Mit der ganzen Welt.«

»Aber du kannst in einem Leichenwagen fahren. So ein schwarzes Auto. Ganz schick.«

»Cool. Denn fahr ich. Aber nur, wenn du mir was versprichs. Finnley. Du musst es versprechn.«

»Was denn?«

»Dassu wiederkomms.«

»Ich? Wer sagt, dass ich weggehe?«

»Ihr habt ’nen Plan. Ihr wollt was machen. Seh ich doch. Ihr wollt wo hin, mit’m Leichenwagen.«

»Ich komme zurück. Klar komme ich zurück. Du passt auf Muddy auf.«

»Ich weiß nich«, sagte sie. Und sah mich so an, so mit schief gelegtem Kopf. Ihre Haare sahen furchtbar aus, Mama hätte sie mal wieder waschen sollen. Und ihr Gesicht war immer noch verschmiert. Sie packte meine Hand mit ihrer kleinen, klebrigen Kinderhand.

»Wenn du nicht zurückkomms,« sagte sie, »beiß ich dich.«

Vor der Haustür im Ghetto hing die Blase aus Kids rum, die da oft hängt. Johnny und Ken und der Rest. Ich hatte null Lust, mich durch die Blase zu schaufeln, aber ich musste. Ich musste die Haustür aufschließen und Kira reinbringen. Als wir im Treppenhaus waren, gab ich ihr den Wohnungsschlüssel. »Nimm mit hoch. Ich muss jetzt los.«

Weiter oben auf der Treppe warf jemand mit Stühlen und brüllte rum, besoffen. Meistens ist ja irgendwer besoffen. Er schimpfte auf die Ukrainer aus dem Sechsten, und ein Hund bellte, vielleicht ein ukrainischer. Oder einer von den deutschen Kampfhundeknutschkugeln, die in den Wohnungen herumrollen. Sie hatten es also alle nicht geschafft, wegzugehen, die Familien im Block. Nur die Reichen gingen. Die hierblieben, sie würden auch lernen, auf Russisch zu brüllen und zu saufen. Es änderte sich nie etwas.

Wie sehr ich es hasste. Wie sehr ich rauswollte. Mehr als jemals zuvor.

Der Schrei-Typ kam jetzt die Treppe runter, Kira drückte sich an ihm vorbei, sie war gut im Vorbeiducken, brauchte keine Hilfe. Ich ging, ehe Mama oben die Tür aufmachte. Ich wusste, dass ich sonst nicht loskommen würde.

Aber dann blieb ich in der Blase stecken. Johnny und Ken ließen mich nicht durch. Und diesmal hing Leifs Vater nicht aus dem Fenster, das Fenster war zu. Sie klopften mir alle auf die Schultern, redeten durcheinander. »Ey, Finnley, wohin willst du überhaupt? Wir gehen nachher zusammen, die brauchen uns jetzt alle. Gibt Uniform, schick. Alle Feiglinge laufen weg, läufst du auch weg?«

»Komm mit uns mit«, sagten die Kleineren. Die, die letztes Mal zugeguckt hatten, wie sie mich beinahe fertiggemacht hatten. Sie wollten immer noch meine Anerkennung. Trotz allem.

Es war so eine Mischung aus Bewunderung, weil ich anders war und nicht mehr mitlief, und Misstrauen – weil ich anders war und nicht mehr mitlief.

»Euch nehmen sie doch gar nicht, ihr seid so was von unter sechzehn«, sagte ich und wuschelte einem von ihnen durchs Haar.

»Hier«, sagte Johnny und drückte mir ein Stück blaues Papier in die Hand. »Schenk ich dir.«

Blau mit oranger Schrift, klar. FURU.

»Freie Unabhängige Republik Usedom«, sagte er, ganz leise, neben meinem Ohr. »Das ist es.«

»Freie … was?« Ich lachte fast, es klang so völlig bescheuert. »Und da seid ihr Mitglieder?«

»Mitglied sein kannst du nicht. Es ist keine Partei. Es ist das, was sie gründen.« Er war enttäuscht, weil ich nicht beeindruckt war.

»Sie – wer?«, fragte ich. »Wer gründet so was?«

Er zuckte die Schultern. »Sie eben. Keine Ahnung. Ist doch egal.«

Und ich sah ihn mitleidig an und schüttelte den Kopf. »Ihr rennt jemand nach und wisst nicht mal, wem?«

Da hatte er mich auf einmal im Schwitzkasten. Er war dummerweise immer noch größer und stärker als ich, und er war zu zweit, denn Ken war direkt neben ihm.

»Wir rennen wenigstens in die richtige Richtung«, fauchte er. »Du kommst dir toll vor, mit deiner Ukraineschlampe, oder was? Denkst du, das sieht keiner? Und mit deinem gruseligen Leichenverbuddelfreund. Wär besser gewesen, du wärst einer von uns geblieben, aber dir kann man ja nicht helfen.«

Ich schlüpfte aus seiner Umklammerung und schlug zu. Ich bin immer noch wendiger, obwohl ich Prügeleien hasse, sie bringen einfach nichts, reine Energieverschwendung. Früher, als Raymons Vater bei uns gewohnt hatte, hatte er sich oft genug geprügelt, draußen und im Treppenhaus, mit allem und jedem, wenn er zu viel getrunken hatte. Aber am Ende war doch immer nur was kaputtgegangen. Und Mama hat ’nen Hang dazu, zu heulen, wenn sich einer prügelt.

Aber vielleicht musste es dieses eine letzte Mal im Ghetto sein.

Sie hatten mich auf dem Boden, und da war er wieder, mein Freund, der harte Asphalt. Er war so handfest, nicht geheimnisvoll und unerklärlich. Und meine Fäuste schlugen von selber zu, trafen irgendwas, irgendwen, egal. Es tat doch ganz gut, die Wut rauszulassen.

Auf alles.

Ich hörte Ken fluchen, und Johnny brüllte rum. Ich nicht, ich biss die Zähne zusammen und rollte mich weg und schlug wieder zu, aber es war alles durcheinander. Und dann hielt mich der eine von ihnen unten, und der andere erledigte das Zuschlagen, der Klassiker.

Die ließen auch nur ihre Nervosität an mir aus.

Riesenkindergartenkinder.

Aber zu stark geworden.

Ich trat nach ihnen, ohne sie zu treffen, spuckte Blut aus, hustete. Scheiße, dachte ich, wir brauchen keine Russen, um uns gegenseitig umzubringen. Wir im Ghetto machen das einfach so aus Spaß, völlig unnötig, uns den Krieg zu erklären.

»Jetzt lasst das doch«, sagte plötzlich jemand über uns. Und da stand Neil, ich sah ihn nur verschwommen: groß und schwarz wie immer. Er hatte etwas in der Hand, das er Johnny in die Rippen drückte, und Johnny ließ mich los und machte einen Schritt zurück, hob die Hände, besiegt. Ken stand auch auf und ging von mir weg, und Neil nickte nur.

Dann zog er mich auf die Beine und gab mir ein gebügeltes Stofftaschentuch, typisch er.

Ich nahm es und wischte das Blut aus meinem Gesicht, und Neil schüttelte den Kopf.

Er hatte den Hut die ganze Zeit über aufbehalten.

»Komm jetzt«, sagte er. »Wir fahren. Keine Zeit mehr für solche Spielchen. Ulja wartet im Wagen.«

»Das kriegt ihr zurück!«, rief Johnny uns nach. »Dein Freund, der kriegt ’ne Anzeige von uns! Illegaler Waffenbesitz!«

»Die Polizei hat im Moment was anderes zu tun«, sagte Ken, und dann hörte ich sie nicht mehr. Dann drückte mich Neil auf den breiten Beifahrersitz des alten Leichenwagens, wo schon Ulja saß. Mit Kira war es ziemlich eng gewesen, jetzt ging es. Irgendwie wollte keiner hinten im Leichenwagen sitzen.

»Was hast du …?«, begann ich. »War das 'n Messer?«

Neil lächelte und hielt etwas hoch: eine kleine schwarze Pistole. Ich schnappte nach Luft. Dann reichte er sie mir, und sie war erstaunlich leicht.

»Faschingsartikel«, sagte er.

Und dann fuhr er los.

Ulja sah mich von der Seite an, und ich verbarg mein ramponiertes Gesicht hinter dem Stofftaschentuch.

»FURU«, sagte ich, »heißt Freie Unabhängige Republik Usedom.«

»Ich weiß«, sagte Neil.

»Es ist völlig lächerlich – freie Republik? Welcher Vollpfosten hat sich das ausgedacht?«

»Ich bin mir noch nicht sicher«, sagte Neil und bog auf die Hauptstraße ab, weg von den Blocks. »Aber es ist nicht so lächerlich, wie du denkst. Die Vollpfosten sind gefährlich.«

»Sind solche Mensche oft.« Ulja nickte. »Guck an Putin.«

»Wohin fahren wir?«

»Wir holen Leif zurück, bevor ihm was passiert«, sagte Neil.

Und als er das sagte, genau da heulten die Feuerwehrsirenen los.

»Alarm«, sagte ich. »Scheiße.«

»Ja«, sagte Neil. »Jetzt rennen sie alle in die Keller und kriechen unter ihre Küchentische.«

»Und wir? Wir bleiben im Auto?«

Er nickte. »Das ist der Punkt. Es ist nämlich gar nichts. Guck dich um.«

Ich guckte mich um. Er hatte recht. Es war nichts. Keine Flugzeuge am Himmel. Kein Militär in den Straßen, nicht mal das. Nur das Heulen der Sirenen.

Wir fuhren die leere Straße entlang, in unserem geliehenen Auto, ohne Führerschein, an der Polizeizentrale vorbei, und ich merkte, wie mein Puls raste. Aber kein Polizist ließ sich blicken. Die versteckten sich auch unter den Tischen, wahrscheinlich. Lustige Vorstellung.

»Wir sind alleine«, sagte Ulja und kurbelte das Fenster runter, sodass der Fahrtwind ihre zerzausten Haare noch weiter zerzauste. »Ganz alleine! Straße, sie gehört uns!«

Und sie sang, mitten hinein in den Fahrtwind, und wir sangen mit, obwohl wir das Lied gar nicht kannten.

Niemand hielt uns an. Niemand war auf den Straßen. Manche Leute rannten, wir sahen sie rennen: irgendwo rein. Nur eine Obdachlose mit tausend vollgestopften Plastetüten stand einfach da und guckte. Und ich dachte: Die ist zu blöd, um den Alarm zu kapieren. Oder zu schlau, weil sie als Einzige checkt, dass einem Verstecken sowieso nichts nützt, wenn es ernst wird und sie Bomben werfen. Luftschutzbunker – Fehlanzeige. Hat ja kein Haus mehr, heutzutage.

»Sie machen das nur für … warum?«, fragte ich, als wir auf der Brücke waren. »Zur Sicherheit? Weil sie irgendwas gesehen haben? Und in wie vielen Städten machen sie das?«

»Immer die, die benachbart sind«, sagte Neil. »Du kannst bei Facebook checken. Was die Leute schreiben.«

Ich hatte das Handy schon in der Hand. »Wolgast, Sauzin, Ziemitz. Das heißt, wenn es Luftalarm ist, sind die genau über dem Achterwasser irgendwo. Warte … hier sind mehr. Krummin, Mahlzow … jetzt kommt Peenemünde dazu … und … Zinnowitz … das ist die ganze Insel! Das ist die ganze verdammte Insel! Der Alarm ist überall!«

»Flieger sind irgendwo, an Himmel, sie wissen nicht, wo ist Angriff«, sagte Ulja.

Aber der Himmel war blau und leer. Das Einzige, was darin flog, waren weiße Möwen, und sehr weit oben ein Milan, die Dinger mit den Gabelschwänzen. Der Klingemann hatte uns mal beigebracht, was sie waren.

Vollpfosten, hatte Neil gesagt. Wir holen Leif zurück von den Vollpfosten.

Ich versuchte, ihn zu erreichen. Er ging nicht ran. Keine Chance. Sprachnachricht: »Wo bist du? Wo seid ihr, du und die anderen Uniformen?«

Keine Antwort.

Wir fuhren weiter, und Neil sagte nichts. Er drehte das Radio auf, aber das Radio sagte nichts über Luftalarm. Logisch, es wurde nicht auf der Insel gemacht, sondern außerhalb. Und dann kamen die

Nachrichten, und Neil drehte lauter, und sie sagten tausend unwichtige Sachen.

»Weil es sowieso klar ist, oder was?«, sagte ich. »Dass Krieg ist. Aber müssten die nicht trotzdem den ganzen Tag davon reden? Wie wenn irgendwo ein Anschlag ist? Müssten sie nicht sagen, was jetzt ist mit der Politik?«

»Und mit der NATO«, sagte Neil. »Die NATO muss was tun, wenn hier Krieg ist. Deutschland ist da drin.«

»Vielleicht, ich weiß nicht, die Nachricht, es ist zensiert«, sagte Ulja. »Sie sagen nicht alles. Manchmal, es ist so bei uns. Du kannst nicht alles sagen.«

»In Deutschland ist nichts zensiert«, sagte ich.

»Weißt du doch gar nicht«, sagte Neil. »Mein Vater würde sagen, ja. Mein Vater würde sagen, alles, was die Regierung sagt, ist eine Lüge. Also auch die Nachrichten. Sie wollen nicht, dass wir wissen, was sie in Wahrheit da oben machen. Sie lügen sowieso immer.«

»Und du?«, fragte Ulja und sah ihn an. Wie er da saß, die Hände am Lenkrad, ernst, dunkel, groß wie immer. »Du sagst was?«

»Ich sage …« Neil holte tief Luft. Wir fuhren durch Zinnowitz, und es war still wie alles sonst. Immer noch Luftalarm. Und nirgendwo Hotelschilder. Und nirgendwo Autos, eine Geisterstadt.

»Ich sage … Irgendjemand lügt. Und derjenige ist bereit, für seine Lügen Leute um die Ecke zu bringen. Weil es eine große Sache ist. Das war unser Herztoter. Und der Dönermann. Und der Pakistani. Die haben alle was gewusst, was sie nicht hätten wissen dürfen. Wenn wir Leif finden, wenn wir die Marschierer finden, kriegen wir das raus. Was Sache ist. Da liegt der Schlüssel zu allem. Aber ich glaube, es wär besser, wir parken das Auto vorher. Unauffällig. Die sollten nicht mitkriegen, dass wir Wahrheiten suchen.«

»Was sagt Facebook?«, fragte Ulja.

Ich schaute nach. Klar, Tausende neue Beiträge. Alle hatten eine Meinung. Darüber, was jetzt wäre. Ob es ein Weltkrieg würde. Wann sie wirklich einmarschieren würden. Ob sie schon marschierten. Manche sagten, sie wären durch Polen durch, manche sagten, sie wären auf dem Seeweg oder nur in der Luft, und eine Menge Leute sprachen von damals. Wie es damals gewesen war, mit Hitler und allem.

Sie räumen alles leer und bringen die Männer auf viehische Weise um und vergewaltigen Frauen und Kinder, schrieb einer. *Haut ab, wenn ihr könnt.*

Aber die Züge fahren ja nicht, schrieb ein anderer.

Ich erinner mich an damals, auf dem Eis, schrieb ein Dritter, *wie wir weg sind, und hinter uns war der Russe, so wird es wieder, und dann entkommst du doch nicht.*

Und darauf antworteten natürlich wieder alle, die Horrornachrichten verbreiteten sich wie ein Lauffeuer.

»Nicht mehr lange, dann stehen sie in Swinemünde an der Grenze«, sagte ich. »Hier sind Bilder. Die kommen rüber, die Russen. Noack hat unser Militär da versammelt. Klar, deshalb sehen wir hier nichts davon.«

Neil schüttelte immer noch den Kopf. »Und wenn wir an der Grenze sind, schlüpfst du in 'ne Uniform und stellst dich dazu?«

Ich nickte.

Aber ich war nicht sicher, ob ich mich trauen würde.

Leif ließ sich immer noch nicht erreichen. Zwischen Neil und mir, dicht an mich gedrängt, saß das schönste Mädchen der Welt und dachte kluge Gedanken hinter einer Brille, und vor dem Fenster war Sommer, kein Eis und keine Russen, nur Pferde auf der Weide und Wind in den hohen Bäumen. Ein bunter Drachen hing im Blau, irgendwo angebunden.

»Wie war es bei euch, am Anfang?«, flüsterte ich. »Ulja? War da auch nichts zu sehen?«

Sie nickte. »Ja. Weil er andere Ort war, der Krieg. Bei uns, an Anfang alles war normal. Aber dann, er kommt, der Krieg. Wächst wie Krebs. Mit Metastasen.«

Ich wusste nicht, was Metastasen waren, aber ich fragte nicht, damit sie mich nicht doch noch für blöd hielt. Ich fand ihre Hand und drückte sie.

»Aber hast du gegoogelt? Was sagt offene Nachricht? Was sagt Welt?«, fragte Ulja leise.

Ich seufzte und gab es ein: russische Kriegserklärung.

Und dann erschien der dpa-Text auf dem Bildschirm:

Das Verteidigungsministerium dementiert jegliche Berichterstattung einer russischen Kriegserklärung an Polen.

»Dementieren?«, fragte ich.

»Sie sagen: Es gibt keinen Krieg. Negativ«, sagte Neil.

Aber die Kommentarflut, die das Netz ausspuckte, vor allem von Menschen von der Insel, war erdrückend. Sie hatten die Dinge näher gehört und gesehen. Sie wussten Bescheid.

Und dann klingelte das Handy, und es war Leif. Ich schaffte es fast nicht, das Telefon ans Ohr zu halten. Meine Hand zitterte plötzlich.

»Leif? Wo bist du?«

»Kölpinsee«, sagte er.

»Fuck, Kölpinsee? Der Ort mit den Hotels und dem Mini-See mit den Schwanentretbooten und den Fischrestaurants? Da kommen wir gleich durch. Ich dachte, ihr seid alle an der Grenze?«

Ich merkte, wie ein Stein von meinem Herzen fiel. Ein Betonklotz. Er war nicht da, wo sie kämpften.

»Nee«, sagte Leif, ein wenig behäbig wie immer. »Ich bin hier, mit mein Leuten. Viele Jungs aus'n Viertel. Und zwei von meinen Cousins. Wir bergen 'n Flugzeug. Russische Maschine. Abgestürzt, gestern Nacht. Spion, sagen sie. Die Maschine liegt bei der Seebrücke.«

»Leif, warte. Im Netz steht, es gibt gar keine Kriegserklärung an Polen.«

»Ich weiß«, sagte Leif. »Keiner soll das wissen, kapierste? Was auf Usedom abgeht. Deshalb Fake News. Überall. Mein Vater sagt das auch. Und übrigens, deine Mutter auch. Ich hab kurz mit ihr gequatscht, vorhin, weil sie bei mein Vater war.«

Ich hätte der dpa-Meldung lieber geglaubt, dass es keinen Krieg gab. Dass keine Truppen durch Polen marschierten, auf Deutschland zu. »Fake News«, wiederholte Neil.

»Fake?«, sagte Ulja.

»Verdammter Mist«, sagte ich. »Wer hat den dpa-Text gemacht? Putin selbst, irgendwie, um Ecken? Irgendwelche Geheimdienste?«

»Keine Ahnung«, sagte Leif.

»Irgendwer will damit irgendwas«, sagte Neil nachdenklich.

»Wir sind die Front«, sagte Leif. Stolz. »Oder fast. Wir wissen, was geht.«

»Warte, im Moment bergt ihr ein Flugzeug aus der Ostsee?«, fragte ich. »Es ist *noch eins* abgestürzt?«

»Noch eins?«, fragte Leif. Dann erinnerte er sich. »Ach so. Ja. Noch eins. Es sieht fast so aus wie unsers im Schilf. Ziemlich cool. Noack organisiert die Bergung.«

Ich wollte eigentlich nach dem Flieger gucken, ob schon Bilder im Netz waren, und dabei stieß ich auf mehr Facebooknachrichten. Ein Video. Rauch, Chaos, eine Schießerei. Und darunter Text. Polen. Panzer. Stettin. Kämpfe in Stettin, Alarm in Swinemünde an der Grenze. Am östlichen Teil der Insel, dort, wo sie polnisch war. Ich hatte es nicht glauben wollen. Keiner hatte es glauben wollen.

Ulja sah mit mir auf das Display und nickte. »Sie sind da«, sagte sie.

Ja. Sie waren da. Ganz nah.

Kein dpa-Text aus Berlin oder sonst wo konnte das widerlegen, bei all den Bildern.

Und irgendwo in dem Chaos führte Noack unsere Truppen. *Unsere.* Irgendwo in dem Chaos war Thore Klingemann, zwischen dem Rauch und dem Feuer und den Schüssen. Es war ein so bizarrer und schrecklicher und einfach großer Gedanke, dass mir beinahe schlecht wurde.

Leif, sagte ich mir. Leif ist in Kölpinsee, er ist nicht dort, er darf dort nicht hin.

Und ich?

Es war eine Frage wie ein Schlag in den Magen.

Was würde ich tun? Eine Uniform finden, die nicht allzu viel zu groß war – schwer genug wahrscheinlich –, und mich neben meinen Freund stellen? Wie ich es gesagt hatte? Oder hatte ich doch zu viel Angst? Es war alles so nah.

»Scheiße«, sagte Neil. »Scheiße, es ist doch wahr. Ich war mir sicher … ich dachte … Oh, Scheiße. Aber denn sind meine Theorien alle Mist. Denn weiß ich nicht …« Er schüttelte den Kopf, beugte sich rüber, um mehr zu sehen, und fuhr schon wieder nicht geradeaus.

Seine großen Hände zitterten.

Und dann war da auch noch ein Polizeiauto, ziemlich weit weg, aber eindeutig da, neben der Straße. Es ist nie schlau, in Schlangenlinien auf die Polizei zuzufahren, nicht mal im Krieg. Neil wusste das, und er sagte: »Hör mal, ich fahr ran und rutsch rüber. Fahr du.«

Anhalten und rüberrutschen war nicht so einfach. Er musste über Ulja krabbeln, und ich krabbelte auf den Fahrersitz. Es war ein einziges Gekrabbel, ein Auto voller Käfer.

Uljas bloßer Arm streifte meinen in dem Gekrabbel, und alle Haare auf meinem Arm standen aufrecht wie elektrisiert. Und ich versuchte, nicht an die Nacht am Strand zu denken. Mich nicht zu fragen, ob sie wirklich gewesen war, diese verflixte Nacht. Weil sie ja nicht wirklich gewesen sein konnte. Man kann nicht mit einer Jolle auf einem Hochseil im Weltall segeln, natürlich nicht. Die Erfahrung verdankte ich dem gepanschten Joint.

Aber hatte ich nun mit Ulja geschlafen oder nicht?

Ich saß am Steuer, fuhr weiter. Unauffällig, bleib unauffällig.

Ich fuhr unauffällig auf das Polizeiauto zu. Da stand natürlich ein Polizist, und natürlich winkte er uns raus, und wir waren das einzige Auto auf der Straße, das er meinen konnte.

Ich kurbelte das Fenster runter. »Papiere?«, fragte der Polizist.

Ich gab die Frage an Neil weiter, der im Handschuhfach kramte und tatsächlich Papiere fand. Seine Hand zitterte, als er sie mir gab. Er ist manchmal gar nicht so cool, wie man denkt.

»Und warum sind Sie bei Luftalarm unterwegs?«

»Wir … haben gar nicht gemerkt, dass Luftalarm ist.«

»Das kannst du deiner Großmutter erzählen, Junge«, sagte der Polizist. »Und hast du auch einen Führerschein für mich?«

»Ich … Moment …«, murmelte ich und tat, als suchte ich in meinen Taschen.

»Falls Sie nach Kölpinsee reinwollen, da ist Straßensperre«, sagte die Polizistin, die neben ihm stand. Sie war jung und hübsch und hatte sehr weiche Lippen, und ich dachte, wenn Ulja nicht gewesen wäre, hätte ich sie auf die Liste der interessanten Frauen gesetzt. Aber die Liste war weg. Jemand hatte sie aus meinem Kopf gelöscht. »Und überhaupt sollten Sie hier nicht mehr weiterfahren. Es wird zurzeit in Kreisen weiter oben überlegt, den östlichen Teil der Insel ganz abzuriegeln für Personenverkehr.« Sie klang bemüht vernünftig. Und eigentlich sehr nervös.

»Straßensperre?«

»Ja, da kommen Sie nicht weiter. Die bergen ein Flugzeug. Und es ist alles abgeriegelt, falls dabei was hochgeht. Wo holen Sie denn den … Verstorbenen ab?«

»Oh, Heringsdorf«, sagte ich, was immerhin fast Grenze war und weit genug weg. Und dann sagte ich: »Danke für die Warnung«, und kurbelte das Fenster rauf und legte den ersten Gang ein.

»Der Führerschein!«, rief der Polizist draußen, aber ich tat so, als ob ich ihn nicht mehr hörte. Ich gab Gas, und der Leichenwagen machte einen Satz vorwärts wie eine riesige schwarze Kakerlake und fuhr los. Und leider, leider sah ich im Spiegel, dass das Polizeiauto auch losfuhr. Der Typ war sauer. Er schaltete sein Blaulicht an und nahm die Verfolgung auf.

»Scheiße«, sagte Neil.

»Ich checks nicht«, sagte ich, »wie die einen Leichenwagen verfolgen können, wenn Krieg ist. Die sollen doch froh sein, dass es uns gibt.« Und dann sagte ich nichts mehr. Ich trat das Gaspedal durch bis zum Anschlag und klammerte mich ans Lenkrad, und ich fragte mich, was passieren würde, wenn sie uns kriegten. Vermutlich Führerscheinsperre bis sonst wann. Aber wann hätte ich je einen Führerschein gemacht? Sowieso kein Geld da.

Und sowieso – also ehrlich – Weltuntergang.

Das Blöde war nur, dass sie uns ewig aufhalten würden, wenn sie uns kriegten, und ich wollte wirklich zu Leif.

Der Wagen röhrte. Gab sein Äußerstes. Armes Ding.

Ulja hielt sich an Neil fest, ich sah es im Augenwinkel, und es tat kurz weh. Die Art, mit der er sie hielt und weniger nervös war als vorher. Die Art, wie sie sich an ihn lehnte.

Und dann waren wir fast in Kölpinsee, und ich bog ab.

Da stand sie, die Straßensperre: aus Brettern und Absperrband gebastelt.

Lächerlich.

Ich sagte ihr das. »Lächerlich!«, schrie ich in den Fahrtwind. »Lächerlich!«

Ich bremste nicht. Ich stählte mich innerlich für den Aufprall. Er kam, ich kniff die Augen zusammen, und als ich sie wieder öffnete, lag die Holzkonstruktion hinter uns, vermutlich in Splittern. Die Knautschzone des Leichenwagens war das, was sie sein sollte: zerknautscht. Und er fuhr noch immer geradeaus.

»Autsch«, sagte Neil nur. Ich nickte.

Hinter uns, irgendwo, jaulte das Polizeiauto.

Die Sirenen draußen waren verstummt, Ende mit Luftschutzalarm.

»Der Parkplatz!«, rief Neil. »Fahr auf den Touri-Parkplatz! Ganz vorne durch und dann rechts, beim See!«

Und ich fuhr auf den Parkplatz, und wir ließen den Wagen da fallen, es war sonst kein Auto da. Unauffällig, total unauffällig: ein schwarzer Leichenwagen mit zerknautschter Schnauze ganz alleine auf einem Parkplatz.

»Raus!«, sagte Ulja. Mehr gab es nicht zu sagen.

Wir duckten uns, türmten durchs Gebüsch, statt die Straße zu nehmen, am Touri-See vorbei.

Und da waren sie. Bedeckten den Weg, über den sonst Kinderwagen geschoben werden und Rollstuhlrentner, hinunter zum Meer oder zu dem großen Hotel und seiner Caféterrasse für Urlauber an langen, warmen Sonnentagen: Da waren sie, lauter Uniformen. Die Militärs. Sie sahen schick aus, das muss man zugeben, ihre schmucken goldenen oder grünen Schulterklappen wippten sauber und gestärkt hin und her, wenn sie sich bewegten, die Knöpfe glänzten im Sonnenschein.

Sie standen wie eine Eins, alle ruhig und brav, auch wenn die hinteren gar nicht sahen, was vorne passierte. Wir schlüpften bis dorthin, bis dicht an den Strand. Zwischen den Hütten durch, wo die Touris sonst sitzen und Räucherfisch essen, und dann sanken unsere Füße in den Sand ein.

Niemand baute dort Sandburgen, heute, niemand verkaufte Eis.

Eine unschuldige kleine rosa Muschel lag neben meinem großen Zeh. Und ich hob sie auf und steckte sie ein. Ich weiß nicht, einfach so.

Die Uniformen waren dabei, mit Tauen ein seltsames Rieseninsekt aus dem Wasser zu zerren, das sich widerspenstig aufführte: das Flugzeug.

»Warte«, sagte Ulja. Sie hatte mich am Arm gepackt.

»Leif … er hat gesagt, es sieht aus … wie unser Flieger«, sagte ich.

»Es sieht nicht nur genauso aus«, murmelte Neil.

»Es *ist* unser Flieger«, sagte ich.

Ulja nickte. »Das ist die Maschine«, flüsterte sie, »aus wo wir haben geholen den toten Soldat Russe. Es ist Flieger, in was ich bin gewesen.«

Das Biest hatte sogar Schilf an sich, es klemmte unter dem Scheibenwischer.

»Shit, wie kommt der hierher?«, fragte Neil, aber das wusste keiner.

»Leif«, sagte ich. »Wo ist Leif?«

Alle Uniformen sahen gleich aus, und er war nur eine Uniform.

»Guckt euch das an«, sagte jemand neben uns. »Guckt euch das an!«

Ein alter Mann, der sich, ernsthaft, im Sand auf einen Rollator stützte und den Hals lang machte, um mehr zu sehen. Er schüttelte den Kopf. »Das Ding hätte nach Peenemünde sollen. Sagen sie. Gestern Nacht. Wie damals. Damals war's auch Peenemünde. Die V2.« Er nickte ein paarmal, stimmte sich selbst zu.

»Aber es ist nichts Wichtiges mehr in Peenemünde«, sagte Neil.

»Das Raketenmuseum und 'n paar alte Blocks aus dem Zweiten Weltkrieg, sonst nichts.«

»Und ein U-Boot, was du besichtigen kannst«, sagte ich. »Ich war mal drin. Als Kind. Mit meinem Vater. Damals hatten wir noch Kontakt.«

»Sorry, aber was soll ein russischer Flieger mit einem Raketenmuseum?«, fragte Neil. »Was willste da ausspionieren?«

»Man weiß das nie«, meinte der Alte und spuckte zur Seite hin aus. »Was die da machen. Der Staat. Haben alle ihre Geheimnisse. Vielleicht ist da was. Aber is ja nich weit gekommen, der Flieger. Haben ihn nachts abgeschossen. Riesenlärm hier, ich bin raus und hab's mir angeguckt, wie er da lag, im Mondlicht. War fast schön. Aber keiner weiß, was mit dem Piloten is. Sie sagen, es war gar kein Pilot drin. Das ist komisch, oder? Ist so was heutzutage vollautomatisch? Zu meiner Zeit gab's noch Piloten in Flugzeugen.«

Ich verbiss mir das Lachen, und Ulja drückte meine Hand.

»Warum seid ihr nicht bei den Uniformen?«, fragte der Alte und sah an uns rauf und wieder runter. »Müssen nicht alle jungen Leute jetzt? Meine Tochter sagt, sie müssen alle. Wie damals, genau wie damals. In ihrem Handy steht, dass sie in Stettin schon kämpfen. Legen alles in Schutt und Asche, wie damals. Ihr solltet auch ran, oder?«

»Wir arbeiten für ein Bestattungsinstitut«, sagte Neil mit allem Ernst seiner schwarzen Ein-Meter-achtzig-mit-Hut. »Sie brauchen uns für andere Dinge.«

Der Alte nickte, ebenfalls ernst, und dann kicherte er auf einmal los. »Na, dann wünsch ich euch viel Spaß beim Bestatten«, murmelte er. »Viel, viel Spaß.«

Und damit drehte er seinen Rollator um, was eigentlich gar nicht ging auf dem Sand, und humpelte davon, und ich sagte: »Scheiße, wir werden alle mal so, wisst ihr das?«

Neil grinste. »Ich stell es mir gerade vor. Wir hier, alle mit Rollator, schöner Sommerabend, und wir schieben die Rollatordinger zum Meer runter. Bis dahin haben sie da einen extra Rollatorweg asphaltiert, und wir gucken uns den Sonnenuntergang an und sabbern.«

»Ja«, sagte Ulja. »Ich auch? Dann, wenn ich bin alt, ich werde haben Alzheimer, und ich werde glauben, ich bin jung, und ich bin schön. Mit Glitzer-Schuhe. Ich mach Glitzer auch an das Rollator, und ich singe.«

»Oh Gott, bitte erschieß mich, wenn ich vierzig bin«, sagte ich. »Machst du das, Neil?«

Er nickte, ernst. »Ich werde dich sehr schön bestatten«, sagte er. »Und auf deinem Grabstein wird stehen: Hier liegt ein hirnloser Idiot ohne Respekt vor dem Alter.«

»Du hast Angst«, sagte Ulja und drehte sich zu mir um und war plötzlich ernst. Sah mich so an, durch ihre Brille, streckte eine Hand aus und berührte meine Wange. »Vor später.«

»Quatsch«, sagte ich und hielt ihre Hand für einen Moment fest. »Bestimmt nicht.«

Lüge, Finnley.

Klar hast du Angst. Dass du es nicht schaffst. Raus aus dem Ghetto, in die Welt. Dass du da stecken bleibst und noch mit dem Rollator deine Bierflaschen wegbringst. Wie sie alle. Dass du am Fenster hängst und rausguckst, weil das das Spannendste ist, was es noch gibt. Und irgendwann kratzt du ab, würdelos, und hast nichts gemacht mit deinem Leben, und sie finden dich erst zwei Wochen später in deiner Wohnung, weil keiner dich besucht.

»Leif!«, sagte Neil, und ich fiel aus meiner Eine-Minute-Depression und sah hoch.

»Da vorne, ganz am Rand«, sagte Neil.

Da sah ich ihn auch.

Er zog mit ihnen an den Seilen, und jetzt hatten sie den Flieger auf dem Strand, ein Jubeln lief durch ihre Reihen. Vielleicht war es ganz schön, so mit den anderen zu jubeln.

»Das ist verrückt«, sagte Neil. »Sie müssen das Ding nachts hierhertransportiert und ins Wasser gezogen haben, und jetzt ziehen sie es wieder raus. Ich hatte doch recht. Irgendwas stimmt nicht. Es ist ein verdammter Krieg im Anmarsch, und sie brauchen Leute. Kämpfer. Alles Reklame, damit die das cool finden und sich melden. Es ist eine Riesenblase: die Soldaten mit ihrem Heldentod, die leeren Särge. Der Flieger.«

»Quaak, wenn die das nachts hierhergezogen hätten, das hätten doch welche gemerkt«, sagte ich. »Gibt doch immer wen, der wach ist nachts. Und denn der Lärm. Und irgendwer muss den Schwertransport fahren.«

»Vielleicht halten die alle den Mund«, sagte Neil und zuckte die Schultern. »Für die gute Sache. Oder weil sie Schiss haben. Es gibt ja auch Särge mit Inhalt. Zu so was willst du nicht werden. Also, nicht, ehe du vierzig bist und ich dich erschießen darf.«

Er grinste. »Ruf Leif an.«

»Aber ich weiß nicht … ich weiß überhaupt nicht mehr, was ich glauben soll. Ich sollte da sein! Bei den Uniformen! Ich sollte genau jetzt da hingehen! Deutschland verteidigen. Nein, die Insel verteidigen. Weil der Rest von Deutschland sich nicht für die Insel interessiert, oder sie opfert oder … Ich gehe da jetzt hin. Zu Leif. Genau jetzt. Dann muss ich ihn nicht anrufen.«

Ulja legte mir eine sanfte Hand auf den Arm. »Finnley«, sagte sie, ganz leise. »Du weißt, sie machen ein Sache, die stimmt nicht. Flugzeug sie retten, das nicht ist gestürzt dort. Ja, Krieg, es ist echt. Das da, es ist nicht echt. Bleib hier. Wir müssen finden, was ist Wahrheit. Und Leif, er muss weg. Von Leute, die lugen.«

Ich sah in ihre Augen, ihre Augen hinter den Brillengläsern, die so klug waren und so ernst, auch wenn sie genauso unernst sein konnten. Erdbeer-Cookie.

»Deshalb war es nie in den Lokalnachrichten«, sagte Neil. »Dass das Flugzeug im Schilf abgestürzt ist. Sie wollten nicht, dass es einer weiß. Sie haben es quasi … aufbewahrt. Um es anders zu nutzen.«

»Ruf an«, sagte Ulja.

»Okay«, sagte ich. »Ich ruf an.«

Ich versuchte es, und ich sah, wie er sein Handy rauszog, da am Strand in der jubelnden Menge, und wie er es wieder wegsteckte. Ich ließ mich in den Sand runtersinken, lehnte mich an ein umgedrehtes altes Fischerboot und schloss die Augen. *Konzentrier dich.*

Sprachnachricht.

»Leif. Hör mal. Ich … ich hab überlegt, zu euch zu kommen, zum Militär.«

»Aber er kommt nicht. Nicht zu einer Truppe, die ein Flugzeug aus dem Meer zieht, das nie reingefallen ist«, sagte Neil, der jetzt neben mir saß, ins Handy. »Und du musst da raus, Leif! Du weißt das. Du weißt, wo der Pilot ist. Wir haben ihn begraben. Drüben in Lütow.«

»Komm hier, fur uns«, sagte Ulja ins Handy. »Neil, er glaubt, sie sind verrückt.« Sie machte eine winzige, irgendwie seltsame Pause. »Und ich weiß, sie sind verrückt. Komm zu uns.«

Ich schickte die Nachricht ab und sah Ulja an. »Du weißt, sie sind verrückt? Wie meinst du das? Was weißt du und wir nicht?«

Sie schluckte. »Ich …« Sie grub ihre Hand in den Sand, ließ ihn durch ihre Finger rieseln. Schien die richtigen deutschen Worte zu suchen. Aber ehe sie sie fand, meldete sich das Handy.

Und da war er. Leif. Leif live.

»Alter, seid ihr total übergeschnappt? Ich bin im Einsatz! Zusamm mit mein Cousin, der is auch hier. Und was heißt: Komm zu uns?«

Er klang cool, wie James Bond, nicht wie jemand, der eigentlich nur AUTO und LOVE schreiben kann. »Die brauchen mich, ich hab keine Zeit für Spielchen.« Noch so ein James-Bond-Satz. Klar. Er wurde gebraucht. Das ging sicher runter wie Öl.

»Wozu?«, fragte ich. »Um noch mehr Flugzeuge aus der Ostsee zu ziehen, die nie da reingefallen sind?«

»Klar is es«, sagte Leif. »Es sieht nur ähnlich aus wie unsers.«

»Und hat zufällig Schilf an der Scheibe. Und keinen Piloten. Leif.«

»Ihr«, sagte Leif. »Ihr seid eifersüchtig. Weil ich was mach. Ihr nicht. Ihr denkt, ihr seid so schlau, aber ihr seid nur Schisshasen.«

Und dann war da eine andere Stimme, jemand hatte sich Leifs Telefon geschnappt. »Keine Telefonate im Einsatz«, bellte die Stimme, und dann: »Was ist das für ein Gefasel?« Er klang echt sauer.

»Hey, Ball flach halten, wir haben nur …«, begann ich.

»Nur Müll geredet«, sagte der Typ. »Den ich zufällig gehört habe. Moral untergraben, nennt man das. Und Leute, die meinen Leuten Müll erzählen, entferne ich persönlich. Ein Tipp, Jungs: Man kann euch orten.«

Die Verbindung brach ab.

»Keiner kann dich so schnell orten«, sagte Neil. »Vergiss es.«

Wir saßen immer noch im Sand hinter dem Boot. Es war ein blaues Boot, abblätternde Farbe, hübsch, alt, nicht mehr in Benutzung. Klar, Fischen war fast nicht mehr, Umweltauflagen und alles das.

Und vor allem ist importierter Fisch billiger.

Zurück zu dem, wie es mal war, das hatte der Klingemann auch gesagt. Die Insel könnte von Fischerei und Landwirtschaft leben. Wenn niemand anders reinpfuschen würde. Es würde gehen. Ohne Fremde. Zurück zur Natur.

Der Klingemann. Ich wünschte, er wäre da gewesen. Ich wünschte, wir hätten ihn fragen können, was er dachte.

Was richtig war und was nur ein Bluff, und wozu die Leute logen. Wozu die Pressemitteilung log, die Politiker. Wozu der Führer dieser Truppe da am Strand log. Das alles waren Puzzlestücke in einem größeren Bild, und der Klingemann hätte gewusst, wie sie zusammengehörten. Und es geduldig erklärt.

Dann sah ich, dass jemand in unsere Richtung rüberkam. Über den Sand. Auch einer in Uniform, ein älterer Typ. Er sah echt angepisst aus. Und er hatte uns gesehen. Wie wir da kauerten. Wie Kinder, die Räuber und Gendarm spielten.

»Abhauen!«, zischte ich, und wir waren auf den Beinen, rannten durch den Sand, in einer Wolke von auffliegenden, kreischenden weißen Möwen, das Adrenalin schoss durch meinen Körper. Fast fürchtete ich, ich würde einen Lachflash kriegen, ganz ohne Wirkstoffe. Renn, renn! Gott, wie lächerlich. Ein Blick über die Schulter: Da war er, der Typ, und er war jetzt zu zweit.

Wir tauchten hinter eine niedrige Restauranthütte, zwischen Büsche, unter Fischernetzen durch, die zur Deko da hingen: getrocknete Seesterne und Kram für Touristen, die gar nicht mehr hier waren. Ein Plastikhering verfing sich in meinen Haaren, ich spürte, wie er aus dem Netz riss, rannte weiter, mit dem blöden Fisch in den Haaren. Typisch ich. Der Wagen! Wir mussten den Wagen erreichen.

Da vorne, da glänzte das Wasser des Sees, die Schwanentretboote dümpelten touristenlos auf dem Glanz. Ihr Weiß war schon mal weißer gewesen, das Plastik hatte gelbe Sprünge. Die ganze Insel, dachte ich, war irgendwie abgenutzt von den Touris der letzten Jahre. Vielleicht *musste* das alles zusammenbrechen, es war einfach Zeit.

Und dann fiel ich der Länge nach hin, und das lag daran, dass jemand mich von hinten umgeworfen hatte und mein Gesicht ins Gras am See drückte. Verdammt, genau neben dem Parkplatz, es hatten nur noch Meter gefehlt.

»So«, keuchte der Typ über mir, ein Typ, den ich nie gesehen und dem ich nichts getan hatte und der megasauer war.

»Wenn ihr glaubt, ihr könnt Einsätze stören und irgendwelchen Mist erzählen, liegt ihr falsch«, fauchte er. »Es wird euch niemand glauben. Nerven tut es trotzdem. Haltet euch raus, und krabbelt zurück in das Loch, aus dem ihr gekommen seid.«

»Ich … ich fühle mich geehrt«, keuchte ich und kam ein paar Zentimeter hoch, genug, um zu reden. »Dass Sie uns für so wichtig halten. Ich meine, dass uns jemand nachrennt.«

»Finnley, halt's Maul«, sagte der Typ über mir.

»Woher wissen Sie …«

»Ich weiß 'ne ganze Menge«, sagte er kalt. »Und ich hab 'n Auftrag, Junge. Ihr nervt schon 'ne Weile rum. Ihr denkt, keiner sieht euch, aber ihr seid hammer auffällig. Schlechte Spieler. Und jetzt ist Ende. Die Kleine hier gehört sowieso nicht zu euch. Das ist Noacks Mädchen. Sie kommt mit mir zurück. Was weiß ich, was er für 'n Narren an der gefressen hat, aber isso.«

Damit zog er mich hoch, und ich sah, dass der andere Neil festhielt. Sie waren beide verdammt kräftig. Gut gebaut, gut trainiert.

Nicht irgendwelche Typen, also, sondern ein kleines Spezialkommando. Ein Spezial-Finnley-und-Neil-Ausschaltkommando. Crazy. Dass sie uns echt für so wichtig hielten. Vielleicht hatten sie nur ein bisschen Spaß an James-Bond-Spielchen. Warum hatten eigentlich ständig alle Spaß daran, mich fertigzumachen?

Ich fragte mich, wo Ulja war. Ich konnte den Kopf nicht weit genug drehen. Vielleicht war sie einfach weg, klug genug, weg zu sein.

Er drückte mich wieder runter ins Gras, so sehr, dass ich keine Luft mehr bekam. »Du solltest mal was essen«, sagte der Typ über mir. »Mehr Kilo auf den Rippen. Könntste dich besser verteidigen. Guten Appetit.«

Ich hatte jetzt Gras im Mund, trockenes Sommergras, Erde zwischen den Zähnen, kleine Steine. Und ich dachte, Scheiße, er kann das einfach machen, er kann das so lange machen, bis ich wirklich nicht mehr atme. Ich versuchte, mich zu winden, mich aufzubäumen, aber er lehnte sich auf mich, verdammt schwer.

»Sieht aus, als ob du ins Gras beißt«, sagte er. »Wörtlich. Okay, hier ist der Plan: Ihr haut ab. So richtig. Ihr verlasst die Insel. Und Wolgast. Wir haben einen Fahrer für euch, purer Luxus. Und ihr kommt nicht zurück. Er will euch nur aus dem Weg haben, jemand hat ernsthaft 'n gutes Wort für euch eingelegt, auch wenn keiner das kapiert. Junge Menschen, Hoffnungsträger und so. Bullshit, wenn du mich fragst. Aber wir können im Moment auch echt keine weiteren Toten mehr brauchen. Ihr kommt jetzt beide mit, ziemlich weit weg. Und da, wo ihr ankommt, bleibt ihr erst mal. Wir kümmern uns später darum, was weiter mit euch passiert.«

Er ließ mich wieder hochkommen, und ich rang nach Luft und kriegte das Wort »Berlin« heraus. »Ich würde dann bitte gerne nach Berlin. Und ein hübsches Hotel. Fünf Sterne.«

»Scheiß Großmaul«, sagte der Typ über mir, »du weißt echt nicht, wann Schluss ist.«

Ich fand seine Faust in meinem Gesicht. Und als ich wieder was sah, war es Neil, der ziemlich sauer aussah und auch ziemlich verzweifelt, weil er sich im Griff des zweiten Typen nicht rühren konnte, und sie zogen uns jetzt mit. Da war ein Dritter, nicht in Uniform, der Ulja festhielt. Sie war also doch nicht weg. Aber ich sah, wie sie ihn biss, und das ist unsportlich, allerdings effektiv. Dann sah ich nicht mehr, was weiter passierte, weil ich stolperte und versuchte, nicht zu fallen.

Noacks Mädchen.

Komisch, diese Worte taten mehr weh als jede Faust im Gesicht.

Ich hatte Noack bewundert, aber er war Teil der ganzen Geschichte, die ich nicht begriff. Und ich hatte gedacht, ich würde Ulja lieben, aber sie gehörte ihm. Nein, ich begriff wirklich nichts.

Da war ein Kleintransporter, weiß, mit irgendeinem Hotelaufdruck. Moment, war das das Maritim? Klar war es das Maritim, sie hatten alle irgendwie was miteinander zu tun. Am Steuer saß irgendeiner, auch nicht in Uniform, die beiden stießen uns hinten rein und schlugen die Türen zu. Da war ein Riegel, ich hörte ihn. Shit, wie ein Viehtransporter. Und wir lagen auf dem Boden im Dunkeln, und das Ding fuhr mit einem Ruck an.

Ich kam auf die Beine, tastete. Kalte, harte Wände, der Transporter war leer. Nein, nicht ganz. Da waren Pappkartons, lauter leere Pappkartons, die hin und her fielen.

»Neil? Scheiße, was machen wir? Wir müssen hier raus.«

»Brillante Idee«, sagte Neil, direkt neben mir. »Setz dich hin, Finnley, du fällst. Halt dich fest, verdammt.«

Ich fiel tatsächlich, landete schmerzhaft auf den Knien, krabbelte irgendwohin, spürte die Kurven, die der Transporter machte, fand die Tür. Fand einen Griff, zog mich daran hoch, rüttelte … Nichts. Natürlich nicht. »Aber wir müssen raus! Wir müssen!« Ich hörte selbst, wie dumm das klang, wie kindisch.

»Jetzt setz dich, und denk nach«, sagte Neil.

Ja, und dann sitzt du da im Dunkeln. Und spürst, dass alles wehtut.

Du wolltest doch weg, sagst du dir. Freu dich doch, kostet nicht mal was. Kein Zugticket. Aber vermutlich ist es ’ne Einbahnstraße.

Scheißglitzertage. Ein bisschen die Welt sehen war der Plan.

Was du jetzt sehen wirst, weiß keiner. Die Erdbeeren von unten, vermutlich. Und was machen sie mit der Insel? Und der Stadt? Irgendwo sitzt deine Familie, vielleicht in der Balkonei, und Mama gießt die Geranien, und Kira hat die Arme um Muddy geschlungen und wartet auf dich.

Scheiße noch mal, wenn ihnen nichts passiert ist. Immerhin ist da drüben in Polen Krieg. Immerhin schnappen alle gerade über.

Du musst versprechen, hat Kira gesagt, *dass du wiederkomms.*

»Wenn du nie angefangen hättest, Detektiv zu spielen, wäre alles okay«, sagte ich.

»Klar«, sagte Neil. »Klar, Schlaumeier. Alles wäre super.«

In diesem Moment blieb der Transporter stehen, ganz plötzlich, und die Pappkartons fielen wieder durcheinander und auf uns. Die Typen draußen redeten irgendwas. Und jemand anderes auch.

Die Polizei!

Die Polizei hatte doch nicht etwa das Militär angehalten? Nein, dachte ich, der am Steuer ist ja nicht in Uniform.

Die wissen nicht, wen sie angehalten haben. Niemand wusste, wer wer war.

Es war ein Spiel.

Aber wir waren schlechte Spieler, er hatte recht. Weil wir die Regeln nicht kannten.

Gehört es zu den Regeln, dass wir still hier sitzen bleiben? Und wäre es trotzdem eine gute Idee, sie zu brechen? Wenn wir zum Beispiel jetzt an die Wand hämmern, holt die Polizei uns hier raus? Und würde sie uns dann erkennen, von vorher, von der Führerscheinsache und der Verfolgungsjagd im Leichenwagen? Wahrscheinlich. Und dann säßen wir wieder fest, oder sie würden uns einfach beim Militär abliefern …

Da waren Schritte, die um den Lieferwagen herumgingen. Wir rührten uns nicht.

Neil musste zu demselben Schluss gekommen sein wie ich.

Die Schritte gingen zurück nach vorne. Mehr Worte, unverständlich. Jemand lachte, irgendwie zu gutmütig, zu freundlich, falsch.

Und dann schob jemand den Riegel von außen auf, ganz langsam und ziemlich leise. Jemand, der sich ohne Schritte genähert hatte. Logisch, ein Engel.

Oder das Gegenteil. Jemand, der nichts Gutes mit uns vorhatte. Der sich einen Spaß daraus machte, sich anzuschleichen und uns dann allezumachen. Denen war alles zuzutrauen.

Ich merkte, wie mein Körper sich anspannte, sprungbereit.

Und die Tür öffnete sich, beinahe lautlos … und das draußen war eindeutig doch ein Engel.

Ein Engel mit ziemlich zerzausten Haaren, ziemlich ungewaschenen Klamotten und Brille.

Ulja.

Hinter ihr am Straßenrand stand der schwarze Leichenwagen mit der zerknautschten Knautschzone. Sie war das Ding gefahren. Unglaublich. Aber Ulja *war* unglaublich. Wie war sie den Kerl losgeworden, der sie festgehalten hatte?

Keine Zeit für Fragen.

Ich war schon auf der Straße, meine Füße liebten den Asphalt, ich musste Neil raushelfen, seine große dunkle Gestalt war ungelenk und gefaltet zwischen den Pappkartons. Schnell, schnell!

Aber er drehte sich um und wühlte zwischen den Kartons. Suchte etwas.

Verdammt, den Hut.

Was war unwichtiger als ein Hut!

Ich wollte ihn anschreien, aber ich konnte nicht, vorne am Lieferwagen redeten sie noch immer, hatten uns nicht bemerkt, es war ein Wunder. Wunder darf man nicht auf die Zerreißprobe stellen. Jetzt suchte Ulja auch … verdammt!

Sie fand den Hut. Setzte ihn einfach auf, weil das am schnellsten ging. Und dann waren wir bei unserem alten Freund, dem Leichenwagen.

»Hinten«, sagte Ulja nur. Klar, hinten würde uns niemand sehen.

Wieder schloss sich eine Klappe hinter uns, der Wagen ruckte an, wieder saßen wir im Dunklen. Nicht ganz dunkel, allerdings, es waren getönte Scheiben. Man konnte die fadenscheinigen Vorhänge beiseiteziehen.

Die Umrisse von Uljas Gitarrencase waren im Dämmerlicht gerade so zu sehen.

»Wusstest du, dass sie fahren kann?«, fragte ich.

Neil zuckte die Schultern.

»Ich glaube, sie kann so ziemlich alles«, sagte er.

»Du liebst sie«, murmelte ich, ganz leise. »Du auch.«

»Hast du mit ihr …?«, fragte Neil.

»Ich weiß es nicht«, sagte ich.

Er schüttelte den Kopf, ich sah es im Halbdunkeln, Ulja hatte immer noch seinen Hut, und ohne sah er irgendwie kleiner aus. »Wie kann man nicht wissen, ob man mit jemandem …?«

»Zu viel Gras«, sagte ich. »Oder zu viel Whiskey.«

»Ich verstehe nicht … Warum muss es immer zu viel sein? Warum muss man sich immer völlig zudröhnen? Reicht nicht etwas? Ab und zu? Warum macht ihr immer alles bis zum Extrem?«

»Als wärst du noch nie besoffen gewesen. Vor zwei Jahren hast du bei uns in der Balkonei gesessen und gekotzt, nach zu viel Pfeffi.«

»Ja, aber das war eine Ausnahme«, sagte er. »Ich bin älter geworden, irgendwie. Ihr nicht.«

»Schön, dass du mich in der Mehrzahl ansprichst«, sagte ich.

»Du und … alle. Die ganzen Kids, die vor der Tür zu eurem Block rumhängen. Für die du cool sein musst.«

»Muss ich gar nicht«, sagte ich, sauer. »Ich bin gar nicht mehr so.«

»Und trotzdem kratz ich dich aus Schlägereien, und trotzdem säufst du dich fast tot und weißt nicht, mit wem du schläfst«, sagte er, und das Blöde war, er hatte recht.

»Kann ja nicht jeder Bibel lesen«, murmelte ich. »Aber weißt du, was sie über dich sagen? Dass du gruselig bist. Mit deiner ganzen Bestatterei. Und ich hab dich noch verteidigt. Mann.«

Eigentlich, dachte ich, streiten wir wegen Ulja. Ihr Name hing in der Luft zwischen uns, und das war völlig behämmert, weil sie eigentlich am Steuer dieses verdammten Leichenwagens saß.

»Sie ist Noacks Mädchen«, sagte ich. »Was bedeutet das?«

»Das wüsste ich auch gerne«, sagte Neil, und ich sagte: »Ich vielleicht nicht«, und in dem Moment machte der Leichenwagen eine so plötzliche Kurve, dass wir übereinanderfielen. Wie davor im Lieferwagen, nur ohne Kartons. Er machte noch eine Kurve, und noch eine, schleuderte uns hin und her, ich hielt mich an irgendetwas fest, und das war Neil. Wir klammerten uns sinnlos aneinander wie ein seltsames Liebespaar, und ich dachte, dass wir trotz allem doch Freunde waren, auf eine unerklärliche Weise.

Als der Wagen hielt, fielen wir beide hin und lagen einen Moment da, auf dem Rücken nebeneinander, keuchend: da, wo sonst die Särge festgeschnallt waren, zwei Halbleichen. So fand uns Ulja.

Sie öffnete die Kofferraumklappe und sah uns an und schüttelte den Kopf. Auf dem Neils schwarzer Hut saß.

»Soll ich jetzt euch bestattigen, oder was?«, fragte sie. Und reichte jedem von uns eine Hand, um uns hochzuziehen.

Der zerknautschte Leichenwagen stand im Schilf. Ulja, dachte ich, hatte eine Vorliebe dafür, mit Fluchtfahrzeugen im Schilf zu landen. Ich sagte es nicht, es wäre ein makabrer Witz gewesen.

Ein paar kleine Vögel, gestört durch unsere Ankunft, ließen sich eben wieder auf ihrem Nest nieder, das sie zwischen zwei Halme geklebt hatten. Hinter dem Schilf geräuschte das Wasser.

»Wo … sind wir?«, flüsterte ich. Es war komisch, es war alles so laut gewesen und jetzt so still, man musste flüstern.

Ulja zuckte die Schultern. »Kleine Dorf, Nähe von wo wir waren mit den Piloten«, sagte sie, auch ganz leise. »Ich habe abgebogen, für wenn sie folgen uns. Ich dachte, hier, sie finden nicht. Ich weiß nicht, der Ort ist mit Netz in Name. Wie Internet. Aber anders. Und es hat eine Kirche. Da sind Leute. Sie machen ein Feier. Ich dachte, wir können da hingehen. Niemand wird suchen uns in eine Gottesfeier.«

»Gottes*dienst*«, sagte Neil, und ich sagte: »Mann, ist doch egal. Wenn sie Gottesfeier sagt, sagt sie Gottesfeier, ist viel schöner.«

»Klar«, sagte er. »Lass uns hingehen.«

Er bot ihr einen Arm an, ganz Gentleman, und sie nahm ihn, und so gingen sie zur Tür der kleinen alten Kirche, im Abendlicht, das sich rötlich färbte. Und ich fluchte innerlich. Sie hätte meinen Arm nehmen können. Ich hatte ihre Sprache verteidigt.

Egal, sagte ich mir, egal, Finnley, du hast kein Glück mit den Mädchen, isso.

Sie waren schön, die beiden, wie sie da in die Kirche gingen, fast wie zu ihrer eigenen Hochzeit, der große schwarze Bestattungs-Neil und die kleine Ulja neben ihm. Die Blumen in den Beeten zwischen den Feldsteinen streckten ihre Blüten nach ihnen aus, und die Tauben, die daneben scharrten, sahen auf und schienen zu überlegen, ob sie sich weiß färben und auffliegen sollten, damit es noch schöner wäre.

Sie blieben dann aber doch grau.

Und ich folgte Ulja und Neil in die Kirche, weil es besser war, in einer Gottesdienstmenge zu verschwinden, als alleine draußen zu bleiben und von dem verrückten Lieferwagenkiller geschnappt zu werden.

Ich fragte mich sowieso, wie ich aussah. Vermutlich ähnlich hinüber wie der Leichenwagen. Dieser Tag hatte eine Ewigkeit gedauert, ich war zweimal verprügelt und in zwei verschiedene Kofferräume gesteckt worden, und es war wirklich, wirklich gut, dass Abend war.

Die Kirche war vollgestopft mit Menschen, Menschen in allen Bänken. Wir quetschten uns dazu, an die Seite einer Bank, eine Familie mit zwei kleinen Kindern rückte zusammen, und sie lächelten uns alle an, obwohl wir doch mittendrin kamen. Sie waren dabei, zu singen, irgendein Lied, das ich nicht kannte und das feierlich und freundlich klang.

»Erstaunlich«, wisperte Neil. »Sonst sind in Gottesdiensten nie so viele Leute. Fast immer nur alte Damen.«

»Bei uns, es ist immer voll«, sagte Ulja.

»Deutsche glauben nicht an Gott«, wisperte ich, und sie schüttelte verwundert den Kopf.

»Woran sie glauben dann?«

»Daran, dass früher alles besser war«, flüsterte ich, und Neil sagte gleichzeitig »Geld«.

Und Ulja sah in das Gesangbuch von der Familie und las den Text und fing an, mitzusingen.

Vorne neben einem riesigen Strauß violetter Sommerblumen sang der Pfarrer, und zur Linken und Rechten flackerten ruhig zwei große weiße Kerzen.

Ich lehnte mich zurück und atmete tief durch.

Es war wie Ankommen. Vorne sahen irgendwelche heiligen Männer von drei bunten Glasfenstern auf uns runter, der mittlere war vielleicht Jesus. Er hielt eine Kugel mit Kreuz obendrauf und machte ein Victoryzeichen, und er leuchtete in seinem blauen und roten Umhang mitten in dem gelben Fenster. Der Sonnenaufgang ließ ihn fast lebendig wirken. Ich schloss kurz die Augen.

Als ich sie wieder öffnete, war der verflixte Jesus aus dem Fenster runtergestiegen und stand neben dem Pfarrer. Echt. Ich blinzelte, verwirrt.

Jesus war nicht nur bunter als der schwarz-weiße Pfarrer, sondern auch einen Kopf größer, und während der Pfarrer irgendwas erzählte, hob der Jesus wieder die Victoryhand.

»Finnley«, sagte er, und ich zuckte zusammen, weil er meinen Namen kannte. Genau wie der Militärtyp. Manchmal wäre es besser, Stefan oder Justin zu heißen.

»Du hörst dem Pfarrer nicht zu, das ist mir klar. Du hörst ziemlich selten Leuten zu, die vernünftige Dinge sagen. Ich bin Jesus von Nazareth, und du hast keine Ahnung, was das bedeutet, richtig? Ich bin genauso oft verprügelt worden wie du. Aber ich bin übers Wasser gegangen, um anderen zu helfen. Ich habe das Brot geteilt, für andere. Wie ist es mit dir? Du drehst dich um dich selbst, richtig? Du denkst ständig darüber nach, was die Welt mit *dir* macht und wie *du* es schaffen kannst, auszubrechen, und ob sich ein gewisses Mädchen für *dich* interessiert. Du bist ein Träumer. Du willst an den Horizont. In das Glitzern. Aber du träumst nur für dich selbst.«

Ich wand mich auf der harten Kirchenbank. Ich wollte sagen: Das ist gar nicht wahr. Ich kümmer mich doch um die anderen. Ich bin weg, klar, aber ich denke doch an Kira und Mama und alle, und klar, Neils Sarkasmus nervt mich, aber ich will mit ihm zusammen weg, und ich hab versucht, Leif rauszuholen, und … Aber ich kam nicht zu Wort. Jesus hörte einfach nicht auf, zu reden. Was für eine Labertasche – und das ist es, was Neil normalerweise über mich sagt.

»Die Menschen haben sich hier versammelt, um sich gegenseitig Mut zuzusprechen«, sagte er, warf die Kugel mit dem Kreuz drauf hoch und fing sie wieder. »Sie sind von allen möglichen Dörfern der Insel gekommen. Selbst wenn das Schrecklichste geschieht, werden sie zusammenhalten. Und übrigens tun sie das ganz ohne Substanzen. Du wirfst ständig zu viele Substanzen ein, du vernebelst dir dein ganzes Leben, weil du zu viel Angst vor der Realität hast, und am Ende wird nichts bleiben als all dieser Nebel. Schall und Rauch.«

Und dann winkte er Neil und Ulja zu sich, die neben mir saßen, und sie rutschten aus der Bank und gingen nach vorne. Die Leute murmelten, fast ehrfürchtig. Der Pfarrer machte einen Schritt zur Seite und ließ Neil und Ulja vor den Altar treten.

»So«, sagte Jesus. »Hiermit erkläre ich euch zu Mann und Frau. Du darfst jetzt die Braut bestatten.«

»Was?«, fragte ich laut, und Jesus sah mich an und legte den Kopf schief, was den Heiligenschein etwas verrutschen ließ. »Küssen«, sagte er. »Ich habe natürlich ›küssen‹ gesagt.«

Da nahm Neil den Hut ab und küsste Ulja, und alle klatschten.

Ich klatschte mit, aber es war total crazy, wann hatten die beiden beschlossen, zu heiraten?

»Nun wollen wir Suppe mit Würstchen essen«, sagte Jesus. »Friedenssuppe im Krieg, für alle. Dies ist eine Lektion darin, an andere zu denken. Und auch darin, der Wirklichkeit ins Auge zu blicken. Mit Würstchen statt Wirkstoffen.«

Er sagte dann noch mehr, aber ich konnte ihm nicht mehr folgen, weil ich merkte, wie sehr mein Magen knurrte. Essen wird überbewertet, das hatten wir ja schon, und normalerweise lasse ich es, man kann schließlich auch von Kaffee und Bier leben. Aber es war zu lange her, seit ich was gegessen hatte. Und es roch jetzt, tatsächlich, in der Kirche nach Würstchen.

Wenn ich wenigstens eine Kippe gehabt hätte.

Als ich das dachte, zog Jesus, der Hund, doch tatsächlich das Kreuz aus der Kugel, die er hielt. Er steckte es an der Kerze auf dem Altar an, und es war gar kein Kreuz, es war eine Biozigarette.

»Finnley? Finnley!« Neil schüttelte mich, und ich blinzelte. »Es ist vorbei!«

Erst dachte ich, er meinte *alles*. Dass alles vorbei war.

Dass sie uns gefunden hatten, um uns allezumachen. Oder dass der Krieg jetzt wirklich da war. Aber er meinte bloß den Gottesdienst. Die Leute standen auf und strömten raus, während die Orgel spielte.

»Du hast echt den ganzen Gottesdienst verpennt, unfassbar«, murmelte Neil. Ulja legte eine Hand auf meine Schulter.

»Lass ihm«, sagte sie zu Neil. »Er sieht furchtbar aus, ich glaube, es ist alles war zu viel.«

Und sie strich ganz leicht über meine Wange, dort mitten in der Menschenmenge, meine Wange voller Kratzer und Erde. Und es tat weh, aber ich versuchte, nicht wegzuzucken.

»Du hast Neil nicht geheiratet«, sagte ich.

Sie sah mich verwirrt an. »Wie?«

»Ach, ich … Ich glaube, ich habe geträumt«, sagte ich. »Von Jesus. Es war … wie nachts. Auf dem Hochseil. Nur ohne Gras. Nein, ich meine, ich habe natürlich nicht mit Jesus …« Ich verhedderte mich und gab auf, und sie lachte.

Aber wenn alles geträumt war, warum roch es dann nach Würstchen?

»Du redest wirre Sache«, sagte sie. »Komm. Essen. Draußen, sie haben Suppe. Fur alle. Es ist hier sehr, sehr gut. Wir können essen, und wir können schlafen in Auto, und morgen, wir sind weg. Endlich. Und keiner merkt.«

»Nein«, sagte ich und dachte an Jesus. »Es stimmt nicht, dass ich immer nur um mich kreise. Ich gehe nicht ohne Leif. Ich gehe nicht weg. Und wir wissen immer noch nicht, was hier los ist. Klar sehen, er hat gesagt, man muss klar sehen. Unvernebelt. Du wolltest uns erzählen, was du weißt.«

Die Menschenmenge spülte uns aus der kleinen Kirche, und der Abend war jetzt dunkelblau und weich. Vor der Kirchentür stand ein wackeliger Tisch, und darauf stand ein riesiger Topf mit Suppe. Die Menschen bildeten eine Schlange. Wie die Hartzer im Ghetto am Monatsersten, wenn es Geld gibt und du einmal im Monat auch die siehst, die sonst nie aus ihrer Wohnung kriechen.

Und wir stellten uns mit an.

Zwei Frauen in Schürzen teilten die Suppe mit großen Löffeln aus, schöpften sie in lauter nicht zusammenpassende Schüsseln. Und die Leute bedankten sich und gingen davon, zwischen die hohen alten Bäume, um die dampfende Suppe zu essen und zu reden. Es war wirklich tröstlich, es war der tröstlichste Anblick seit Langem.

Mein Magen dehnte und reckte sich der Suppe entgegen wie ein hungriger Straßenköter.

Ich sah es erst, als wir dran waren. Die Schürzen. Die Schürzen der Frauen waren blau wie der Abend, und der Aufdruck darauf war orange.

FURU.

»Sie sind von FURU?«, fragte ich, als die eine mir meine Suppenschüssel in die Hand drückte, komplett mit verbogenem Alulöffel drin. Die Frau nickte und lächelte.

»FURU hat die Suppe organisiert«, sagte der Mann, der neben ihr stand und Würstchen in den Topf schnipselte.

»Wir machen alle mit«, sagte die Frau. »Es ist der einzige Weg. Alles da draußen Kriegstreiber, kann man ja nachlesen. Aber FURU wird dafür sorgen, dass es gar keinen Krieg gibt. FURU ist für den Frieden.«

»Die Freie Unabhängige Republik Usedom … ist für den Frieden?«

»Ja, oder eben die Leute von FURU. Wir.«

Sie reichte Neil ebenfalls Suppe, und dann Ulja. Sie strahlte die ganze Zeit über, sie war ein Jesus, der das Brot brach. Sie kümmerte sich um andere und war glücklich dabei.

Ich ging zur Seite, weil andere Leute Suppe wollten. Wir aßen schweigend, alle Worte waren auf später verschoben. In den Ästen über uns hingen die ersten Sterne, und die Grillen zirpten im hohen Gras. Ein paar Rehe grasten weiter hinten zwischen den Bäumen, fast zahm, es war eine Nacht der Wunder.

Ich glaube, wir fühlten uns alle seltsam unverwundbar, als könnten die Typen, die uns gesucht hatten, uns niemals finden.

Ulja hatte sich zwischen mich und Neil an einen Baum gelehnt, sie war bei ihm, und sie war bei mir, und es war gut.

Die Suppe war aus Kartoffeln. Kartoffeln, wie Mama sie gehortet hatte. Gab es noch Kartoffeln zu Hause, im Keller? Oder waren sie längst alle, weil Mama mit den anderen im Block geteilt hatte? Organisierte FURU, so verrückt es klang, auch Suppe für die Menschen dort? Standen Mama und die Kleinen gerade jetzt in einer Schlange, um etwas Warmes zu essen zu bekommen? Ich sah es vor mir. Wie sie die Suppe bis in die Balkonei hochtrugen. Wie Kira Muddy den Rest aus ihrer Schüssel auslecken ließ.

Mein Gott, ich hatte wirklich Heimweh. Ich tat mir verdammt noch mal selber leid.

Nein, ich würde Jesus nicht recht behalten lassen, und eine halbe Stunde später wusch ich mit den FURU-Leuten Geschirr unter einem Außenwasserhahn an der Kirche. Ich kann auch helfen, so ist es nicht. Und es war schon Abend, und ich war vollkommen nüchtern. Also bitte. Ich bin ein Vorbild an guter Lebensführung.

»Wie soll das gehen, mit dem Frieden?«, fragte ich und gab Neil einen Teller zum Abtrocknen.

»Sie sind dafür, dass wir die Insel einfach kampflos übergeben«, sagte die kleinere, ältere Frau. »An Putin. Sie wird unabhängig. Unter dem Schutz der Russen. Wir haben dann mit dem Rest von Deutschland nichts mehr zu tun. Das ist sowieso besser so.«

Ich nickte. Alles klar.

Sie waren völlig durchgedreht.

Und das Militär? Noack würde marschieren und die Insel beschützen und Helden aus den Jungs machen, tot oder lebendig. Oder?

Sollten sie sich gegenseitig die Köpfe einschlagen, Noack und seine Spielzeugsoldaten auf der einen Seite und die esoterischen FURU-Spinner auf der anderen Seite. Alle irre, keine Frage.

Irgendwann waren sie alle weg.

Die Kirche zu, der Suppentisch weggeräumt.

Sie waren alle zurückgefahren in ihre Dörfer, die meisten mit dem Fahrrad, Treibstoff sparen. Und manche waren in ihre Häuser im Dorf gegangen. Es gab gar nicht viele, das Dorf war winzig. Lichter leuchteten hinter niedrigen Fenstern, Bauernrosen wippten im Nachtwind. Dicke weiße Enten steckten ihre Köpfe hinter Maschendrahtzaun unter die Flügel, Apfelbäume träumten knorrig und alt neben den Häusern. Hinter dem Schilfgürtel schwappte das Achterwasser zwischen Festland und Insel in sich selbst hinein.

Und wir gingen auf dem Deich entlang, langsam, unter dem Mond, zu dritt.

»Eine Sache«, sagte Ulja. »Ich wollte sagen … ich weiß …«

Dann brach sie ab.

»Was?«, sagte ich.

Sie blieb stehen, im Mondlicht, und sah mich an, und dann Neil.

»Es ist … Noack. Er ist wirklich … er ist Gefahr«, sagte sie.

»Heißt was genau?«, fragte ich.

Aber sie schüttelte nur den Kopf.

»Ich kann schwierig erklären. Er redet viel von Freundschaft.

Frieden. Liebe. Einmal, auf Seebrucke, ich habe gesungen, fur mich. Er war auch da, er hat geklatscht. Ich dachte, er ist nur ein freundliche Mann. Er hat gefragt dann, kann ich auch Russisch? Er brauchte ein kleine Ubersetzung, und wir haben lange geredet. Nur so. Ich habe gemacht kleine Ubersetzung. Und er hat geholfen fur mich. Er ist so … er ist verruckt. Aber vielleicht, nicht nur verruckt. Vielleicht, er ist mehr wichtiger, als wir denken.«

»Wie, wichtiger?«, fragte Neil.

Doch sie schüttelte wieder den Kopf. »Fur alles. Ich kann nicht gut erklären. Ich erkläre ein andere Tag besser. Heute, es sind alle Worte in mir zu mude.«

Wir fanden eine Bank und setzten uns und guckten aufs Wasser, rüber zum Festland. Es war ganz nah und sehr weit weg. Ich hätte gerne einen Arm um Ulja gelegt, aber es ergab sich nicht so.

»Ich will eigentlich nicht, aber ich guck jetzt noch mal«, sagte Neil. Er hielt das Handy vor sich.

Es gab jetzt mehr Videos davon, wie Panzer rollten. Irgendwer stand da mit dem Mikro und sprach von anderen polnischen Städten. Namen, die mir nichts sagten. Das Militär marschierte hinter den Panzern her, schwenkte Fahnen. Keine Ahnung, welche Stadt das nun wieder war, ich kenn mich nicht aus mit polnischen Städten. Keiner von uns war je so richtig in Polen gewesen. Ich höchstens mal mit einem von Mamas Kumpels, zum Tanken, oder auf dem Klamottenmarkt in Swinemünde, billige gefälschte Markensachen holen.

Die Bilder waren von vor zwei Stunden. Vor Einbruch der Nacht.

Die Hauptstraße, hieß es, war jetzt vollkommen abgeriegelt, der polnische Teil der Insel im Osten, Wollin, gehörte den Russen. Jetzt war alles ruhig dort, keine neuen Nachrichten mehr, nur einer schrieb was über Sterne über dem Meer. Die Menschen schliefen. Sie schliefen auf russischem Boden.

Neils Handy fror das Bild ein.

»Das war das Ende von meinen mobilen Daten.« Er seufzte. »Und das Ende vom Akku auch bald.«

»Ich hab noch, aber nicht mehr lange«, sagte ich.

Dann saßen wir einfach da und guckten weiter übers Wasser.

Und schließlich standen wir auf und gingen zurück, den Deich entlang.

»Wir wollten nur ein bisschen leben«, murmelte ich und trat nach einem Erdklumpen. Es war ein Satz, den wir zu oft gesagt hatten. »Nur ein bisschen Unsinn machen. Und jetzt geht alles kaputt. Es ist nicht gerecht.«

»Nur bisschen leben und nur bisschen singen«, sagte Ulja. »Ja. Nur bisschen tanzen.«

»Wir werden tanzen«, sagte Neil grimmig. »Auf den Ruinen. Schätze, jetzt geht die richtige Bestattungsarbeit los.«

Wir schliefen im Wagen. Im Leichenwagen, hinten. Mitten im Schilf.

Zwischen den Sternen und den kleinen Vögeln in ihren Kugelnestern.

So viel Sommer.

Ist komisch, dass sich Jahreszeiten so überhaupt nicht um Politik scheren. Dem Sommer war es egal, ob Krieg war. Den Fröschen, die in der Nähe ein Quakkonzert hatten. Die kümmerten sich nicht um Uhrzeiten und Lärmbelästigung, die sangen einfach, ganz ohne Sondergenehmigung. Frosch müsste man sein.

»Morgen versuchen wir noch mal, Leif anzurufen«, flüsterte ich. »Ich geh nicht ohne ihn, nirgendwohin. Und wenn ich ihn wegtragen muss. Ich krieg ihn da irgendwie raus.«

»Als hättest du 'ne Ahnung, wie du das machen sollst«, murmelte Neil, halb im Schlaf schon.

Ulja lag in der Mitte zwischen uns. Und ich dachte, dass ich sie wirklich gerne geküsst hätte, aber es schien falsch, zu dritt im Wagen.

»Ulja? Ulja, schläfst du?«

»Ja«, flüsterte sie. Und fand meine Hand und drückte sie im Dunkeln. Aber es war klar, dass mehr nicht sein durfte. Sie lag viel zu nah, ich spürte sie. Reine Folter. Es war nicht nur das Körperliche, ich hatte sie so lieb. Ich wollte irgendwie schmelzen und mit ihr zusammenkleben, Schutz suchen und sie gleichzeitig schützen. Ergibt das Sinn? Vielleicht nicht.

Wenn ich nicht so verdammt nüchtern gewesen wäre, wäre es besser auszuhalten gewesen. Eines Tages, dachte ich, würde ich den Russen sagen, dass ich ihnen persönlich böse war für die leeren Regale und das abwesende Geld. Für diese unfreiwillige Entziehungskur.

Egal. Morgen würde ich Leif rausholen. Auch wenn Neil es mir nicht zutraute, einen Freund zu retten, ich würde es tun.

Dachte ich.

Wie wenig ich wusste.

Ich wachte davon auf, dass die Kraniche draußen lärmten.

Sie machen so seltsame kleine Quietschgeräusche. Irgendwie vorsichtige, höfliche Rufe, als wollten sie niemanden stören. Aber sie sind trotzdem laut.

Ulja, neben mir, schlief noch fest. Sie umklammerte ihre Brille dabei, als hielte sie einen Teddybären fest, und ihr schokoladenfarbenes Wellenhaar kringelte sich halb über ihr Gesicht. Ein Schutzvorhang. Ich schob es ganz vorsichtig beiseite und sah sie an, und sie zuckte im Schlaf. Sie träumte. Ich fragte mich, wovon.

Vielleicht war sie auf einem Boot, auf einem Hochseil, am Horizont.

Oder zu Hause, in der Ukraine, bei ihren Eltern, in dem schönen alten Haus mit all den schönen alten traditionellen Dingen, wo ihr Vater Pläne machte, wie er in die umkämpften Gebiete fahren und Hilfsgüter transportieren könnte. Was glaubten ihre Eltern, wo sie war? Sie taten mir leid.

Aber ich verstand, dass sie weggegangen war. Wer verstand das mehr als ich?

Der bunte Fensterjesus, dachte ich, hätte vermutlich auch mit Ulja ein Wörtchen zu reden gehabt, wenn sie in der Kirche eingeschlafen wäre. Von wegen alleine abhauen und seinen Eltern nichts sagen, die sich Sorgen machten, und alles das.

Neil schlief auch. Er schlief mit Brille. Vielleicht, falls er im Traum jemanden bestatten und eine Grabrede ablesen musste. Sein blasses, ebenmäßiges Gesicht wurde von den dunklen Haaren umrahmt wie ein Bild, und zum ersten Mal dachte ich, dass er vermutlich hübsch war. Und dass Frauen das durchaus sahen. Aber er hatte nie Glück gehabt mit ihnen, er war einfach zu seltsam. Welches Mädchen möchte beim ersten Date etwas über Bestattungstechniken hören?

Ich kroch ganz langsam und vorsichtig rückwärts aus dem Leichenwagen, watete durch das morgenfeuchte Schilf bis zur Wiese neben der Kirche und schüttelte mich. Meine Turnschuhe waren klitschnass. Es wäre schön gewesen, anständige feste Schuhe zu haben. Es wäre schön gewesen, Geld zu haben. Ich hatte immer gedacht, wenn ich was verdiene, kaufe ich mir welche, ehe wir auf unsere Reise gehen.

Tja.

Der Tau glänzte auf den Gräsern wie Edelsteine. Die Sonnenstrahlen tasteten sich so vorsichtig darüber wie ich. Als wollten auch sie niemanden wecken.

Die Kraniche standen ein wenig abseits und grasten, oder keine Ahnung, was Kraniche machen. Vielleicht gruben sie auch die Wiese um oder suchten Wertmetalle. Der Klingemann hatte mal gesagt, früher wären sie nur durchgezogen, aber jetzt waren sie immer da, auch im Winter, Klimawandel und alles.

Ich fragte mich, was der Klingemann machte. Ob es ihm gut ging.

Auf Facebook erzählten ein paar Leute was von ersten russischen Soldaten an der deutsch-polnischen Grenze. Vielleicht war er da. Aber er hatte gesagt, dass er nicht zu den Kämpfern gehörte. Dass er andere Sachen für Noack machte. Vielleicht … Gefährlicheres.

Ich stellte mir vor, wie er an einem Fenster stand und einem Adler am Himmel zusah und sich Gedanken machte, Sorgen um die Welt, während seine Freundin schlief: friedlich, gut beschützt.

Schlief wie Ulja.

Ob er auch an uns dachte, der Klingemann? So wie ich an ihn?

Ich machte in meinen quietschnassen Turnschuhen eine Runde durchs Dorf, und da fand ich den Typen mit dem Plakat. So einen langhaarigen Typen. Bisschen älter als ich.

Er war dabei, ein Plakat an einen Baum zu heften, mit Reißzwecken, als wäre der Baum eine Pinnwand, und unter dem Arm hatte er noch einen ganzen Stapel Plakate. Der Baum stand an der Straße aus dem Dorf raus beziehungsweise rein. Ich blieb stehen und sah dem Typen in der Morgensonne beim Anheften zu. ES GIBT KEINEN KRIEG IN POLEN, stand auf dem Plakat. AUGEN AUF.

Und drunter war die Sonnenblume von den Grünen und in der Blume zwei Augen. Das Plakat war nicht richtig gedruckt wie ein Wahlplakat, es war nur großkopiert, man sah das: schnell hingebastelt. Klar, war erst ein Tag vergangen seit der Kriegserklärung, so schnell arbeitet keine Druckerei.

»Machst'n da?«, fragte ich, und der Typ fuhr herum und sah mich an, zwischen den langen Haaren durch, die er dann wegpustete. Er sah ertappt aus, erschrocken – und gleichzeitig irgendwie trotzig. Stolz. Als würde er sein Plakat verteidigen, auch wenn ich jetzt mit einer Kalaschnikow darauf zielte.

Als könnte ich, gerade ich, gefährlich für ihn sein.

»So isses doch«, sagte er und verschränkte die Arme, und dabei fielen ihm die anderen Plakate alle runter. Er fluchte, hob sie auf und machte danach damit weiter, mich anzustarren.

»So isses doch«, wiederholte er. »Die Leute gucken nur noch dahin, wo sie hingucken wollen. Es ist kein Krieg.«

»Das sagt Putin auch, seit er in der Ukraine Leute totschießt«, sagte ich. »Das is kein Krieg.«

»Ja, aber … in Polen … und die NATO … das ist alles gar nicht so!«, sagte der Typ und fuchtelte mit seinen Plakatrollen. »Es kann gar nicht sein! Die wären doch längst auch hier einmarschiert, und guck, alles friedlich!« Er bückte sich und rupfte eine langstielige rosa Blume ab, kam zwei Schritte auf mich zu, die Blume hielt er wie eine Waffe, und dann hielt er sie mir unter die Nase.

Sie duftete ein ganz kleines bisschen.

»Alles friedlich! Alles blüht. Und die Vögel singen. Hör mal.«

Wir lauschten beide einen Moment still, und tatsächlich lärmten eine Menge kleiner Vögel oben in den Ästen des Plakatbaums und denen von seinen Nachbarn. Nicht nur die Kraniche. »Es gibt überhaupt keine Gefahr!«, sagte er.

»Die Vögel sind der Beweis dafür, dass es keine Gefahr gibt?«

»Ja, klar«, sagte er. »Wenn Krieg wäre, wären die doch still. Die würden sich verstecken.«

»Wo denn?«, sagte ich und musste plötzlich lachen, er glaubte so verzweifelt an das Schöne, das Gute, Vögel und Blumen. »Wo würden die sich verstecken? Im Schrank?«

»Du kannst mich mal«, sagte er und ging an mir vorbei. »Du bist doch auch nur einer von denen, die die Augen so überhaupt gar nicht aufmachen.«

Und dann rannte er auf einmal los, als könnte ich hinter ihm herrennen und seiner Blume was tun. Er rannte in die nächste kleine Gasse rein, und als ich da ankam, war er auf ein klapperiges gelbes Fahrrad gestiegen und fuhr weg, die Hauptstraße entlang, Plakatrollen auf dem Gepäckträger.

Die Grünen, aha. Auf der Insel gibt es außer dem Klingemann schon noch 'ne Handvoll Ökos.

Und jetzt hatten sie ein neues Projekt: Sie redeten sich ein, dass es keinen Krieg gab.

Wahrscheinlich waren sie alle wie er, wie der Typ: Sie bildeten sich krampfhaft ein, dass alles schön war, Bienchen und Schmetterlinge, und dass es keinen Grund zur Beunruhigung gab.

Fast war es rührend.

Wie naiv man sein konnte.

Und dann fand ich noch etwas an diesem Morgen: Ich fand den Bundeswehr-Pick-up. Er stand einfach mitten auf der Straße, neben einer Scheune, an der ein Schild mit der Aufschrift »Garten-Café« hing. Da wuchsen eine Menge Blumen, hohe Stauden, sehr bunt, und jemand war offenbar dabei gewesen, auch die Scheunenwand bunter zu machen. Da war ein Segelboot, blau mit weißen Segeln und roten Fähnchen, aber es war nicht fertig. Jemand hatte es angefangen und dann aufgehört, vermutlich gestern Abend, die Farbe war trocken. Zwischen den Blumen stand ordentlich aufgereiht eine Sammlung an Sprayfarben.

Aus der Scheune mit dem Café-Schild kam leise Klaviermusik, und es roch nach frisch gebackenem Kuchen. Mein Magen rebellierte schon wieder. Jemand dadrinnen war sehr, sehr früh aufgestanden, um Kuchen zu backen und danach vielleicht seine Scheune weiter zu bemalen. Es war eine so friedliche Idee. Eine Szene wie aus einem Buch für Kinder.

Da war ein Fenster in der Scheune, und ich zog mich am Fensterbrett hoch und sah durch. Die Szene hinter dem Fenster war auch aus einem Kinderbuch. Oder aus einem Ferienkatalog.

Es war tatsächlich ein Cáfe, dadrinnen, mit groben Holzbänken und -tischen. Selbst gestrickte Ringelsocken hingen an einer langen Leine quer durch den Raum, und auf den Tischen standen noch mehr Blumen in Tonkrügen. An einer Theke goss eine Frau Kaffee in eine Tasse, und eine zweite hatte eine Schürze um und lachte und redete mit einem Mann. Ich sah ihn nur von hinten. Die Frauen sah ich von vorne. Die Schürze war blau mit orangener Schrift.

Es waren die FURU-Frauen, die Friedensfrauen vom Suppenausschank.

Der Typ setzte sich mit seinem Kaffee an einen Tisch, ich verstand nicht, was sie redeten, aber ich sah den Kaffee an, den er trank. Heißer Kaffee. Mann.

Wenn er weg ist, dachte ich. Dann geh ich da rein. Und ich frage einfach. Ich frage, ob sie uns auch Kaffee geben können. Ich wecke Ulja und Neil und sage: Hey, ich hab einen Ort mit heißem Kaffee gefunden, vielleicht sogar mit Kuchen. Vielleicht können wir denen was helfen, und dafür kriegen wir Kuchen. Und überhaupt sind das so Menschen, die anderen helfen.

Die Frage war: Warum kam morgens um sechs oder was ein Typ mit einem Militärfahrzeug hierher? Eine der Frauen stand jetzt hinter ihm und fuhr ihm durchs Haar und lachte. Klar, verdammt. Es war ihr Sohn. Oder Neffe oder was. Er kam mal eben aus dem Krieg und trank hier Kaffee.

Ernsthaft? Crazy.

Ich wünschte, er wäre gegangen. Ich konnte nicht da rein, ehe er nicht weg war, denn möglicherweise wusste er, wer ich war. Möglicherweise würde er mich sehen und meinen Namen sagen, wie Jesus. Möglicherweise hätte er das überbordende Bedürfnis, mich zusammenzuschlagen und in einen Transporter zu stecken, der irgendwo hinfuhr, von wo man nicht zurückkam.

Bei meinem Glück.

Ehrlich gesagt, bei meinem Glück fiel wahrscheinlich demnächst ein Nilpferd vom Himmel und auf mich, es war nicht ausgeschlossen.

Der Typ hatte es überhaupt nicht eilig. Ich ließ mich vom Fensterbrett in die Blumen fallen. Direkt neben die Spraydosen. Der Militär-Pick-up war ein Mercedes. Und wirklich hässlich, verglichen mit allem drum herum. Er passte nicht zu den bunten Blumen und dem gesprayten Segelboot und dem ganzen Kranichmorgen. Früher bin ich auch in Tarnfleck rumgelaufen. Als ich noch genau so sein wollte wie alle anderen, vor dem Eisverkaufsjob und der Weltreiseidee und überhaupt, vor Ulja.

Früher sind wir auch mit der NPD mitgelaufen, ich meine, da war immerhin was los.

Früher habe ich nicht so viel nachgedacht.

Neil täuschte sich, wenn er glaubte, ich wäre immer noch so wie damals.

Die Spraydose hüpfte ganz von selbst in meine Hand. Gelb. Gelb war doch ein ziemlich guter Anfang. Sie schüttelte sich auch von selbst, meine Hand war nur zufällig daran. Und dann sprühte die Dose ganz von selbst einen großen gelben Bogen über die Seitenwand des Tarnfleck-Mercedes.

Ich hatte nicht mal gewusst, dass ich so schöne Bögen malen konnte. In der Förderschule sagen sie mir immer, dass meine Schrift schrecklich ist und meine Feinmotorik völlig gestört.

Dieser Bogen war so schön, dass ich ihn direkt noch einmal nachzog.

Und dann kam Grün, und dann war ich unsicher und guckte im Internet nach.

Regenbögen … Aha, Blau. Ulja hätte das gewusst. Das Netz spuckte natürlich bei Regenbögen gleich den ganzen LGBTQ-und-so-weiter-Kram aus, und ich verstehe manchmal nicht, warum Regenbögen nicht einfach eine Sache sein können, die am Himmel ist. Ich habe ein bisschen Angst vor dem LGBTQ-Ding. Ich meine, im Ghetto darfst du mit so was sowieso nicht anfangen, aber ich hoffe immer, wenn wir da rausfahren, hinter den Horizont, verstehe ich das alles vielleicht, irgendwie.

Die Leute, die anders sind als die, die ich kenne.

Und ich finde vielleicht raus, wer oder was ich selbst bin.

Obwohl ich im Moment nur jemand war, der ein Mädchen liebte, das in einem Leichenwagen schlief.

Es gab kein Orange, aber Rot und Lila. Ich mag Lila, und es hat was, morgens einen dicken lila Bogen auf ein Auto zu sprühen und die Farbe von deinen Händen auf die Straße runterlaufen zu sehen. In dicken, sattvioletten Tropfen, ohne dass einer dich deshalb auslachen kann.

Am Ende wischte ich meine Hände am Gras ab, und der ganze Regenbogen war irgendwie auch ein bisschen verlaufen. Es regnete im Regenbogen, was ja passte.

»Er weint«, sagte Ulja. Sie stand ganz plötzlich da, neben mir, wie vom Himmel gefallen, obwohl sie kein Nilpferd war. Sie lächelte und kämmte ihr Haar mit den Fingern, während sie die Farben ansah, und dann tauchte Neil hinter ihr auf, noch etwas verpennt.

»Finnley?«, fragte er. »Warst du das?«

Ich zuckte die Schultern.

»Du hast sie nicht mehr alle«, sagte er. »Woher kommt der Mercedes?«

»Vom Himmel gefallen«, sagte ich. »Mit dem Nilpferd.«

Er runzelte die Stirn, schnippte ein paar Blätter von seinem Hut und setzte ihn auf.

»Was hast du heute Morgen schon geraucht?«

»Es ist nichts da«, knurrte ich. »Hast du heute Morgen schon jemanden beerdigt?«

»Hört auf, ihr Streit-Huhne«, sagte Ulja, und in diesem Moment flog eine Tür an der Scheune auf, die man nicht sah, nur hörte. Die Stimmen von drinnen kamen raus, verabschiedeten sich.

»Pass auf dich auf«, sagte eine der Frauen.

»Klar«, sagte eine Männerstimme.

Und wir hockten jetzt hinter einem Rosenbusch an der Ecke der Scheune wie Kaninchen, duckten uns, ein Kinderversteckspiel. Die Rosen waren winzig und rosa und dufteten, fast betäubend.

Der Typ stand vor dem Pick-up und starrte den Regenbogen an. Streckte die Hand aus und berührte ihn. Doch der Sonnenwind hatte die Farben bereits getrocknet. Er starrte noch einen Moment, und dann fluchte er laut: »Wer zum Teufel … wer hat … das kann doch nicht …« Er schüttelte den Kopf, immer wieder, und ich dachte, jetzt ruft er die Frauen aus dem Haus, aber das tat er nicht. Stattdessen fing er plötzlich an, zu lachen, stützte sich am Wagen ab und lachte und lachte. Er krümmte sich vor Lachen, es war wirklich seltsam, vielleicht war er übergeschnappt.

Und dann sah er in unsere Richtung.

Er sah uns nicht, er guckte nicht runter. Aber wir sahen sein Gesicht. Und wir kannten das Gesicht. Es war das Gesicht des untoten Soldaten im Sonnenblumenfeld.

Er stieg in den Wagen.

Und ich sah die anderen an, da hinter unserem kindischen Rosenbusch.

Irgendwie war alles klar.

Als der Typ den Motor anschmiss und wendete, saßen drei blinde Passagiere auf der Ladefläche. Wir fielen übereinander, wurden von der Beschleunigung durcheinandergeworfen, juhu, mehr blaue Flecken. Dann lagen wir flach auf dem Rücken, damit niemand uns sah. Die Straßen waren nicht gemacht für den Fahrstil des Typen, holperige alte Pflastersteine. Über uns rauschten die Äste der Bäume vorbei, die schon alles gesehen hatten, jahrhundertelang. Andere Kriege.

Was die wohl so denken, die Bäume?

Wahrscheinlich, dass die Menschen, die unter ihnen rumkrabbeln, ziemlich seltsame Wesen sind.

»Vielleicht ist es eine blöde Idee, was wir machen«, sagte Neil zwischen das Geholper.

»Ich denke, er fährt zurück zu den anderen Uniformen«, sagte ich. »Und irgendwo da ist Leif.«

»Und wenn er woanders hinfährt?«

»Na ja, dann is es doch interessant, rauszufinden …«, eine Kurve warf uns herum, »… wohin so ein Toter fährt. Du hättest ihn …«, noch eine Kurve, »… ordentlich bestatten sollen. Dann wäre er nicht wieder aus seinem Grab gekrochen.«

»Haha.«

Ich kam auf die Knie, und die Felder fuhren grün vorbei. Grüner Raps wiegte sich im Wind, er sieht immer aus wie Seegras. Die Touristen fragen manchmal, was das ist, sie erkennen das Zeug nur, wenn es gelb blüht.

Und dann war da der Wald. Riesenbäume. Urwald, nur in europäisch. Sonst achtet man da nie drauf. Und dazwischen das Licht. Der Klingemann hatte ja schon recht. Es wäre schön, wenn alles wieder so wäre wie ganz früher. Mit der Natur. Nur dass sie ganz früher keinen Strom hatten und alle ständig krank waren und hungrig und abgekratzt sind, Pest und Cholera und alles. Ich glaube, da denken die Früher-Leute nie dran.

Der Pick-up wurde langsamer und fuhr *in* den Wald. Das war merkwürdig.

Er bog einfach irgendwo ab, auf einen Weg, der gar keiner war. So ein Weg für die Förster, noch holperiger als vorher. Und Neil sagte: »Hänsel und Gretel«, und irgendwie war das gruselig. Man kann auch ziemlich gut Leute in Wäldern verscharren.

Vielleicht wusste er doch, dass wir da waren.

Und er würde jetzt anhalten und eine Waffe ziehen und uns alle kaltmachen und hier vergraben.

Warum produziert meine Fantasie ständig so absurde Bilder? Warum habe ich so viel Angst?

Aber wie konnte man keine Angst haben? Der Wald war voller Schatten und Gebüsch und Verstecken. Und was will ein Pick-up überhaupt im Wald? Wer oder was war hier? Wer oder was wartete auf unseren Sonnenblumenfreund, der den Pick-up fuhr?

Er bog zweimal ab, wurde immer langsamer.

»Merken: links, links«, sagte Ulja, und Neil sagte wieder »Hänsel und Gretel«, und dann blieben wir stehen. Und pressten uns wieder flach an den Boden der Ladefläche.

Die Autotür wurde auf- und wieder zugeworfen, Schritte entfernten sich. Ich setzte mich ganz langsam auf.

Wir standen am Rand des Waldes, waren einmal durchgefahren, und hier erhoben sich zwischen Wiese und Wald zwei große Lagerhallen. Alt und irgendwie runtergekommen, mit Fenstern nur ganz oben. Blindes Glas, teilweise gesplittert. Paletten stapelten sich davor, und Reifenspuren von Lkws hatten das Gras und die Erde zerfahren, sich tief eingegraben wie Narben.

Aber eigentlich war alles ganz friedlich.

Die Wiese war eine Weide, begrast von rotbraunen Kühen, und kleine gelbe Blumen wippten im Wind vor dem Elektrozaun, begrast von Bienen. An den Waldbäumen wuchsen Kletterpflanzen, ich glaube, sie heißen Geißblatt. Hat Mama mal gesagt, sie hat's mit Blumen. Die Dinger waren orange und rot und dufteten unglaublich süß, wie die Rosen, nur noch intensiver. Es roch auch nach Kiefern, die zwischen den Laubbäumen standen, Kiefern haben so einen eigenen Geruch. Warm und sonnig.

Der Soldat war in einer der Hallen verschwunden, die Tür klappte noch. Es war ganz still. Bis auf das Gesumme der Bienen. So unschuldig. Es war die Stille, bevor irgendetwas passiert.

Ulja kletterte zuerst von der Ladefläche. Wir folgten, Neil ein bisschen umständlich mit seinem Beerdigungsmantel. Er bückte sich und hob etwas auf, hielt es auf der Handfläche und betrachtete es.

»Wir sollten sie bestatten.«

»*Bitte?*« Wir beugten uns beide über seine Hand. Ich dachte zuerst, er hätte eine Eidechse gefunden, gab's doch sicher hier draußen. Aber es war keine Eidechse. Es war eine Ölsardine. Eine Ölsardine, mitten im Nichts. Ein kleiner, glänzender, dünner toter Fisch. Ulja zeigte stumm auf eine Dose, ein Stück weiter. Offen. Das Öl war ins Gras geflossen, rötlich wie Blut, und der Rest der toten Sardinen lag dort. Sie rochen nicht sehr verwest, sie lagen noch nicht zu lange da herum.

Warum macht jemand in der Mitte vom Nichts eine Dose Ölsardinen auf und lässt sie liegen?

Neil ging rüber und kniete sich hin.

»Die sind nicht aufgemacht worden«, sagte er. Leise, damit der Typ in der Halle nichts mitbekam. »Die sind runtergefallen und aufgeplatzt.«

»Runtergefallen?«, fragte ich. »Aus dem Himmel?«

»Sag jetzt nicht wieder, wie das Nilpferd«, sagte Neil. »Ja. Nein. Aber von irgendwo oben. Mit Schwung. Vielleicht … von einem Lkw?«

»Klar, ein Lkw hat eine Lieferung Ölsardinen durch den Wald gebracht und hier zu scharf gebremst«, sagte ich. »Logisch.«

»Warte … ja. Vielleicht«, sagte Ulja und sah zu den beiden Hallen. »Kommt.«

Ich sah, wie sie hinter ihrer Brille die Augenbrauen zusammenzog und lauter kluge Dinge dachte, und ich konnte ihr nicht folgen, jedenfalls nicht in Gedanken. Aber mit den Füßen. Was ich tat.

Neil ging hinter uns, ebenfalls nachdenklich. Ulja ging zu der Halle, in der der Typ verschwunden war. Sie drückte die Klinke der schmalen Metalltür runter, die sich in dem Tor befand – und tatsächlich ließ die Tür sich öffnen. Sie quietschte ganz leicht, und wir zuckten alle zusammen und froren mitten in der Bewegung ein.

Aber nichts passierte.

Also gingen wir durch die Tür.

Es war eine Tür zu einer anderen Welt.

Und diese Welt bestand aus Kartons und Regalen. Vielen, vielen Kartons, Hunderten, Tausenden, und billigen Metallregalen, in langen Reihen, in denen noch mehr Kartons standen. Teilweise waren sie offen, und aus einigen waren Dinge gefallen: Nudelpackungen. Toastbrot. Konservendosen mit Tomaten und Erbsen. Da waren Großpackungen von Klopapier, Zigaretten, Windeln, Saftflaschen, Schokolade, Margarine. Marmeladengläser und Gurkengläser auf Paletten. Cola. Bierdosen. Weinflaschen. Plastiknetze mit kiloweise Kartoffeln, Kohlrabi, Salatköpfen. Die Salatköpfe waren teilweise angegammelt, die Karotten daneben in ihren Plastiksäcken auch. Wir gingen die Reihen der Regale entlang, langsam, ehrfürchtig wie in einer Kunstausstellung.

Hier und da öffnete einer von uns einen Karton, um hineinzusehen, und in allen Kartons waren abgepackte Dinge.

Hundefutter. Müsli. Ketchupflaschen. Wiener Würstchen. Rum.

»Wir sind in Paradies«, sagte Ulja und drehte sich im Kreis, mitten zwischen all den Nahrungsmitteln. »Im Paradies! Wir können alles nehmen!«

Sie öffnete ein Glas mit eingelegter Roter Bete, fischte eine Scheibe heraus und steckte sie in den Mund, und der Saft tropfte von ihren Fingern wie Blut.

»Gut«, sagte sie. »Sehr gut!«

Neil legte ihr eine Hand auf den Arm. »Ich würde das lieber nicht essen«, sagte er. »Vielleicht stimmt etwas nicht damit.«

»Klar, kommt Hexe von Hansel und Gretel und steckt mich in Ofen«, sagte Ulja und lachte. »Nein! Nein, es ist einfach das nur Essen! Jemand hat gesammelt. Gesammelt alle Essen für schlechte Zeit. Fur Krieg. Ich glaube, er ist nicht bose mit uns, wenn wir nehmen ein bisschen Essen weg fur uns.«

»Die Sammlung der Notfallrationen«, murmelte Neil.

»Oder das Museum der verschwundenen Nahrungsmittel«, sagte ich. Denn ganz langsam formte sich eine Idee in meinem Kopf. Es war eine absurde Idee, völlig hirnrissig, aber je weiter ich durch die Türme aus Kartons und die Wände aus Regalen ging, desto mehr Form nahm sie an.

Ich fischte eine Packung Zigaretten von einem Regal, öffnete sie und klopfte eine heraus, steckte sie in den Mund. Neil und ich sahen uns an. Und dann nahm ich die Kippe wieder aus dem Mund. Klar, ich konnte sie nicht anzünden. Der Sonnenblumensoldat, wo immer er steckte, kam vielleicht hierher. Und er würde es riechen und wissen, dass jemand hier war.

Der nicht hier sein sollte.

Das war der Knackpunkt. Niemand sollte hier sein. Niemand sollte wissen, was hier lagerte.

Auf den ganz großen Kartons waren Aufkleber. Adressaufkleber. ALDI. EDEKA. NETTO. Und Straßen und Hausnummern. Diese Sachen hätten in die Supermärkte geliefert werden sollen. Nur waren sie nie dort angekommen.

»Sie haben den Kram aus den Nettos und Aldis hier gebunkert«, flüsterte ich. Es war ein so großer Gedanke, dass man ihn nur flüstern konnte. »So wie meine Mutter Kartoffeln gebunkert hat. Die Regale im Netto und im Aldi und überall waren leer, weil das Zeug hier ist. Weil jemand es hierhergebracht hat. Nicht, weil nichts mehr geliefert wurde. Nicht wegen dem Krieg.«

»Scheiße, Finnley.« Neil sah von seinen ein Meter achtzig zu mir runter, und ich dachte, jetzt sagt er: Was für ein idiotischer Gedanke. Und hat eine völlig andere Erklärung.

»Scheiße, Finnley«, wiederholte er. »Manchmal denkst du ziemlich kluge Sachen.«

Ulja stand immer noch da und aß die Rote Bete aus dem Glas, vollkommen konzentriert auf ihre Rote Bete. Dann runzelte sie die Stirn und sagte: »Panik. Sie haben es gemacht fur Panik. Von Menschen. Auch als alles war wieder da, es war teuer. Oder? Es war nur-so-getan-wie-als-ob. Die wichtige Leute mit Politik, sie haben geredet zusammen. Mit Superladen-Chefs. Es ist Korruption. In Ukraine, viele Sachen sind sehr modern, aber viele Sachen sind auch sehr Korruption. Fruher, es war noch mehr. Jetzt, ist schon besser, aber ist noch da.«

»Korru…?«

»Bestechung«, sagte Neil, der immer alles wusste. »Die Supermarktleute und … irgendwer … haben sich abgesprochen.«

»Und wer ist irgendwer?«

»Ist Logik«, sagte Ulja. »FURU.«

»Was?«

»Naturlich. Jetzt, sie machen Suppen-Kuche. Sie geben Menschen das Essen zuruck. Aber in Wahrlichkeit, sie haben erst genommen Essen.«

»Solche Leute wie die netten Frauen mit der Suppe?«

»Ich glaube nicht, sie wissen«, sagte Ulja. »Nein. Aber andere. Chefs. Sie haben gemacht Menschen in Angst, weil Menschen in Angst man kann leicht regieren. Menschen, die hungrig sind, auch. Menschen, die Problem haben. Du kannst alles sagen, sie glauben. Ist Trick von alle Extremist-Parteien. Geht Menschen gut, geht Extremist-Parteien schlecht. Geht Menschen schlecht, geht Extremist-Parteien gut. Einer will diese Sache probieren?«

Aber keiner von uns wollte Rote Bete.

»Wer?«, fragte ich. »Wer sind die Chefs? Von FURU?«

»Noack«, sagte Ulja. »Ist das nicht klar? Noack sagt, er macht Frieden mit sein Freund. Putin. FURU ist für Frieden. Es ist selbe Sache.«

Und in diesem Moment öffnete sich die Tür am anderen Ende der Halle, und der tote Soldat kam rein und griff sich einen Karton. Klar, der holte Sachen für die nächsten Suppenküchenwunder. Wir standen wieder ganz starr.

Statuen.

Und ich machte die Augen zu. Menschen können Blicke spüren. Hab ich mal gehört.

Augen zu war eine dumme Idee gewesen. Da waren jetzt Schritte, sie kamen direkt durch den Gang zwischen den Regalen, in dem wir standen. Sie kamen auf uns zu, also Augen wieder auf! Und Neil und Ulja rannten, und ich rannte auch. Denn natürlich hatte er uns gesehen, er war vielleicht tot, aber nicht blind.

»HALT!«, brüllte er, in Großbuchstaben, militärisch. »DAS HAT ÜBERHAUPT KEINEN SINN! IHR KOMMT DAHINTEN NICHT RAUS! BLEIBT STEHEN! SOFORT!«

Aber keiner von uns blieb stehen, sofort oder überhaupt, wir waren zu schlecht gedrillt.

Wir rasten bis zum Ende des schmalen Regalgangs und dann in einen anderen Gang, es gab ja genug, und ich keuchte: »Die Kartons! Auf ihn! Wir müssen … die auf ihn …«

Neil nickte, und irgendwie dachte ich an die PlayStation-Spiele, bei denen du ein Auto fährst und andere Fahrer wegrempeln musst. Und du hast auch nur eine schmale Straße, wie wir den Gang.

Ich griff im Rennen nach oben, zog einen Karton aus einem Stapel und hörte die restlichen Kartons hinter uns runterkrachen.

Der Typ dort brüllte weiter rum, und da wurde mir klar, dass ich seine Stimme kannte und dass es gar nicht der Sonnenblumensoldat war. Es war ein anderer, der brüllte.

Der Grizzly.

Vom Bestattungsinstitut.

Der Teufel wusste, wie der hierherkam. Er rannte uns nach, ich hörte seine Stiefel hinter uns auf dem Betonboden.

Wir waren jetzt wieder am vorderen Ende der Halle, ganz nah an der Tür. Wir würden es schaffen, die Kartonlawine hatte den Grizzly aufgehalten. Aber wo war der andere?

Da, da war die Tür, war Licht, der Sommertag rief, der Waldrand wippte mit seinen Zweigen. Da wartete der Pick-up. Und da stand plötzlich der Sonnenblumensoldat in der Tür, ein dunkler Schattenriss gegen den hellen Tag. Ulja war vorausgerannt, sie lief ihm direkt in die Arme. Und er hielt sie fest. Doch Neil brüllte wie ein verwundeter Stier und warf sich auf den Soldaten, sie rangen einen Moment miteinander, taumelten von der Tür weg –

Kartons, dachte ich. Wir brauchen mehr Kartons. Und ich löste noch eine Lawine aus.

Wir fielen alle, diesmal, die Lawine riss uns mit: Neil, Ulja, den Soldaten, mich. Ein ganzer Regen aus Tomatenmarkdosen prasselte auf uns nieder wie Hagel, und ich sah vom Boden aus, wie die anderen sich aufrappelten: Ulja und Neil. Wie der Soldat fluchend sein Bein hielt, weil er blöd gelandet war. Ich war auch blöd gelandet. Extrem blöd. Ich lag, und mein rechtes Knie schrie.

Gleichzeitig hörte ich den Grizzly hinter mir, nur noch ein paar Schritte entfernt.

»Lauft!«, schrie ich, denn Ulja und Neil zögerten. »Lauft, verdammt! Haut ab!«

Der Soldat war jetzt wieder auf den Beinen, machte einen Satz vorwärts, um die beiden zu packen. Da kam ich halb hoch und machte auch einen Satz, der sicher nicht sehr elegant aussah. Aber ich kriegte ihn an der Jacke zu fassen und zog, und wir fielen beide wieder hin. Er knurrte wie ein Tier, wütend, drehte sich um und packte jetzt mich. Und ich wand mich, um ihn abzuschütteln. Was nicht klappte. Außerdem war mein Knie immer noch nicht bereit, mitzuarbeiten.

Ja, und das war vermutlich der Moment, in dem die Dinge schiefgingen.

Nichts von dem, was später passierte, wäre passiert, wenn ich nicht so blöd da auf dem Boden gelegen hätte, in der Tomatenmarkdosenflut. Oder vielleicht waren die Dinge auch schon früher schiefgegangen. Als ich auf die Welt kam und Segelohren hatte und ungehorsames Haar, das in alle Richtungen wegwollte. Und zu viele verrückte Träume.

Der Sonnenblumensoldat war stärker als Johnny oder Ken, er war verdammt noch mal erwachsen und gut trainiert. Der hatte sein Bein schon wieder vergessen, der hatte wahrscheinlich irgendwo ein Ersatzbein, also war es egal. Und er hielt mich sehr, sehr fest.

Dann war der Grizzly bei uns, und dann war er an uns vorbei. Klar, der Grizzly würde Ulja und Neil schnappen.

Aber ich sah sie nicht mehr durch die Tür des Lagerschuppens. Ich sah nur Wald. Der Wald, der magische Sommerwald, hatte sie verschluckt.

Und das sah der Grizzly wohl auch ein, denn ein paar Minuten später kam er zurück, und er war sauer. Er war so sauer, dass er nicht mal etwas sagte. Er holte einfach nur aus und schlug zu, und das Letzte, was ich sah, war seine Faust.

Und dann ein großes Schwarz, ertränkt in einem ziemlich alles umfassenden Schmerz.

Vielleicht, dachte ich, war das mein Schädel, vielleicht ist er jetzt in tausend Stücke gebrochen, aber vielleicht ist das auch egal.

Blinzeln. Licht. Grell, zuerst.

Man kann sich daran gewöhnen.

Vogelgezwitscher. Wind in Bäumen.

Und mal wieder Glitzern. Vor einem Fenster. In der Ferne. Das Meer, dachte ich.

Aber es war die Sonne auf einem Autodach.

Der Raum war winzig. Und es war nichts darin. Außer mir und einem Sicherungskasten mit rausgerissenen Kabeln, alt, nicht mehr in Gebrauch. Ich konnte mich nicht rühren. Hinter mir lief ein Rohr die Wand hoch, und ungünstigerweise war ich an dieses Rohr gefesselt. Keine Handschellen oder so wie in Filmen, bloß eine dünne Wäscheleine, die meine Hände zusammenhielt und sich mit ziemlich vielen Knoten an das Rohr klammerte.

Ein zweites Stück Wäscheleine war um meine Knöchel geschlungen, es war also nix mit Füßebewegen. Ich kniete auf dem kalten Betonboden, und draußen sangen die verflixten Vögel.

Irgendwie sarkastisch.

Ich glaube, ich mag Vögel nicht.

Es war warm. Ich hatte unglaublichen Durst.

Was wollten sie mit mir? Warum hatten sie mich hier angebunden? Ich nützte ihnen doch gar nichts. Sie hätten mich einfach allemachen können.

Ich kam nicht darauf, was das alles sollte, und dann flog die Tür auf, und der Grizzly kam rein. Der Sonnenblumensoldat stand hinter ihm.

»So«, sagte der Grizzly von oben runter. »So. Und du glaubst also, du kannst Regenbögen auf unsere Fahrzeuge sprühen, und keiner checkt es, oder wie?«

»Sie … können gar nicht beweisen, dass ich das war.«

Er lachte, ging in die Hocke und sah mich an, vom Boden aus, als spräche er mit einem Kind. »Schon mal was von Beifahrersitzen gehört? Ich war da. Im Auto. Du hast mich nicht gesehen. Ich wollte nicht, dass du mich siehst. Ich habe dich die ganze blöde Farbe da verteilen lassen, und ich hab zugesehen, wie ihr hinten raufgeklettert seid. Klar, das war perfekt. Nur leider … ich weiß nicht, wie sie das gemacht haben … sind deine Freunde weggelaufen. Ziemlich feige. Dich hierzulassen und abzuhauen.«

»Sie wollten uns alle … hierhaben?«

»Es wäre praktisch gewesen. Ich meine, als du aufgetaucht bist mit deinen Regenbogenfarben, habe ich fast gelacht. Dass wir so ein Glück haben. Dass du einfach von selbst zu uns kommst.«

Er schüttelte den Kopf.

Der Sonnenblumentyp hatte sich an die Wand gelehnt, gelangweilt, und steckte sich eine Zigarette an. Der Rauch kringelte sich durch die Tür nach draußen, und ich atmete den Geruch tief ein.

»Kann ich eine schnorren?«

»Nein«, sagte der Sonnenblumentyp kalt.

Der Grizzly streckte seine Pranke aus und hob mein Kinn, um mir in die Augen zu sehen.

»Wir geben dir jetzt dein Telefon wieder zurück«, sagte er. Toll, sie hatten mein Telefon. Ja, logisch. Die Arschlöcher. »Und du schreibst deiner Mutter, dass es dir gut geht, damit sie aufhört, Terror in allen sozialen Medien zu machen. Schreib, dass du in … Schreib ihr, dass du in Hamburg bist.«

»Was tue ich denn in Hamburg?«

»Keine Ahnung, ist das wichtig?« Er schüttelte den Kopf. »Und dann holst du deinen Freund und die kleine Ukrainerin hierher zurück.«

»Ich? Wie?«

Er hielt mein Telefon in der Hand. »Damit.«

»Sie werden nicht kommen. So blöd sind sie nicht. Und was wollen Sie überhaupt von uns?«

Der Grizzly packte mich am Kragen und zog mich zu sich, was eigentlich gar nicht ging, weil ich ja an dem Rohr befestigt war. »Er hat angefangen, Sachen zu schreiben. Über FURU. Über irgendwelche angeblichen Morde. Und Lügen. Lauter Unsinn. Er muss damit aufhören.«

»Sie … Sie können das nicht löschen?«, fragte ich, ehrlich verwundert. »Sie können alles. Oder? Sie können auch mein Handy knacken und meiner Mutter und Neil selber schreiben. Und warum sollte jemand uns glauben? Wir sind bloß ein paar harmlose … Jugendliche, die keiner ernst nimmt. Das ist doch völlig lächerlich.«

»Soziale Medien sind tricky«, sagte der Grizzly. »Und ich will auch nichts schreiben. Ist nicht mein Job. Ich will, dass du das tust. Du trommelst die jetzt zusammen. Es will nämlich jemand mit euch reden. Frag mich nicht, warum. Vielleicht, weil er 'nen Narren an der Kleinen gefressen hat. Irrational.« Er zuckte die breiten Schultern.

Und dann machte der Sonnenblumensoldat meine Hände los, und ich hielt auf einmal mein Handy darin. Entsperrte es, während sie zusahen. Tippte.

An Neil. Ich kann ziemlich schnell tippen.

Kommt nicht hierher sie sind crazy –

Der Grizzly las mit, schnappte mir das Handy weg, und ich hatte einmal mehr seine Faust im Gesicht. Diesmal ging das Licht allerdings nicht aus. Ich blieb bei Bewusstsein, was eigentlich schade war. Die Schwärze war so weich gewesen.

»Du willst es nicht anders«, sagte er. Ein Satz, den wahrscheinlich jeder in so einem Business mal gesagt haben muss. Und der Sonnenblumensoldat hatte auf einmal einen Eimer Wasser in den Händen, stellte ihn ab. Was wollten sie denn mit einem Eimer Wasser?

»Du solltest dich waschen«, sagte der Grizzly. Sie hielten mich wieder fest, zu zweit, und Sekunden später waren meine Hände wieder nutzlos auf meinem Rücken gefesselt. Allerdings nicht mehr an das Rohr.

Was einen Grund hatte.

Der Grizzly packte mich und stieß mich mit dem Gesicht voran in den Eimer. Das Wasser war kalt, und ich dachte: Was soll das? Ist das jetzt ein blöder Scherz? Wie auf Klassenfahrten? Haha, du bist ja ganz nass?

Aber er ließ mich nicht mehr hochkommen. Er hielt mich mit dem Gesicht unter Wasser, und ich bekam keine Luft. Ich versuchte, zu kämpfen, doch er war zu stark, und ich dachte: Scheiße, du kannst in einem beknackten, winzigen Eimer ertrinken, es geht.

Mein Kopf schmerzte, mein Gehirn wollte Sauerstoff, aber es gab keinen. Wenn ich jetzt aufhörte, die Luft anzuhalten, würde ich Wasser schlucken. Aber ich musste, ich musste den Mund öffnen, ich musste …

Sie zogen mich hoch, und ich japste wie ein Fisch auf dem Trockenen, versuchte, möglichst große Mengen Sauerstoff in mich hineinzuatmen, damit der Schmerz aufhörte. Es geschah nur langsam.

»So«, sagte der Grizzly. »Jetzt noch mal: Du holst deinen Freund. Und das Mädchen.«

Ich nickte. Das Handy war immer noch entsperrt, was ja egal war, weil sie es auch hätten knacken können. Er hatte Neils Nummer gewählt, und ich dachte, er geht sowieso nicht ran.

Aber er ging ran.

»Finnley? Wo bist du?«

»Immer noch hier«, keuchte ich, es klang nicht gut. »Sie sagen, ihr sollt herkommen, irgendwer will mit uns allen reden. Und ich glaube, es geht vor allem darum, dass Ulja kommt.«

Feigling, Feigling, Feigling.

»Kommt nicht«, sagte ich. »Macht alles, aber kommt nicht. Haut ab. Und schreib weiter deine Sachen auf Facebook, die haben echt Schiss, dass einer dir glaubt …«

Der Grizzly legte auf und sah mich nur an. Irgendwie enttäuscht.

Dann legte er das Handy ganz vorsichtig auf den Boden und nickte dem Sonnenblumensoldaten zu. Und dann erneuerte ich meine Bekanntschaft mit dem Wassereimer.

Als ich diesmal keine Luft bekam, dachte ich: Es ist falsch. Es ist so falsch. Warum machst du nicht einfach, was sie sagen? Warum machst du nie, was irgendwer sagt? Diesmal ist es vorbei.

Der Schmerz im Kopf fraß mich auf.

Und ich wollte schöne Dinge denken, an zu Hause, an Erdbeer-Cookie-Eis, an Kira und Muddy und Mama und alles Mögliche, aber ich dachte gar nichts, nur: Luft.

Irgendwann war es vorbei, sie ließen mich wieder atmen, aber ich konnte mich nicht mehr aufrecht halten. Ich lag auf dem Boden, und der Grizzly sagte irgendwas wie: »Dann holen wir sie eben selber.« Sein Gesicht tauchte vor mir auf, schwebte in einem wattigen Dunst, und ich hustete und fand ein paar übrig gebliebene Worte.

»Das ist … alles gar nicht nötig, oder? Sie … Sie machen das einfach gerne.«

»Möglich«, sagte er. »Und ich kann dich nicht leiden. Du bist so ein Anti-Typ. Ständig auf Krawall gebürstet, immer widersprechen. Ihr jungen Leute. Ihr glaubt, ihr wisst alles besser. Ja, doch, ich mache das vielleicht gerne.«

Und ich wusste schon, dass es diesmal wieder die Faust sein würde, und ich wusste, dass es schwarz werden würde, und die Scheißvögel sangen draußen immer noch, und irgendwo ganz nah lagerten tonnenweise Nahrungsmittel, und dann tauchte ich ab ins Nichts.

»Finnley.«

Es war eigentlich erstaunlich, dass ich diesen Namen noch immer besaß. Und wie heil er war. Sonst fühlte sich nichts heil an.

Ich hatte keine Lust, die Augen aufzumachen.

Aber es war nicht der Grizzly, der gesprochen hatte. Es war jemand anderes. Jünger.

Ich kam erst nicht darauf. Dann hob jemand meinen Kopf, und das Licht war wieder da, und vor mir kniete der Klingemann. Vor lauter Erleichterung wurde mir übel.

Er war da. Er würde mich hier rausholen. Er hatte gesagt, wenn er einen Sohn hätte, könnte er sich vorstellen, er wäre wie ich. Ich wollte ihm in die Arme fallen, ihn festhalten, ihn nie wieder loslassen.

»Finnley, Finnley«, sagte er. »Himmel.«

Er hatte jetzt ein Taschentuch in der Hand, ein Stofftaschentuch, er versuchte, das Blut aus meinem Gesicht zu wischen, und ich zuckte weg, weil es wehtat.

»Sie haben dir die Nase gebrochen«, sagte er.

Irgendwie war mir das egal. Ich war einfach glücklich, dass er da war.

»Wir sind im Krieg«, sagte der Klingemann. »Am Beginn des Dritten Weltkriegs. Und im Krieg ist keiner mehr zimperlich, nehme ich an.«

Ich suchte meine Stimme und fand sie nicht. Ich wollte ihm sagen, dass er schnell machen musste. Die Knoten öffnen, nein, er hatte sicher ein Messer, Leute wie der Klingemann hatten ein Messer. Leute wie der Klingemann saßen auf Baumstämmen und schnitzten Sachen aus Ästen.

Ich wollte das alles sagen, aber es kam nichts aus meiner Kehle, sie war zu trocken.

»Bitte«, brachte ich schließlich hervor. »Bitte …«

Mehr nicht. Der Klingemann fuhr mir durchs Haar, ganz sacht, und er sagte wieder »Finnley«, und irgendwas war falsch. Ich wusste nicht, was.

»Wo ist Neil?«, fragte er. »Und Ulja?«

Ich wollte antworten, aber es ging nicht, ich schüttelte nur den Kopf, was auch keine gute Idee war, weil ein scharfer Schmerz hindurchschoss. »Raus«, flüsterte ich. »Hier … raus. Dann … reden wir. Und …«

Wasser, wollte ich sagen, ich brauche Wasser. Aber das Wort steckte in mir fest.

Der Klingemann konnte Gedanken lesen. Er öffnete eine blaue Plastikflasche, die sich plötzlich materialisiert hatte. Er musste sie mitgebracht haben. Als hätte er gewusst, was oder wen er finden würde. Er hielt mir die Flasche an die Lippen, das Wasser rann mein Kinn hinunter, aber ein Teil davon landete in meinem Mund, und ich schluckte, gierig. Nie hatte ich bemerkt, wie gut Wasser schmeckte.

»Besser?«

Ich nickte, ganz leicht, zu viel Nicken tat auch weh.

»Ich … bin gekommen, um dir ein paar Dinge zu erklären. Sie haben mich gerufen.«

»Sie? Sie haben …?« Ich brach ab.

Und starrte ihn an. Wie er da vor mir kniete, mit seinem hellen windzerzausten Haar, seiner Ökojacke, seinem vorsichtigen Lächeln, dem wettergegerbten Gesicht. Wettergegerbt ist ein tolles Wort, so ein Reklamewort: Reklame für Grillen und Bier und Zigaretten. Zigaretten!

Mein Körper sehnte sich nach Nikotin, so sehr, dass es schmerzte.

Ich sah den Klingemann auf dem Segelboot namens Siri, sah ihn vor mir, wie er da saß und in den hellen Sommerhimmel blinzelte und uns Dinge erklärte. Aber jetzt kniete er hier auf dem Boden in einer Zelle, im weitesten Sinne, und er hatte gesagt: »Sie haben mich gerufen.«

»Die … vertrauen … Ihnen?«, flüsterte ich. Die Stimme funktionierte wieder besser. »Wie haben Sie … das gemacht?«

Er war nicht heimlich hier. Sie wussten es. Dass er da war.

»Wie … wie ist der Plan?«, flüsterte ich.

»Komm mit raus, dann reden wir«, sagte er, und da merkte ich, dass meine Füße nicht mehr an dem Rohr festgebunden waren. Nur zusammengebunden wie bei einer Ziege, die nicht weglaufen soll. »Ich wette, sie haben dich nicht aufs Klo gelassen, wäre eine Gelegenheit«, sagte er und half mir auf die Beine, hob mich fast, er war so viel größer und breiter und stärker als ich.

Hinter der Tür lag die Halle mit all dem Essen.

Mein Magen rebellierte.

Ich versuchte, ihm zu sagen, dass ich ohnehin nicht auf Essen stand und Alkohol wichtiger gewesen wäre, aber tatsächlich hätte ich vermutlich alles gegessen inzwischen. Es war aber auch egal, denn es gab nichts.

Und dann waren wir an der Luft, tatsächlich. Der Klingemann hatte recht: Es denkt nie jemand daran, dass Leute, die man gefangen hält, auch aufs Klo müssen.

Ich hatte jetzt eine freie Hand, aber er hielt mich noch immer fest, an dem Seil, mit dem die andere auf meinen Rücken gebunden war. Um den Schein zu wahren, dachte ich. Irgendwer sah zu, er konnte mich nicht einfach rennen lassen. Und ich war auch gar nicht in der Lage, zu rennen, mein Körper war in sich verknotet und steif vom langen Sitzen auf dem eiskalten Boden. Es war würdelos, so zu pullern, wie ein Hund, den jemand Gassi führt. Aber es war besser als nichts.

»FURU«, sagte der Klingemann und führte mich ein Stück beiseite, und wir setzten uns auf zwei leere alte Benzinkanister im Gras. »Du weißt inzwischen, was das ist. Nur habt ihr es falsch verstanden. Wir sind die Guten.«

Das hätte der Moment sein sollen, in dem der Groschen fiel. In dem selbst Finnley, der Idiot, es kapierte. Aber ich sträubte mich gegen das Kapieren.

»Sie tun so … als wären sie ein Teil … von dem Ganzen hier?«, fragte ich leise.

»Ich tue nicht so«, sagte der Klingemann.

»Wie?«

Wieder streckte er die Hand aus, nahm mein Kinn und drehte mein Gesicht zu sich. Damit ich ihn ansah. Seine Berührung war sanft, aber er hielt noch immer das Seil fest in der anderen Hand.

»Finnley, ich bin ein Teil von FURU«, sagte er. »Und es ist gut. FURU ist gut.«

Da löste die Erleichterung sich auf, sie war nicht sofort weg, so schnell war mein Gehirn nicht, sie zerkrümelte langsam, und ich begriff, und es tat fast mehr weh als jeder Schlag ins Gesicht. Dieses Begreifen.

»Sie sind … auf der Seite von denen. Bezahlen sie Sie gut?«

Er lachte leise. »Nein. Ich bin nicht nur auf der Seite von denen, Finnley. Ich bin die. Ich meine – die anderen und ich. Ich bin ein Gründungsmitglied von FURU. Es war … teilweise … meine Idee. Du weißt, die Seeadler. Wir sind die, die das Beste für die Insel wollen. Das Beste für alle.«

»Das … sieht man«, murmelte ich.

Und die Angst war wieder da, die Angst, dass jetzt noch etwas Krasseres passierte. Aber ich war zu erschöpft und zu verwirrt, um sie ganz zu empfinden, meine Seele war … ich weiß nicht. Betäubt.

Einen Moment lang dachte ich: Ich fange jetzt an, zu lachen. Geht mir ja manchmal so. Wenn alles zu krass ist. Ich werde einfach lachen und lachen und nicht mehr aufhören, ich werde so lange lachen, bis sie mich wieder k. o. schlagen, damit ich aufhöre, dachte ich.

Aber ich lachte nicht. Nur innerlich. Für äußerlich war ich genauso zu erschöpft wie zum Panikschieben.

Der Klingemann wiegte den Kopf, nachdenklich. »Okay. Manche haben zu extreme Methoden. Durchaus. Ich hoffe, du kannst uns vergeben.«

Dann pflückte er einen Grashalm und kaute darauf herum.

Ein entspannter Cowboy an einem schönen Sommernachmittag.

Die Gedanken liefen langsam durch mich durch wie sehr fauler Honig.

»Ich habe es euch erklärt«, sagte der Klingemann. »Dass wir zurückmüssen. Zurück zur Natur. Und gerade du … Ich dachte, du hättest Potenzial. Ich dachte, du könntest es begreifen und mit uns zusammen etwas aufbauen.«

»Ich bin ein Anti-Typ«, sagte ich. »Der Grizzly hat recht.«

»Der … Grizzly?« Der Klingemann lachte. »Ja, das passt. Die Welt braucht auch Grizzlys. Du glaubst, wir haben die Leute umsonst in Panik versetzt, aber so ist es nicht. Der Krieg ist da, ganz real. Und wir haben nichts getan, als die Lebensmittel aufzubewahren, damit wir sie jetzt nach und nach rationiert rausgeben können und sie für eine lange Zeit reichen.«

»Und deshalb müssen Sie uns fertigmachen, weil wir das Lager entdeckt haben.«

»Nicht deshalb. Wir haben euch nur zufällig im Lager geschnappt. Dich.« Er seufzte. »Die anderen nicht. Es ist wichtig, dass du sie herrufst. Vor allem Ulja. Sie wird nur kommen, wenn du sie bittest.«

»Warum? Was wollen Sie mit Ulja?«

»Oberst Noack möchte sie sehen. Es ist ihm wichtig. Und er ist mein Boss. Boss und … guter Freund. Also.« Er zuckte die Schultern.

»Ich begreife nicht … FURU will die Insel friedlich … an die Russen übergeben. Wozu braucht FURU den Noack? Wozu das Militär? Der Noack will kämpfen … uns verteidigen.«

»Ein guter Stratege merkt, wenn er verloren hat«, sagte der Klingemann und lächelte wieder. »Wie sollen unsere Truppen gegen die Übermacht der Russen siegen, die in Polen stehen, säbelrasselnd? Er wusste das von Anfang an. Dass das nicht geht. Aber wenn du Unabhängigkeit willst, brauchst du jemanden, der verhandeln kann. Das ist der Noack. Die Russen haben mit dem Noack verhandelt. Wenn er einfach nach Hause gegangen wäre, das Militär in den Urlaub geschickt hätte, aufgegeben … Dann könnten wir die Insel immer noch friedlich übergeben. Aber sie würde niemals unabhängig. Putin hätte nie zugesagt, uns als eigenen Staat zu schützen. Er hätte uns plattgemacht.

Der Noack und seine Jungs haben ihm gezeigt, dass wir uns durchaus wehren können. Dass es unangenehme Verluste gegeben hätte auf russischer Seite. Nicht zerstörend, nur unangenehm, aber immerhin. Weil der Noack der Noack ist und seine Jungs hat, werden sie uns als eigenen Staat anerkennen, und der Noack wird diese Republik weiter verteidigen, auch gegen den Rest von Deutschland, falls die Usedom wiederhaben wollen. Vor allem das. Die unabhängige Republik … ein Traum.«

Ich ließ alle diese Worte eine Weile in der warmen Luft schweben, durch die die Insekten surrten. Ungefähr die Hälfte hatte ich kapiert.

Die Vorstellung, wie der Noack und seine Truppen, wie *Leif* Usedom gegen den Rest von Deutschland verteidigte, war so absurd, dass sie nicht in meinen Kopf passte.

»Warum mussten sie sterben?«, fragte ich schließlich. »Der herzkranke Typ und die anderen? Sie haben rausgefunden, was FURU vorhat, oder?«

»Mehr oder weniger.« Der Klingemann nickte. »Der mit der Herzkrankheit jedenfalls. Der hatte dem Noack nachspioniert, nachdem sie ein Bier zusammen getrunken hatten, im Maritim. Hat ihn vergöttert. Aber dann … Wie du hat er es nicht verstanden. Den Plan. Er wollte es an die große Glocke hängen. Leuten Dinge weitersagen, die niemanden etwas angehen. Wir haben ihn bezahlt, dafür, dass er das lässt. Erst hat er gesagt, okay. Dann hat er gesagt, er will nicht noch mehr Geld, sein Gewissen verbietet ihm das. Lauter Geschwafel, wenn du mich fragst. Er wollte es doch noch öffentlich machen.« Er schüttelte den Kopf, bedauernd. »Im Fall des Dönerverkäufers … und des Pakistanis … Sie waren einfach nur stur. Sie wollten nicht gehen. Verstehst du, wir haben angefangen, die Insel aufzuräumen. Alle Ausländer höflich hinausgebeten. Viele sind gegangen. Manche nicht. Wir wollen zurück zu einer Insel, die ganz und gar natürlich und ursprünglich ist, und wir brauchen weder Leute aus anderen Ländern noch Touristen. Es kann nur gehen, wenn man reinen Tisch macht. So ist es beschlossen worden. Wir mussten … ich sage mal … ein Exempel statuieren. Ein abschreckendes Beispiel. Oder in dem Fall zwei.«

»Sie sind das Moped gefahren.«

Er nickte. »Es war ein schnelles Ende für ihn. Keine Schmerzen. Direkte Kollision, er hatte keinen Helm auf. Man muss darauf achten, dass das Ende schnell ist. Sonst … ist es Tierquälerei.«

Und ich dachte: Wenn er mir das sagt. Dass er das war.

Dann ist klar, dass ich hier nie wieder rauskomme. Und das mit der Tierquälerei war eine Drohung. Eindeutig. Der Begriff enthielt alles, was sie mit mir tun konnten, damit das Ende nicht schnell da war. Nie hätte ich gedacht, dass der Klingemann, Thore Klingemann, der immer mein Vorbild gewesen war, mit mir hier sitzen und mir drohen würde.

Dass ich einmal sicher sein würde, dass die Leute, die seine Leute waren, mich kaltmachen würden.

Es war immer noch unwirklich.

»Es hat geholfen«, sagte er. »Viele andere sind unserer Aufforderung hinterher nachgekommen. Die Insel zu verlassen, du verstehst.«

»Eine Insel ohne Ausländer«, sagte ich. Es war wirklich schwer, zu denken. Den Gedanken, dass ich das hier nicht überleben würde, wegzuschieben, die Angst, die jetzt stärker war als die Erschöpfung, wegzuschieben. Und anderes zu denken. Logisches. »Aber … aber alles mischt sich!«, sagte ich. »Seit Jahren! Seit Ewigkeiten! Man kann das nicht mehr auseinanderkriegen! Und was ist zum Beispiel mit Polen? Die halbe Insel ist polnisch. Wollin.«

»Ja«, sagte der Klingemann. »Das ist ein Problem. Deswegen arbeiten wir mit den Polen zusammen. Die Insel in ihrer Gesamtheit wird unabhängig. Es ist längst überfällig. Die Regierung in Berlin kann mit dem Rest von Deutschland machen, was sie will, wir werden Frieden mit den Russen schließen. Wir werden die Insel vom Festland abriegeln, genügend Truppen haben wir. Und sie dann friedlich übergeben. Wir werden eine unabhängige Republik unter Wladimir Putins Schutz. Oberst Noack hat das vorverhandelt. Im Schriftlichen, übrigens, mit der Hilfe einer jungen Übersetzerin aus der Ukraine, die du kennst. Sie hat die Briefe an Herrn Putin sehr schön übersetzt. Noack hat sie ausgewählt, keinen offiziellen Übersetzer, weil niemand ihr geglaubt hätte, auch, wenn sie die ganze Sache rumerzählt hätte. So ein verrücktes kleines Mädchen … wer glaubt dem schon? Und wir hielten es für besser, dass das alles nicht zu früh öffentlich wird. Taktik. Ich glaube, sie hat gedacht, Herr Putin würde die Briefe sowieso nie lesen. Na ja. Jetzt ist das Ganze nur noch eine Frage von Tagen. Im Moment geht alles sehr schnell.«

Einer jungen Übersetzerin aus der Ukraine.

Ulja.

Das war es, was sie für Noack übersetzt hatte. Die »kleine Sache«.

Ulja hatte die ganze Zeit gewusst, wie groß das Ganze war. Und sie hatte es uns nicht gesagt. Das tat weh.

Dann dachte ich, dass sie versucht hatte, es zu sagen. Auf dem Deich, im Mondschein, nachts. Aber sie hatte es nicht geschafft.

Und nicht deshalb, weil sie zu müde gewesen war, um die Worte zu finden.

Sie hatte es nicht geschafft, weil sie gewusst hatte, wie weh es uns tun würde.

Sie war eine Verräterin.

Ich liebte sie trotzdem.

»Die Insel … abriegeln«, wiederholte ich. »Wie?«

»Die Brücken hochziehen und sie sprengen. Wir werden komplett autark. Es ist …« Er sah auf sein Handy. Zog eine Augenbraue hoch. »Oh. Sieht aus, als wäre es morgen Mittag so weit. Das kommt jetzt selbst für mich plötzlich.«

Er lächelte wieder. »Du rufst Ulja jetzt an. Über ihr Handy oder das von ihrem Freund. Noack hat ihr das Handy übrigens geschenkt. Und er möchte sie an seiner Seite. Zum weiteren Übersetzen.«

»Er kann jeden haben, und jetzt ist es auch egal, ob einer was weitererzählt, was er übersetzt, oder? Tausend Leute sprechen Russisch.«

»Er möchte dieses Mädchen«, sagte der Klingemann. »Lass ihm doch seine menschlichen Seiten.«

»Wie niedlich«, knurrte ich. »Was ist, wenn sie nicht will?«

»Sie wird wollen«, sagte er. »Wenn wir ihr ein Bild von dir schicken. Du hast schon besser ausgesehen. Und sie wird nicht wollen, dass es noch schlimmer wird. Weißt du, der Grizzly … er hat noch eine ganze Menge anderer Dinge auf Lager. Ich möchte das eigentlich ungern.«

Ich nickte. »Aber am Ende bringen Sie mich auch um. Oder?«

Mir war kalt, trotz der Sonne, der Tod ist eine zu große Vorstellung, um ihn ganz zu Ende zu denken. Aber ich zwang mich, ruhig zu bleiben. So zu tun, als wäre ich ruhig.

»Das ist nicht gesagt.« Der Klingemann wiegte den Kopf. »Wenn du zur Vernunft kommst, könntest du ganz gut zu gebrauchen sein. Soziale Medien und all das. Ich zweifle nur manchmal daran, dass die Vernunft und du Freunde sind.«

Er sah in den Himmel, suchte vielleicht seine Adler, doch sie waren nicht da.

»Deine Mutter hab ich schon entwarnt«, sagte er dann sanft. »Sie weiß, dass es dir gut geht. Jetzt erzählen wir Ulja, wie es dir *wirklich* geht.« Er schüttelte den Kopf. »Und all das, weil du unbedingt einen Regenbogen auf ein Militärfahrzeug sprühen musstest.«

15

Und dann besuchte mich noch jemand.

Der Wagen hielt, als Klingemann mich wieder reinbrachte: noch ein Militärfahrzeug. Es jagte aus dem Wald wie im Film, schaffte es, auf der Wiese ein Stück zu driften, und stand. Und ich dachte, dass ich das früher cool gefunden hätte. In diesem Moment fand ich es beunruhigend.

Der Fahrer blieb sitzen, öffnete nur die Tür, steckte sich eine Zigarette an.

Auf der anderen Seite stieg jemand in Uniform aus: groß, ernst, abzeichenverziert. Auch das wie im Film. Ich wusste es, ehe er um den Wagen herumgegangen war:

Oberst Noack.

»Thore«, sagte er und nickte, schüttelte dem Klingemann die Hand. »Und du.«

Ich schien keinen Namen zu haben, er musterte mich nur, abwägend.

»Ich war in der Gegend«, sagte er. »Dachte, ich sehe mal nach, wie weit ihr hier seid.«

Das konnte er sonst wem erzählen, dass er zufällig auf einer Kuhweide hinter dem Wald vorbeigekommen war. Ich meine, auf dem Weg nach wo? Zu seiner Kuh?

»Wir sind dabei, verschiedene Telefonate zu erledigen«, sagte der Klingemann und lächelte. »Wir waren gerade auf dem Weg nach drinnen.« Es wurde Abend über der Kuhweide, ich sah es erst jetzt, die Zeit war mir durch die Finger gerutscht. Der Noack stand da und sah es sich an, das Abendwerden, all die Farben am Himmel, und schließlich nickte er.

»Ich muss noch in den Osten der Insel«, sagte er. »Wir können ein Treffen für morgen früh ausmachen. Gegen sieben, dann wäre ich wieder hier.«

»Sie müssen in den Osten und sind sich so sicher, dass Sie wiederkommen?«, fragte ich. Ich hatte nicht fragen wollen, ich hatte gar nicht mit ihm reden wollen, es geschah einfach.

»Manche Leute, Junge«, sagte er und sah mich ernst an, »sind so organisiert, dass sie sich sicher sind, wann sie wo sein werden.«

»Aber … Sie kämpfen … da?« Meine Stimme war eingetrocknet und seltsam.

»Im Moment ist es ruhig«, sagte er. »Wir sind in Verhandlungen. Weshalb sie nicht weiter vorrücken. Es ist alles eine Frage der Diplomatie.« Er legte mir ganz plötzlich eine Hand auf die Schulter, schwer, stützte sich auf mich. »Manche Leute«, sagte er, »kümmern sich um das Wohl der anderen. Ich tue das für euch, Junge. Dich, deine Familie … alle auf der Insel und in der Umgebung. Ich halte sie auf. Und was macht ihr aus mir, in euren Köpfen?« Er schüttelte seinen. »Einen Teufel.« Noch ein Schütteln. »Ihr habt nie falschergelegen.«

Eine der Kühe muhte, und alle anderen fingen auch an. Vielleicht war auf der anderen Seite der Weide, weit weg, jemand aufgetaucht, der sie melken würde. Es war ein ganzes Konzert aus Muhs, hohen und tiefen. Und wie der Noack da so stand, vor dem Sonnenuntergang in dem Muhkonzert, groß und ernst, uniformiert und dramatisch, da musste ich auf einmal furchtbar gegen ein Lachen ankämpfen.

»Du hättest mit uns an die Front kommen können«, sagte er. »Mit uns ein Held werden. Schau dir an, was du jetzt bist.«

MUH.

»Ein Typ mit einer gebrochenen Nase und ziemlich dreckigen Klamotten«, sagte ich. »Schon klar. Aber einer, der weiß, dass FURU lügt.«

»Junge …« Der Noack nahm seine Hand weg, packte mich am Kragen – und ließ mich plötzlich wieder los.

MUH. MUH.

»Du hast mir meine kleine Übersetzerin gestohlen«, sagte er dann. »Ich will sie zurück. Aber das weißt du. Ihr Telefon ist tot. Aber du kannst deinen Freund anrufen. Bei dir geht er ran. Bei uns nicht.«

»Wie schade«, murmelte ich.

MUH.

Die Sonne stand als roter Ball in der Ferne über einem Streifen Reet, glühend, und ich dachte: Reet. Wenn da in der Ferne Reet ist, ist dahinter das Achterwasser. Logisch, Westen. Ich hab's nicht so mit Himmelsrichtungen und Sonnenstand, aber das war klar. Und es konnte wichtig werden, sich zu orientieren. Falls man es irgendwie schaffte, hier wegzukommen.

»Du rufst an und vereinbarst ein Treffen für morgen um sieben«, sagte er. Und dann griff er in seine Tasche und steckte sich ebenfalls eine Zigarette an, wie der Fahrer, und ich war dem Klingemann echt dankbar, dass er nicht rauchte. Es waren schon zu viele. Der Noack sah meinen sehnsüchtigen Blick.

»Wenn du die Sachen anständig erledigst, überleg ich mir das mit der Kippe«, sagte er. »Ich denke, ich habe noch eine in Reserve.«

Und dann war es der Klingemann, der mein Handy in der Hand hielt. Danke fürs Aufladen, übrigens, dachte ich.

»Sorry, Finnley, ich brauch das für ein Foto, damit er kapiert, dass die Verabredung ernst gemeint ist«, sagte Klingemann, und dann holte er aus, es ging zu schnell, um zu reagieren, und schlug zu. Der Schmerz malte tausend Sterne in die Luft. Da war er wieder, der Glitzer, der sich durch mein wundervolles Leben zog, und ich dachte, es ist eigentlich keine gute Idee, eine Nase zu haben, wenn sie dir ständig gebrochen wird. Ich sackte irgendwie in mich zusammen und spürte, wie das Blut über mein Gesicht lief und, peinlicherweise, auch ein ganzer Schwall an Tränen. Es war ein Reflex.

»Was …?«, keuchte ich, doch der Klingemann machte nur Geräusche, als ob er ein Kind beruhigte, »sch, sch«, und sagte noch mal: »Es ist nur fürs Foto.«

Dann machte er sein Foto: kaputter Typ auf dem Boden kauernd vor Kuhweide im Sonnenuntergang. Toll, sollte jemand in seinen Status stellen.

Und dann schickte er es an Neil, nehme ich an, und wählte seine Nummer, denn da war Neils Stimme im Abend.

»Finnley? Waren die das?«

»Ja, ich … Hier will jemand immer noch eine Verabredung. Irgendwie … ziemlich dringend. Mit Ulja, vor allem. Und dir. Ist Ulja da?«

Einen Moment war da nur Stille, und dann sagte Neil: »Sie kann im Moment nicht sprechen.« Er schien zu überlegen, und ich fragte mich, was los war, und merkte, wie eine seltsame Art von Sorge in mir hochkroch.

»Ist alles okay mit ihr?«

»Jaja«, sagte Neil, etwas zu schnell. »Es geht ihr … Es geht ihr gut. Sie ist nur gerade … Wir hatten … Es war … egal. Ich bringe sie mit. Natürlich. Raus zu den Lagerhallen?«

Irgendetwas stimmte nicht.

»Ja. Morgen früh. Sieben Uhr.«

Noack nickte und zog an seiner Zigarette, und der Klingemann nickte auch, und die Kühe guckten mich blöde an und nickten nicht.

»Geht doch«, sagte der Noack. Und drehte sich um, um zurück in seinen Wagen zu steigen.

»Moment«, sagte ich. »Die Zigarette. Das war ausgemacht.«

Er drehte sich um und seufzte. Enttäuscht.

»Man sollte doch meinen, du hättest inzwischen gelernt, dass es wichtigere Dinge im Leben gibt, als Zigaretten zu schnorren.« Aber er griff in seine Uniformbrusttasche, pulte die Packung noch mal hervor, zog eine Kippe raus und warf sie mir zu.

Ich fing nicht, natürlich, nicht mit einer Hand, und er seufzte schon wieder, während ich blöd vor ihm auf dem Boden rumkroch und die Zigarette aufhob.

»Keine Würde«, sagte er.

»Ja«, sagte ich. »Klar. Ghetto bleibt Ghetto. Wir haben's kapiert.« Und ich fand die Zigarette und kam wieder hoch. »Krieg ich Feuer?«

Der Noack ließ eine Flamme aus seinem Feuerzeug lecken und schien einen Moment zu überlegen. »Keine Würde«, wiederholte er. Dann zündete er die Kippe an, und dann war er im Wagen.

Aber innerlich lachte ich. Durch das Blut aus meiner Nase und die ganzen Sachen durch lachte ich ihn leise aus. Krieg du mal den Oberst der Truppen auf einer ganzen Insel, der höchstwahrscheinlich ein größenwahnsinniger Mörder ist, dazu, dir deine Kippe anzuzünden wie ein Butler.

Hah.

Blöderweise kam der tote Soldat dann von irgendwoher zurück, neue Kartons für den Suppenausschank oder was holen. Und ich endete wieder an dem Rohr, mit dem ich mich schon angefreundet hatte, in dem Nebenraum.

»Warum machen Sie das?«, fragte ich den toten Soldaten. »Glauben Sie daran? FURU und zurück-zu-früher und all das? Warum haben Sie sich in ein Sonnenblumenfeld gelegt und so getan, als wären Sie tot?«

»Umgebracht von einem feindlichen Spion«, sagte der Soldat und lachte.

»Wow«, sagte ich. »Ist ja 'ne Mega-Theaterleistung: Liegen. Gibt 'n Oscar für die beste Nebenrolle.«

Er schüttelte den Kopf. »Sag mal, bist du nicht inzwischen genug rangenommen worden, um einmal den Mund zu halten und keine blöden Bemerkungen zu machen?«

»Die Nase ist sowieso im Arsch«, sagte ich. »Und umbringen tun Sie mich auch sowieso.«

Tu cool. Tu so, als wäre es dir egal.

Er hatte eine Flasche Wasser, immerhin, und goss etwas davon für mich in einen Plastikbecher. Krass, wie dankbar man über Wasser sein kann. Ich hatte zwei Tage lang keinen Schluck Alkohol getrunken. Vielleicht würde ich es schaffen, von Wasser besoffen zu werden.

»Hast du keine Angst?«, fragte er und sah mir zu, wie ich trank.

»Ich weiß nicht«, sagte ich. »Ich glaube, ich bin jenseits. Irgendwie. Also, warum? Warum waren Sie tot? In dem Feld?«

»Lügner, klar hast du Angst«, sagte er. »Und du weißt, warum ich es getan habe. Reklame. Tote Helden sind eine ziemlich gute Reklame. So viele Anwärter wie nach den Soldatentoden hatten die nie.«

»Die? Also nicht … wir? Sie sind kein Teil von der Bande?«

»Ich krieg Geld«, sagte er. »Mir egal, was die glauben. Is 'n gutes Gehalt. Ich hab Familie. Drüben. Kleine Kinder. Die brauchen mich.«

»Wie, wo? Drüben?« Mir fiel erst jetzt auf, dass er einen Akzent hatte.

»Ukraine«, sagte er.

Und dann war er weg.

Und die Nacht kam und hüllte mich ein.

Es war kalt auf dem Betonboden neben dem Rohr, trotz Sommer. Am Tag zu heiß, nachts zu kalt, so ist es in der Wüste auch, oder? Ich hätte so gerne mal eine Wüste gesehen. Aber mit dem Reisen würde es wohl nichts werden in meinem Leben. Diesem mickrigen, kleinen, beschissenen Leben. Es war einfach blöderweise bald vorbei.

Selbst wenn Neil am Morgen kam, sie würden mich nicht mehr gehen lassen.

Draußen standen vermutlich Sterne am Himmel rum, und der warme Wind strich über die Wiesen, und die Rehe spielten Geige, hundertpro. Es war Sommer, die beste Zeit auf der Insel, der Sand war weich und alles war schön. Da war es wieder, das Wort: Glitzertage.

Und Glitzernächte.

Da draußen küssten sich Leute, irgendwo, ganz sicher.

Und alles, was mir blieb, war ein blöder, kleiner, unwichtiger Glitzertod.

Ich stand auf, was schwierig war, weil man die Wäscheleine um das Rohr hochfädeln musste, und versuchte, auf und ab zu hüpfen, um warm zu werden. Aber es klappte nicht sehr gut. Und schließlich kauerte ich mich auf dem Boden zusammen wie ein Käfer und versuchte, mich an mir selbst zu wärmen. Ich dachte an Ulja und den Schlafsack auf der Seebrücke.

An Klingemanns Jolle, in der wir auf dem Horizont entlanggesegelt waren, draußen im Weltall.

Und an Kira. *Finnley. Du musst es versprechen, dass du wiederkomms.*

Und plötzlich sehnte ich mich nach dem Ghetto. Nach den Blocks, wo zwischen Mülltonnen und totem Rasen jeder jeden kennt. Wo Mama Freunde hat, die wissen, wer ich bin. Klar hab ich Schiss, wenn ich im Dunkeln da rumlauf, klar dreh ich mich hunderttausendmal um. Aber es gibt immer irgendwo Bier oder Gras, und notfalls helfen die Freunde von Mama mir. Sie haben das immer gesagt: Wenn du Ärger hast, Finnley, wir machen die fertig, mach dir keine Sorgen. Aber keiner von Mamas Kumpels war da.

Am Ende bist du doch immer ganz alleine.

Irgendwann kam der Morgen. Endlich, endlich. Durch die Türritze kroch Licht. Sieben Uhr, lass es sieben Uhr werden, damit sie mich hier rausholen, raus an die Sonne! Irgendwo da draußen ist Sommer, Kranichsommer, Muschelsammelsommer, Seifenblasensommer …

Als sie die Tür öffneten und der Sonnenblumensoldat die Wäscheleine löste und mich mitzerrte, war es erst schwer, ihm zu folgen. Ich war zu steif gefroren.

Ich blinzelte draußen ins Licht.

Und da war er, der Noack. Pünktlich, mit Fahrer. Der Klingemann war nicht da.

»So, dann hoffe ich, wir können jetzt alle vernünftig darüber reden, wie es mit euch weitergeht«, sagte er und sah auf die Uhr. »Fünf Minuten bis sieben. Und falls es dich interessiert: Seit einer Stunde haben wir eine russische Kriegserklärung an Deutschland. Es geht los.«

Noch jemand stieg aus dem Wagen. Und ich schnappte nach Luft.

Es war Leif.

Er sah mich nicht an, sah zu Boden. Leif in Uniform, ein anderer als sonst.

»Leif?«, sagte ich.

»Ja«, sagte Leif ganz leise. »Sie haben gesagt, ich soll mitkommen, wenn ihr redet. Aber ich kapier nicht, warum. Oder was das soll. Ich weiß nicht, was die für'n Scheiß gemacht haben, ich hab nix damit zu tun. Ich mach jetzt die Sachen richtig.«

»Entschuldigung, Sie müssen mal um die Hallen rumgehen, auf

die andere Seite«, sagte der Fahrer, der ausgestiegen war, um sich ein Klo zu suchen. »Am hinteren Ende der zweiten Halle. Da sind sie. Sie sind schon da. Und es ist … etwas merkwürdig. Er ist da. Dieser merkwürdige Junge. Und sie nicht. Aber er behauptet, sie wäre da.«

Der Noack hob nur wieder eine Augenbraue, verwundert, und der Soldat zerrte mich mit, dorthin, wo der Fahrer hingezeigt hatte. Hinter der zweiten Halle, genau am Waldrand, war der alte Leichenwagen geparkt. Als wäre er bereit, jemanden abzuholen.

Neil stand, groß, schlank und dunkel in seinem Mantel wie immer, auf dem Feld zwischen den Kühen im Morgendunst. Er hielt einen Spaten in den Händen und betrachtete etwas vor sich. Ein Rechteck im sumpfigen hohen Gras, so ein mal zwei Meter groß.

Er stand innen am Weidezaun, wir außen, und ich stellte mir vor, wie er darübergestiegen war mit seinen langen Beinen. Wie sich der Mantel vielleicht am Draht verfangen und er ihn wieder freigerupft hatte, ungeduldig, er mit seinem Spaten. Warum stand er da mit dem Spaten auf der Kuhweide? Seine Hosenbeine waren unten nass, die Kuhweide war so feucht wie alle Wiesen hier. Das Wasser stand in kleinen glänzenden Pfützen zwischen den Grasbüscheln, und ich sah Tautropfen in den Spinnennetzen zwischen den Gräsern glitzern.

Eine Sache an Neil war, abgesehen von allem anderen, seltsam.

Er hatte den Hut abgenommen.

Er hielt ihn mit einer Hand vor der Brust, mit der anderen stützte er sich ganz leicht auf den Spaten. Er wirkte irgendwie … feierlich.

»Sieben Uhr, ich bin hier«, sagte er. »Wie verabredet. Und ich habe Ulja mitgebracht.«

Doch neben ihm stand niemand.

»Wo ist sie?«, blaffte der Noack.

»Es ist so, es … gab einen Unfall«, sagte Neil und hielt immer noch den Hut vor der Brust fest. »Auf der Straße. Gestern. Es tut mir leid, das sagen zu müssen. Ulja ist … Sie wollte über die Straße. Sie war mit den Gedanken woanders. Sie … hatte einen Zusammenstoß mit einem Lastwagen. Der Lastwagen ist weitergefahren, ich habe sie am Straßenrand gefunden und versucht, mit ihr zu sprechen.« Er runzelte die Stirn, sehr konzentriert. »Aber sie hat nichts über den Unfall gesagt. Sie hat gar nichts gesagt. Sie war ganz still.«

Er sprach sonst nicht so. Es war wirr. Er hörte sich tatsächlich an, als wäre er übergeschnappt, was er vielleicht immer schon gewesen war. Oder als stünde er unter Schock. Mein Gehirn verdaute die Information nicht, sie blieb draußen, wie vor einem Fenster.

»Wo ist sie?«, blaffte der Noack noch einmal, wütend jetzt, und gleichzeitig besorgt. Und er war mit einem großen Schritt über den Draht gestiegen, stand bei Neil und schüttelte ihn. Neil rührte sich nicht, zuckte nicht zurück, sah ihn nur an, interessiert. Wie ein Insekt, das auf seinem Ärmel gelandet war.

»Ich habe sie mitgebracht, wie Sie wollten«, sagte Neil. »Hier. Sie ist hier. Ich habe die ganze Nacht gearbeitet. Ich habe sie begraben.«

»*Was?*« Es war ein Aufschrei von uns allen zugleich: dem Noack in seiner schicken Uniform, dem Sonnenblumensoldaten und mir.

»Es ist natürlich nicht sehr schön ohne Stein«, fuhr Neil fort, mit angestrengt gerunzelter Stirn. »Man sollte einen Stein besorgen. Die Erde ist sehr weich hier, er würde etwas einsinken, aber ein Stein …« Er stockte, schluckte, schien nur schwer weitersprechen zu können. Neil heulte. Er heulte tatsächlich. Aber, komisch, nur innen. Man sah es. »Ein Stein muss wohl sein.«

Schließlich setzte er den Hut wieder auf. »Ich … hab schon ein paar Worte gesprochen. Da's ja keinen Pfarrer gibt. Ich habe beim Bestatter gearbeitet, wissen Sie. Ich weiß, was man sagen muss. Möchten Sie … auch noch was sagen?«

Die Frage war sehr liebenswürdig, und das Ganze war so bizarr, dass mir schwindelig wurde. Ich hatte nichts geraucht. Oder doch? Ohne es zu merken? Nee, ging ja gar nicht.

Ulja war tot.

Es ging nicht in meinen Kopf.

Ulja war tot, und Neil sprach wie jemand anders. Er sprach mit lauter komischen Pausen, wie Leif, wenn er einen schlechten Tag hat und nicht mal mehr AUTO oder LOVE schreiben kann, weil sein Vater wieder zu viel getrunken und ihn die ganze Nacht wach gehalten hat. Oder wie Raymon wahrscheinlich sprechen wird, wenn er jemals richtig sprechen lernt. Aber manchmal war er so, ich wusste das aus der Schule. Wenn er einen Knoten im Kopf hatte, geschah es. Er hatte immer einen Knoten im Kopf, wenn sie ihn testeten, sodass ein G-Status rauskam: geistig behindert. Obwohl er so eine Unmenge an Dingen wusste und so komplizierte Sachen dachte.

Ulja war tot.

»Nein«, sagte ich. »Das ist jetzt ein Scherz.«

»Sie ist mit dem Kopf … mit dem Lastwagen … zusammengestoßen, glaube ich«, sagte Neil. »Ja. Ganz ohne Krieg. Komisch.« Er schnipste ein paar Grassamen von seinem Mantelaufschlag. »Sie hat geblutet. Aus der Nase. Und aus den Ohren. Ich habe das gemacht, was man machen soll: Mund-zu-Mund-Beatmung. Ziemlich lange. Eine Stunde oder so. Aber es hat nichts genutzt.« Er streckte die Hand aus und schüttelte die Hand vom Noack. »Herzliches Beileid.«

»Bitte?«

»Sie haben keine Übersetzerin mehr. Herzliches Beileid. Ich hoffe, man kann sie ersetzen.«

»Ich … Das ist … Du bist völlig übergeschnappt, Junge!«, sagte der Noack, der also dachte, was ich dachte, obwohl er älter und viel unverletzter war als ich und vermutlich ein Abitur in der Tasche hatte und eine Menge Welterfahrung.

Neil sah zu mir. Ganz kurz. Einen Bruchteil eines Bruchteils einer Sekunde.

Sein Blick war rätselhaft.

»Finnley«, sagte Leif neben mir, und da fiel mir ein, dass Leif ja auch da war. Leif in Person, nicht nur in meinen Gedanken. »Sie darf nicht tot sein. Sie darf nicht.«

Er klang wie ein sehr kleiner Junge.

»Ich werde ihr Gesellschaft leisten, wie's aussieht«, murmelte ich. »Es ist dir wahrscheinlich egal, aber … Sie sind nicht sehr zimperlich.« Er sah mich an, und ich glaube, zum ersten Mal richtig, denn er erschrak.

»Deine Nase.«

»Ach, egal«, sagte ich. »Ob man nun mit gebrochener Nase oder ohne ins Gras beißt, ist rille, oder?« Ich lachte ein bisschen, aber dann merkte ich, dass es kein Lachen war, sondern ein Schluchzen. Und Leif war plötzlich bei mir und legte seine Bärenarme um mich, und niemand hinderte ihn daran.

»Es ist mir nicht egal«, sagte er ganz leise. »Es ist mir nicht egal, wir sind doch Freunde, Finnley, oder? Wir waren immer Freunde, seit dem Sandkasten, wir haben immer alles zusammen gemacht.«

Er sagte noch mehr, glaube ich, aber ich sah wieder den Noack an, ich wartete auf einen Wutausbruch. Und ich wartete darauf, dass in mir ein Damm brach und ich losheulte, aber nichts von beidem geschah.

Der Noack sagte: »Du erwartest nicht, dass wir das glauben, Junge.«

»Nein«, sagte Neil. »Nur leider ist es wahr.«

»Du wirst sie jetzt schön selber wieder ausgraben«, sagte der Noack und verschränkte die Arme. »Sonst passiert hier jemandem was, und dann kannst du gleich noch ein Grab ausheben. Da bist du ja gut drin.« Er drehte sich zu mir um. Neil nickte.

»Für Finnley müsste es etwa die gleiche Größe sein wie für Ulja«, erklärte er ernst.

Da explodierte der Noack doch noch, sein Gesicht war auf einmal rot, und er schrie jetzt: »Grab! Sie! Aus!«

Neil nickte. Und dann begann er, ohne Eile, die Grasnarbe, die er sorgfältig auf das Grab zurückgelegt hatte, mit dem Spaten wieder abzuheben und beiseitezulegen. Er tat es so langsam, dass man vom Zusehen wahnsinnig wurde. Jeden Erdklumpen mit Gras darauf legte er einzeln weg, in eine schöne Reihe.

»Man muss sie später wieder einsetzen können«, erklärte er. »Es ist auch bei Kunstrasen wichtig. Ordentliches Arbeiten will gelernt sein.«

Der Noack knurrte, kaum hörbar. Er war wie ein Topf Wasser, der jeden Moment überkochte.

»Geht das *etwas* schneller?«

»Verzeihung, aber nein«, antwortete Neil. »Ich arbeite immer langsam. Langsam, aber gründlich. Fragen Sie das Bestattungsinstitut. Sie mussten sich auch erst daran gewöhnen. Ich habe die halbe Nacht gebraucht, um das Grab auszuheben. Ich habe mir große Mühe gegeben.«

»Schön, schön«, knurrte der Noack, und er begann, auf und ab zu gehen, über quietschende, schmatzende Erdklumpen. Und jetzt war Neil eine Schicht weiter.

Und wir sahen einen Fuß.

Einen Fuß mit einem Turnschuh, erdverschmiert. Ich schluckte. Ich hätte Uljas Turnschuhe überall erkannt, ich hätte alles, was Ulja getragen hatte, überall erkannt.

Sie war nicht mehr da. Die Erkenntnis kam eigentlich erst mit dem Schuh so wirklich an.

Und ich wusste nicht einmal, ob ich wirklich mit ihr geschlafen hatte.

»Verdammt!« Der Noack brüllte jetzt wie ein Stier, und er sprang vor und riss Neil den Spaten aus der Hand. Irgendwie war es klar gewesen, was jetzt geschah: Ich sah zu, wie er selbst zu graben begann. Da war ein Hosenbein … Aber die Erde war klebrig und zu nass, sackte wieder zurück, wenn man sie anhob, und er war das Graben nicht gewohnt.

Der Sonnenblumensoldat hatte mich losgelassen, ich merkte es erst jetzt, wahrscheinlich war es die ganze Zeit schon so gewesen. Er stieg zum Noack über den Zaun, er war so verwirrt wie wir alle. Vielleicht wollte er helfen. Und Neil ging langsam rückwärts. Langsam und vorsichtig über die Grasbüschel und fast lautlos, ganz ohne schmatzende Sumpfgeräusche, er musste das geübt haben.

Dann stieg er wieder über den Zaun. Und dann sah er uns an, blinzelte und ging weiter, rascher jetzt, aber er rannte nicht. Er ging seitwärts vom Noack weg, der ihm den Rücken zukehrte. Ihm und uns allen. Und ich begriff und fasste Leif am Uniformärmel.

Er sträubte sich nicht, nicht diesmal. Er kam mit.

Es ist schwer, gleichzeitig lautlos und schnell zu gehen, ohne zu rennen. Es ist ein Ding der Unmöglichkeit. Vor allem, wenn dein Puls so sehr rast, dass du es in den Ohren hörst, und du denkst, dein Herz müsste platzen. Es konnte nicht gut gehen. Es war unmöglich.

Sie würden sich umdrehen, garantiert hatte einer von ihnen eine Waffe, und das wäre es dann gewesen.

Neil öffnete die Fahrertür des Leichenwagens so leise, wie er alles in den letzten paar Minuten getan hatte.

Wir rutschten hinein, und Leif und ich rückten auf die andere Seite. Beide Türen zu öffnen, wäre wahrscheinlich zu laut gewesen. Er hatte das alles durchdacht, G-Status, haha. Er dachte sie alle an die Wand: die Psychologen und die Lehrer und die Noacks dieser Welt. Sie wussten es bloß nicht.

Natürlich hörten sie es, als er den Motor startete.

Aber da war es zu spät.

Die Reifen drehten für einen Moment im Schlick durch, und ich schickte ein Stoßgebet an den Buntglasjesus. Er hörte mich. Oder fühlte mich. Oder weder noch, jedenfalls griffen die Räder jetzt, der Leichenwagen machte den berühmten Satz, den er immer macht, wenn Neil ihn fährt, und wir waren im Wald, zwischen den Bäumen. Im Spiel aus Licht und Schatten, Grün und Hell und Dunkel.

Durch einen Morgenwald rasen ist wie auf Droge sein.

Völlig unwirklich.

Es wunderte eigentlich keinen, dass ein Hirsch vor uns über den Weg ging, majestätisch und wunderschön, mit einem echten Riesengeweih. Und als ich in den Außenspiegel sah, ging hinter uns der Rest des Rudels vorüber. Es war wie ein Bild aus einem Märchen. Und es war sehr nett von dem Rudel, denn hinter uns war Noacks Wagen, und durch dreißig Hirschkühe konnte er nicht durch. Es ging einfach nicht, die Hirsche waren stärker. Es lebe Klingemanns schöne deutsche Natur.

Wir rasten weiter, bogen ab, bogen noch mal ab.

»Weißt du, wohin?«, rief ich, und Neil nickte und rief: »Bisschen anderer Weg als vorher! Aber ich weiß, wo wir rauskommen! Wir sind das heute Nacht abgefahren!«

»Ihr … was?«, schrie ich gegen den röhrenden Motor an.

»Wieso ihr?«, schrie Leif, der eng an mich gedrückt saß. Er war so viel breiter als Ulja.

»Na, ich und sie!«, schrie Neil und jagte den Leichenwagen auf eine holperige Straße aus Vor-Wende-Platten.

»Ulja?«

»Klar, wer sonst!«, rief Neil. Noacks Wagen hinter uns war nicht mehr zu sehen. Aber er würde auftauchen. Das hier konnte doch nicht gut gehen. Das Glück ist nie auf meiner Seite, wenn ich in so was drinstecke, nie.

Neil zeigte beim Fahren mit dem Daumen hinter sich. »Hinten!«, brüllte er. »Sie is hinten!«

»*Was?*«

Ich sah Leif an, und Leif sah mich an, und wir fingen beide ganz langsam an, zu grinsen, obwohl alles andere um uns herum rasend schnell passierte.

»Bühnenreife Vorstellung!«, rief ich.

Neil nickte. »Du weißt, ich mag Theater. Hatten wir in der Schule ja auch mal.«

»Und der Turnschuh …? Und das Hosenbein?«

Er grinste nur, und klar, irgendwie konnte man das fälschen. Unglaublich.

Unglaublich, dass der Noack, der eine ganze Truppe Soldaten befehligte und selber Lügen erzählte über Nahrungsmittelknappheit, das geglaubt hatte.

Aber ich hatte es auch geglaubt. Und Leif auch. Logisch. Wir sind schon immer Idioten gewesen, seit dem Sandkasten. Ich war so froh, dass er neben mir saß. Ich hatte keine Ahnung, was jetzt werden würde, aber er war da, und Neil war da, alle Idioten zusammen in einem schwarzen Autowrack. Das in diesem Moment durch ein riesiges Schlagloch holperte und einen komischen Hüpfer machte.

Die Welt gehörte uns.

Neil hielt im Sand.

An einem Strand. Ernsthaft.

Er war einen letzten kleinen Weg entlanggejagt, hatte einen weiteren Weidezaun durchbrochen, hinter dem Schafe herumstanden, und war dann über eine Wiese geholpert, an ein paar Bäumen vorbei. Wir waren ganz in der Nähe von da, wo wir den toten Russen begraben hatten. Lütow.

»Was …?«

»Da vorne«, sagte er nur.

Und sprang aus dem Wagen. Der Wagen: Jetzt ließ er sich endgültig nicht mehr fahren. Hier im Sand saß er fest, zwischen Muscheln und Steinen, aber es war unwichtig. Denn vor uns, verankert an einer Boje, lag eine Jolle, die wir alle kannten. Thore Klingemanns Boot.

»Wir … schwimmen da jetzt raus und hauen mit dem Boot ab?«, fragte ich.

»Ganz genau«, sagte Neil.

Die hintere Klappe des Wagens öffnete sich quietschend und knallte wieder zu, und auf einmal stand Ulja neben uns. Ich konnte nicht anders, ich musste sie in die Arme nehmen. Und jetzt heulte ich doch.

»Sie dachten, du liegst unter einer Sumpfwiese«, erklärte Neil. Ulja lachte.

»Da liegt meine Schuhe und meine Hose, ohne mir.« Tatsächlich hatte sie nur einen langen Pullover an, nämlich den von Neil, und vermutlich ihr T-Shirt darunter, unten leckte die Sonne über ihre bloßen Beine. Sonnenbraune, zerkratzte Sommerbeine.

Ich merkte, wie mein Gehirn auf unpassende Abenteuerreise ging, und verbot es ihm. Blöd, dass es nie auf mich hörte. Es behauptete, die Hormone seien schuld, und es könne nichts dafür.

»Finnley? Kann ihr dich helfen?«, fragte Ulja und sah mich fragend an.

»Ich … nein«, sagte ich. »Wir müssen auf dieses Boot. Ehe sie hier sind. Los.«

Leif hatte schon angefangen, sehr pragmatisch, seine Schuhe und die Uniformhose auszuziehen, um rüberzuwaten. Klar, wir mussten gar nicht schwimmen, das Achterwasser war eine Badewanne, was die Tiefe anging. Leifs Beine waren nicht so interessant wie Uljas, leider. Interessant war dafür, dass er einen Ast vom Ufer mitgenommen hatte, ein Riesending, wie alle Äste, die Leif aufsammelt. Aus irgendeinem Grund nahm er ihn mit aufs Boot.

Er war wieder der Alte.

Ich merkte, wie alles in mir breit grinste.

Neil zog seine Schuhe ebenfalls aus, die guten Beerdigungsschuhe, die inzwischen ziemlich gelitten hatten, und danach seine Hose. Und ich auch.

So machten wir uns auf den Weg raus zu der Boje, wo das Boot lag: eine kleine Gruppe von Geflüchteten, im Gepäck nur Hosen, Schuhe und kindische Träume.

Und vielleicht ein bisschen Hoffnung.

Es war gar nicht so leicht, über die Bordwand zu kommen, wir stellten uns dumm an und lachten auf einmal. Die ganze Anspannung brach aus uns heraus, und wir verhedderten uns in den Tauen und lachten noch mehr. Der Wind war warm, der Himmel brachte kleine weiße Wolken zur Welt.

Ich erinnerte mich zu meinem Erstaunen daran, wie man das Großsegel hochzog und das Vorsegel ausrollte, Ulja löste das Boot von der Boje, und Neil packte die Pinne und steuerte uns von der Insel weg, aufs Achterwasser hinaus.

Gerade in dem Moment, in dem sich dort ein Militärjeep über den Rasen wühlte und die Schafe ihn beleidigt anstarrten und blökten. Er hielt an dem schmalen Strand, neben dem Leichenwagen. Ich sah weg. Ich hörte das Wutgebrüll vom Land auch so ganz gut.

Der Wind griff in unsere Segel und schob uns voran, tatsächlich war das Glück dieses eine Mal auf unserer Seite. In Minuten waren wir so weit weg vom Land, dass uns keine Worte mehr erreichten. Und auch keine Kugeln und keine Ladung Schrot.

Ich glaube, sie versuchten es gar nicht.

Sparten vielleicht ihre Munition für den Krieg.

»Wohin?«, fragte Ulja. »Wohin wir fahren?«

»Raus«, sagte Neil. »Aus dem Achterwasser raus. Auf die offene Ostsee. Weg. Dann sehen wir mal.«

Ulja grinste. »Weg klingt wunderbar. Weg ist, was ich gewollt hatte, immer. Was ihr meint, in wie viel Stunden wir erreich Horizont?«

Ich wollte sagen, dass man den Horizont nicht erreichen konnte, und ich glaube, Neil wollte das auch sagen, aber Leif sagte: »Genau zur richtigen Zeit, garantiert, oder eine Minute später.«

Und das war sicherlich die beste Antwort.

Das Schilf war nun ein grüner Streifen in der Ferne, und vor uns lag irgendwo die blaue Brücke, unter der wir durchmussten. Dahinter wartete das Meer.

So hatte es angefangen, oder? Mit meinen Tagträumen von der Glitzerlinie zwischen Himmel und Wasser. *Erdbeer-Cookie, einmal, bitte*, hatte Ulja gesagt und mich aus den Träumen gerissen. Und jetzt saß sie hier, und wir fuhren zusammen mitten in die Träume hinein.

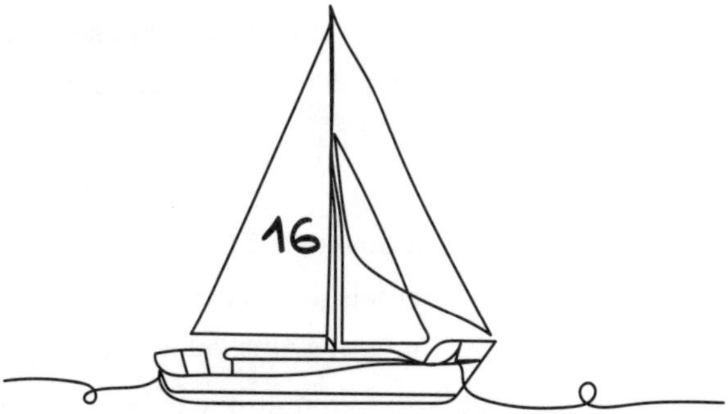

Das Achterwasser entlang, in Richtung Ostsee.

Eigentlich ist es ja die Peene. Ein Fluss, der irgendwo in Polen mündet und dann so als Teil der Ostsee weiterfließt, quasi, und Usedom vom Festland trennt. Eigentlich ist Usedom nicht mal eine richtige Insel.

Und doch wollte der Noack sie abriegeln. Er wollte sie haben.

Habenwollen ist ein echtes Problem bei Menschen.

Der Wind frischte auf, drehte ein wenig, kam schräg von vorne. Ich holte die Segel dichter. Der Klingemann hatte uns das beigebracht – ach fuck, der Klingemann. Er war immer nett gewesen. Aber offenbar war er jemand anderes, als ich gedacht hatte. Oder wir waren jemand anderes, als er gedacht hatte. Er hatte gedacht, wir würden auf seiner Seite sein, für die Adler kämpfen und für eine unabhängige Insel.

Und all die Lügen mitmachen.

Also, nichts gegen die blöden Adler, aber denen ist es doch egal, ob sie über 'ner türkischen Dönerbude schweben oder über 'nem deutschen Fischbrötchenstand oder 'ner italienischen Pizzeria mit syrischem Chef. Und umbringen muss man echt keinen für so ein bisschen Wald und Gras.

»Es wird nie funktionieren!«, rief ich gegen den Wind an, der das Achterwasser jetzt zu kleinen Wellen aufpeitschte. »Die Insel ohne

Touris und ohne Ausländer! Das kann er vergessen! Ich meine, alles läuft über Touris! Und die Restaurantausländer haben sich hier doch längst festgelebt. Die gehören dazu.«

»Er hat gesagt, sie machen sie kaputt!«, rief Leif. »Die Insel! Ich mein, guck dir die ganzen Staus an! Stehste ewig vor der Brücke, jeden Sommer. Und guck Hotels. Immer mehr, die bauen alles zu!«

»Ja, blöd!«, rief ich. »Schon! Sollte man irgendwie ändern. Aber das ist doch kein Grund für einen militärischen … wie heißt das?«

»Putsch«, sagte Neil. »Es heißt Putsch.«

»Wie Punsch!«, rief Leif und streichelte den Ast, der neben ihm lag. Es war wirklich ein sehr schöner Ast, entrindet von der Zeit, hübsch. »Punsch ist gut!«

»Punsch ist Weihnachten!«, rief Ulja. »Ich kenne! Punsch, und Weihnacht-Markt, es ist sehr ganz deutsch, wir haben gelernt, in die Schule. Punsch, Weinacht-Baum, Advent-Kranz. Heiliger Nacht.« Und wir lachten, weil sie so konzentriert die Nase krauszog bei diesen schwierigen Worten.

»Aber jetzt ist Sommer!«, schrie Neil, und er stand auf und schrie noch irgendwas anderes, etwas ohne Worte, einfach so, ein Sommerschrei.

Dann setzte er sich wieder hin, weil das kleine Boot schaukelte, und dann setzten wir uns alle auf eine Seite, weil es sich schräg legte. Der Wind frischte auf. Ich sah zum Himmel, und da kam etwas Graues auf uns zu. Es war die ganze Zeit über sommerlich und schön gewesen, aber jetzt hatte es keine Lust mehr dazu.

»Regen!«, rief ich.

»Oder Sturm!«, rief Neil und drückte seinen Hut fester auf den Kopf, damit er nicht wegflog.

Wir sahen die blaue Brücke in der Ferne und links Wolgast.

»Da«, sagte Leif. »Da is Zuhause.«

»Aber wir können nicht hin«, sagte Neil. »Sie würden uns direkt aufsammeln, einer von denen wartet da doch längst.«

Leif nickte, es arbeitete immer noch in ihm, die ganze Sache mit dem Klingemann und dem Militär und uns. Und wer nun auf welcher Seite stand.

»Willst du zurück?«, fragte ich. »Zu deinen Jungs in Uniform?«

»Nee«, sagte er und schüttelte den Kopf, sehr entschieden, und legte mir eine Hand auf die Schulter. »Ich hab gesehn, was die machen. Was sie mit dir gemacht haben. Das ist nich okay«

»Und sie haben diese Leute umgebracht«, sagte ich. »Der Klingemann hat es quasi zugegeben. Er war es, übrigens. Das ist sein Part in der ganzen Geschichte. Er räumt Leute aus dem Weg. Für Noack.«

Es klang wie in einem Film.

»Das Moped, das den Typen umgefahren hat und dann weg war. Das war er. Alles geplant. Und die vertauschten Herztabletten. Und alles.«

»Ich mach den fertig«, sagte Leif und schlug mit der Faust in seine andere Hand. »Kommt ’n Tag, da mach ich den fertig.«

»Nee, lass mal«, sagte ich. »Is besser, abzuhauen. Die sind zu groß. Zu viele. Wir können da nichts machen.«

»Du willst … keine Rache? Mit die kaputte Nase und alles? Du machst das Opfer?«

»Bin ich ganz gut drin«, sagte ich und grinste. »Vergiss das jetzt. Oh, Scheiße, der Wind.«

Der Wind fegte jetzt in fiesen Böen über das Wasser, manchmal war Windschatten, wegen Bäumen, und dann wieder nicht. Und das Boot tat wilde Sachen, legte sich schräg, und dann wieder nicht. Und wir fielen durcheinander wie hinten in dem Lieferwagen.

»Die Brücke!«, sagte Ulja.

Und da war sie, die blaue Brücke, seltsam autolos, ohne Sommerstau. So oft hatte ich die großen Jachten angeguckt, die davor warteten. Wir mussten nicht warten. Wir konnten einfach drunter durch, die Jolle war winzig, der Mast reichte nicht so hoch.

Ich fragte mich, ob es Diebstahl war. Dass wir die Jolle nahmen. Aber eigentlich war es ausgleichende Gerechtigkeit oder wie das heißt.

Eine Minute später waren wir durch.

Ich fragte mich außerdem, wer oben hinter den kleinen runden Fenstern in dem Brückendingens saß. Wo man schalten kann, wann sie hochgezogen wird. Die hatten den, der da saß, doch garantiert angerufen und gesagt, dass wir durchkämen. Und jetzt gab er das weiter, dass wir hier waren. Wie weit würden wir kommen? Wie weit, ehe ein Motorboot losfuhr und uns wieder einsackte?

Es kam aber keiner, wir segelten einfach weiter, wir rasten jetzt, wieder schräg auf der Kante. Die Wellen waren nicht mehr klein, sondern eher mittelgroß, und dann waren sie nicht mehr mittelgroß, sondern groß. Das Boot holperte darüber, rauf und runter, wie ein Auto auf einem alten Plattenweg, klatschte hart in die Wellentäler, und mit jedem Aufklatschen spritzte es um uns rum. Unsere Gesichter waren voller Salzwassertropfen, es war kühl jetzt. Ich merkte, wie ich fror. Wolgast wurde kleiner in der Ferne. Der Kirchturm, das McDonald's-M über der Stadt: klein und unwichtig. Als hätte die Stadt nie existiert. Die Küstenlinie der Insel verwandelte sich in einen grünen Strich, die Hotels ragten weiß und gelb daraus auf wie Puppenhäuser, und dann ging die Brücke hoch.

Wir sahen alle zurück, sahen zu, wie die Straße mit dem blauen Geländer sich nach oben faltete.

Das war keine Brückenöffnung für die Schiffe. Völlig falsche Tageszeit.

Es war das, was der Klingemann gesagt hatte:

Wir ziehen die Brücke hoch.

Die Brücke würde oben bleiben. Die Insel war vom Festland abgeschnitten. Jetzt, genau jetzt übernahm FURU.

»Lang lebe die Freie Unabhängige Republik Usedom!«, schrie Neil.

»Lang sterbe sie!«, schrie Leif in einem Anfall von Erfindungsgeist.

»Prost!«, schrie ich. Aber wir hatten nichts, um anzustoßen.

Und es war jetzt besser, wieder geradeaus zu sehen, um den Kurs zu halten.

»Dichter!«, brüllte Neil. »Hol die Segel noch dichter! Wir sind scheiße hart am Wind!«

Und wir konnten nicht weiter vom Wind weg, denn dann wären wir zur Küste zurückgefahren. Der Wind kommt auch immer aus der blödesten Richtung.

Ulja neben mir zitterte in ihrem Pullover, ohne Hose, und ich legte einen Arm um sie. Wir kuschelten uns aneinander, um warm zu bleiben. Ich hätte ihr meine Hose gegeben, aber bei dem Geholper war das unmöglich. So saßen wir zu zweit auf der Kante von Klingemanns Jolle, neben Leif. Und ein Glück, dass Leif so kräftig gebaut ist, wir brauchten das Gewicht auf dieser Seite.

»Ulja«, sagte ich.

»Hm?«

»Du hast … übersetzt. Für Noack.« Ich hasste es, das jetzt zu sagen. Aber ich musste. Es war eine Sache, die die ganze Zeit in der Luft rumgehangen hatte.

»Ja«, sagte sie nur.

»Du hast das gewusst. Dass er mit Putin … na ja, verhandelt. Dass er ihm die Insel geben will. Wenn Putin sein Okay gibt, dass sie unabhängig ist. Eine beknackte unabhängige Mini-Republik. Geht ja sowieso nicht.«

»Liechtenstein ist auch mini«, sagte Neil.

Ich hatte keine Ahnung, was Liechtenstein war. Neil und seine Lexikonfakten.

»Ulja«, sagte ich noch mal. »Du hast das gewusst. Die ganze Zeit. Was er macht.«

»Ja«, sagte sie wieder. Und sie war immer noch ganz nah, saß da, an mich gekuschelt, aber gleichzeitig war sie furchtbar weit weg. Warum hatte sie das getan? Für ihn übersetzt? Warum hatte sie keinem gesagt, was da ablief?

»Wahrheit?«, sagte Ulja und sah mich an. »Willst du? Die Wahrheit? Ganz?«

»Nein«, sagte ich. »Ich will sie nicht.« Und das stimmte. Die Wahrheit tat meistens weh. »Aber ich muss«, sagte ich. »Ich muss sie wissen. Es geht jetzt nicht mehr anders. Wir machen das hier zusammen, und …« Irgendwie konnte ich nicht weiterreden, da war ein komischer Kloß in meinem Hals. So ein Heulkloß. Wie man ihn als Kind hat.

Ich hatte wirklich keinen Bock, zu heulen, hier auf dem Boot, vor den anderen, vor Ulja, und ich biss die Zähne so fest zusammen, wie ich konnte.

»Wahrheit ist«, sagte Ulja. »Es war Geld. Jeder Mensch braucht Geld. Fur Zukunft. Ich bin eine Verrater, ich habe dir gesagt.«

Ich schüttelte den Kopf. Ich wollte nicht, dass sie das war.

Neil und Leif guckten uns an, guckten Ulja an, warteten, während der auffrischende Wind an unserem Boot riss. Es war ein denkbar schlechter Moment für Wahrheiten, wir hätten uns besser auf das Boot konzentriert, aber irgendwer hat mir mal gesagt, dass mir die wichtigen Sachen immer in den schlechtesten Momenten einfallen.

»Warum warst du bei dem Sonnenblumenfeld?«, rief Neil gegen den Wind an. »Und auf dem Friedhof? Nachts?«

Sie schloss kurz die Augen und öffnete sie dann wieder.

»Weil«, sagte sie. »Er hat auch gegeben Geld für mich, ich bin eine Spiun für ihn. Spiunage, versteht ihr?«

»Spion?«

»Ja. Er hat gesagt, ich soll hören und sehen, was ihr macht.«

»Wir?«, fragte Leif mit großen Augen. »Warum wir?«

»Warum, er hat nicht gesagt. Ich denke, weil ihr Erkundung gemacht habt. Wie Detektiv. Er wollte nicht das. Er hat mir gesagt, ich soll gucken, da sein, bei euch, reden. Und ihm sagen. Und ich …«

Sie rückte ein wenig von mir weg, und ich wollte sie weiter festhalten, aber mein Arm rutschte runter. Alles in mir rutschte irgendwie runter. Mir war noch kälter als vorher, dieser Wind war eisig, man konnte darin erfrieren.

»Wusstest du von den Morden?«, rief Neil. »Vom Klingemann?«

Sie schüttelte den Kopf. »Nein. Und ich habe … Ich habe ihn gesagt, ihr habt nicht gefunden viel. Nur bisschen. Ihr wisst nicht. Das, ich habe gesagt. Ich habe versucht. Versteht ihr. Zu beschutzen.«

»Uns? Du wolltest uns beschützen? Oder eher das Geld, das du von ihm gekriegt hast?«, fragte ich.

Die Worte waren sauer und ätzend in meinem Mund.

»Finnley«, sagte Ulja und nahm meine Hand. »Es tut mich leid.«

»*Mir*«, sagte Neil.

»Wen?«, fragte Leif.

»Aber die Briefe. Die Ubersetzerung«, sagte Ulja. »Wahrheit von die Briefe ist, ich habe gedacht, es ist crazy. Es kann nicht sein wirklich. Dass er macht Verhandlung mit Putin. Ich habe gedacht, er schreibt nur so. Niemals, niemals es kommt an. Niemals, niemals Putin wird lesen das. Niemals, niemals wird antworten. Ich habe ubersetzt für ein verruckte Mann, Noack, damit die verruckte Mann ist glucklich. Und ich habe Arbeit in Kneipe auch gemacht fur ihm, damit er ist glucklich. Mehr Geld. Später, er hat gesagt, er bezahlt das Geld später, er hat nur wenig gegeben, aber später, er bezahlt. Er war, irgendwie, in love. Ich weiß nicht. Verruckte Männer sind verruckt. Ich habe gemacht alles, damit ich kann singen. Damit wir können fahren nach Berlin. Zusammen. Und weggehen. In die Welt.« Sie zuckte die Schultern.

»Zusammen«, wiederholte ich ganz leise.

»Klar zusammen«, sagte Leif.

Neil nickte. »Na ja, hätt ich auch gedacht«, sagte er. »Dass der einfach spinnt. Aber deshalb hat Putin wahrscheinlich geantwortet. Weil der auch spinnt. Die spinnen alle. Völlig größenwahnsinnig.« Er hob die Hand, als hielte er eine Flasche darin. »Auf die Spinner! Und auf die Vernünftigen! Das sind wir!«

»Prost!«, schrie Leif wieder, wie vorhin, immer noch ohne Bier.

Ich schrie nichts. Ich legte den Arm wieder dahin zurück, wo er hingehörte. Um Ulja. Und zog sie zurück zu mir. Um die Kälte auszuschließen.

Sie drückte sich ein bisschen an mich, und wir mussten nichts sagen. Ich sagte meinem Gewissen, dass es keinen Grund gab, sauer zu sein, und danach schaltete ich es auf Stand-by. Sie war keine Verräterin, sie war nur ein Mensch, verdammt. Und wer war ich, zu urteilen?

Wer sind wir, über irgendwen zu urteilen? Geld ist eine Scheißerfindung, übrigens. Macht uns alle schlecht.

Noch eine Böe fuhr ins Segel, legte das Boot schräger, und wir lehnten uns weiter raus. Der Wind drückte gegen uns wie eine Faust, wollte das Boot aufs Wasser drücken, unter Wasser, kümmerte sich nicht um Wahrheiten und Gefühle. Er lachte uns aus, warf uns Gischt ins Gesicht.

»Finnley?«, rief Ulja. Man musste jetzt rufen. »Wir schaffen das?«

»Klar!«, schrie ich. »Klar schaffen wir das!«

Aber ich war mir auf einmal überhaupt nicht mehr sicher.

Ich wollte mir nicht vorstellen, wie es wäre, jetzt zu kentern.

Der Klingemann hatte es mit uns geübt, einmal, letzten Sommer, als es sehr heiß gewesen war. Wir waren in Badesachen gesegelt, und er hatte uns gezeigt, wie man das Boot wieder aufrichtet. Aber das war fast bei Windstille gewesen, an einem ruhigen Tag vor der Schilflinie, nicht draußen auf der offenen Ostsee.

Und da waren wir jetzt. Wir hatten den Schutz von Festland und Insel verlassen, und der Wind pfiff uns nur so um die Ohren. Am Himmel war keine Sonne mehr, jemand hatte sie abgeschaltet. Da waren nur noch Wolken, riesige graue Türme aus Wolken, die übereinanderrollten und sich gegenseitig auffraßen wie Monster aus Kinderbildern. Es wäre wirklich gut gewesen, eine Regenjacke zu haben.

Eine halbe Stunde später waren wir klatschnass, und unsere Füße standen im Wasser, das an Bord schwappte. Leif versuchte, es mit der aufgeschnittenen Flasche, die der Klingemann hier angebunden hatte, rauszuschaufeln. Aber es kam ständig neues nach. Wir wechselten uns ab mit dem Steuern, alle vier, ich half Ulja. Und für Momente war es da wieder schön, zu segeln: meine Hand auf ihrer auf der hölzernen Pinne: Wir flogen.

Über uns kreischten die Möwen.

Aber der Himmel wurde noch dunkler. Der Himmel wurde schwarz.

Neil hielt seinen Hut fest.

Wir waren jetzt sehr, sehr weit weg von so ziemlich allem auf der Welt.

»Wo wollen wir überhaupt hin?«, schrie Leif.

»Hinter den Horizont!«, brüllte ich. Es war schwer, sich überhaupt noch zu verständigen, und er schüttelte den Kopf und zeigte auf seine Ohren, verstand nichts. Die Horizontlinie glitzerte gar nicht mehr. Sie war grau und verschwommen von Wellen.

Irgendwo vor uns war Schweden. Oder Norwegen. Oder Dänemark.

Oder Amerika.

So richtig klar war es mir in diesem Moment nicht.

Meine Nase hatte wieder angefangen, verdammt wehzutun. Keine Ahnung, warum ihr das plötzlich einfiel. Und mir war eiskalt, und ich ahnte, warum keiner uns mit dem Motorboot eingesammelt hatte. Sie wussten, dass wir es nicht schaffen würden. Sie hatten den Wetterbericht gesehen.

Das hier war kein Wind mehr. Es war ein Sturm.

Schlimmer: Aus dem schwarzen, kochenden Himmel blitzte es jetzt.

Leif hielt mit einer Hand seinen Ast fest, als könnte der ihn schützen, zeigte mit der anderen zu den Blitzen und schrie irgendwas. Wahrscheinlich, dass man bei Gewitter nicht auf dem Wasser sein sollte.

Und da war sie wieder: die eiskalte Kralle, die sich um mein Herz schloss. Sie hatte die ganze Zeit schon gelauert, jetzt quetschte sie mir das Blut aus dem Herzen und die Luft aus den Lungen.

Die Scheißangst.

Ich war wieder ein kleiner Junge, der im Dunkeln eine Straße im Ghetto entlanggeht und hinter dem ein Auto herfährt, zu langsam, bedrohlich, und der rennt, rennt, rennt, aber nicht schnell genug sein kann. Jemand wird aus diesem Auto steigen und ihn mitnehmen … Ich war wieder ein Kind, das auf dem Spielplatz zu größeren Kindern hochsah, die grinsten und die Fäuste hatten und sich einen Spaß daraus machen würden, es zu verprügeln. Ich war wieder ich-in-fünf-Jahre-alt, auf dem Dach des Spielplatzhäuschens, wo die Größeren mich raufgesetzt hatten, panisch, zitternd vor der Tiefe im Regen, und das Dach wurde immer rutschiger … Ich war ich-in-zehn, starr vor Angst vor dem riesigen Hund, der über den Zaun bei den Lauben gesprungen war und mich zähnefletschend umkreiste … Ich war ich, der ganz alleine auf dem kalten Asphaltweg zwischen den Wohnblocks stand, und da, wo ich langmusste, hing die ganze Traube der anderen, die mir entgegensahen und über mich lachten.

Ich, bevor ich damals vor tausend Jahren beschlossen hatte, cool zu werden und so wie die anderen und Kippen zu klauen und zu saufen bis zum Koma und einer zu sein, zu dem die Kleinen aufsahen.

Aber auch dieses Ich, dachte ich, hatte ich doch hinter mir gelassen, ich hatte zu Neil gesagt, dass ich kein Mitläufer mehr war.

Ich war nur ich.

Ich auf einer Jolle im Sturm, mit der gleichen alten Angst im Herzen wie immer, denn all meine Ichs waren diese Angst nicht losgeworden.

»Wir verrecken!«, rief ich. »Wir verrecken hier draußen, und das war denen völlig klar!«

Was keiner hörte, aber alle wussten.

Ich sah Ulja an, ihr nasses Gesicht in dem komischen Gewitterlicht, gelblich und gleichzeitig grau. Es war erst Morgen und so dunkel wie eine halbe Nacht – die schlimmere Hälfte. Die Hälfte, in der man schlecht träumt. Ihre Brille war voller Regentropfen, sie hatte es aufgegeben, sie abzuwischen, ihre Augen waren versteckt im Regen. Ja, denn jetzt regnete es. Der Sturm peitschte uns Eimer voll Regen entgegen, wir sahen nichts mehr. Die Welt bestand aus grauen Schlieren, und ich spürte meine Hände kaum noch, die sich um die Schot krallten.

Neil drehte sich zu mir um, und ich sah meine Angst auf seinem Gesicht. Und ich dachte: Verdammt, wir haben sie alle, diese Angst. Nicht nur ich. Es gibt nur Leute, die sie besser überspielen können als andere.

Irgendwo an Land marschierten Noacks Truppen.

Die Insel gehörte ihnen.

Dies war das Ende der Geschichte.

Das Ende der drei Idioten, die geglaubt hatten, sie könnten einen schönen Sommer haben mit einem Mädchen, das vom Himmel gefallen war.

Und dann war es auf einmal egal.

Die Angst kippte.

Wir fahren da durch, dachte ich.

Wir fahren auf die andere Seite.

Durch die Blitze und den Sturm und das Schwarz. Es kehrt sich am allerschlimmsten Punkt irgendwie um, und dann werden wir da sein. Auf einem stillen, warmen Meer. Es wird türkis sein, und wir werden Delfine sehen und riesige leuchtende Quallen.

Vielleicht sind wir dann tot. Aber das ist ja rille, wenn wir da drüben lebendig sind.

Und ich lächelte Ulja an, durch das Chaos. Sie lächelte zurück, und dann küsste sie mich. Obwohl wir fast vom Boot fielen, da auf unserer rutschigen Kante. Sie küsste mich richtig, und diesmal war ich hundertprozentig sicher: keine Hallus. Weil ich nüchtern war, absolut nüchtern, so nüchtern wie noch nie. Ihr Mund war warm, das einzig Warme in der Kälte, warm wie ein Strand an dem türkisen Meer auf der anderen Seite.

Als wir aus dem Kuss auftauchten, sagte sie etwas, das ich nicht verstand, und rutschte ein bisschen rüber und küsste Leif. Ich wollte eifersüchtig sein, aber es ging gar nicht. Entweder war mir zu kalt, oder es war zu seltsam. Und dann kletterte sie über Leif zu Neil, der wieder steuerte, und küsste Neil, der seinen Hut seit Langem nicht mehr aufhatte, sondern darauf saß, damit er nicht wegflog.

Und ich begriff es. Ganz plötzlich.

Sie wusste, dass das hier das Ende war, sie wusste es wie wir alle. Deshalb hatte sie das erledigen müssen. Das mit dem Küssen. Es war ein Abschiedsgeschenk. Falls wir doch nicht auf eine andere Seite kamen.

Ja. Und eine halbe Stunde später kenterten wir.

Die hundertundsoundsovielte Böe war zu viel und riss die Jolle um, und ich fand mich im eiskalten Wasser wieder. Es war erstaunlich eiskalt für Sommer, wo ist der Klimawandel, wenn man ihn mal braucht. Ich kam nach oben, war neben dem Boot, klammerte mich fest – und fand Neil neben mir. Er hielt sich mit einer Hand ebenfalls am Boot fest, mit der anderen hielt er den Hut hoch, den er aus dem Wasser gefischt hatte.

Ulja hing auch am Boot, ihr Haar bedeckte ihr Gesicht halb, wie Wasserpflanzen.

Leif. Wo war Leif? Leif konnte nicht besonders gut schwimmen, oder ich wusste eigentlich nicht, ob er überhaupt schwimmen konnte. Ich sah mich um, panisch, und dann zeigte Ulja nach oben. Und da saß Leif, hatte sich hochgezogen, auf das umgedrehte Boot, und sah aus wie jemand, der einen Berg als Erster erklommen hat. Er grinste im Regen. Und er hatte seinen Ast im Chaos gefunden und mit da raufgenommen. Tatsächlich.

Ich hatte ihn so gern.

Ich hatte sie alle so gern, Gott, warum mussten wir hier draußen abkratzen?

Das beschissene türkise Traummeer war nirgendwo, keine Quallen und Delfine, und es war doch Mist, wenn alles einfach nur aus war. Game over.

Heul doch.

Es nützte ja nichts.

»Wir … wir müssen sie aufrichten«, keuchte ich. Niemand hörte mich. Aber Leif wusste es. Er verhakte sich mit dem Ast an dem Schwert, das steil nach oben ragte, Tatsache, der beschissene Ast war zu etwas nutze, und zog das Boot mit seinem Gewicht zur Seite. Wir zogen mit, und langsam, ganz langsam, legte es sich auf die Seite. Das Segel lag jetzt auf der Wasserfläche. Hob sich daraus … und sackte zurück. Weiter als bis auf die Seite bekamen wir die Jolle nicht, auch zu viert nicht, es war ein Ding der Unmöglichkeit.

»Das Problem ist nur«, keuchte Neil, direkt neben mir, »dass es … keine Bestattung gibt. Hier draußen. Ich wollte immer … eine wirklich schöne Bestattung. Sonst … nichts. Aber das …«

Und er heulte, echt, er heulte, weil er keine beschissene Bestattung kriegen würde.

Kann sein, ich heulte auch. Vor Wut. Vor Kälte. Vor Erschöpfung. Oder vor Angst. Ich wollte nicht sterben. Nicht jetzt.

Ich fand *Titanic* immer kitschig. Ich meine, da ist dieses ganze Eis und so, und dann spielen diese Musiker bis zum Ende. Ich habe den Film nie komplett gesehen, ich gucke immer nur Teile von Filmen und zappe weiter, aber kitschig ist es auf jeden Fall.

In diesem Moment fühlte ich mich titanic.

Wie wir da hingen, an dem Boot, und einfach nichts tun konnten. Wir hatten nicht mal eine blöde Trillerpfeife. Oder Schwimmwesten. Aber es war ja auch kein Eismeer, sondern die Ostsee im Sommer. Und wer hätte schon eine Trillerpfeife gehört? Da war niemand.

Ich schloss die Augen.

Und auf einmal rüttelte jemand mich, sodass ich sie wieder aufmachte. Es war Ulja, und sie zeigte voraus. »Da!«, rief sie. »Da, guckt!«

Da war ein Umriss in den Regenschwaden. Ein Umriss im Gewitter. Ein Schatten. Nein.

Ein Boot. Ein großes Boot, eine von diesen Superjachten, die nicht unter der blauen Brücke durchpassen. Sie hing dort auf dem Wasser wie eine Erscheinung, ein Piratenschiff, ein Geisterschiff.

Nein. Sie war wirklich da.

Und jetzt fuhr sie weiter, schon klar, und sah uns nicht, so ist es doch immer.

Aber diesmal war nicht immer. Jemand rief etwas durch ein Megafon. Man verstand es trotzdem nicht. Und dann flog etwas durch die Luft, der Sturm ließ es fliegen: ein Seil. Und ein knalloranger Rettungsring. Nie war Knallorange eine so schöne Farbe gewesen.

Ja, da sitzt du an Deck einer fremden Jacht, zitternd. Hast es gerade so geschafft, an der Leiter hochzuklettern, die sie rausgehängt haben, und dann zieht dich jemand auf die Beine, und dann bist du in einer Kajüte, einem warmen Raum, tropfst den Boden voll, und um dich rum Leute, die du nie gesehen hast. Leute, die alle durcheinanderreden. Eine Sprache, die keiner versteht. Also, außer die Leute, natürlich. Schwedisch vielleicht.

Sie sind alle freundlich. Schütteln die Köpfe über euch. Haben Handtücher, und kochen Tee, und geben einem Kekse, tatsächlich, Tee und Kekse! Und du kannst es einfach nicht fassen, eben war noch Tod angesagt, und jetzt Kekse. Die Segel haben sie unten, fahren unter Motor, klar, vernünftig.

Ich kam erst wieder richtig zu mir, als ich mit einer dampfenden Tasse in den Händen auf einer Bank saß. Neben mir saßen die anderen, aufgereiht wie Hühner auf der Stange. Einer dieser freundlichen Leute, ein großer Mann mit riesigen Händen, goss Rum aus einer Flasche in den Tee.

»Grog«, sagte er und lachte.

»Können Sie Deutsch?«, fragte Neil.

Und er sagte: »Ein wenig.« Und: »Wofür? Wofür seid ihr auf dem Wasser? In diesem Wetter?«

Da brach ein Damm in mir, und tausend Worte rauschten raus: »Die Insel«, sagte ich. »Sie haben die Insel abgeriegelt, die Brücke hochgezogen, Oberst Noack, und die anderen, sie drehen alle total frei, wir sind abgehaun, die Hallen waren voller Essen, aber der Netto war leer, und der Alarm, keiner weiß, ob der Alarm nicht auch falsch war, alle haben Angst auf der Insel, und in Wolgast, alle haben Angst, aber die hätten uns kaltgemacht, es war wie ein Film, aber ein total abgedrehter, ich war so nah dran, so nah, die hätten mich noch länger in den Eimer getaucht, und jetzt weiß ich nicht, was passiert, was passiert überhaupt, mit der NATO und allem, ich hab kein Handy mehr, und bei Neil sind die mobilen Daten aus, haben Sie Internet, was ist denn nun, mit Polen, und marschieren die nur in Usedom ein, weil, der Noack will die Insel einfach übergeben, damit Frieden bleibt, aber …«

»Warte«, sagte der freundliche große Mann. »Warte, warte.« Und er hob die riesigen Hände, um meinen Redeschwall zu stoppen.

»Das ist Finnley«, sagte Neil und wrang die Ostsee aus seinem Hut. »Er redet immer so viel.«

Der große Mann lachte gutmütig. Doch dann runzelte er die Stirn und sah ernster aus. Und er fing an, Fragen zu stellen, und ich versuchte, zu antworten. Die anderen standen alle um uns herum und hörten zu. Ab und zu übersetzte der große Mann für sie, es waren noch zwei Männer und eine Frau, und ich dachte: Hey, wie bei uns. Aber natürlich waren sie nicht wie wir, sie waren Schweden und reich und gebildet und Jachtbesitzer.

Am Ende hatten sie alles verstanden, und sie sahen sich an und schüttelten die Köpfe, und der Mann holte sein Handy raus und tippte »Kriegserklärung« und »Russland« und zeigte mir das Ergebnis: nichts. Bis auf die dpa-Meldung, die die Gerüchte um eine Kriegserklärung der Russen dementierte. Und der wir bisher nicht geglaubt hatten.

»Er hat nicht mal Ukraine wirklich Krieg erklärt«, sagte der Schwede, und Ulja nickte.

»Russen sagen, das nicht ist Krieg.«

»Haha. Und Polen? Und Deutschland? Marschieren sie dann da auch ein und sagen, es ist kein Krieg?«, fragte ich.

Doch der Schwede schüttelte den Kopf.

»Das ist eine merkwürdige Geschichte, die du erzählst«, sagte er. »Russland hat nie Polen invadiert! Und Deutschland auch nicht. Warum? Warum sollten die das machen? Es ist nicht wirklich etwas Neues passiert im Ukrainekrieg in den letzten zwei Monaten. Nur hin und her und hin und her.«

»Es gibt Bilder. Auf Facebook«, sagte ich. »Und Videos. Eine ganze Masse. Kann ich mal das Handy?« Und ich rief die Seiten auf, zeigte ihm die Bilder. Da waren neue. Von russischen Soldaten, ziemlich nah. Swinemünde, sagte der Text.

»Aber schau die Häuser hinter den Personen an«, sagte der Mann. »Da. Und da, und da. Stettin, sagen sie. Ich kenne Stettin. Das ist nicht Stettin, das ist eine Stadt in Ukraine. Das sind alles Bilder aus Ukraine. Nicht Polen. Nicht Deutschland.« Er schüttelte schon wieder den Kopf. »Und hier … die Panzer, die da rollen … ich erinnere mich die Bildern. Das ist Tschetschenien. Und das da … siehst du nicht die Frauen mit Kopftuch dahinten? Das ist vielleicht Pakistan. Leute sehen nicht richtig hin. Die Leute sehen, was sie wollen. Was sie erwarten, sehen sie. Es ist alles Erfindung.«

»Fake … News?«, sagte Leif, leise. »Ich mein, alle auf Facebook sagen, das is wahr mit Polen. Dass sie da marschiern. Also is es Fake News, dass sie nich marschieren. Oder?«

»Fake News – aus Schweden?«, fragte Neil. »Moment.«

»Was sollten die Schweden davon haben?«, fragte ich.

»Facebook würde sagen, sie stecken alle unter einer Decke. Die Regierungen von Deutschland, von Schweden, von überall. Und die Nachrichtendienste auch«, sagte Neil.

Aber irgendwie hörte sich das ziemlich bekloppt an.

Ich trank einen großen Schluck Grog, und mein Körper begann, von innen aufzutauen, trotz der nassen Klamotten. Und etwas Seltsames breitete sich mit dem Grog aus. Eine große Ruhe.

Weil ich anfing, zu begreifen.

Wir alle. Was Fake war. Was nicht.

Weil das Erstaunen des Schweden so ernsthaft war.

Die Facebookgruppe Usedom war eine geschlossene Gruppe. Ein Raum. In dem wir uns selbst irgendwie eingesperrt hatten. Es war ein so blöder Gedanke, dass man hätte lachen können.

Wenn er stimmte.

Doch, der Schwede hatte recht. Da waren mehrere Frauen mit Kopftüchern hinter den Panzern. Wir hätten hinsehen sollen. Genauer hinsehen. Der langhaarige Typ hatte genau das gesagt.

»Die leeren Regale im Netto waren gefaked, quasi«, sagte ich und sah Leif an. »Das Essen war die ganze Zeit da. In den Hallen. Das war auch nur, damit die Leute Angst kriegen. Warum sollte die Kriegssache nicht gefaked sein? Es macht Sinn.«

Leif nickte langsam. Keine Ahnung, ob er das kapierte.

»Sie sind nie … durch Polen marschiert?«, fragte ich und sah jetzt die Schweden an.

Die Schweden schüttelten die Köpfe, vollkommen verwundert. »Nej. Nej! Natürlicherweise nicht!«

»Der Grünen-Typ hatte recht. Verdammt. Das Plakat, das er an den Baum gehängt hat. Mann. Es gab nie … eine Kriegserklärung.«

»Nej! Natürlicherweise nicht.« Sie lachten wieder, ungläubig.

»Noack hat das alles erfunden? Damit die Leute Angst haben?«

»Hm. Ja. So sieht aus.« Der große Mann zuckte die Schultern. »Und die Personen haben das wirklich geglaubt?«

Wir nickten.

»Klar, das Flugzeug in Koserow gehörte dazu«, sagte ich leise. »Ein Flugzeug, das im Achterwasser abgestürzt ist, ist zu harmlos. Sie müssen das gesehen haben. Die Luftwaffe, die auch auf der Insel ist … der Chef arbeitet mit Noack zusammen. Muss er.«

»Und ich wette, das mit dem Hartz IV war auch eine Lüge«, sagte Neil. »Dass sie das einbehalten. Es haben nur alle geglaubt, und es war noch nicht der nächste Erste, also gab's sowieso noch kein Geld. Scheiß soziale Netzwerke. Alle glauben alles. Damit sie dafür sind, dass FURU die Insel an die Russen übergibt. Und sie unabhängig wird. Und … verdammt.«

»Und jetzt haben sie die Insel«, sagte Leif. »Sie gehört ihnen. FURU.«

»Und Noack schenkt sie Putin«, sagte ich.

Die Schweden lachten jetzt alle. Ein liebenswertes, warmes Lachen wie heißer Apfelkuchen und Kerzen an Regentagen. Wir hatten eine Lehrerin, die hat so was um die Weihnachtszeit in der Schulküche gemacht.

»Er kann nicht das machen«, sagte der Mann, der als Einziger Deutsch sprach. »Die deutsche Regierung würde nicht das zulassen.«

»Es ist zu spät. Die Insel ist abgeriegelt. Noacks Soldaten sind an den Grenzen. Bis die deutsche Regierung das überhaupt mitkriegt … Wer weiß, was er macht? Wenn die ihn aufhalten wollen? Vielleicht erschießt er Leute. Er ist … völlig größenwahnsinnig.«

»Wenn stimmt, das was du sagt«, sagte der Mann ernst. »Ja. Dann er spinnt. Aber …« Er sah von einem zum anderen, hin und her zwischen uns allen. Wir sahen vermutlich aus wie ertrunkene Ratten. »Ihr wollt uns mit der Geschichte nicht … wie sagt man auf Deutsch … einen Narren machen?«

»Nein«, sagte Ulja. »Sie spinnen manchmal, die Jungs hier, aber das, es ist wahr. Die Hallen mit Essen und dass sie haben Finnley eingesperrt und alles.« Sie legte einen Arm um meine Schultern. »Hier«, sagte sie und nickte zu meinem Gesicht. »Das, sie haben gemacht das.«

Ich fragte mich, was sie sahen. Außer ertrunkener Ratte. Einen Idioten mit angeschwollener Nase und mindestens einem blauen Auge und verschrammtem Gesicht.

Und Ulja nahm sein Handy und tippte, und dann hielt sie es ihm hin. Facebook. Na bitte.

»Truppen riegeln die Insel ab. Das Militär marschiert vor der blauen Brücke. Keine Verbindung mehr zum Festland. Seit einer Stunde ist Usedom unabhängig. FURU kontrolliert die Insel und wird sie im Frieden an Putin übergeben.« Und Bilder von den Uniformen, an der Brücke. Mein Gott.

Der große Mann musterte mich eine Weile, nahm das alles in sich auf, und murmelte: »Es wäre besser, wenn wir würden zur deutschen Polizei gehen.«

»Oh, Scheiße, bitte nicht«, sagte ich. »Nicht die Bullen. Wir haben einen Leichenwagen geklaut und einen Weidezaun zerstört, und ich habe einen Regenbogen auf ein Militärfahrzeug gesprüht, und irgendwie kriegen sie mich garantiert auch wegen illegalen Substanzen dran, wenn sie bei uns die Wohnung durchsuchen, weiß man ja nie, was die machen …«

Ich merkte, dass ich stand, der nervöse Teil von mir war aufgesprungen und hatte die Hälfte des Grogs verkippt, und ich kippte die andere Hälfte ganz schnell meine Kehle runter, um sie nicht zu verschwenden.

»Setz dich«, sagte der große Mann und wollte mich wieder auf die Bank runterziehen. »Wir müssen. Wir müssen zur Polizei gehen. Es ist wirklich besser auf diese Weise.«

Die anderen nickten alle, und auf einmal kamen mir ihre freundlichen Gesichter zu freundlich vor, zu gut, gefährlich gut. Sie hatten keine Ahnung, sie waren nie ich gewesen oder die anderen. Sie waren nie von den Bullen hopsgenommen worden für irgendwas, weil die Bullen solche wie uns einfach nicht mochten. Sie waren nie auf der Straße nach Stoff durchsucht worden, und sie waren auch nie von einem Grizzly, der Leuten in Uniform unterstellt war, zusammengeschlagen worden.

»Ich hab keinen Bock auf 'ne Zelle, echt nicht«, sagte ich, und Leif schüttelte den Kopf und sagte, er auch nicht.

»Das Boot ist auch nicht unseres«, sagte Neil, und ich sagte »Fuck«, weil er natürlich recht hatte.

»Wo ist es?«, fragte Ulja.

Die Frau zeigte nach draußen, und ich sah, dass es da unten dümpelte, an einem Tau, wieder richtig herum. Wie hatten sie das nur geschafft? Irgendwer von den Wunderschweden hatte auch das Segel runtergenommen. Im Boot lag Leifs Ast.

»Danke«, sagte ich. »Danke, dass Sie das Boot gerettet haben. Danke für den Tee. Aber ich glaube, wir müssen jetzt wieder los.«

»Behaltet Ulja bei euch«, sagte Neil. »Ulja ist vermutlich okay. Sie hat nix mit der Polizei. Offiziell. Aber wir gehen.«

Ulja sah von uns zu den Schweden und zurück. »Es regnet nicht mehr«, sagte sie.

»Und der Wind ist gut«, sagte ich. »Wir fahren zurück. Wir fahren zurück und sagen allen die Wahrheit. Dass sie keine Angst haben müssen.«

»Nej! Vänta! Wartet!« Der Mann hielt mich fest, und ich riss mich los und sagte: »Entschuldigung.« Aber gleichzeitig war ich sehr bereit, zuzuschlagen, falls er es noch mal versuchen würde. Er sah meine Fäuste und wich zurück.

Sekunden später war ich wieder draußen, der Wind und die Kälte schlugen mir entgegen, und ich krabbelte die Außenleiter runter zum Boot wie ein Käfer. Neil kam hinterher, er hielt in einer Hand seinen zerknautschten Hut und konnte nur schlecht klettern, und schließlich Leif.

Wir saßen wieder in der Jolle, schöpften Wasser raus, hektisch. Ich enthedderte die Taue mit zitternden Fingern. Als ich einmal raufsah, stand der große Mann an der Reling und hielt das Handy ans Ohr. Er rief wirklich die Polizei.

Mist.

Ulja stand neben ihm und sagte irgendwas zu ihm, und es tat weh, sie dazulassen, aber Neil hatte recht, für sie war es besser. Und sehr viel besser als ein Abschied im Wasser, bei dem alle erfroren. Die Schweden würden sich um sie kümmern, sie waren gute Menschen, und vielleicht konnte Ulja sowieso nach Schweden gehen. Vielleicht war das ihre große weite Welt. In der sie singen und berühmt werden würde.

Leif und ich zogen das Großsegel hoch. Ein Segel reichte, es war alles nass und mühsam genug. Und dann stieß ich uns von der Riesenjacht ab, packte die Pinne – und fiel fast ins Wasser, als jemand neben mir im Heck des Bootes landete. Jemand, der gesprungen war.

Ulja.

»Was zum …?«, begann ich.

»Frag nicht. Fahr!« Und dann lächelte sie. »Blödmann«, sagte sie freundlich. »Du denkst, ich komm nicht mit? Wir machen zusammen, das hier. Bis Ende. Und ich glaub auch nicht, Polizei mag mich so sehr. Ich bin ein Verräter, vergessen? Ich bin weggelaufen von zu Hause. Von meine Eltern und alle. Und nie ich habe Antrag gemacht auf Gefluchtling in Deutschland zu sein, also, bin ich illegal in hier.«

Sie setzte sich zu den anderen, und der Wind fuhr in unser Segel und jagte uns voran, er kam jetzt fast von hinten. Das größte Problem war, dass er die Wellen übers Heck ins Boot schob. Leif schöpfte unaufhörlich das Wasser raus. Neil schöpfte auch. Mit seinem Hut.

Dass er ihn dafür entweihte, hätte ich nicht gedacht.

Aber so richtig gut sah der Hut sowieso nicht mehr aus nach dem Kentern und allem, was er in letzter Zeit durchgemacht hatte.

Wir froren immer noch, es war Winter im Sommer. Die Blitze und all das waren weitergezogen, aber den Wind hatten sie dagelassen und die Kälte auch.

Und vielleicht würde die Polizei uns begrüßen, wenn wir an Land waren. Wir mussten schneller sein als die.

»Ich wünschte, ich hätte das Handy!«, rief ich. »Dann könnte ich das einfach allen schreiben!«

»Ich hab meins nicht genommen mit mir«, sagte Ulja. »Weil, ich dachte, besser. Es war von Noack. Besser, er kann nicht sehen, welche Ort wir sind.«

»Meins ist tot«, sagte Neil.

»Dann solltest du es beerdigen«, murmelte ich.

Leif griff in seine Tasche und zog sein Telefon heraus. Und erstaunlicherweise funktionierte es. Ein tauchfestes Handy. »Aber kein Netz«, sagte Leif. »Wir müssen näher an Land.«

Es war seltsam, als die grüne Küstenlinie wieder näher kam. Als wäre es eine neue Küste.

Also waren wir vielleicht doch irgendwie auf der anderen Seite.

Ich hielt sicherheitshalber Ausschau nach Delfinen, es sprangen aber keine herum.

»Mir ist so kalt«, sagte Ulja. »Ich weiß nicht, auf große Schiff, wie konnte mir sein warm? Alle Warme ist wieder weg. Ich wunsche, Sonne kommt.«

Und dann kam sie. Die Sonne. Genau in dem Moment, in dem Ulja es sagte. Die Wolken hatten plötzlich einen Riss, die Sonne schien durch, ihre Strahlen trafen auf das Boot und ließen seinen weißen Bug glänzen wie Schnee. Ulja machte die Augen zu und hielt ihr Gesicht in die Sonne, und ich auch, nur für Sekunden. Gleichzeitig sah man die ersten Hotels von Usedom aus der grünen Masse der Strandkiefern auftauchen. Sie wurden rasend schnell größer, und rechts lag die blaue Brücke, immer noch hochgezogen, und dann das Festland.

Da waren keine Soldaten.

»Warte!«, rief ich. Der Wind war immer noch zu scharf, um sich normal zu unterhalten. »Wo sind die Truppen? Die die Insel abriegeln? Die vor der Brücke marschieren?«

»Wegmarschiert?«, schlug Leif vor. Aber so richtig glaubte das keiner, denn da waren überhaupt keine Truppen an der Küste, nirgendwo. Als wir sehr nahe waren und parallel zur Küstenlinie segelten, zeigte Leif auf eine kleine Gruppe Soldaten, die da rumstand und nichts tat. Vielleicht zwanzig.

»Das sind die Truppen, die die Insel abriegeln?«, fragte Neil. »Ich lach gleich.«

»Such noch mal das Bild von vorhin, von der Brücke«, sagte ich, und Leif fand es, obwohl er nur AUTO und LOVE tippen kann. Es lebe die Spracherkennung. Er hielt mir das Bild entgegen. Und auf einmal kam es mir falsch vor. »Da steht auch: Sie kontrollieren die andere Brücke und die Grenze zu Polen«, sagte ich. »Und die komplette Küste. Wie soll das gehen? Sind so viele Soldaten auf der Insel?«

»Nee«, sagte Leif und grinste plötzlich. »Photoshop.«

»Ja«, sagte ich. »Oder irgendeine andere App. Diese Soldaten sind gar nicht an der Brücke, richtig?«

»Nee«, sagte Leif. »Kein Schatten.« Er hatte recht, die Soldaten hatten keinen Schatten, sie waren irgendwo ausgeschnitten und ins Bild geklebt worden. Manchmal ist Leif wirklich schlau.

Oder vielleicht ist er immer schlau.

Er ist ein geheimer Einstein, und er gibt es nur nicht zu, damit wir ihn nicht nerven und ständig alle von ihm wollen, dass er die Kernspaltung neu erfindet oder den Klimawandel aufhält oder Wasser auf dem Mars findet. Kann doch sein.

»Es ist alles ein noch größerer Fake, als wir dachten«, sagte ich. »Das kann doch nicht … aber genau so isses. Es ist der Fake aller Fakes. Krass. Irre.«

»Jetzt«, sagte Leif. »Wir ham Netz, sieht man ja, wegen die Bilder. Wir nehm was auf. Ich poste das als Video.«

Er hielt das Handy nah an seinen Mund. »Hört mal alle her, äh«, sagte er. Räusperte sich. »Alle, die jetzt online sind. Es is gelogen. Alles gelogen. Die Russen sind gar nich in Polen.«

»Putin ist Usedom völlig egal!«, rief Ulja in Leifs Handy.

Und irgendwie schafften sie es, die ganze Sache zu erklären.

Neil mischte sich ein und sagte ein paar schlaue Sätze zwischendurch. »Noack, er will Macht«, sagte Ulja zum Schluss. »Alle wollen Macht. Es ist wie Krankheit. Menschen sind Krankheit. Putin, Noack, alle, alle.«

Leif lächelte. Ulja saß ganz nahe bei ihm, und er legte einen Arm um sie, und sie lehnte sich an seine Schulter, während der Wind

Klingemanns Jolle zusammen mit den Wellen weiter aufs Land zuschaufelte.

»Mach du weiter, Finnley«, sagte Leif. Er sah glücklich aus, in den Sonnenstrahlen, die auf ihm und Ulja lagen, vollkommen glücklich.

Und ich war glücklich, weil er glücklich war.

Vielleicht gehörte sie zu Leif. In diesem Moment auf jeden Fall. Vielleicht fand sie den geheimen Einstein in ihm.

Er war ein großer, weicher Bär, er war sicher warm, wenn man sich an ihn lehnte in der Kälte, er war da und strahlte Geborgenheit aus, selbst hier, auf diesem wild durch die Wellen rasenden Amok laufenden Boot. Ich, als Ulja, hätte mich auch gerne an ihn gelehnt, dachte ich.

Ich nahm das Handy, das Leif mir gab, und dann kletterte ich nach vorne, stellte mich neben den Mast, obwohl alles schwankte, und rief hinein: »Glaubt ihnen nicht! Glaubt ihnen kein Wort! Sie haben den Luftalarm erfunden und die Nahrungsmittel…dingens…knappheit auch. Sie haben die Supermärkte leer geräumt. Wir haben das Zeug gefunden, in zwei großen Hallen in Lütow, kann sich jeder angucken. Und die Soldaten waren nie tot. Die Helden, angeblich. Die Särge waren leer, die das Militär beerdigt hat. Alles erfunden. Sie haben die Ausländer und die Touris rausgeschmissen, damit alles so wird wie früher. Mit Fischen und der Natur und so. Aber dieses scheißgoldene Früher gibt es nicht. Damals war scheiße. Kein Internet und kein Fernsehen und kein Arzt, und ständig waren alle hungrig.«

Meine eiskalten Finger flogen über den Bildschirm, verschickten das Video: WhatsApp-Klassengruppe, Facebook, Insta, TikTok.

Das Land war schon ganz nah. Reet. Felsen. Ein winzig kleiner Strand neben der Brücke auf der Inselseite.

Bei Mama ging nur die Mailbox ran.

»Hey!«, sagte ich in Leifs Handy. »Wenn du das hier hörst … dann sind wir angekommen. Ich …« Jetzt klingelte das Telefon, kaum hörbar in Wind und Wellen. Mama. Sie rief zurück.

»Finnley? Wo bist du?«

Da waren Tränen in ihrer Stimme, sie hatte ihnen also nicht geglaubt, dass es mir gut ging.

Oder sie hatten ihr hinterher schreckliche Dinge erzählt. Oder sie hatte die schrecklichen Dinge gespürt. Möglich, dass Mütter so was können.

»Ich bin … gleich da«, sagte ich. »Wir sind auf dem Wasser. Es ist alles nicht wahr. Guck bei Facebook. Es gibt keinen Krieg. Nicht hier. Teil das, ja? So schnell du kannst. Es muss an *alle*. Der Noack dreht frei. Und seine Leute auch. Der Klingemann und … wer auch immer. FURU. Aber sie sind gefährlich. Niemand hat die Insel abgeriegelt, nur die Brücke ist oben. Er hofft nur, dass alle das glauben, und deine Kartoffeln … Mama, deine Kartoffeln sind in Lütow …«

»Hoffentlich geht es ihnen gut da«, sagte Mama. Und dann hatte Kira sich das Handy geschnappt, und in meinem Ohr explodierte ein Jubelschrei. »Finn!« Und Muddy bellte.

»Kira, krieg dich ein«, sagte ich. »Es ist jetzt vorbei. Aber wenn die Polizei vor der Tür steht, bitte, lass sie nicht rein, ja? Und wenn sie reinkommen, lass sie nicht in den Pappkarton unter meinem Bett gucken.«

»Da sin doch bloß Krümel drin«, sagte Kira. »So braune Krümel, wie Kräuter.«

»Die allerletzte Reserve«, sagte ich. »Für Notzeiten.«

»Muddy hat die vorhin gefressen«, sagte Kira. »Heute Morgen. Weil er Hunger hatte. Er hat kein Futter mehr. Und er war ganz aufgedreht.«

Ich hörte ihn wieder bellen, und ich merkte, wie ein breites Grinsen sich über mein kaputtes Gesicht zog.

»Was?«, rief Neil. »Was grinst du?«

»Meiner Family geht's gut!«, rief ich. »Aber mein Hund ist high.«

»Na dann!«, rief Neil. »Der Erste, der feiert!«

»Was feiern wir genau?«, rief Leif, der noch immer Ulja und den Sonnenschein im Arm hielt.

»Den Frieden!«, schrie Neil und warf seinen Hut in die Luft. Fing ihn aber wieder auf, fast ein Wunder. »Die Erlösung! Das Ende der Lügen! Die Auferstehung von Ulja! Das ganze beschissene Glitzerleben!«

»Gib dir das, scheiße noch mal, vor der Brücke stehn die Bullen«, sagte Leif.

Ja, da standen sie, auf der Straße am Hafen, auf dem Festland. Vier Autos. Ziemlich groß und irgendwie ziemlich gut geschützt gegen Angriffe, Spezialeinheitautos. Krass. Mit Blaulicht, aber ohne Sirene. Und einer kam jetzt raus und schrie was in sein Megafon. Nach oben, zu dem Typen hinter den runden Fenstern im Blau.

»Lassen Sie die Brücke runter!«, schrie er. »Sofort! Lassen Sie uns durch!«

Und jetzt war das Land so nah, dass ich die Gesichter der Leute am Ufer sah. Da waren nur zwei. Ein kleiner Junge mit Triefnase, den ich nicht kannte. Er stand am Hafen, denn genau da segelten wir rein, und hatte die Hände tief in den Taschen. Sein Haar stand in alle Richtungen ab, und er hatte einen zu großen Pulli an mit rot-weißschwarzen Deutschlandsymbolen drauf: Adler und so. Wahrscheinlich vom Papa oder Onkel geerbt. Er war noch nicht schlau genug, um zu begreifen, was es bedeutete. Hätte ich sein können, mit sechs Jahren. Vielleicht war ich es, und der Junge war gar nicht wirklich. Nur eine Erinnerung.

Die zweite Person am Ufer war ein hochgewachsener, kräftiger Mann in Windjacke und Jeans.

Ein gut aussehender Mann, ein Mann wie aus einem Katalog.

Er sah uns. Er sah uns kommen. Er sah uns an, während die Brücke sich ganz, ganz langsam senkte.

Mich, vor allem.

Der Klingemann.

Und dann hob er die Hand und streckte sie in meine Richtung. Wie um seine Jolle zu begrüßen, die da auf ihn zuglitt durchs Hafenwasser, wo es fast windstill war: elegant, schnittig, so ein schönes, gepflegtes Boot.

Aber er hielt etwas in der Hand. Etwas Schwarzes. Er musste das Ding die ganze Zeit über besessen haben, nur hatte er es bisher nicht gebraucht. Bisher war alles so gelaufen, über Worte, über ein Lächeln. Später, bei den Hallen, über ein Lächeln und eine Faust.

Ich hatte ihn einmal so sehr bewundert. Und er hatte gedacht, er könnte etwas aus mir machen.

Einen anständigen jungen Menschen, der gehorchte.

Er hatte es selbst gesagt: Es ging nicht. Ich war ein Anti-Typ.

Ich war voll von Kira und Mama und Muddys bedröhntem Freudengebell und Leifs Lächeln und Uljas Sonnenschein und Neils Feierstimmung, Neil in seinem klatschnassen Beerdigungsanzug. Oh Mann, ich war so voll von all dem und vom Glück, einfach da zu sein, einfach zu leben – so voll, dass ich zu spät begriff.

Was der Klingemann hielt. Und was er damit vorhatte.

Die Brücke war schon halb unten. Die Bullen warfen ihre Motoren an, um über die Brücke zu fahren, ein ungeduldiges Röhren.

Irgendwo auf der Insel war der Noack, es war spannend, was er ihnen erzählen würde.

Zwei Fische sprangen aus dem Wasser, vor dem Bug der Jolle, die Neil jetzt beidrehte.

Zwei kleine, silberne, glänzende, wunderschöne Sommerfische.

Sie sprangen fast so, als könnten sie fliegen: frei. In meinem nächsten Leben lass ich die Fische in Ruhe, ich esse sie nicht mehr auf Brötchen, glaube ich. Sie sind nett.

Der Klingemann drückte ab.

Der Knall zerriss den Wind.

Und die Sonne.

Und alles.

Und das ist das Ende meiner Geschichte. Das Ende eines irren, abgedrehten, völlig unwahrscheinlichen Inselsommers mit dem schönsten Mädchen der Welt.

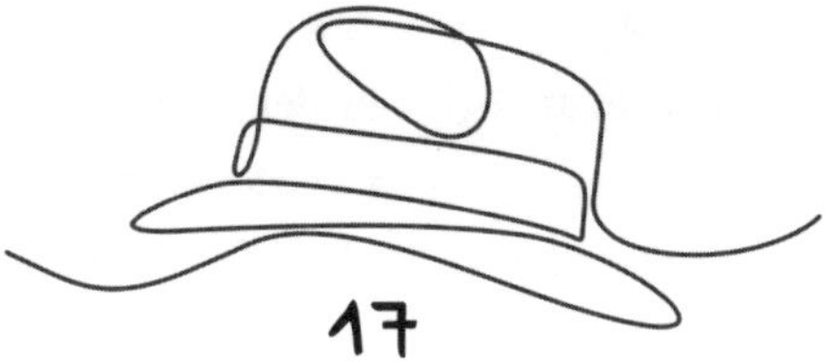

17

Er hatte die Grube hinten auf den Feldern ausgehoben, zwischen den Windrädern, die man von der Balkonei aus sah. Vermutlich war es illegal. Aber was war nicht illegal?

Die Bullen waren nie ein willkommener Anblick im Ghetto.

Sie waren aber vor allem gar nicht da.

Was sollten sie auf dem Feld hinter den letzten Blocks, hinter der Schweinemastanlage, die ihren betäubenden Geruch in der Sonne verbreitete?

Sie hatten vermutlich, sagte Kiras Mutter, noch genug zu tun auf der Insel.

Mit den seltsamen Vorkommnissen dort.

Es war nur eine Militärübung gewesen, hatte Oberst Noack gesagt, nur eine Übung, die ganze Zeit über. Sie hatten alle vor dem Fernseher mitverfolgt, was er gesagt hatte. Alle zusammen, auf dem Sofa, im obersten Stockwerk. Bei den Ukrainern. Die übrigens gar keine Hunde hatten. Nur den Fernseher, und der ging besser als unten, und deshalb waren sie alle raufgekommen, alle aus dem Block und noch ein paar Nachbarn, und die Ukrainer hatten Tee gemacht und Sachen zu essen, die keiner kannte und von denen manche lecker waren und andere nicht.

Bloß eine Übung, so war es doch geplant gewesen, von Anfang

an. Der Oberst der Luftwaffe, ein guter Freund vom Noack, hatte das bestätigt. Der Alarm? Natürlich war der Alarm eine Übung gewesen. Alles.

Niemand hatte russische Angriffe gefaked. Nein, bestimmt nicht. Wozu auch?

Um den Leuten Angst einzujagen? Damit sie sich irgendwann so sehr vor den Russen fürchteten, dass sie für eine Freie Unabhängige Republik Usedom waren, die sich kampflos an Putin übergab?

Was für eine Idee. Nein, sagte der Noack, nein, nein.

Einen solch perfiden Plan hätte er sich niemals ausdenken können.

Keiner im Raum wusste, was *perfide* bedeutete, aber es klang beeindruckend.

Und keiner von ihnen, sagte der Noack auf dem Bildschirm, hätte über Facebook Nachrichten verbreitet. Dass es eine geschlossene Facebookgruppe der Insel Usedom gegeben hatte, wäre sowieso ein Gerücht. Ob er eine solche gelöscht hätte? Sicher nicht. Wie auch, wenn es gar keine gegeben hatte?

Und es wäre ja nicht ihre Schuld, wenn die Leute sich Dinge zurechtlegten, die so nicht stimmten.

»Die werden das schon noch merken, was in echt hier los war. Die Polizei und die Fernsehfritzen und die«, hatte Leifs Vater gesagt und seine Bierflasche gehoben und mit der ukrainischen Mutter angestoßen, deren Mann im wirklichen, tatsächlichen Krieg war. Und sie hatte geweint und gesagt: »Ja. Ja«, und keiner wusste, ob sie irgendwas verstanden hatte. Jedenfalls glaubte niemand mehr, dass Deutschland die Insel an die Ukraine verschenken wollte und Putin deshalb sauer war.

Sie taten alle so, als hätten sie das nie geglaubt.

Das Rätsel der Nahrungsmittel in den Hallen war nicht ganz gelöst. Ab und zu verschwanden dort jetzt Dinge. Die Hallen wurden nur halbherzig von der Polizei bewacht, weil niemand wusste, wem ihr Inhalt gehörte. Niemand hatte sich gemeldet. Die Supermarktchefs hatten etwas von Zwischenhändlern gesagt und irgendwie undurchsichtigen Lieferketten.

Weshalb die Polizei immer noch auf der Insel im Trüben herumfischte.

Und nicht bei den Windrädern war, um jemandem dort das Graben zu verbieten.

Ja.

Er hatte die Grube also hinten auf den Feldern ausgehoben, und als er jetzt dort stand, groß und im dunklen Mantel, kreiste der Schatten eines Windrads über ihm, war fort, war da, war fort, unstet, wie Glück oder Regen. Oder Geld im Portemonnaie.

Er stand und stützte sich auf seinen Spaten, wie er es gerne tat. Es war ein Klischee, dieses Bild, und vermutlich tat er es genau deshalb.

Leif und Ulja standen ganz vorne am Rand der Grube.

Daneben standen Kiras Mutter und seine beiden Geschwister, Kira und Raymon, und Raymon verfolgte das Ganze mit sehr aufmerksamem Blick.

»Vielleicht wird der auch mal Bestatter«, sagte Neil. »Das Zeug dazu hat er. Er redet nicht viel und kann gut stillstehen. Das ist das Wichtigste.«

»Wichtesse«, murmelte Raymon und bohrte ernsthaft in der Nase.

Kiras Gesicht war nass. Sie hatte einen Klumpen zerknülltes Klopapier in der Hand, mit dem man sich eigentlich nicht mehr die Nase putzen konnte, aber sie tat es trotzdem von Zeit zu Zeit.

Neben ihr saß der matschfarbene Hund, Muddy, und jaulte ganz leise.

Irgendwas hatte er begriffen.

»Er war ein Freund«, sagte Neil. »Ein guter Freund. Auch wenn es manchmal nicht leicht war. Manchmal war er anstrengend. Mal hier und mal da.«

Kiras Mutter legte die Arme um ihre Tochter und schniefte, aber sie hatte ein frisches Taschentuch. Sie tupfte ihre Augen ab, deren Lider ein wenig getuscht waren, nur noch ein wenig, weil sie den Rest der Tusche weggeweint hatte.

»Es ist kein Pfarrer da, negativ«, sagte Neil und räusperte sich und straffte seinen Rücken ein wenig mehr. »Also halte ich diese Rede.« Er stand ganz ruhig, ließ seinen Blick über die kleine Menschenmenge gleiten, sie waren alle da, alle aus dem Block. Und auch sein eigener Vater, der ein wenig verlegen aussah und fehl am Platz, weil er sonst nie irgendwo dabei war, und melancholisch wie sie alle, aber auf eine andere Art. Da waren die Ukrainer aus dem obersten Stock, da war Leifs Vater, natürlich besoffen, und Johnny und Ken und die ganze Clique der Jüngeren, die sich am Rand der Gesellschaft herumdrückte. Da waren ein paar Lehrer von der Förderschule. Der Unterricht würde jetzt bald wieder losgehen, die Sommerferien waren nicht endlos. Eine letzte Klasse, dachte Neil, aber all das ging ihn gerade nichts an.

Er war ganz hier, ganz bei dem, was er tat.

Es war essenziell. Ein schönes Wort, das er im Netz nachgeguckt hatte.

Er hob die Bibel mit der einen Hand, die andere hielt noch immer den Spatenknauf.

»Wir verabschieden uns hiermit von einem treuen Wegbegleiter«, sagte er. »Ich hätte …«, er schluckte kurz, »… nicht gedacht, dass ich den Weg ohne ihn weitergehen würde, nicht so bald. Oder nie. Wir sind alle Wege zusammen gegangen in diesem Sommer …« Er merkte, wie er Gefahr lief, sich zu verheddern, und begann noch einmal. »Wir verabschieden uns von einem Gefährten, der in den letzten Tagen und Wochen geholfen hat, etwas zu verhindern, das groß und schrecklich geworden wäre, wenn … wenn es geworden wäre. Geholfen hat, FURU zu enttarnen und vieles aufzudecken. Wenn die Touristen jetzt zurückkommen … und alle Nichtdeutschen, mit ihren Restaurants und Hotels … sodass die Insel wieder von was leben kann … dann ist es auch sein Verdienst. Er hatte es nicht leicht, vor allem in der allerletzten Zeit. Er hat viel durchgemacht, mehr, als er hätte müssen, und … Einmal habe ich ihn gerettet, haben wir ihn gerettet, aber leider … Am Ende hat das Schicksal es nicht gut mit ihm gemeint. Ja. Nein. Ich …« Er wischte sich mit dem Ärmel über die Augen, ärgerlich, dass er sich doch noch gehen ließ. Wo es doch das Wichtigste war, ruhig zu bleiben.

»Es war ein Schuss am Hafen«, sagte er ganz leise. »Ein Schuss wie in einem Film. Er hat ein Loch in … in unsere Mitte gerissen. Ein Loch … auch in mein Herz.«

Er sah in das Grab hinunter, es war ein sehr sorgfältig ausgehobenes Grab.

»Wir werden dich nie vergessen«, sagte er. »Auch wenn ich manchmal gedacht habe, es wäre alles einfacher ohne dich. Vergib mir. Du warst … wie ein Stück von mir. Du hattest so viele Träume. Du hättest eine Zukunft gehabt, eine wundervolle Zukunft. Ich wünschte, die Dinge wären anders gelaufen.«

Er sah auf, nickte Ulja und Leif zu.

»Ihr könnt die erste Hand Erde reinwerfen.«

Ulja nickte ernst, wischte eine Träne weg, hinter ihrer Brille. Bückte sich und hob eine Hand voll Erde auf, warf sie in die Grube. Sah einen Moment hinein, sprach ein kurzes, lautloses Gebet und trat zurück. Leif folgte. Er nahm eine große Hand Erde, stark und effektiv wie immer, schniefte einmal laut und schleuderte sie in das Grab hinab.

Es gab keinen Stein. Nicht einmal ein Holzkreuz. Das würde später kommen.

Aber Neil hatte einen Blumenkranz besorgt, woher und von welchem Geld auch immer. Dunkle Blätter und weiße Lilien, und ein Spruchband mit den aufgedruckten goldenen Worten: »Wir sehen uns in der Ewigkeit.«

Kira warf drei Hände Erde in das Loch und zog ein letztes Mal die Nase hoch, die sie hinterher an ihrem Ärmel abwischte, wobei alles erdig wurde: der Ärmel, die Nase und ihr ganzes Gesicht. Dann zog sie ihre Mutter an der Hand nach vorne, die eine sehr bescheidene Menge Erde ins Grab warf. Und, mit einem tiefen Stoßseufzer, eine kleine Kartoffel. »Wachse, und gib uns Hoffnung«, flüsterte sie. Raymon schubste die Erde mit seinem kleinen Fuß ins Grab.

Er nuschelte etwas, das vielleicht »so geht auch« hieß.

Muddy warf gar keine Erde ins Grab.

Und dann traten sie alle vor, eine endlose Reihe an Erdwerfern. Es waren mindestens drei Cousinen von Leif dabei. Schließlich bedeckte Neil das Grab mit dem Rest der Erde, er schaufelte sie gewissenhaft zurück und trat alles am Ende glatt.

Und Leifs Vater hob eine Flasche Klaren und rief: »Prost! Auf die glänzende Zukunft unserer Kinder!«

Wobei er mehr »Sukunft« rief als »Zukunft«, wegen dem Klaren.

Und da, endlich, klopfte Neil sich die Hände an der Hose ab und sah mich an.

»Und du?«, fragte er.

Ich lächelte, ganz leicht. »Ich hab keine Erde geworfen, meinst du das?«

Er nickte.

»Ich hab was anderes«, sagte ich. »Lass die anderen mal vorausgehen.«

Sie gingen, nur Leif und Ulja blieben am Grab stehen.

»Ich bin ja immer noch der Meinung«, sagte ich und fuhr leicht über den Hubbel in meiner Nase, eine neue Angewohnheit. »Ich bin ja immer noch der Meinung, dass das alles etwas viel ist, nur um einen Hut zu beerdigen. Aber er ist definitiv tot. So viele Schrotlöcher, echt krass.«

»Tot«, sagte Neil betrübt. »Ganz tot.«

»Der Klingemann hat ganz gut gezielt«, sagte ich. »Wenn du nicht in dem Moment mit dem Boot diese Kurve gefahren wärst, würde ich da liegen. Im Grab.«

»Positiv«, sagte Neil. »Nur leider hat es den Hut erwischt.«

Ich wusste, dass er es nicht so meinte.

Und ich kniete mich hin und holte etwas aus der Tasche meiner Jacke, deren Nähte sich schon auftrennten, sodass man gut etwas im Futter der Tasche verstecken konnte.

Eine kleine grüne Pflanze. Ich setzte sie ganz vorsichtig in die lockere Erde des Grabs, drückte die Erde dann an und holte aus der anderen Tasche eine Flasche Wasser, um die Pflanze zu gießen.

»Für die Hoffnung«, sagte ich leise und feierlich. »Und die Träume.«

»Hör mal, aber man kann auch träumen ohne«, sagte Kira.

»Klar«, sagte ich und streichelte das erste fünffingrige gezackte Blatt des Pflänzchens. »Es ist nur ein Symbol. Für den Hut. Ich glaube, ich komm ganz gut eine Weile ohne aus.«

»Du kanns dafür ab un zu so was essen«, sagte Kira und streckte mir einen halben Schokoriegel hin, der ziemlich geschmolzen war. Ich nahm ihn und grinste und steckte ihn in den Mund.

Und da zog Ulja mich an sich und strubbelte mir mit erdigen Fingern durchs Haar, das wieder mal sonst wohin abstand, und küsste mich, ganz unerwartet. Und sie flüsterte: »Wenn du rauchst nur Schokolade, dann weißt du nächste Mal, was ist wirklich und was nicht«, und dann küsste sie mich weiter. Ich hielt sie fest und küsste zurück.

Wir wussten immer noch nicht, mit wem von uns sie nun zusammen war und ob überhaupt.

Sie auch nicht, wie es aussah. Sie hatte den Rest des Sommers Zeit, es herauszufinden.

Die Schule ging weiter, für sie auch, irgendwo würde sie sich anmelden. Und ein langes und langweiliges Jahr mit Unterricht lag vor uns, die Zehnte. Und sie hatte ihren Eltern endlich geschrieben.

Aber dann.

Ich sah den Horizont an, aus dem Kuss heraus, und ich war mir ganz sicher: Dann würden wir aufbrechen.

Da raus. Ins Glitzerleben.

Zusammen.

Egal, was die Leute sagten, die glaubten, wir wären zu blöd, um es aus dem Ghetto rauszuschaffen, aus dem Hartzerdasein und alldem, und um die Welt zu reisen. Und was ganz Eigenes anzufangen mit unserem Leben.

Leif wird ihnen beweisen, dass er die Relativitätstheorie widerlegen kann, auch wenn er nur AUTO und LOVE schreibt. Na ja, oder er wird es weiter geheim halten, dass er das kann. Und Neil wird neue Bestattungsriten lernen, und Ulja wird singen, und ich werde zu viele komische Ideen haben und zu viel reden, wie immer.

Und gleichzeitig wird alles neu sein.

Anders als in diesem Sommer.

Diesem wunderbaren, verdrehten, unglaublichen Sommer.

Es war der Sommer, in dem Neil seinen Hut beerdigte.

Der Sommer, in dem ich einen Regenbogen auf einen Pick-up der

Bundeswehr malte, obwohl ich Regenbögen früher nie mochte. Der Sommer, in dem Ulja auftauchte und auf mysteriöse Weise wieder verschwand.

Der Sommer, in dem der russische Kämpfer uns in die Arme fiel und die Welt unterging, der Sommer, in dem der Sturm kam und die Fische sprangen.

Der Sommer, in dem wir lernten, wie man eine Jolle bei Gewitter segelt. Was Liebe bedeutet.

Und wie man geht und trotzdem bleibt.

Wenn es eines Tages so weit ist.

Aber ich glaube, das hat noch lange, lange Zeit.

Das Leben wartet auf uns. Da draußen, gleich hinter der Linie zwischen Wellen und Himmel. Und eine Menge endlose, sonnige Tage.

Glitzertage.

Ganz ehrlich? Von mir aus müssen sie gar nicht glitzern. Lasst die Einhörner ruhig im Stall und die Regenbögen in der Flasche. Dass sie da sind, diese Tage, jeden Tag eine neue Chance – das reicht.

Antonia Michaelis arbeitete in Südindien, Nepal und Peru. In Greifswald studierte sie Medizin und begann parallel dazu, Geschichten und Stücke zu veröffentlichen. Sie engagiert sich für Kinder in Madagaskar und half dort beim Neuaufbau einer Dorfschule. Sie hat zahlreiche Romane für Kinder, Jugendliche und Erwachsene veröffentlicht. »Der Märchenerzähler« wurde für den Deutschen Jugendliteraturpreis nominiert, »Niemand liebt November« gewann den Phantastikpreis der Stadt Wetzlar, »Das Blaubeerhaus« den »Penzberger Urmel«.

Triggerwarnung

In diesem Buch finden sich folgende Themen, die triggernd wirken könnten:

- Krieg
- Flucht und Vertreibung
- Mord
- Gewaltdarstellungen
- Sexuelle Belästigung
- Rassismus und Fremdenfeindlichkeit
- Drogen- und Alkoholmissbrauch
- Essstörung